MIRA®

Umwelthinweis:
Dieses Buch wurde auf chlor- und säurefreiem Papier gedruckt.

RaeAnne Thayne

Hope's Crossing: Nur die Liebe heilt

Roman

Aus dem Amerikanischen von
Tess Martin

MIRA

MIRA® TASCHENBUCH
Band 25734
1. Auflage: März 2014

MIRA® TASCHENBÜCHER
erscheinen in der Harlequin Enterprises GmbH,
Valentinskamp 24, 20354 Hamburg
Geschäftsführer: Thomas Beckmann

Titel der nordamerikanischen Originalausgabe:
Woodrose Mountain

erschienen bei: HQN Books, Toronto

Published by arrangement with
Harlequin Enterprises II B.V./S.àr.l

Konzeption / Reihengestaltung: fredebold&partner GmbH, Köln
Umschlaggestaltung: pecher und soiron, Köln
Redaktion: Mareike Müller
Titelabbildung: Thinkstock / Getty Images, München; pecher und soiron, Köln
Autorenfoto: © Harlequin Enterprises S.A., Schweiz
Satz: GGP Media GmbH, Pößneck
Druck und Bindearbeiten: CPI – Ebner & Spiegel, Ulm
Printed in Germany
Dieses Buch wurde auf FSC®-zertifiziertem Papier gedruckt.
ISBN 978-3-86278-874-3

www.mira-taschenbuch.de

Liebe Leserinnen,

von allen Leuten in Hope's Crossing, die etwas Hoffnung brauchen können, stehen Brodie Thorne und seine Tochter Taryn wahrscheinlich ganz oben auf der Liste. Taryn wurde bei einem Autounfall, der vor einigen Monaten die ganze Stadt erschütterte, schwer verletzt. Es gibt wenig Hoffnung, dass sie sich jemals ganz von ihren Verletzungen erholen wird. Doch wie alle liebenden Eltern auf der ganzen Welt weigert sich ihr alleinerziehender Vater, aufzugeben. Er lässt nichts unversucht, damit seine Tochter ein möglichst gutes Leben führen kann, selbst wenn das bedeutet, um die Hilfe einer Frau zu bitten, die er so sehr ablehnt wie Evie Blanchard.

Evie andererseits möchte nicht wieder in ihr altes Leben als Physiotherapeutin zurückkehren, weil sie genau weiß, wie viel Kraft diese Aufgabe sie kostet. Sie befürchtet, dass Brodie und Taryn die hart erarbeitete Ausgeglichenheit gefährden, die sie durch ihre Arbeit in einem Schmuckladen in Hope's Crossing gefunden hat.

Zusammen mit ihrem geduldigen Hund – und anderen überraschenden Helfern – ist Evie in der Lage, zu Taryn durchzudringen … und zu Brodie.

Für mich ist dies eine Geschichte über die Heilung von Herzen und Verletzungen, eine Geschichte über Erlösung und Vergebung und darüber, wie man mit Kraft und Vertrauen die Wunden der Vergangenheit heilen kann, um einer helleren Zukunft entgegenzusehen.

Alles Liebe,
RaeAnne

Für alle Lehrer, Pfleger und Ergo-, Sprach- und Physiotherapeuten, die so ein wichtiger Teil unseres Lebens gewesen sind. Danke für die unermüdliche Arbeit, die Kindern hilft, über sich selbst hinauszuwachsen.

1. KAPITEL

Es war ein warmer Sommerabend. Die Häuser von Hope's Crossing schmiegten sich zwischen den hohen Bäumen aneinander wie bunte Schmucksteine an einer Kette – ein strahlend lapislazuliblaues Dach hier, eine karneolrote Garage dort, dazwischen das warme Topasbraun des alten Krankenhauses.

Evie Blanchard lehnte sich mit der Hüfte an einen großen Granitfelsen, um tief durchzuatmen. Vom Woodrose-Mountain-Wanderweg aus, der durch einen Kiefernwald oberhalb der Stadt führte, konnte sie die malerischen Gebäude und die farbenfrohen Blumengärten überblicken. Kurz vor Sonnenuntergang an einem Sonntag war die Stadt überaus ruhig – nur ein paar Autos parkten vor der historischen Episkopalkirche, dem ersten Backsteinbau von Hope's Crossing aus einer Zeit, als die Stadt noch eine hektische Bergarbeitersiedlung mit einem Dutzend Saloons gewesen war.

Etwas weiter entfernt, in der Nähe von *Miner's Park*, entdeckte sie noch weitere Wagen, und plötzlich fiel ihr ein, dass heute eine Bluegrass-Band auf der Freilichtbühne im Park auftrat.

Vielleicht hätte sie lieber den Abend bei Musik verbringen sollen, statt den Berg hinaufzujoggen. Es war immer sehr schön, an einem lauen Sommerabend mit Nachbarn und Freunden im Park zu sitzen, gute Musik zu hören, ein Glas Wein zu trinken und sich vielleicht etwas zum Essen aus dem Café zu holen.

Aber nein, das hier war die bessere Wahl gewesen. Sosehr sie diese Open-Air-Konzerte mochte – nach drei anstrengenden Tagen am Schmuckstand beim Kunsthandwerksmarkt in Grand Junction sehnte sie sich nach Ruhe.

Jacques, ihr heller Labradoodle, streckte sich gelangweilt neben ihr auf dem Fußweg aus und schnappte nach einer

Fliege, die die Frechheit besaß, um seinen Kopf herumzuschwirren.

„Du kannst einfach nicht verstehen, dass ich auch mal kurz verschnaufen muss, oder?“

Endlich erbarmte er sich der Fliege – sozusagen –, verschluckte sie, zog die Lefzen hoch und schien so stolz zu grinsen, als hätte er einen unglaublichen Trick der Jedimeister angewandt. Dann stellte er sich auf seine großen Pfoten und schaute Evie erwartungsvoll an, offensichtlich begierig auf weitere körperliche Betätigung.

Was sie ihm nicht verübeln konnte. Er war die letzten drei Tage am Stand unendlich geduldig gewesen und verdiente es, einmal richtig zu rennen. Zu dumm nur, dass ihre Pobacken und Beinmuskulatur da nicht mitmachten.

Endlich hatte sie wieder genug Luft, damit sie weiterjoggen konnte. Sosehr ihre Muskeln auch schmerzten, spürte sie doch, wie die Anspannung sich mit jedem Schritt löste.

Früher in Kalifornien war sie gern am Strand gelaufen, die salzige Seeluft im Gesicht, das Hämmern der Schuhe auf dem feuchten Sand und den herrlichen Blick auf den Pazifik direkt vor sich.

Hier war weit und breit kein Meer in Sicht. Nur hohe Kiefern und Espen, weiße Zimthimbeeren und wilde Rosen, ab und zu das grelle Aufblitzen eines Berghüttensängers, der durch die Sträucher flog.

Sie war auch ohne das Schreien der Möwen über ihrem Kopf zufrieden. Zwar liebte sie das Meer noch immer, keine Frage, und manchmal sehnte sie sich danach, irgendwo allein am Strand zu sein und zuzusehen, wie die Brandung ans Ufer rollte. Aber irgendwie war diese Stadt ihre Heimat geworden.

Wer hätte jemals gedacht, dass ein in Kalifornien geborenes und aufgewachsenes Mädchen diese Art von Frieden und Heimatgefühl in einer kleinen Touristenstadt in den Rocky Mountains finden würde?

Tief atmete sie die nach Salbei duftende Luft ein, und die Verspannung wich noch weiter aus ihren Schultern. Hektische drei Tage lagen hinter ihr. Es war der vierte Kunsthandwerksmarkt der Saison gewesen, und bis September standen noch einige auf ihrem Terminplan. Ihre spontane Idee, bei Märkten in ganz Colorado ihren eigenen Schmuck und den einiger Kunden vom *String Fever* – dem Schmuckladen, in dem sie arbeitete – zu verkaufen, lief besser, als sie es sich in ihren wildesten Träumen hätte ausmalen können.

Besonders glücklich über ihren Erfolg war sie, weil alle Mitwirkenden einverstanden gewesen waren, einen Teil der Einnahmen für das Layla-Parker-Stipendium zu spenden.

Layla, die Tochter ihrer guten Freundin Maura McKnight-Parker, war im April bei einem tragischen Autounfall ums Leben gekommen, der ganz Hope's Crossing zutiefst erschüttert hatte.

Auf Kunsthandwerksmärkten auszustellen war aufregend, alles war so bunt und laut und lebendig. Gleichzeitig bedeutete es harte Arbeit, vor allem, da Evie alles selbst erledigte: den Stand aufbauen, die Schmuckauslage dekorieren, die Kunden beraten und die Kreditkartenabrechnungen auflisten. Das alles war eine große Herausforderung.

Am Wochenende musste sie sich mit zwei Diebstählen und dem unvermeidlich darauf folgenden Papierkram herumschlagen Deswegen war dieser Joggingausflug jetzt genau das, was sie brauchte.

Da sie schließlich müde war und ihre Muskeln angenehm brannten, nahm sie eine Abzweigung des Wanderwegs, der zurück in die Stadt führte. Sie hatte in der Eile ihre Trinkflasche vergessen, und auf einmal konnte sie an nichts anderes mehr denken als an einen großen Schluck kaltes Wasser.

Auf ihrem Heimweg, die Sweet Laurel Road runter, kamen sie und Jacques an einigen der älteren kleinen Holzhäuser vorbei, die gebaut worden waren, als die Stadt noch neu gewesen war. Evie entdeckte Caroline Bybee – die drahtigen grauen

Zöpfe von einem großen Strohhut bedeckt –, die gerade ihre prächtigen Blumen goss.

Die Luft roch nach Sommer, nach Grillfleisch, gebratenen Zwiebeln und frisch gemähtem Gras, wie immer mischte sich zu all dem der Duft von Kiefern und Salbei.

Sie erreichte die steile Main Street, lief an den Geschäften vorbei und steuerte auf ihre kleine Zweizimmerwohnung über dem *String Fever* zu. Sie war hungrig und müde und wollte nur noch die Füße hochlegen, ein gutes Buch lesen und eine Tasse Tee trinken.

Das *String Fever* befand sich in einem zweistöckigen Backsteingebäude, das einmal das berüchtigtste Bordell der Stadt gewesen war. Evie bog in eine kleine Gasse ein, über die sie direkt zu dem hübschen, eingezäunten Garten hinter dem Laden gelangte. Die verwitterten Backsteine leuchteten in der Abendsonne.

Jacques bellte einmal scharf auf, als sie das Holztor erreichten. Der Garten war gerade groß genug für ein Blumenbeet, ein Stückchen Rasen und einen Tisch mit vier Stühlen, an dem die Mitarbeiter vom *String Fever* ihre Pausen verbringen oder die Kinder von Claire Bradford – künftige Claire McKnight – ihre Hausaufgaben machen konnten, während ihre Mutter arbeitete.

Sie musste sich wirklich eine größere Wohnung suchen, in der Jacques mehr Platz hatte. Bei ihrem Einzug in das Apartment über dem Laden hatte sie nicht geplant, einen Hund zu halten, geschweige denn einen derart großen wie Jacques. Sie hatte ihn nur für ein paar Wochen bei sich aufnehmen wollen, bis das Tierheim einen Besitzer für ihn gefunden hatte. Aber dann hatte sie sich in diesen großen, freundlichen Hund mit dem so unpassenden Pudelfell verliebt.

„Ganz langsam, du verrückter Hund! Wahrscheinlich bist du genauso durstig wie ich. In einer Minute kann ich dich von der Leine lassen."

Sie trat durch das Gartentor und erstarrte, da Jacques einen Mann anbellte, der auf einem der Gartenstühle saß. Im Schatten des Sonnenschirms konnte sie die Gesichtszüge des Fremden nicht erkennen. Ihr Herzschlag schien einen Moment auszusetzen.

Früher in L. A. hätte sie in solch einer Situation das Pfefferspray gezückt und mit dem Zeigefinger der anderen Hand bereits die letzte 1 der Notrufnummer 911 gedrückt. Nur für den Fall.

Doch hier in Hope's Crossing erschrak sie zwar, wenn ein fremder Mann im Halbdunkeln auftauchte, wurde allerdings nicht panisch. Noch nicht.

Sie kniff die Augen etwas zusammen und erkannte ihn auf einmal – was ihre inneren Alarmglocken laut aufschrillen ließ. Lieber hätte sie sich mit einem halben Dutzend mit Messern bewaffneten Verbrechern angelegt, als Brodie Thorne gegenüberzustehen.

„'n Abend", begrüßte er sie und erhob sich.

Jacques zerrte an seiner Leine, was er normalerweise nicht machte. Weil Evie damit nicht gerechnet hatte, glitt ihr die Leine durch die Finger, und Jacques nutzte seine frisch gewonnene Freiheit, um begeistert auf den Mann zuzurennen.

Sie konnte nicht einmal rechtzeitig „Sitz" rufen, bevor er Brodie erreicht hatte. Nach allem, was sie von Brodie wusste, rechnete sie damit, dass er den Hund von sich schieben würde, verbunden mit einem unhöflichen Kommentar nach dem Motto, sie habe ihren Hund nicht im Griff. Doch er überraschte sie, indem er anfing, den Hund zwischen den Ohren zu kraulen.

Sie wollte nicht, dass er nett zu Hunden war. Das passte nicht zu ihm und dem Bild, das sie von ihm hatte.

Ihre Bekanntschaft mit Brodie hatte schon holprig begonnen, als sie vor zwei Jahren eine E-Mail-Freundschaft mit seiner Mutter Katherine in einem Schmuckforum geschlossen hatte, die dazu führte, dass Evie nach Hope's Crossing zog, um im *String Fever* zu arbeiten. Diesen Laden hatte Katherine vor Jahren eröffnet und irgendwann an Claire Bradford verkauft.

Seine Mutter war eine gute Freundin geworden, die Evie geholfen und unterstützt hatte, eine sehr dunkle Zeit zu überstehen. Evie hatte ihr unendlich viel zu verdanken. Höflich zu ihrem unfreundlichen Sohn zu sein war wohl das Mindeste, was sie tun konnte, zumal Brodie im Augenblick selbst mit großen Problemen zu kämpfen hatte.

„Tut mir leid. Warten Sie schon lange?", fragte sie nach einer unangenehm langen Pause.

„Etwa zehn Minuten. Ich wollte Ihnen schon eine Nachricht hinterlassen."

Sie hatte wenig Lust, mit ihm zu sprechen, zumal sie wahnsinnigen Durst hatte. „Entschuldigen Sie, aber ich habe vergessen, meine Trinkflasche einzupacken, und bin am Verdursten. Haben Sie noch einen Moment Zeit?"

„Sicher."

„Möchten Sie hinaufkommen oder hier auf mich warten?"

„Ich komme mit."

Sie hätte anders fragen sollen. *Wie wäre es, wenn Sie hier einen Moment warten und sich verdammt noch mal aus meinem Privatleben raushalten?* Nun war es wohl zu spät, die Einladung zurückzunehmen.

Sie stieg vor ihm die enge Treppe hinauf, sich bei jedem Schritt deutlich bewusst, dass er ihr folgte. Auf einmal wurde ihr klar, dass sie die Nähe eines Mannes nicht mehr gewohnt war. Gut, sie hatte inzwischen ein paar Verabredungen in Hope's Crossing gehabt, allerdings war nie etwas Ernsthaftes daraus geworden. Und keinen dieser Männer hätte sie in ihr persönliches Heiligtum eingeladen.

Die meiste Zeit war sie von Frauen umgeben. Sie arbeitete in einem Perlenladen, Himmel noch mal, einem Ort, der nicht gerade vor Testosteron strotzte. Wenn sie jemals wieder eine Beziehung haben wollte, würde sie sich etwas einfallen lassen müssen. Jetzt, wo sie ein gewisses Maß an Ruhe nach den schwierigen letzten beiden Jahren gefunden hatte, war es vielleicht wirklich an der Zeit, in dieser Hinsicht etwas zu unternehmen.

Falls sie irgendwann wieder ernsthaft daran denken sollte, sich auf dem Markt umzusehen, dann würde ihr der Name Brodie Thorne jedenfalls garantiert nicht in den Sinn kommen, *obwohl* er großartig aussah – wenn man auf diesen verführerischen, dunkelhaarigen Geschäftsmann-Typ stand.

Was bei ihr nicht der Fall war.

Sie nahm den Hausschlüssel aus der kleinen Tasche im Bund ihrer Jogginghose und schloss die Tür auf. Dann zuckte sie zusammen. Sie hatte das Durcheinander vergessen, das sie hinterlassen hatte, als sie gleich nach ihrer Rückkehr zum Joggen aufgebrochen war. Einen Berg von Kartons und Taschen und Koffern. Sie hätte Brodie wirklich mit Jacques unten im Garten warten lassen sollen.

Brodie zog eine Augenbraue angesichts des Chaos hoch – oder vielleicht auch wegen ihres ungewöhnlichen Einrichtungsstils – und der nicht zusammenpassenden Möbel: Berge von Kissen, zarte Vorhänge an den Fenstern und perlenbesetzte Lampenschirme, die sie in einer langen Winternacht gebastelt hatte. Viel schlichter als ihr Heim in Topanga Canyon oder ihr Elternhaus, eine große Villa in Santa Barbara. Aber ihr gefiel es.

Brodie lebte in einem riesigen Designerhaus aus Zedernholz und Glas oben am Canyon High, und sie konnte sich sehr gut vorstellen, was er von ihrem bescheidenen Apartment hielt. Und die Tatsache, dass sie sich auch nur einen Moment lang dafür schämte, machte sie wütend. Wütend auf sich und ungerechterweise auch auf ihn.

„Entschuldigen Sie das Durcheinander! Ich bin erst vor

einer Stunde von einem Kunstmarkt in Grand Junction zurückgekommen und habe nur schnell mein Auto ausgeräumt."

Sie schob den Koffer aus dem Weg, damit sie ins Wohnzimmer gehen konnten, und unverzüglich schien das Zimmer auf halbe Größe zu schrumpfen. Nur gut, dass sie Jacques unten gelassen hatte, mit den beiden großen männlichen Wesen in der kleinen Wohnung wäre kaum genug Luft zum Atmen geblieben.

„Kein Problem."

Er betrat das Zimmer, blieb allerdings stehen. Für einen Mann, der normalerweise so selbstbewusst war, dass es schon an Arroganz grenzte, wirkte er aus irgendeinem Grund merkwürdig unsicher. Sie konnte selbst nicht sagen, weshalb sie diesen Eindruck hatte. Vielleicht lag es an seiner angespannten Haltung oder dem wachsamen Blick in seinen Augen.

Sie musste schlucken, und nun fiel ihr auch wieder ein, warum sie ihn überhaupt in ihre Wohnung eingeladen hatte. Weil sie am Verdursten war. Sie steuerte auf den Kühlschrank der offenen Küche zu und nahm den Wasserkrug heraus. „Kann ich Ihnen etwas anbieten? Wasser? Eistee oder eine Cola?"

„Nein danke."

Sie warf die Tür zu, goss sich ein Glas ein und trank einen tiefen, köstlichen Schluck.

Wieso nur war Brodie in ihrer Wohnung und wirkte so nervös? Seit sie in Hope's Crossing lebte, hatten sie nur wenige Worte miteinander gewechselt. Meistens waren sie bei irgendwelchen öffentlichen Anhörungen aufeinandergetroffen, wo sie sich gegen seine Pläne ausgesprochen hatte, diesen pittoresken Ort in eine schlechte Kopie jeder anderen Stadt zu verwandeln.

Ein Privatbesuch passte überhaupt nicht zu ihm.

Womit hatte sie ihn so sehr verärgert, dass er sie zu Hause aufsuchte? Wegen der vielen Kunstmärkte war sie doch in diesem Sommer nur selten in Hope's Crossing gewesen. Vielleicht war er noch immer sauer, da sie bei der Planungskommission gegen eines seiner Bauprojekte gestimmt hatte, das sie persönlich für eine Verschandelung der Umwelt hielt.

Sie wurde sich plötzlich ihres verschwitzten T-Shirts und der engen Jogginghosen bewusst und der Tatsache, dass sie ihm vorhin auf der Treppe einen ungehinderten Blick auf ihren Hintern erlaubt hatte.

Um sich das Unbehagen nicht anmerken zu lassen, hob sie ihren Pferdeschwanz etwas an und fächelte sich Luft zu. Im Zimmer war es so heiß wie in einer Sauna. Schnell stellte sie ihr Glas auf der Küchentheke ab und ging zum Fenster, um es zu öffnen. Das hätte sie eigentlich tun sollen, bevor sie mit Jacques losgelaufen war.

„Haben Sie keine Klimaanlage?“

Evie zuckte mit den Schultern und verspürte sofort das Bedürfnis, ihre Arbeitgeberin und Vermieterin – vor allem aber gute Freundin – zu verteidigen. „Claire hatte angeboten, eine einzubauen, aber das wollte ich nicht. Ein Ventilator reicht mir normalerweise, und ich kann mich jederzeit in den Garten setzen, wenn es hier zu stickig wird.“

Sie stellte den Ventilator an. Die Luft, die er verteilte, war zwar nicht gerade kühler, aber zumindest fühlte sie sich jetzt im Raum etwas weniger drückend an.

„Ich gehe allerdings davon aus, dass Sie nicht hier sind, um über mein Raumklima zu sprechen, Brodie.“

Er schaute durch das Fenster in die dunkler werdende Abenddämmerung. Seine Gesichtszüge waren angespannt, als ob er sich für etwas besonders Unangenehmes bereit machte, und so langsam wurde sie nun doch neugierig.

„Ich möchte Ihren Service in Anspruch nehmen.“

Okay. Sie blinzelte. Das Gebäude war zwar in den wilderen Zeiten der Stadt mal ein Bordell gewesen, dennoch war sie sich fast sicher, dass Brodie das nicht so meinte, wie es geklungen hatte.

Davon abgesehen fand sie es nicht gerade erfreulich, dass ihr bei der Vorstellung ein warmer Schauer über den Rücken lief.

Sie trank einen weiteren Schluck Wasser. „Möchten Sie ein Schmuckstück kaufen? Ein Geschenk für Taryn?"

„Es betrifft Taryn, ja. Doch es geht nicht um Schmuck." Wieder blitzte eine Art Unbehagen in seinen Augen auf, das er aber schnell wegblinzelte. „Sie haben offenbar noch nicht mit meiner Mutter gesprochen, oder?"

„Nein. Nicht, seit ich am Donnerstag weggefahren bin."

„Dann wissen Sie es wahrscheinlich noch nicht. Taryn kommt nach Hause."

Etwas von ihrer Anspannung verschwand. „Oh Brodie. Das ist fantastisch!"

Auch wenn sie den Mann nicht ausstehen konnte, so war sie doch froh über diese großartige Neuigkeit. „Das ging nun aber doch schnell. Wie erstaunlich! Vergangene Woche hatte Ihre Mutter noch gesagt, dass Taryn noch mindestens ein paar Monate in der Reha bleiben müsste. Wie schön für Sie, dass sie derartige Fortschritte macht!"

„Sollte man denken."

Bei seinem Tonfall runzelte sie die Stirn. „Finden Sie nicht?"

„Das würde ich gerne."

„Der Unfall ist schon mehr als drei Monate her. Sind Sie denn nicht überglücklich?"

„Ich bin glücklich, dass meine Tochter nach Hause kommt. Selbstverständlich", antwortete er knapp.

„Aber?"

Langsam stieß sie den Atem aus und verlagerte das Gewicht. „Die Rehaklinik wirft sie mehr oder weniger hinaus."

„Das kann ich mir nicht vorstellen."

„Natürlich nennen sie es anders. Die freundliche Umschreibung lautet vielmehr, dass es an der Zeit sei, Taryn woanders unterzubringen."

„Warum in aller Welt sollten sie so etwas sagen?"

„Die Ärzte und Physiotherapeuten von *Birch Glen* sind zu der Ansicht gelangt, dass sie Taryn nicht mehr weiterhelfen können. Sie arbeitet nicht mehr mit, es ist sogar so schlimm geworden, dass sie sich weigert, weiter zur Therapie zu gehen."

„Aber es ist die Aufgabe der Ärzte, Taryn weiter zu motivieren." Evie wusste, wovon sie sprach, immerhin hatte sie fast zehn Jahre als Physiotherapeutin gearbeitet. Zahllose Male hatte sie gedacht, bei einem Patienten die Grenze erreicht zu haben, nur um dann eine neue Übung oder Dehnung zu entdecken, die alles veränderte.

„Das sollte man meinen. *Birch Glen* ist die angesehenste Rehaklinik in ganz Colorado. Angeblich gibt es eine ellenlange Warteliste von Patienten, die auch wirklich Hilfe annehmen wollen. Es ist kein böser Wille, allen tut es wirklich sehr leid. Und so weiter, bla, bla, bla. Der Direktor denkt, dass *Birch Glen* Taryn so weit unterstützt hat, wie sie es zulässt, und dass sie mit den Mitarbeitern einer anderen Klinik vielleicht besser zurechtkommt."

Das konnte Evie verstehen. Manchmal passten Patienten und Therapeuten einfach nicht zusammen, egal, wie sehr sie sich bemühten. „Das muss sehr schlimm für Sie sein – und vor allem für Taryn. Es tut mir so leid, Brodie. Ich habe von einigen exzellenten Rehakliniken in der Gegend um Denver gehört. Vielleicht gibt es dort Therapeuten, die Ihre Tochter besser anspornen können."

„Sollte man meinen, nicht wahr? Aber hier geht es um ein fünfzehnjähriges Mädchen, das schwere Hirnverletzungen erlitten hat. Sie verhält sich nicht rational."

„Spricht sie inzwischen?" Von Katherine hatte sie erfahren, dass das Mädchen sich weigerte zu reden, da jedes Wort ein Kampf zu sein schien.

„Ihre Sprache ist besser geworden. Nun, zumindest besser als am Anfang. Sie konnte jedenfalls ganz eindeutig klarmachen, dass sie nach Hause möchte. Das war's. Sie will einfach nur nach Hause." Er seufzte. „Sie hat gesagt, dass sie auch nirgendwo sonst mitarbeiten würde – nicht mal in der besten Rehaklinik des ganzen verdammten Landes. Alles, was sie möchte, ist nach Hause zu kommen nach Hope's Crossing."

Er wirkte so verzweifelt, dass sie Mitleid mit ihm hatte. Gut, sie konnte ihn nicht ausstehen und fand ihn arrogant und humorlos. Aber es war auch nicht gerade leicht, ihren ersten – und zweiten und dritten – Eindruck von ihm mit dem Bild dieses hingebungsvollen Vaters in Einklang zu bringen, der in den letzten drei Monaten alles dafür getan hatte, dass seine Tochter wieder gesund wurde.

„Sie hat praktisch einen Tobsuchtsanfall wie eine Dreijährige gekriegt", fuhr er fort.

„Sie ist durch die Hölle gegangen."

„Genau. Und sosehr ich ihre Wünsche am liebsten ignorieren und einfach eine andere Klinik für sie suchen würde, muss ich darauf hören, was sie uns sagt. Sie macht keine Fortschritte mehr, und einige Therapeuten haben vorgeschlagen, dass wir uns darauf einlassen, was sie möchte. Sie nach Hause holen und dort eine Therapie beginnen."

Jetzt dachte sie an seine Worte: *Ich möchte Ihren Service in Anspruch nehmen* – und auf einmal fielen alle Puzzleteilchen an ihren Platz.

„Und warum sind Sie hier?", fragte sie, sich noch an die Hoffnung klammernd, dass sie sich täuschte.

Er wirkte, als würde er sich lieber eigenhändig sämtliche Fußnägel herausreißen, als hier in ihrem Wohnzimmer zu stehen und sie um einen Gefallen zu bitten.

„Das war eigentlich die Idee meiner Mutter. Bestimmt haben Sie eine Ahnung davon, wie viel Pflege Taryn benötigt, wenn wir sie nach Hause holen. Sie wird eine Krankenschwester brauchen und ein umfangreiches Rehaprogramm. Physio-, Ergo- und Sprachtherapie. Sie kann – oder will – noch immer nicht mehr als einen oder zwei Schritte allein gehen. Sie kann ihre Hände nur eingeschränkt benutzen, vor allem die linke. Im Moment hat sie sogar Probleme, allein zu essen. Die Ärzte sind sich nicht sicher, welche Fähigkeiten – wenn überhaupt – sie zurückgewinnen kann."

Hirnverletzungen konnten grausam und unberechenbar sein. Von einer Sekunde auf die andere wurde aus einem gesunden, lebhaften Mädchen, das gerne Snowboard fuhr, sich mit seinen Freunden traf und im Cheerleader-Team war, ein vollkommen anderer Mensch – womöglich für immer.

Er steckte die Hände in die Taschen. „Die Leute von *Birch Glen* haben mir erklärt, dass ich jemanden brauche, der die Pflege von Taryn koordiniert. Jemanden, der mit den ganzen Therapeuten und Pflegern zusammenarbeiten kann und dafür sorgt, dass sie alle Hilfe erhält, die sie benötigt."

Evie wappnete sich gegen das, was er als Nächstes sagen würde. Sie musste an ein anderes Mädchen und diese schrecklichen Wochen und Monate nach dessen Tod denken, und alles in ihr schrie Nein. Nie wieder wollte sie so etwas durchmachen.

„Meine Mutter hat sofort Sie vorgeschlagen. Sie wären perfekt für die Aufgabe. Und ich bin hier, um Sie zu bitten, es sich zu überlegen."

Da war es. Sie sog den Atem ein und schluckte den Kloß hinunter, der sich in ihrer Brust zusammenzuballen schien.

„Ich arbeite jetzt in einem Schmuckladen", erwiderte sie leise.

„Aber Sie sind ausgebildete Physiotherapeutin. Meine Mutter meinte, dass Sie nach Ihrem Umzug auch die Zertifizierung für Colorado beantragt haben."

Wenn das mal nicht eine ihrer dümmeren Ideen gewesen war. Sie hatte es mehr oder weniger als Herausforderung betrachtet und einfach herausfinden wollen, ob sie die Zertifizierung bekommen würde. Außerdem war das offizielle Papier nützlich für den Fall, dass irgendjemand Einwände gegen ihre freiwillige Arbeit für das lokale Seniorenzentrum hatte. Jetzt allerdings bereute sie diesen Schritt zutiefst.

„Nur weil ich etwas Bestimmtes kann, heißt es noch lange nicht, dass ich es auch *tun* will."

Du meine Güte, sie klang vielleicht zickig. Warum brachte er das Schlimmste in ihr zum Vorschein?

Sein sowieso schon kalter Blick wurde eisig. „Weshalb nicht?"

Aus Hunderten von Gründen. Tausenden. Ihre Gedanken wanderten zu Cassie und diesen schrecklichen Tagen und zu dem schwer erkämpften inneren Frieden, der ihr seither über alles ging.

„Ich arbeite jetzt in einem Schmuckladen", wiederholte sie. „Ich habe meinen alten Beruf an den Nagel gehängt. Und ich habe Verpflichtungen. Neben meiner Arbeit für Claire habe ich auch verschiedene andere Projekte angenommen, ganz zu schweigen von einem weiteren Kunstmarkt im August. Ich kann Ihnen Ihre Bitte unmöglich erfüllen."

„*Nichts* ist unmöglich. Das ist nicht nur ein verdammter Slogan."

Er trat näher. Evie musste gegen den Drang ankämpfen, zurückzuweichen. „Wir sprechen hier über meine Tochter", entgegnete er brummend. „Nach dem Unfall glaubte kein einziger Arzt, dass Taryn ihre Hirnverletzungen überleben könnte. Als sie all die Wochen im Koma lag, haben mich manche sogar dazu gedrängt, die lebenserhaltenden Maschinen ausschalten zu lassen. Es gebe für sie keine Chance, jemals ein normales Leben zu führen, sagten sie. Sie sei nichts als eine leere Hülle. Doch das ist sie *nicht*. Da drinnen ist noch immer die dickköpfige Taryn von früher!"

Die Liebe zu seinem Kind rührte Evie an. Aber das bedeutete noch lange nicht, dass sie sich deswegen von ihm überreden lassen würde.

„Ich mache das nicht mehr, Brodie. Vielleicht kann Ihnen die Klinik jemanden aus der Gegend empfehlen, der Ihnen helfen kann."

„Ich zahle Ihnen, was immer Sie verlangen."

Dann nannte er einen Betrag, bei dem sie blinzeln musste. Einen winzigen Moment lang stellte sie sich vor, wie sie das Geld zwischen dem Layla-Parker-Stipendium und der Stiftung, die sie in Kalifornien unterstützte, aufteilen würde.

Nein. Der Preis, den sie bezahlen müsste, war einfach zu hoch.

„Es tut mir leid", erklärte sie. „Doch ich gehöre nicht mehr in diese Welt."

„Aus freiem Willen."

„Richtig. Aus freiem Willen."

Sein Blick – diese Augen, blau wie schillernder Achat – fixierte ihr Gesicht. „Bedeutet es Ihnen denn gar nichts, dass ein junges Mädchen Ihre Hilfe benötigt? Sie könnten ihr Leben verändern. Ist das denn nichts?"

Oh, das war einfach nicht fair. Woher kannte dieser verflixte Mann ihre verwundbarste Stelle?

Allerdings würde sie sich von ihm keine Schuldgefühle einreden lassen. „Sie müssen jemand anders finden", wiederholte sie.

„Und wenn ich Ihr Honorar um zwanzig Prozent erhöhe?"

„Es spielt keine Rolle, wie viel Sie mir anbieten. Hier geht es nicht um Geld. Sie sollten wirklich nach jemandem mit mehr Erfahrung suchen."

Jegliche Höflichkeit in seinem Ausdruck verschwand. Jetzt wirkte er nur noch verärgert. „Ich habe meiner Mutter gesagt, dass Sie es nicht tun würden. Niemals hätte ich jemanden wie Sie um Hilfe bitten sollen. Tut mir leid, dass ich meine und Ihre Zeit verschwendet habe."

Und da war er wieder, der arrogante Mistkerl. *Jemanden wie Sie*. Was hatte das zu bedeuten? Jemand, der dagegen kämpfte, dass der Charme von Hope's Crossing den üblichen Fast-Food-Restaurants und Kaufhäusern weichen musste? Jemand, der ein soziales Gewissen hatte?

„Nächstes Mal sollten Sie gleich auf Ihr Bauchgefühl hören“, fuhr sie ihn an.

„Es wird kein nächstes Mal geben. Da können Sie verdammt sicher sein.“

Er marschierte zur Tür, riss sie auf und stürmte die Treppe hinunter.

Nachdem er verschwunden war, presste Evie die Hand auf ihren plötzlich schmerzenden Magen. Wahrscheinlich hatte sie nur Hunger. Schließlich hatte sie außer einem Sandwich vor sechs Stunden noch nichts gegessen.

Sie sank auf einen Stuhl. Nein, es lag nicht am Hunger. Sondern an Brodie Thorne. Der Mann hatte sie nervöser gemacht als ein ganzes Zimmer voller Anwälte.

Vielleicht hätte sie zustimmen sollen. Sie mochte Katherine und stand tief in ihrer Schuld. Und Brodie hatte recht. Trotz des Altersunterschieds kannte sie Taryn gut. Sie war regelmäßig ins *String Fever* gekommen, ein Mädchen mit den Träumen und Plänen und den typischen Ängsten eines Teenagers.

Sie wollte ihr helfen, aber wie sollte das funktionieren? Es würde sie einfach viel zu viel kosten. Seit sie nach Hope's Crossing gezogen war, hatte sie hart dafür gearbeitet, ein besseres Leben zu führen als zuvor. Als sie verloren und voller Trauer gewesen war. Ausgelaugt.

Sie wusste um ihre eigenen Grenzen, hatte sie auf eine harte Weise erkennen müssen. Wenn sie mit Patienten arbeitete, dann gab sie alles, was sie hatte – all ihre Energie, Kraft, Leidenschaft. Sie verlor jegliche professionelle Distanz, jegliche Objektivität.

Nach Cassies Tod und ihrem eigenen Zusammenbruch war ihr klar geworden, dass sie einfach nicht länger in diese Welt gehörte, ganz egal, wie viele Menschen sie dadurch enttäuschte.

Brodie musste den letzten Rest seiner Selbstbeherrschung aufbringen, um die Tür nicht hinter sich zuzuknallen. Dann stapfte er die Treppe hinunter in den Garten hinter der Wohnung.

Er war so wütend, dass er am liebsten ein paar Blumen herausgerissen hätte. Oder jede verdammte einzeln. Ihr Hund – halb Pudel, halb Labrador und genauso komisch wie sie – wedelte zur Begrüßung bellend mit dem Schwanz. Brodie kraulte ihn zwischen den Ohren, stieß den Atem aus, und etwas von seiner Anspannung löste sich auf.

Allerdings nur etwas, nicht alles. Was zum Teufel sollte er jetzt machen? Gut, wahrscheinlich war er zu naiv gewesen, aber er hätte niemals gedacht, dass sie tatsächlich Nein sagen würde.

Welch eine Ironie! Er hatte diese Frau sowieso nicht für Taryns Pflege engagieren wollen. Seine Mutter hatte er für verrückt gehalten, als sie ihm Evie Blanchard vorgeschlagen hatte, nachdem der Direktor der Birch-Glen-Klinik – damals noch sehr vorsichtig – angedeutet hatte, dass die Behandlung für Taryn möglicherweise nicht die richtige war.

Evie Blanchard hatte eine Schraube locker. Sie trug ihr langes, blondes Haar offen oder in Zöpfen, zog offenbar lieber Sportsandalen als hohe Schuhe an und hatte immer irgendein auffälliges, vermutlich selbst gebasteltes Schmuckstück um. Meistens sah man sie in fließenden, blumigen Kleidern, als wäre sie eine Art Mutter-Erde-Hippie. Allerdings wusste er nun, dass sie manchmal auch unglaublich enge Sporthosen trug. Durch seinen Körper ging ein kleiner Ruck bei der Erinnerung daran – sehr zu seinem Ärger.

Er *wollte* sich nicht zu Evie Blanchard hingezogen fühlen. Sie gehörte zu diesen verflixten Gutmenschen, die in ihrer Freizeit nichts Besseres zu tun hatten, als Dinge durcheinanderzubringen, die zuvor vollkommen in Ordnung gewesen waren. Alles an ihr ging ihm auf die Nerven.

Als sie in die Stadt gekommen war, hatte er zuerst geglaubt, sie sei eine Schwindlerin, die seine viel zu vertrauensselige Mutter ausnutzen wollte. Im Ernst, welche normale Frau packte ihren Kram, ließ alles hinter sich und zog ans andere Ende des Landes, nur wegen einer E-Mail-Freundschaft?

Entweder war sie die geduldigste Betrügerin, von der er je gehört hatte, oder sie war wirklich nach Hope's Crossing gekommen, um noch einmal neu zu beginnen. Seit einem Jahr war sie nun hier und schien sich gut eingelebt zu haben. Seine Mutter und all ihre Freundinnen jedenfalls mochten sie.

Er streichelte den Hund ein letztes Mal, dann trat er durch das Eisentor und marschierte die Gasse zurück auf die Main Street.

Evie Blanchard war vielleicht keine Betrügerin, dennoch hatte er sich immer bemüht, einen großen Bogen um sie zu machen. Sie hatte so eine Art, einen anzusehen, die ihn beunruhigte. Bevor er auch nur ein Wort gesagt hatte, fühlte er sich von ihr schon abgeurteilt. Er wusste genau, wofür sie ihn hielt. Für einen miesen Bauunternehmer mit einem dicken Scheckbuch, der Hope's Crossing ruinieren wollte.

Was nicht stimmte. Er liebte diese Stadt. Das war sein Zuhause, hierher hatte er seine damals dreizehnjährige Tochter nach seiner gescheiterten Ehe gebracht. Und jetzt wollte er Taryn wieder nach Hause holen, damit sie endlich gesund werden konnte. Zählte das denn nicht?

Nun, wohl nicht für Evie Blanchard. Sie konnte ihn einfach nicht leiden. Es half auch nicht gerade, dass sie jedes Mal bei einem Planungstreffen oder einer öffentlichen Anhörung alles, was er vorhatte, mit eloquenten Äußerungen attackierte. Und er war jedes Mal entsetzt über das vollkommen unpassende Begehren, das er bei diesen Gelegenheiten mit jeder Faser seines Körpers verspürte.

Natürlich konnte er das schlecht seiner Mutter erzählen. Er wollte diese Tatsache ja nicht einmal sich *selbst* gegenüber eingestehen.

Deswegen hielt er lieber einen gesunden Abstand zu Evie Blanchard, ihrem welligen blonden Haar und ihrer schlanken Figur, die sich unter den engen Laufhosen äußerst vorteilhaft abgezeichnet hatte.

Dumm genug, dass seine Mutter ihn letztlich doch davon überzeugt hatte, dass Evie im Moment die einzige Person war, die seiner Tochter helfen konnte.

Katherines Argumente waren einleuchtend gewesen, voller Zitate aus medizinischen Artikeln, die Evie vor ein paar Jahren geschrieben hatte, und Zeitungsberichten über die unglaublichen Fortschritte, die sie bei einigen ihrer Patienten erzielt hatte. Seine Mutter hatte ihre Hausaufgaben gründlich gemacht und ihm alles präsentiert, was sie über Evie herausfinden konnte. Selbst Berichte von Eltern ihrer jugendlichen Patienten waren darunter gewesen. Nachdem er das Dossier über Evies Zeit als Therapeutin in Kalifornien gelesen hatte, war er schwer beeindruckt gewesen. Danach war er sich nicht mehr sicher, ob er sich noch mit einem anderen Physiotherapeuten zufriedengeben könnte.

Seufzend steuerte er auf seinen Wagen zu, der auf dem Parkplatz hinter dem *Center of Hope Café* stand. Er entdeckte Dermot Caine, den Besitzer des Cafés, der mit Mülltüten in beiden Händen zum Container ging. Brodie winkte.

„Stimmt es, dass dein Mädchen nach Hause kommt?“, fragte Dermot mit einem hoffnungsvollen Ausdruck auf seinem sonnengebräunten Gesicht.

„Das ist der Plan. Sie hat aber noch einen langen Weg vor sich.“ Er wünschte wirklich, dass er diesen Satz nicht jedes Mal hinzufügen müsste, wenn er mit jemandem sprach, doch die Leute in Hope’s Crossing hatten schon genug Enttäuschung und Verzweiflung in den letzten drei Monaten erlebt.

Er wollte nicht, dass jemand überzogen hohe Erwartungen anstellte.

„Gib ihr eine herzliche Umarmung von mir, ja? Die Kleine ist eine echte Kämpferin. Wenn sie auf irgendwas Lust hat – auf meinen Heidelbeerkuchen oder die Schokoladenmousse, die sie immer so mochte –, dann sag mir einfach Bescheid, und ich werde persönlich liefern."

„Das mache ich. Danke, Dermot." Es hatte eine Zeit gegeben, als der Besitzer des Cafés Brodie nur als Störenfried betrachtet hatte. Brodie hatte in den letzten Jahren hart daran gearbeitet, seinen Ruf in der Stadt zu verbessern, und es war schön für ihn zu sehen, dass Dermot sich um seine Tochter Gedanken machte.

„Ich meine es so. Jeder in der Stadt betet für dein Mädchen. Sie ist ein kleines Wunder, wirklich, das ist sie, und wir können es kaum erwarten, sie wieder bei uns zu haben."

„Das freut mich. Und ich bin sicher, Taryn auch."

Alle in Hope's Crossing hofften darauf, dass Taryns Zustand sich besserte, und das bedeutete eine Menge Druck für eine Fünfzehnjährige, die gerade mal ein paar Worte am Stück sprechen konnte.

Wild entschlossen öffnete Brodie die Tür seines Wagens – Evie Blanchard war noch immer seine große Hoffnung.

Er war nicht bereit, jetzt schon aufzugeben. Das war einfach nicht seine Art, war es nie gewesen. Nicht früher, als er Skispringer war und für die Olympischen Spiele trainiert hatte, und auch nicht später als Geschäftsmann. Auf gar keinen Fall würde er sein kleines Mädchen im Stich lassen.

Er hatte als alleinerziehender Vater genug Fehler begangen. Angefangen damit, dass er eine Frau geheiratet hatte, die die erste Gelegenheit ergriff, abzuhauen, als Taryn gerade mal drei Jahre alt gewesen war. Mit der Hilfe seiner Mutter hatte Brodie es irgendwie geschafft, Taryn ein stabiles Zuhause zu bieten, mit allem, wonach ein Kind verlangen konnte.

Allerdings hatte er ihr nicht besonders viel von sich selbst gegeben. Während der letzten Jahre war ihre Beziehung schwierig gewesen, voller Streit und Wutausbrüche. Als sie dreizehn wurde, musste er feststellen, dass er nicht die geringste Ahnung von pubertierenden Mädchen und ihren Stimmungsschwankungen hatte. Bei all den Diskussionen und Androhungen von Hausarrest hatte er nicht bemerkt, dass Taryn immer mehr vom Weg abgekommen war und sich mit einer Clique eingelassen hatte, in der Alkohol getrunken wurde und die sogar in Häuser einbrach.

Vor dem Unfall war er also vielleicht ein schlechter Vater gewesen, aber dieses Mal würde er seine Tochter nicht im Stich lassen. Er war fest entschlossen, die bestmögliche Hilfe für sie zu finden, um ihr Rehaprogramm zu Hause fortzusetzen. Und ob es ihm nun passte oder nicht, war Evie Blanchard genau die richtige Person dafür.

Welche Rolle spielte es, dass er sie persönlich nervig und provozierend fand? Er war ein erwachsener Mann, er konnte das aushalten, vor allem, wenn sie die Person war, die seiner Tochter die bestmögliche Pflege garantieren konnte.

2. KAPITEL

Am nächsten Morgen wachte Evie früh auf, erschöpft und mit geschwollenen Augen. Jacques steckte seine Schnauze in ihren Nacken, und sie lachte heiser.

„Ja, okay. Ich weiß, was du willst", murmelte sie. Sie setzte sich behutsam auf, alle Knochen schmerzten von dem langen Wochenende. Jacques musste hinaus, und ein früher Marsch über den Woodrose-Wanderweg war jetzt genau das Richtige, um fit zu werden.

Schnell kleidete sie sich an, schnappte sich zehn Minuten später Jacques' Leine und lief mit ihm hinaus in die Morgendämmerung.

Als sie den Ausgangspunkt des Weges erreicht hatten, waren sie beide schon etwas ruhiger. Der Pfad war feucht vom nächtlichen Regen, und Evie fragte sich, ob man von dem intensiven Duft des durchnässten Salbeis und der Kiefern berauscht werden konnte.

Je weiter sie nach oben stieg, desto atemberaubender wurde die Aussicht, die sie jedes Mal aufs Neue überwältigte. Hope's Crossing wirkte klein und provinziell, vor allem im Schatten der riesigen Bergketten, die sich nach allen Richtungen ausbreiteten.

Die Stille war so vollkommen anders als der Lärm und Verkehr in L. A. – und sie hätte um nichts in der Welt tauschen wollen. Als sie in Hope's Crossing angekommen war, erschöpft und verloren, hatte sie hier, wo sie atmen und denken konnte, nach und nach wieder zu sich selbst gefunden. Der Schmerz, die Trauer und die Selbstzweifel waren langsam geheilt.

Allerdings nicht ganz und gar. Seufzend hielt sie das Gesicht in die Sonne, die hinter dem Gipfel aufging. Gerade als sie geglaubt hatte, endlich einen guten Platz für sich gefunden zu haben, zufrieden mit sich und der Welt, schlug ihr die Realität wieder mitten ins Gesicht wie ein unerwarteter Ast, der sich über ihren Lebensweg streckte.

Müde von dem Wochenende, hatte sie nicht gut geschlafen und wilde Träume voller Erinnerungen und alter Gespenster gehabt. Da musste man nicht lange überlegen, wer schuld daran war. Brodie Thornes unerwartete Bitte war wohl die ganze Nacht durch ihre Gedanken gegeistert.

Sie kam sich wie ein Feigling vor, weil sie abgelehnt hatte. Aber das war sie nicht. Es hatte sie viel Mut gekostet, ihren Beruf aufzugeben, ihr Heim und ihre Freunde, und etwas zu suchen, das sie in L. A. nicht mehr finden konnte. Sie hatte hart dafür gekämpft, ihr Gleichgewicht wiederzugewinnen – Harmonie oder Erlösung, wie immer man es nennen wollte. Sosehr ein Teil von ihr auch ein schlechtes Gewissen wegen ihrer Absage hatte, so wusste sie doch, dass ein Nein die einzig richtige Antwort gewesen war.

Nachdem sie und Jacques sich genug bewegt hatten, lief sie den Weg wieder hinab, vorbei an einigen Touristen – angesichts der Wanderstäbe und Birkenstock-Schuhe und mit diesem gewissen Elan offensichtlich Europäer. Sie grüßten sie mit starkem Akzent, dann sagten sie etwas in melodischem Französisch und zeigten dabei auf Jacques mit seinem Labradorkörper und dem wolligen Pudelfell, das sie im Sommer kurz scheren ließ. Er schenkte ihnen ein hoheitsvolles Nicken, bevor er weiter den Pfad hinuntertapste, und Evie streichelte ihm lächelnd den Kopf. Mann, wie sie diesen Köter liebte.

Zurück in ihrer Wohnung, verbrachte sie den Morgen mit einigen Bastelanleitungen, die sie einer Schmuckzeitschrift vorlegen wollte, dann aß sie schnell ein Sandwich und ging zur Arbeit.

Es war einfach unmöglich, ihren momentanen Arbeitsweg – sechzehn enge Stufen über die Treppe und dann durch den Hintereingang ins *String Fever* – mit den endlosen Stunden zu vergleichen, die sie im südkalifornischen Stop-and-go-Verkehr zugebracht hatte.

Als sie den Laden betrat, studierte ein junges Mädchen gerade die verschiedenen Schmuckdrähte, und zwei junge Mütter saßen in der Leseecke und blätterten die Musterbücher durch, während ihre Kinder das Spielzeug inspizierten, das Claire immer für die Kleinen bereithielt.

Evies Chefin war am Telefon in ihrem kleinen Büro. Durch die geöffnete Tür winkte Claire ihr zu, dann nahm Evie die Schürze mit den vielen Taschen vom Haken, in denen sie die Schmuckwerkzeuge verstauen konnte.

Claire beendete ihr Telefonat. Sie leuchtete heute geradezu. Ihre Augen glänzten, und ihr Lächeln war breit und strahlend. Sie trug ihr neu gefundenes Glück wie ein schimmerndes Diadem, und Evie freute sich für sie. Claire war die großzügigste Frau, die sie kannte, immer bemüht, anderen zu helfen. Obwohl sie nie verbittert gewirkt hatte, weil ihr Exmann kurz nach der Scheidung eine zehn Jahre jüngere Frau geheiratet und geradezu stolz mit ihr ein prächtiges Haus in Hope's Crossing bezogen hatte, musste es für sie bestimmt ein Schlag ins Gesicht gewesen sein.

Aber jetzt machte Riley McKnight sie glücklich. Jeder in der Stadt konnte das sehen, der Mann betete sie geradezu an.

„Du solltest frühestens in …“, Claire sah auf ihre Uhr, „einer Stunde hier sein.“

Evie lächelte. „Ich wollte noch mal das ganze Zubehör für den Workshop heute Abend checken.“

„Das ist wahrscheinlich eine gute Idee. Wir hatten am Wochenende noch ein paar kurzfristige Anmeldungen. Ich glaube, es sind allein am Samstag noch sechs dazugekommen. Deine Workshops sind immer voll. Seien wir ehrlich, du bist der Rockstar unter den Schmuckbastlern in Hope's Crossing.“

Evie lachte. „Nicht schlecht, oder?“

„Ich hoffe nur, dass wir genug Platz an der Werkbank haben. Und wenn du immer noch der Meinung bist, dass wir eine zweite brauchen, dann sag mir Bescheid. Also, wie war es in Grand Junction?“

„Viel besser als erwartet. So gut sogar, dass es ziemlich stressig werden wird, das Sortiment vor dem nächsten Kunstmarkt am Labor-Day-Wochenende aufzufüllen.“

„Ich werde ein Schild an der Kasse anbringen, dass du noch weitere Schmuckstücke in Kommission nimmst. Was du da machst, ist wirklich toll, Evie. Ich kann kaum glauben, wie viel Geld in ein paar Monaten in das Stipendium geflossen ist. Mit dem gigantischen Betrag von der Wohltätigkeitsauktion im Juni und dem Geld, das seither mit deiner Hilfe eingegangen ist, könnten wir gleich mehrere Stipendien pro Jahr in Laylas Gedenken vergeben. Das machst du fantastisch, Evie.“

„Ich tue doch gar nicht viel. Du bist es, die den ganzen Papierkram und die Organisation erledigt. Schmuck zu verkaufen ist dagegen einfach Spaß.“

„Ich war auch schon auf Kunsthandwerksmärkten. Das ist auch harte Arbeit.“

„Bisher genieße ich es. Und für dieses Jahr bin ich fast fertig. Nur noch der Markt über das Labor-Day-Wochenende in Crested Butte.“ Schnell wechselte sie das Thema. „Und wie kommst du mit den Hochzeitsvorbereitungen voran?“

„Wessen?“

Evie lachte. „Ähm, deinen. Welche Hochzeit sollte ich denn sonst meinen?“

„Nun, für viele hier ist die Beaumont-Danforth-Hochzeit das wichtigste Ereignis in dieser Stadt, obwohl die erst in neun Monaten stattfindet. Gen Beaumont war jeden Tag hier und fragte nach den Glassteinen, die sie bestellt hat, um Geschenke für ihre Brautjungfern zu machen. Ich habe ihr immer wieder gesagt, dass die Lieferung zwei Wochen dauert, aber sie scheint zu glauben, es ginge schneller, nur weil sie es will.“

„Wenn jemand das Raum-Zeit-Kontinuum manipulieren kann, dann Genevieve Beaumont."

Claires Lachen wirkte etwas angestrengt. „Ich spreche wohl im Namen aller Geschäftsleute von Hope's Crossing, wenn ich zugebe, wie froh ich bin, wenn diese Hochzeit nur noch eine ferne Erinnerung ist."

Genevieve Beaumont war die Tochter des Bürgermeisters von Hope's Crossing und die bekannteste Anwältin der Stadt. Ihre Hochzeit war schon vor Monaten geplant gewesen und hätte im Oktober stattfinden sollen, doch dann hatte Gen sie wegen des tragischen Unfalls, der die ganze Stadt erschüttert hatte, verschoben.

„Und hattest du Zeit, dich um deine eigene Hochzeit zu kümmern?", fragte Evie.

„Das wird so langsam. Wir denken jetzt an Dezember, mit einem kleinen, intimen Abendessen mit Tanz im *Silver Strike Ballroom*."

„Wie schön! Ich kann es mir jetzt schon vorstellen. Alles in Silber und Weiß und Blau, mit bunten Lichtern und meterweise Tüll."

Claires Gesichtsausdruck wurde nur einen Moment lang verträumt, bevor sie mit den Schultern zuckte. „Ich habe das ganz große Ding schon einmal gemacht. Dieses Mal möchte ich nicht so übertreiben."

„Für Riley ist es aber das erste Mal."

„Ihm ist es egal. Er würde am liebsten morgen mit mir nach Vegas durchbrennen, wenn seine Schwestern und seine Mutter ihn hinterher nicht umbringen würden."

Evie lächelte zwar, war aber verblüfft über den unerwarteten Stich, den sie verspürte.

Wie kam das auf einmal? Sie war doch nicht neidisch auf Claire. Überhaupt nicht. Sosehr sie sich über das Glück ihrer Freundin freute, so wenig suchte sie selbst eine Beziehung. Hatte sie denn nicht gerade letzte Nacht wieder festgestellt, dass sie vollkommen zufrieden mit ihrem freien Singleleben war? Jacques leistete ihr Gesellschaft, und die war um Längen angenehmer als jede romantische Verwicklung, die sie bisher erlebt hatte.

„Ihr beide verdient einfach eine wunderschöne Hochzeit. Und du weißt, dass ich dich bei allem unterstützen werde", versicherte sie Claire.

„Sei vorsichtig." Claire lachte. „Ich könnte darauf zurückkommen, wenn der Termin näher rückt."

„Du weißt sehr gut, dass ich dir das nicht anbieten würde, wenn ich es nicht ernst meinte."

Claire wollte gerade etwas antworten, doch in diesem Moment kam das junge Mädchen, das sich bisher umgesehen hatte, zögernd auf sie zu. „Tut mir leid, dass ich Sie unterbreche. Ich kann auch später noch mal kommen."

„Aber nein", sagte Evie schnell. „Hannah, richtig? Du bist eine Freundin von Lara, die hier ab und zu arbeitet."

„Nicht so richtig. Wir kennen uns nur von der Schule und so."

Etwas an diesem Mädchen, ihr Unbehagen und ihre Unbeholfenheit, rührten Evies Herz.

„Wie können wir dir helfen?", fragte Claire. In diesem Augenblick klingelte das Telefon.

„Ich übernehme das", bot Evie an. „Geh du ans Telefon."

„Das ist wahrscheinlich schon wieder Gen", vermutete Claire seufzend und durchquerte den Verkaufsraum, um in ihr Büro zu gelangen.

„Wenn Sie keine Zeit haben, dann kann ich ein anderes Mal wiederkommen."

„Aber gar nicht", beruhigte Evie das Mädchen. „Ich bin ganz Ohr. Wie kann ich dir helfen?"

„Ich kenne mich überhaupt nicht aus, aber ich würde gerne lernen, Schmuck zu machen. Ich dachte, ich bastle erst mal Ohrringe für meine Mom. Sie hat nächste Woche Geburtstag."

„Wie schön!"

„Sie ist in letzter Zeit irgendwie traurig, wissen Sie, und ich dachte, na ja, dass sie sich über ein neues Paar Ohrringe freuen würde."

Kirk. Das war ihr Nachname, wie Evie sich plötzlich erinnerte. Hannah Kirk. Sie kannte die Familie nicht gut, wusste aber, dass Hannahs Vater sie direkt nach Weihnachten wegen einer anderen Frau verlassen hatte. Und jetzt musste sich die Mutter um Hannah und ihre drei jüngeren Geschwister kümmern.

Wenn man den Gerüchten glauben konnte, war der Hoffnungsengel – der rätselhafte Wohltäter, der im letzten halben Jahr so vielen Familien mit Problemen geholfen hatte – seit Weihnachten mehrfach bei den Kirks aufgetaucht. Sie hoffte, dass es so war. Gretchen Kirk und ihre Kinder hatten so viel Pech gehabt, dass sie eine helfende Hand mehr als verdienten.

„Deine Mutter wird sich wahnsinnig über neue Ohrringe freuen, vor allem über selbst gemachte."

„Das ist nur so eine verrückte Idee. Wie gesagt weiß ich gar nicht, wie das geht, und ich würde viel Hilfe brauchen."

„Dann bist du hier genau richtig", erwiderte Evie lächelnd. „Wir helfen gern, glaub mir. Vor allem unseren Anfängern. Wir haben hier einen Arbeitstisch mit Werkzeugen und allem Zubehör, das du brauchst. Und es ist immer jemand da, der dich beraten kann."

Hannahs Gesicht leuchtete vor Erleichterung auf. „Wirklich? Das wäre toll. Danke. Vielen Dank. Sie haben recht, meiner Mutter würde das sehr gefallen, glaube ich."

„Moms sind ganz verrückt nach selbst gemachten Geschenken. Möchtest du gleich anfangen? Wir können uns die Perlen und Schmucksteine ansehen und überlegen, welche Farben deine Mutter am liebsten hat."

Hannah zog ein etwas älteres Handy aus der Tasche und sah auf die Zeitanzeige. „Ich muss jetzt gehen. Ähm, ich arbeite am

Eisstand drüben beim Baumarkt, und nachmittags ist immer besonders viel los. Kann ich ein anderes Mal wiederkommen?"

„Na sicher. Wenn ich nicht hier sein sollte, dann ist Claire oder jemand anderes da, der dir helfen kann. Denk einfach mal darüber nach, was für Ohrringe deine Mom mag, dann schauen wir uns die Bücher an und suchen uns ein Superdesign für sie aus."

„Aber trotzdem was Einfaches, ja?"

„Ganz klar."

„Danke. Das ist wirklich nett von Ihnen." Hannahs süßes Lächeln ließ ihr etwas grobes Gesicht hübsch und strahlend werden. „Ich habe aber nicht viel Geld. Ich kann wahrscheinlich nur ein Paar machen."

„Das kriegen wir schon hin. Wir haben bestimmt ein paar Sachen übrig, die wir dir günstig geben können." Falls Claire etwas dagegen haben sollte – was sicher nicht der Fall war –, dann hatte sie selbst jede Menge Steine und Perlen, die sie dem Mädchen schenken konnte.

„Dann bis bald, ja?"

Das Mädchen lächelte. Sie sah so viel glücklicher aus als zuvor. „Toll. Danke. Vielen, vielen Dank."

Hannah eilte zur Tür und streckte gerade die Hand nach dem Knauf aus, als Katherine Thorne den Laden betrat.

Evie rutschte das Herz in die Hose, all die Befürchtungen der vergangenen schlaflosen Nacht kamen wieder hoch.

Katherine war wie immer äußerst elegant – von ihrem aschblond gesträhnten kinnlangen Haar bis zu ihren Riemchensandalen und den lackierten Fußnägeln. Dennoch hatten die letzten drei Monate seit dem Unfall ihrer Enkelin erkennbar ihren Tribut verlangt. Sie war dünner denn je und hatte ein paar Falten mehr bekommen.

Das gute Gefühl, das Evie gerade noch bei der Vorstellung gehabt hatte, einem jungen Mädchen zu helfen, verpuffte umgehend. Zu Brodie Thorne Nein zu sagen war so leicht gewesen, wie eine einzelne Perle auf einen Faden zu ziehen – etwas, das sie im Schlaf konnte. Doch Katherine zu enttäuschen war eine ganz andere Sache.

Hannah verließ mit einem unsicheren Lächeln den Laden, und Katherine schloss die Tür hinter ihr. Evie suchte händeringend nach einer Ausrede, um nicht mit ihrer Freundin sprechen zu müssen. Aber Hannah war gegangen, und die beiden jungen Mütter schienen leider vollkommen zufrieden damit zu sein, die Zeitschriften durchzublättern, während ihre Kinder in der Spielecke kicherten.

Evie saß in der Falle. Sie riss sich zusammen, begrüßte Katherine mit der üblichen warmherzigen Umarmung und atmete den blumigen Duft von Estée Lauder Beautiful ein, des Parfüms, das Katherine benutzte. Katherine fühlte sich zerbrechlich an, ihre Knochen standen scharf hervor. Sie aß einfach nicht genug. Wie viel mehr Verantwortung würde sie sich aufbürden, wenn ihre Enkelin nach Hope's Crossing zurückkam?

„Wie war deine Reise, Liebes?", erkundigte sich Katherine.

Evie trat einen Schritt zurück. „Sehr schön. Der Markt war dieses Jahr gut besucht, und die Leute waren auch wieder bereit, Geld auszugeben."

„Ich war auch ein- oder zweimal dort und fand es toll."

Katherine schien nicht wütend zu sein. Sie schrie nicht und fragte nicht, wie Evie sie nur derart enttäuschen konnte. Vielleicht wusste sie noch gar nicht, dass Brodie sie gefragt hatte – oder dass ihre Antwort Nein gewesen war.

Aber das konnte sie sich nicht vorstellen. Katherine trug einen entschlossenen Gesichtsausdruck zur Schau, und Evie war nicht so naiv zu glauben, dass Brodies Mutter hier war, um sich Perlen anzusehen.

Sie tauschten noch einige Freundlichkeiten aus, bis Evie es fast nicht mehr ertragen konnte und aufseufzte. „Also gut. Du kannst auch einfach mit der Sprache rausrücken, Kat. Brodie hat dich geschickt, um mich umzustimmen, richtig?"

Katherine kräuselte die Nase. „Ich weiß überhaupt nicht, wovon du sprichst."

„Ha." Evie strich einige der Ketten glatt, die an der Wand hingen, nur um ihre Hände zu beschäftigen. Genau das hatte sie die ganze Nacht wach gehalten, die Furcht, dass sie gezwungen sein würde zu entscheiden, ob sie ihr zufriedenes Leben aufgeben oder eine sehr, sehr gute Freundin verlieren wollte.

In gewisser Weise war Katherine eine Ersatzmutter für sie geworden. Nach Cassies Tod war ihre E-Mail-Freundschaft ein Trost für sie gewesen, ein Hoffnungsschimmer. Als Katherine ihr vorgeschlagen hatte, für eine Woche zu ihr nach Colorado zu kommen, hatte Evie die Chance ergriffen und sich sofort in die Stadt und deren Bewohner verliebt.

Nun, in die meisten zumindest.

„Du willst so tun, als ob Brodie dich nicht geschickt hätte."

„Hat er nicht. Um genau zu sein, hat er es mir sogar verboten."

„Und doch bist du hier."

„Nur weil wir verzweifelt sind, Liebes. Brodie und ich möchten einfach die beste Pflege, die Taryn bekommen kann. Das verstehst du doch sicher."

Oh, wie sie das hasste. „Alle Eltern würden das wollen."

„Du bist die Beste", sagte Katherine nur. „Kannst du es uns da vorwerfen, dass wir dich um Hilfe bitten?"

„Was immer ich auch mal früher gewesen bin, ist lange her. So bin ich nicht mehr, Katherine. Jetzt arbeite ich in einem Perlenladen."

„Ich dachte, du würdest in diesem Fall eine Ausnahme machen. Wenn nicht für Brodie, dann vielleicht für mich und vor allem für Taryn."

Die Spannung in ihren Schultern verstärkte sich schmerzhaft. Kein Wunder, dass Katherine so ein gefürchtetes Mitglied der Stadtverwaltung war. Sie wusste genau, welche Knöpfe man drücken musste.

„Das ist nicht fair", murmelte Evie.

„Ich weiß." Katherine schien es nicht leidzutun. „Mein Sohn ist nicht der einzige skrupellose Mensch in unserer Familie."

Ein unlösbares Dilemma. Entweder sie lehnte ab und verletzte eine gute Freundin. Oder sie sagte zu und verletzte sich selbst.

Dass Claire in diesem Augenblick auftauchte, war eine willkommene Unterbrechung. „Katherine! Ich habe dich gar nicht hereinkommen hören. Hallo, Schätzchen! Wie geht es Taryn?"

Katherine warf Evie einen schnellen Blick zu, dann wandte sie sich wieder an Claire. Evies Anspannung verstärkte sich noch.

„Sie kommt Ende der Woche nach Hause."

Claires Mund klappte auf, ehrliche Freude erhellte ihr hübsches, ruhiges Gesicht. „Du machst Scherze! Das wusste ich gar nicht. Wie wunderbar! Das müssen wir feiern! Mit Feuerwerk und Konfetti. Wir veranstalten eine Parade oder so was!"

Katherine schüttelte leicht den Kopf. „Ich fürchte, dass wir die Champagnerflasche noch nicht köpfen können. Diese Ärzte in Denver werfen sie mehr oder weniger raus, weil sie sagen, dass sie nichts mehr für Taryn tun können. Sie ist das, was Experten eine widerspenstige Patientin nennen."

Claires Begeisterung ebbte ein wenig ab, doch sie war von Natur aus so optimistisch, dass sie sich ihre Freude von einem kleinen Rückschlag nicht nehmen lassen wollte. „Nun, es ist auf jeden Fall wunderbar, dass wir sie wieder hier in Hope's Crossing haben. Was können wir tun? Weißt du schon, wie wir Brodie am besten helfen können?"

Angesichts Claires Bereitschaft, sofort ihre Hilfe anzubieten, egal, worum es ging, fühlte Evie sich klein und schlecht. So war Claire einfach immer, ständig überlegte sie, womit sie anderen helfen konnte. Egal, wie sehr sie Claire auch mochte, insgeheim fand sie, dass sie es mit ihrer Selbstlosigkeit ein wenig übertrieb.

Katherine umarmte Claire erneut. „Das wissen wir noch nicht. Zuerst müssen wir uns um so viele Details kümmern. Zum Glück haben wir schon vor einiger Zeit ein paar Umbaumaßnahmen in Angriff genommen. Paul Harris hat einiges am Haus verändert, ein paar Wände herausgerissen, um eine behindertengerechte Dusche einzubauen, außerdem ein paar Rollstuhlrampen. Und einen Lift. Solche Sachen."

Katherine warf Evie wieder einen bedeutungsvollen Blick zu. *Jetzt geht's los.*

„Und wir versuchen, Evie zu überreden, uns bei dem Rehaprogramm zu helfen."

Claires Augen leuchteten auf. „Fantastisch!"

„Genau das meinen Brodie und ich auch. Ich fürchte allerdings, Evie ist anderer Ansicht."

Claires sah von einer zur anderen, und Evie konnte genau sehen, wann sie die unterschwellige Spannung zwischen den beiden Frauen bemerkte.

„Geht es um den Laden?", fragte sie. „Wenn es das ist, dann keine Sorge, Evie. Ich hab zwar gesagt, dass du ein Schmuck-Rockstar bist, aber wir kommen auch mal ohne dich zurecht, wenn wir müssen. Vor allem, wenn es für einen guten Zweck ist. Ich kenne da ein paar junge Mädchen, die ständig mit einem Lebenslauf hier auftauchen und nach einem Ferienjob suchen. Die könnte ich einstellen, bis die Schule wieder losgeht, und danach fällt mir schon was ein. Du kannst dir so viel Zeit mit Taryn nehmen, wie du brauchst."

„Das ist ehrlich gesagt einer der Gründe, warum ich vorbeigekommen bin", erklärte Katherine ruhig. „Du sollst nicht glauben, dass wir dir Evie einfach so wegnehmen wollen, vor allem in den Sommerwochen, wenn hier so viel los ist. Deswegen möchte ich dir einen Vorschlag machen."

Als Evie ein kleines Mädchen war, hatte ihr Kindermädchen sie und ihre jüngere Schwester immer zum Spielplatz in der Nähe der Villa in Santa Barbara gebracht. Jedes Mal wollte

Lizzie unbedingt mit ihr Karussell fahren, und Evie gab nach einer gewissen Zeit immer nach, obwohl sie dieses unkontrollierte Gefühl, dieses Wirbeln und Drehen nicht mochte. Das Gespräch jetzt fühlte sich in etwa so an, als würde sie sich gerade an den Handgriffen des Karussells festklammern, um nicht hinunterzufallen.

Claire lächelte Katherine an. „Ich höre."

„Ich möchte mich als Aushilfskraft bewerben, um Evies Job hier im Laden vorübergehend zu übernehmen", sagte Katherine. „Vielleicht könnte ich sogar einige ihrer Workshops leiten. Dann hätte sie genug Zeit, um mit meiner Enkelin zu arbeiten."

Evie kämpfte gegen das Bedürfnis an, die Augen zu schließen. Jetzt saß sie erst recht in der Falle. Denn Claire schien begeistert von dem Angebot zu sein. Und warum auch nicht? Katherine war die Gründerin vom *String Fever*. Sie hatte Claire nach deren Scheidung vor ein paar Jahren den Laden verkauft. Niemand in der Stadt – und schon gar nicht Evie – wusste mehr über Modeschmuck als Katherine.

„Großartige Idee, Kat. Du bist ein Genie."

„Ich würde eher sagen, durchtrieben", murrte Evie.

Claire wirkte überrascht, doch Katherine lächelte triumphierend. „Nur wenn es sein muss, Liebes."

„*Muss* es aber nicht in diesem Fall. Ich arbeite jetzt hier und nicht mehr als Physiotherapeutin", wiederholte sie zum gefühlt tausendsten Mal. „Ich habe in Colorado überhaupt keine Erfahrung."

„Aber eine Lizenz, richtig?"

„Katherine. Du weißt, warum ich damit aufgehört habe."

Zum ersten Mal entdeckte sie einen Hauch von Mitgefühl in den Augen der älteren Frau, doch dann sah diese nur noch entschlossener aus. Und das konnte Evie ihr kaum vorwerfen. Sie verstand Katherine nur zu gut. Ihre Enkelin hatte eine monate- oder vielleicht jahrelange schmerzhafte und schwierige

Therapie vor sich, ohne Garantie darauf, jemals ganz gesund zu werden.

Ja, sie konnte Katherine verstehen. Sie hätte auch alles getan, um den Menschen zu helfen, die sie liebte. Sie hätte auch Freundschaften aufs Spiel gesetzt, um ihrer Schwester Lizzie und ihrer Mutter nach dem Feuer zu helfen, bei dem sie so schwer verletzt wurden.

Und Cassie. In diesem einen Jahr, das ihr mit ihrer Tochter geblieben war, hatte sie mit aller Kraft dafür gekämpft, die bestmögliche Pflege für sie zu bekommen – doch am Ende hatten all ihre Bemühungen zu nichts geführt.

„Ich weiß. Und es tut mir leid. Aber wir brauchen dich, Evie."

Claire blickte verwirrt von der einen Frau zur anderen. „Ich verstehe kein Wort", sagte sie. Und wie sollte sie auch? Evie hatte nie über die Gründe gesprochen, aus denen sie ihre Praxis in L. A. aufgegeben hatte. Soweit Claire wusste, war sie nach Colorado gekommen, weil sie eine Veränderung brauchte.

Katherine aber wusste, worum es ging. Sie hatte Evie getröstet, ihr durch die dunkelste und schrecklichste Zeit geholfen. Evie wünschte von Herzen, sie könnte nun dasselbe für sie tun.

„Ich verstehe, dass du zögerst, Liebes", fuhr Katherine fort. „Die Verantwortung und der Druck wären sehr groß."

„Du weißt, dass es darum nicht geht. Wenn ich dir helfen könnte, würde ich es tun."

Katherine nickte und zog Evie zu deren Unbehagen wieder in die Arme. „Ich verstehe das", murmelte sie. „Tut mir leid, dass ich dich in diese Situation gebracht habe."

„Du bist der einzige Mensch, für den ich wieder mit meiner alten Arbeit anfangen würde, um zu helfen. Das weißt du, oder?"

„Ja, das weiß ich. Und ich werde jetzt noch einmal unsere

Freundschaft schrecklich ausnutzen, indem ich dich um einen einzigen Gefallen bitte."

Evie wappnete sich.

„Würdest du wenigstens darüber nachdenken, uns ein oder zwei Wochen zu helfen, während wir versuchen, einen Therapieplan für Taryn zusammenzustellen?", bat Katherine. „Mit deinem Wissen und deiner Erfahrung kannst du zumindest überprüfen, ob Brodie das Haus mit allem ausgestattet hat, was wir brauchen werden. Ein paar Wochen würden uns Luft geben, um uns nach jemandem für den Job umzusehen."

Diese Bitte war vernünftig und sinnvoll. Wegen ein paar Wochen ihres Lebens eine Freundin wegzuschicken, wäre kleinlich. Und geradezu kindisch.

„Wann kommt Taryn an?", fragte Evie, bemüht, nicht allzu resigniert zu klingen.

Eines musste man Katherine lassen. Sie wirkte kein bisschen selbstzufrieden, obwohl sie natürlich gewusst haben musste, dass Evie ihr diese Bitte nicht abschlagen konnte. „Freitag."

„Ich schätze, ich kann mich ein oder zwei Wochen um sie kümmern, wenn du so lange meine Arbeit bei Claire übernimmst."

Claire drückte ihren Arm. „Natürlich. Nimm dir so viel Zeit, wie du brauchst."

„Zwei Wochen. Länger nicht. Ich helfe euch, jemand anderes zu finden, der die Therapien koordinieren kann, und stelle einen Therapieplan auf. Das ist alles."

Das würde sie schon zwei Wochen lang hinbekommen, oder etwa nicht?

„Das reicht, um uns eine ungefähre Richtung zu zeigen." Katherine presste ihre Wange an Evies. „Danke. Ich weiß, wie schwer es für dich ist, und es tut mir sehr leid. Aber du kannst dir nicht vorstellen, wie dankbar wir dir sind. Ich weiß nicht, wie wir dir das jemals zurückzahlen sollen."

„Du schuldest mir nichts, Katherine", entgegnete Evie.

„Brodie soll einfach so viel für das Stipendium spenden, wie er für richtig hält."

Dann wird wenigstens etwas Gutes aus dieser Geschichte entstehen, dachte sie, als Katherine und Claire über eine weitere Wohltätigkeitsveranstaltung sprachen, die die Highschool im Namen der Layla-Stiftung veranstalten wollte.

Evie hörte kaum hin. Sie konzentrierte sich stattdessen auf Werkzeug und Zubehör, das sie für den Workshop am Abend brauchte. Dann hatte eine der Mütter eine Frage zu den griechischen Gebetsperlen, und Evie war dankbar dafür, eine Ausrede zu haben, um ihre Freundinnen allein zu lassen.

„Man nennt sie Komboloi", erklärte sie. „Traditionell werden sie mit einer ungeraden Zahl von Perlen geknüpft und einem Abstandshalter aus Metall. Die Perlen öfter am Tag zu berühren soll für Entspannung sorgen."

„Die kann ich nun wirklich gut gebrauchen", sagte die Frau und warf einen bedeutungsvollen Blick auf ihr Kind in der Spielecke.

Evie lächelte. „Die kann man leicht selbst machen, und sie bauen wirklich Stress ab. Es ist sehr beruhigend, mit den Fingern die Perlen zu berühren. Viele Leute hängen sie sogar an ihren Schlüsselbund. Wollen Sie es versuchen?"

Die beiden Frauen tauschten einen Blick. „Klar. Hört sich gut an", meinte die andere junge Mutter.

„Sie können alle möglichen Perlen nehmen, allerdings entscheiden sich die meisten Kundinnen für Bernstein oder Koralle, wegen der weichen Textur."

Evie zeigte ihnen die Perlen, dann suchte sie die entsprechenden Werkzeuge für sie zusammen. Während sie den beiden Frauen half, konnte sie auch ein Komboloi für sich selbst machen. Es war lange her, dass sie etwas einfach nur aus reinem Spaß gefertigt hatte – außerdem ließ sie das Gefühl nicht los, dass sie alles, was Stress minderte, in den nächsten beiden Wochen gut gebrauchen konnte.

3. KAPITEL

Brodies Haus in der exklusiven Wohnanlage *Aspen Ridge* war ganz anders, als Evie erwartet hatte. Da dieser Mann ihrer Ansicht nach immer etwas noch Größeres und Schöneres haben wollte als jeder andere – zumindest was die verschiedenen Bauprojekte in der Gegend um Hope's Crossing betraf –, hätte sie ein opulenteres und überwältigenderes Gebäude erwartet. Dieses Haus war zwar groß und elegant, mit riesigen Fenstern und Zedernwänden, ungewöhnlichen Formen und Winkeln, doch das Design war geschmackvoll und lehnte sich an die einheimischen Bäume und Granitfelsen an. Wer immer dieses Haus entworfen hatte, hatte darauf geachtet, dass es wunderbar zu der Gegend passte und sich anmutig an einen Bergausläufer schmiegte.

Der Ausblick war spektakulär, so viel stand fest. Selbst von ihrer Lieblingsstelle auf dem Woodrose-Mountain-Wanderweg aus konnte sie nicht bis zum Silver Strike Canyon sehen. Doch hier hatte man einen Blick sowohl auf die Stadt als auch auf das höher gelegene Skiresort im Canyon.

Sie hätte diesen Ausblick noch länger genießen können, doch leider war sie nicht gerade in der Stimmung, sich zenartig in die Betrachtung von Bergen zu versenken – schließlich stand sie gerade mit einem Korb voller Kataloge über Therapiegeräte vor Brodies Tür.

Sie wollte nicht hier sein. Drei Tage nach Katherines emotionaler Erpressung fühlte Evie sich noch genauso unwohl mit ihrer Entscheidung, Taryn zu helfen, wie am Anfang. Sie wollte nicht wieder in dieses Leben hineingezerrt werden, nicht, nachdem sie so hart dafür gekämpft hatte, ihren Frieden woanders zu finden.

Nun, sie musste jetzt eben stark sein und vor allem immer daran denken, dass dies alles nur vorübergehend war. Zwei Wochen lang würde sie in der Lage sein, ihre Gefühle beiseitezuschieben und regelrecht klinisch vorzugehen. Sie würde sich emotional nicht in die Sache hineinziehen lassen, egal, wie gut sie mit Katherine befreundet war.

Es war nur ein Job.

Mit diesem Gedanken klingelte sie an der Tür und wartete auf eine Haushälterin oder Sekretärin, die ihr die Tür öffnete. Stattdessen wurde sie von Brodie begrüßt.

Er trug Jeans und ein weißes Hemd mit hochgekrempelten Ärmeln. Sein dunkles Haar war etwas zerzaust, als ob er gerade mit den Fingern hindurchgefahren wäre, und er hatte einen Dreitagebart, der ihn verwegen und gefährlich aussehen ließ. Fehlten nur noch ein Schwert und eine Augenklappe, und er hätte mit Jack Sparrow und seinen Kumpanen um die Welt segeln können.

Zum Anbeißen.

Dies war das Einzige, was sie in der ersten Sekunde denken konnte. Aber dann sprach er und zerschmetterte die kleine Piraten-Fantasie in tausend Teile.

„Evaline. Hallo. Ich hatte Sie nicht erwartet." Sein Ton war steif, formal, als ob er einen unerwünschten Gast bei einer abgehobenen High-Society-Veranstaltung begrüßte. Sofort musste sie gegen eine instinktiv scharfe Erwiderung ankämpfen.

„Katherine hat mich gebeten, vorbeizukommen und mir Taryns Schlaf- und Badezimmer anzusehen, damit ich weiß, welche Ausrüstung wir möglicherweise noch bestellen müssen.

„Richtig. Natürlich." Er schenkte ihr ein halbes Lächeln. „Sie hat erwähnt, dass Sie vielleicht vorbeikommen. Das ist eine großartige Idee, auf die ich selbst hätte kommen sollen." Er öffnete die Tür weit für sie. „Treten Sie ein. Ehrlich gesagt möchte ich vor allem wissen, was Sie zu dem Umbau der Räume sagen, und ob ich irgendetwas vergessen habe."

Brodie deutete mit dem Kinn in Richtung des Hämmerns,

das sie aus dem hinteren Teil des Hauses hören konnte. „Die Mannschaft arbeitet möglicherweise die Nacht durch, damit bis morgen alles fertig ist. Aber wir können uns einen Weg durch den ganzen Staub bahnen."

Sie betrachtete die Tür und den muskulösen Arm, mit dem Brodie sie für sie offen hielt, und wunderte sich selbst über ihr Zögern. Wie albern. Das war einfach nur eine Tür, und es ging einfach nur um einen Job. Für zwei Wochen, das war alles, und dann konnte sie wieder in ihr ruhiges Leben im *String Fever* zurückkehren.

Als sie sich endlich zwang einzutreten, führte Brodie sie in einen einladenden, über zwei Stockwerke reichenden Empfangsbereich. Die Einrichtung war schön und gemütlich, womit sie hätte rechnen können. Schließlich hatte niemand je behauptet, dass dieser Mann ein geschmackloser Rüpel sei. Sein Sportartikelladen war modern, ohne zu trendig zu sein, und sie hatte gehört, dass die meisten der Restaurants, die ihm in Hope's Crossing gehörten, Designerpreise gewonnen hatten.

Er ging ihr durch einen langen Flur voraus, der mit Fotografien bekannter Sehenswürdigkeiten von Hope's Crossing dekoriert war. Die Brücke in der Nähe der Sweet Laurel Falls, das im Mondlicht schimmernde Silver Strike Reservoir, ein Elch in einem Teich, an dem sie oft auf ihren Wanderungen vorbeikam.

Während sie den Anblick der Bilder genoss, meldete sich die Therapeutin in ihr mit dem Gedanken, dass dieser lange Flur mit dem polierten Holzboden perfekt dafür war, mit Taryn das Gehen zu trainieren.

„Ich habe ihr Schlafzimmer nach unten verlegen lassen", erklärte Brodie, als sie am ersten Zimmer ankamen. Hinter einer besonders breiten Tür war der Baulärm noch lauter zu hören.

„Das ist eine gute Idee."

„Das denken wir beide vielleicht, aber ich befürchte, dass Taryn anderer Ansicht sein wird. Sie hat ihr Zimmer oben geliebt, und ich könnte mir vorstellen, dass sie einen Wutanfall bekommt, weil sich schon wieder etwas Wesentliches für sie ändert."

„Manche Dinge sind eben so. Sie wird schon darüber hinwegkommen."

„Ich bin schockiert. Sie sind tatsächlich einmal einer Meinung mit mir?"

Sie lächelte leicht. „Keine Sorge, das wird nicht zur Gewohnheit werden. In diesem Fall haben Sie aber recht. Es ist das Beste, wenn ihr Zimmer zunächst im Erdgeschoss ist."

„Zunächst. Richtig." Er runzelte die Stirn. „Ich würde ihr ja gern sagen, dass sie irgendwann wieder ihr altes Zimmer nutzen kann, aber das wäre nur ein weiteres Versprechen, das ich ihr im Moment nicht geben kann. Es wäre grausam, solange wir nicht wissen, ob sie jemals ohne Rollstuhl zurechtkommt."

Evie spürte, dass dieses Thema besonders wichtig für ihn war. Kein Wunder. Er war ein sehr aktiver, kraftstrotzender Mann und früher ein hervorragender Skispringer gewesen.

Katherine hatte ihr erzählt, dass Brodie und Taryn im Winter Ski fahren und im Sommer zusammen wandern gewesen waren. Zweifellos war für ihn die Vorstellung, es könnte damit für immer vorbei sein, niederschmetternd. Hoffentlich setzte er Taryn nicht mit unrealistischen Hoffnungen unter Druck, sondern behielt die Realität im Auge. Wieder gehen zu können war nur eine der vielen Hürden, die Taryn zu überwinden hatte.

Als er die Tür öffnete, wehte ihnen der Geruch nach frischer Farbe entgegen, und das Hämmern und Bohren wurde lauter. Sie betraten einen Raum mit großen Fenstern und hellem, gemasertem Holzboden. Das Zimmer war weiß gestrichen mit einem Hauch Lavendel, und eine riesige Spiegelwand reflektierte die Berglandschaft vor dem Fenster.

Die Handwerker brachten gerade dicke Haken in den Decken an, an denen man Handläufe oder Knäufe befestigen konnte. Um die Ecke, in einer geräumigen Nische, befand sich der Schlafbereich mit einem Krankenhausbett unter einer flauschigen lavendelfarbenen Decke. Eine gepolsterte Behandlungsliege stand an einer Wand, daneben ein rollbarer Lift, mit dem man Taryn vom Rollstuhl aus in verschiedene Positionen bringen konnte. Die Handwerker arbeiteten gerade an einem großen Einbauschrank mit offenen Regalen, in denen allerlei Kleinkram wie Übungsbänder, Handgewichte und kleine Bälle aufbewahrt werden konnten.

Evie hatte in erstklassigen Therapiezentren gearbeitet, die nicht halb so gut ausgestattet gewesen waren.

„Wow“, war alles, was sie sagen konnte.

„Wir haben einige Wände herausgenommen, um mehr Platz zu schaffen. Das meiste haben wir im Badezimmer verändert. Dort gibt es jetzt eine stufenlose Dusche und eine Badewanne mit Wannenlift.“

„Es sieht hier wirklich großartig aus, Brodie. Perfekt.“

„Ich hoffe, wir haben an alles gedacht. Zumindest, was den Umbau betrifft. Wenn Ihnen noch irgendwelche Geräte einfallen, die wir brauchen, dann sagen Sie es nur. Im Gymnastikraum oben habe ich ein Laufband und ein Trimmrad. Wir können beides herunterbringen oder andere kaufen, wenn Sie wollen. Ich möchte auch ein Allwetterdach über dem Pool anbringen lassen, damit Taryn mit der Schwimmtherapie weitermachen kann, wenn das Wetter schlechter wird.“

Sie wollte es nicht zugeben, nicht einmal sich selbst gegenüber, aber es berührte sie, dass Brodie keine Kosten und Mühen für seine Tochter scheute. Entgegen ihren besten Absichten fand sie es auf einmal schwierig, diesen Mann nicht zu mögen, der sich so dafür einsetzte, dass seine Tochter irgendwann ihr altes Leben wiederaufnehmen konnte.

„Auf die Schnelle fällt mir nur ein, dass wir noch einen Tisch und ein paar Stühle brauchen könnten, damit der Ergotherapeut mit ihr an der Feinmotorik arbeiten kann.“

„Oh, richtig. Daran hatte ich gar nicht gedacht. Das kann ich aus dem Fernsehzimmer herbringen lassen."

Sie streckte ihm den Korb hin und fühlte sich ein wenig wie Rotkäppchen, das dem bösen Wolf Süßigkeiten anbietet. „Ich habe einige Kataloge mit den wichtigsten Hilfsmitteln mitgebracht, die wir wahrscheinlich nutzen könnten. Therapiebälle und so etwas. Ich habe sie mit Post-its markiert. Es wird im Laufe der Zeit sicher noch einige andere Dinge geben, über die wir nachdenken müssen, aber zuerst einmal sollten der Ergotherapeut und ich ein paar Tage mit Taryn arbeiten und einen Therapieplan zusammenstellen, bevor wir weitere Entscheidungen treffen."

„Großartig." Er nahm ihr den Korb ab, lehnte sich mit der Hüfte an den Behandlungstisch und begann, einen Katalog durchzublättern.

Sie fand es interessant, dass er selbst in einem solchen Moment, wo er einfach nur einen Katalog durchsah, so rastlos wirkte. Er zappelte ein wenig mit dem Fuß, verlagerte immer wieder sein Gewicht, blätterte eine Seite um und dann wieder zurück. Ihr wurde klar, dass sie diesen Mann noch nie entspannt gesehen hatte. Lag das an ihr, oder war er einfach so?

Aber da es nicht ihre Aufgabe war, sich über ihn Gedanken zu machen, begann sie, durch den Raum zu gehen und sich innerlich Notizen zu machen. Sofort schossen ihr die verschiedensten Ideen durch den Kopf, wie sie dieses Zimmer für die Therapie nutzen konnte.

Und es kam ihr so normal vor, so richtig, als hätte der medizinische Teil ihres Gehirns einfach eine Zeit lang Winterschlaf gehalten und nur auf den richtigen Augenblick gewartet, um aufzuwachen und im Sonnenlicht neue Energie zu tanken.

Sie hätte wissen müssen, dass sie die vielen Jahre der Ausbildung und Erfahrung nicht einfach aus ihrem Gedächtnis verbannen konnte. Das alles war ein Teil von ihr. Bis zu Cassies Tod war sie gerne Therapeutin gewesen und hatte es geliebt,

Kindern nach einem Unfall oder einer Krankheit zu helfen, ihre Fähigkeiten so weit es ging zurückzugewinnen.

Aber als ihre Adoptivtochter gestorben war, hatte sich ihr ganzes Leben geändert. Alles, was sie zuvor mit Zufriedenheit erfüllt hatte, war mit einem Mal nichts anderes mehr als eine schmerzliche Erinnerung an ihr eigenes Versagen. Nach der Beerdigung hatte sie zwar noch weitergearbeitet, aber schnell entdeckt, dass die unbedingt notwendige Leidenschaft für ihren Beruf sich in nichts aufgelöst hatte. Nach wenigen Wochen hatte sie zugegeben, dass sie so nicht mehr weitermachen konnte. Ihre Patienten verdienten jemanden, der mehr tat, als einfach nur seine Pflicht zu erfüllen. Wenn sie es selbst nicht schaffte, über den Schmerz hinauszugehen – und das war ihr einfach nicht mehr möglich –, dann war es Zeit, damit aufzuhören.

Doch wie sich nun herausstellte, war es ihr doch nicht so leichtgefallen, ihrem einmal so geliebten Beruf den Rücken zu kehren.

„Bitte sagen Sie mir ganz ehrlich, was Sie denken." Brodie legte den Katalog zurück zu den anderen.

„Das ist immer mein kleinstes Problem." Sie lächelte matt. „Wenn überhaupt, dann bin ich manchmal etwas zu direkt."

„Direkt ist genau das, was ich im Moment brauche. Die meisten Ärzte geben immer nur Plattitüden von sich. Dass das Gehirn noch immer das größte Mysterium in der Medizin ist und wir abwarten müssen, bla, bla, bla. Der Unfall ist jetzt über drei Monate her, und ich brauche etwas Konkreteres als das. Ich weiß, dass Sie Taryn in Denver besucht haben, und ganz bestimmt haben Sie schon Patienten mit ähnlichen Kopfverletzungen gesehen. Lassen Sie uns realistisch sein: Wie stehen ihre Chancen, vollkommen gesund zu werden?"

Oh, die allzeit gefürchtete Frage. Ihr Magen zog sich zusammen, und sie fluchte innerlich, dass sie sich doch wieder in diese Lage gebracht hatte. Schön, vielleicht war sie aus einer

Art Winterschlaf aufgewacht, doch in diesem Moment wollte sie nichts anderes, als sich wieder in ihrer warmen, sicheren Höhle zusammenzurollen und weiterzuschlafen.

„Ich habe Taryn aber noch nicht als Therapeutin betrachtet, Brodie. Und selbst wenn, könnte ich diese Frage einfach nicht beantworten. Zunächst einmal ist *vollkommen gesund* sehr subjektiv. Wird sie jemals so sein, als ob der Unfall nicht stattgefunden hätte? Wahrscheinlich nicht. Das ist die bittere Wahrheit. Menschen mit derart schweren Kopfverletzungen haben damit oft bis an ihr Lebensende zu kämpfen. Heißt das, dass sie nie wieder ein gutes, erfolgreiches Leben führen wird? Ich bin sicher, dass die Ärzte in der Rehaklinik Ihnen darüber einen viel umfassenderen Ausblick gegeben haben, als ich es jemals könnte."

„Sie haben überhaupt nichts gesagt. Eben nur, dass jeder Fall anders verläuft und was für ein Wunder es ist, dass sie den Unfall überhaupt überlebt hat."

„Bis vor sechs Wochen lag sie noch im Koma. Überlegen Sie doch mal, wie weit sie schon gekommen ist!"

„Ist sie das? Manchmal scheint es mir nicht so."

„Dann sagen Sie das mal zu Maura!" Sie hatte versucht, sich ihren Ärger nicht anmerken zu lassen, aber das hatte offenbar nicht funktioniert. Denn bei Erwähnung von Maura, deren Tochter Layla bei demselben Unfall ums Leben gekommen war, begann ein Muskel in seiner Wange zu zucken.

„Taryn lebt. Ich weiß. Sie hat überlebt, und dafür bin ich zutiefst dankbar. Aber ich frage mich, was für ein Leben das für sie ist."

Obwohl sein Gesichtsausdruck hart war, konnte sie den Schmerz in seiner Stimme hören. Ihr Ärger löste sich in Luft auf. Was immer sie auch von ihm hielt, Brodie war ein hingebungsvoller Vater, der sich Sorgen um die Zukunft seiner Tochter machte und von dem langsamen Verlauf ihrer Genesung frustriert war. Sie hatte in ihrer Laufbahn oft genug mit solchen Eltern zu tun gehabt – und war ein paar Jahre lang selbst so gewesen.

Beschwichtigend berührte sie seinen nackten Unterarm, doch als ein winziger Funke von seiner warmen Haut auf sie übersprang, zog sie die Hand hastig zurück.

„Wenn ich mich hier so umsehe, wird sie die beste Pflege bekommen, die nur möglich ist. Taryn hat Sie, und sie hat Katherine, außerdem beten alle Menschen in Hope's Crossing für sie, was keine Kleinigkeit ist."

Er sah nicht überzeugt aus. „Wir tun, was wir können. Ich hoffe nur, dass es reicht."

„Morgen kommt sie also nach Hause?"

„So ist der Plan."

Sie sah, wie Furcht in seinem Blick aufflackerte, und wusste genau, was er dachte. Als sie Cassie nach Hause geholt hatte, war sie auch starr vor Angst gewesen. Obwohl sie so viele Jahre mit ähnlich behinderten Kindern gearbeitet hatte, war die Vorstellung, nun allein für dieses zarte Wesen verantwortlich zu sein, überwältigend gewesen.

„Katherine soll mich anrufen, wenn Sie die Klink verlassen, damit ich hier bin, wenn Sie ankommen. Ich würde gerne sofort anfangen."

Seine blauen Augen weiteten sich überrascht. „Glauben Sie nicht, dass Taryn sich erst einmal ausruhen sollte? Die Fahrt von Denver könnte anstrengend für sie werden, vor allem, wenn sie vier Stunden im Rollstuhl sitzen muss."

„Ganz genau. Deswegen würde ich gerne sofort mit der Muskelarbeit beginnen."

„Nun, was immer Sie für das Richtige halten." Doch er bemühte sich nicht, seinen Zweifel zu verbergen.

„Sie haben mich gebeten, Ihnen zu helfen, schon vergessen? Also sollten Sie auch auf mein Urteilsvermögen vertrauen."

Das würde für sie beide nicht einfach werden. Brodie war ein Mann mit festen Vorstellungen – das hatten ihre sporadischen Zusammentreffen in der Vergangenheit ganz deutlich gezeigt.

„Ich möchte eines noch einmal klarstellen“, fuhr sie fort. „Ich habe mich bereit erklärt, Ihnen vorübergehend auszuhelfen, aber nur, bis Sie jemand anderen für diese Position gefunden haben.“

„Keine Angst, das habe ich nicht vergessen. Sie möchten so schnell wie möglich zu Ihrem Schmuck zurück.“

Sie zuckte angesichts der Verachtung in seiner Stimme nicht zusammen. Sollte er doch denken, was er wollte, ihr war es egal. „Aber auch wenn ich nur zwei Wochen mit Taryn arbeiten werde, möchte ich trotzdem das Fundament für die anschließenden Therapien legen.“

„Ich stimme Ihnen vollkommen zu.“ Jetzt war er wieder der steife Geschäftsmann, was sie merkwürdig erleichternd fand. Diesen Brodie jedenfalls konnte man viel leichter in eine Schublade stecken als den besorgten und mitfühlenden Vater.

„Gut. Das macht es für uns alle einfacher.“

Er musterte sie misstrauisch. „Macht was einfacher?“

„Sie müssen mir etwas versprechen, bevor Taryn morgen nach Hause kommt.“

„Da sollten Sie etwas konkreter werden. Ich habe schon vor langer Zeit gelernt, dass der Teufel im Detail steckt. Um welche Art von Versprechen handelt es sich?“

„Ich muss das alleinige Sagen bei der Therapie haben. Es kann nicht sein, dass Sie alles, was ich tue, infrage stellen. Wenn Sie Bedenken wegen meiner Methoden haben sollten, können wir natürlich darüber sprechen. Und ich lade Sie herzlich ein, den ganzen Tag dabei zu sein, wenn ich mit Ihrer Tochter arbeite.“

Wobei sie wirklich hoffte, dass er das Angebot nicht annehmen würde. Sie konnte sich kaum etwas Unangenehmeres vorstellen, als von Taryns viel zu gut aussehendem Vater die ganze Zeit bei ihrer Arbeit beobachtet zu werden. „Aber Sie müssen mir versichern, dass Sie nicht alles kontrollieren wollen, was ich tue."

„Das alleinige Sagen? Das haben nicht mal meine Geschäftsführer."

„Es geht um Vertrauen. Wenn Sie nicht an meine Fähigkeiten glauben, wird das hier nicht funktionieren, nicht einmal kurzfristig. Dann sollten Sie die Pflege besser selbst koordinieren."

„Da verlangen Sie ganz schön viel von mir."

„Zu viel?"

Er dachte einen Moment nach. „Nun, es ist wohl nur fair. Vor allem, nachdem meine Mutter Sie quasi erpresst hat, damit Sie uns helfen."

Sie lachte. „Sie geben also zu, dass Sie Ihre Mutter auf mich gehetzt haben? Respekt!"

„Ich wäre nicht so weit in meinem Leben gekommen, wenn ich mich geweigert hätte, Vorteile zu nutzen. Meine Mutter war mein letzter Trumpf. Mir war klar, dass Sie mir ohne mit der Wimper zu zucken einen Korb geben würden, aber meine Mutter hat das Talent, zu bekommen, was sie will."

„Gut zu wissen, dass sie etwas davon an die nächste Generation vererbt hat."

„Neben blauen Augen, guten Zähnen und einer besonderen Vorliebe für Artischocken." Er lachte leise, und ihr Magen begann zu flattern.

Oh, das war nicht gut. Überhaupt nicht gut. Nicht nur, dass sie wieder in einem Beruf arbeitete, von dem sie geglaubt hatte, ihn für immer hinter sich gelassen zu haben. Nein, sie war zudem gezwungen, jeden Tag in Brodies Nähe zu verbringen.

Vorhin noch war sie sicher gewesen, dass nichts auf der Welt sie dazu bringen könnte, diesen Mann jemals zu mögen. Doch nun überkam sie das irritierende Gefühl, dass sie sich in dieser Hinsicht ganz schön was vorgemacht hatte.

Fünfzehn Minuten später sah Brodie ihr nach, wie sie in ihrem sportlichen kleinen Honda SUV durchs Tor fuhr.

Was genau hatte Evie Blanchard eigentlich an sich, das ihm derart unter die Haut ging?

Er begriff nicht, wie diese kleine schlanke Frau es schaffen konnte, dass er sich nach jeder Begegnung so fühlte, als sei er mit einem bissigen Hund aneinandergeraten. Sobald er auf sie traf, war er verärgert und irgendwie nervös, und das passte ihm überhaupt nicht. Lag wohl daran, dass er sie so attraktiv fand. Natürlich war es nicht gut, sich zu ihr hingezogen zu fühlen. Es war vielmehr völlig unsinnig, insbesondere, da sie beide eine vollkommen gegensätzliche Vorstellung von so ziemlich allem hatten. Politik, Philosophie, Geld. Gerade wegen seines Aufmerksamkeitsdefizit-Syndroms, kurz ADS genannt, mit dem er nach wie vor zu kämpfen hatte, brauchte er Ordnung in seinem Leben, klare Strukturen, die ihm halfen, mit dem Chaos in seinem Kopf zurechtzukommen.

Evie hingegen war wie diese Perlen und Schmucksteinchen, die sie so gern mochte – bunt, glitzernd, außergewöhnlich.

Selbstverständlich war seine Reaktion auf sie rein körperlich. Irgendetwas an diesem schlanken Körper, ihrer zarten, sonnengebräunten Haut und dem vollen, honigblonden Haar fuhr ihm direkt in den Magen.

Die nächsten beiden Wochen mit ihr im Haus musste er sich also in Selbstbeherrschung üben. Besonders, wenn seine widerspenstigen Gedanken mal wieder in alle möglichen unerwünschten Richtungen abschweiften – wie etwa, sich zu fragen, was sie tun würde, wenn er einfach die Lippen auf ihren herrlichen, faszinierenden Mund presste.

Zweifellos würde sie ihm schneller an den Hals gehen als besagter Hund, wenn er es wagte, ihr zu nahe zu treten. Und er konnte es sich nicht leisten, sie noch weiter gegen sich aufzubringen. Das tat er ja schon zur Genüge damit, dass er überhaupt existierte. Diese Frau war in ihrem Beruf ein Profi, damit hatte seine Mutter recht gehabt. Obwohl er sie noch nicht einmal mit Taryn zusammen erlebt hatte, spürte er, dass sie auf ihrem Gebiet absolut kompetent war.

Sie hatte ihn mit ihrer Entschiedenheit, die Arbeit mit Taryn sofort zu beginnen, schwer beeindruckt. Und mit der Forderung, das alleinige Sagen zu haben. Er schüttelte den Kopf, während er ihren kleinen Wagen den Berg hinuntersausen sah. Das alles würde nicht leicht für ihn werden, aber er begriff durchaus, dass er aus dieser Situation lernen konnte. Jede einzelne seiner Unternehmungen brauchte einen Chef. Meistens weigerte er sich, die Kontrolle abzugeben, obwohl er hin und wieder festgestellt hatte, wie gut es sich anfühlte, einem anderen zu vertrauen. Ob es ihm nun passte oder nicht, hier musste er sich fügen. Wenn er jede ihrer Entscheidungen hinterfragte, würde sie sich nach wenigen Tagen bereits aus dem Staub machen.

Er wusste jetzt schon, dass ihm ihre Zusage, für zwei Wochen zu helfen, nicht reichte. Er wollte sie dauerhaft hier haben. Sie war die Beste für Taryn, das wusste er einfach. Und das bedeutete nichts anderes, als dass er sie mit allen Mitteln überzeugen musste, länger zu bleiben.

Welche Wahl hatte er denn? Er war bereit, alles in seiner Macht Stehende zu tun, damit seine Tochter ein möglichst normales Leben führen konnte – egal, was es kostete.

4. KAPITEL

Zu Hause.

Sie hatte es fast geschafft.

Taryn sah durch das Autofenster. Die Stadt. Die Bäume. Die Berge.

Zu Hause.

Sie war froh. So froh.

Ihr Rücken schmerzte von der langen Fahrt, vorsichtig verlagerte sie ihr Gewicht.

„Wir sind fast da, Baby", sagte ihr Vater vom Fahrersitz aus.

„Nur noch ein paar Meilen." Grandma lächelte. Sie sah hübsch aus. Und müde.

Kein Krankenhaus mehr. Ihre Freunde. Ihr Zimmer.

Normalität.

Ihr fiel das richtige Wort ein, doch wenn sie zu sprechen versuchte, kam nur ein albernes Gemurmel heraus. „Nooormmmt."

Grandma lächelte wieder. „Du wirst überrascht sein. Dein Dad hat sich mächtig ins Zeug gelegt, um alles für dich herzurichten. Du hast jetzt unten ein wunderschönes neues Zimmer mit einer breiten, ebenerdigen Dusche und deinem ganz privaten Trainingsraum."

Sie runzelte die Stirn. „Nein. Oben." Sie dachte an ihre Poster an der Wand, an die weiche Couch mit den vielen Kissen, die lila Wände. Ihr Zimmer.

Ihr Dad drehte sich stirnrunzelnd um. „Wir haben noch keinen Fahrstuhl. Deswegen ist es so besser, Kleines."

Sie wollte ihr Zimmer. Die Sitznische am Fenster, das Himmelbett, alles. Sie wollte darüber diskutieren, aber die Worte blieben stecken. „Nein. Oben."

„Warte, bis du dein neues Zimmer gesehen hast, Taryn." Dads Stimme klang unecht, zu fröhlich. „Es ist in deiner

Lieblingsfarbe gestrichen und hat einen wirklich schönen Ausblick. Ich bin sicher, es wird dir gefallen."

Sie schüttelte den Kopf. Würde es nicht.

Das war nicht richtig. Sie kam nach Hause, und doch war es nicht dasselbe. Durch das Fenster sah sie die Bäume, Blumen, Berge.

Zu Hause.

Alles *andere* war normal. Nur sie nicht. Nicht mehr. Nie wieder.

Sie war zerstört.

Im Rückspiegel bemerkte Brodie, wie das Kinn seiner Tochter bebte, und er befürchtete, sie würde zu weinen beginnen. Sie wollte ihr altes Zimmer zurück, ihr altes Leben. Dass sie all das nicht haben konnte, war zu viel für ein Mädchen, das bereits so viel durchgemacht hatte.

Er richtete den Blick wieder auf die Straße, während er den für Rollstühle geeigneten Kleinbus lenkte, den er vor wenigen Tagen für einen schwindelerregenden Preis bei einem Händler in Loveland erstanden hatte. Hin und wieder aber sah er zu seiner Tochter, bis sich ihr Gesicht endlich wieder etwas entspannte.

Sie war noch immer hübsch, seine Kleine. Ihre Gesichtszüge wirkten ein wenig schlaffer als vor dem Unfall, und sie würde für immer einige blasse Narben behalten, aber die meisten davon waren unter dem Haaransatz.

Ihr Haar war kurz, da es für die Operationen hatte rasiert werden müssen, aber es war dunkel und lockig wie zuvor. Und ihre Augen waren noch immer tiefblau wie der Himmel kurz vor einem Gewitter. Er fragte sich, ob auch andere ihren Mut und ihre Stärke sehen würden oder nur den Rollstuhl und die Narben.

„Oh, es wird dir zu Hause so gefallen", sagte Katherine hinter ihm.

Sie blickte aus dem Fenster, als ob sie jahrelang fort gewesen wäre, und er war einmal mehr dankbar für all die Opfer, die seine Mutter für ihn und ihre Enkelin brachte. Nach dem Unfall hatte Katherine ihr eigenes Leben praktisch aufgegeben und war nach Denver gezogen, um rund um die Uhr bei Taryn sein zu können. Er selbst hatte so viel Zeit wie möglich im Krankenhaus verbracht und viele Geschäftsverpflichtungen auf seinen Partner bei *Thorne and Co.* übertragen. Danach hatte er sich ein mobiles Büro in dem Apartment neben dem Krankenhaus eingerichtet und irgendwie versucht, alles möglichst gut am Laufen zu halten.

„Seht mal“, rief Katherine auf einmal aus.

Er blickte in die Richtung, in die sie zeigte, und sah ein knapp zwei Meter hohes Schild, das mit Pfählen in ein Rasenstück in der Nähe von Miner's Park gerammt war. „Willkommen zu Hause, Taryn“, las er. Etwas weiter war mit abwaschbarer Farbe dieselbe Botschaft im Fenster eines Fast-Food-Restaurants zu lesen.

Auf der Markise des Lebensmittelladens, wo sonst normalerweise die Sonderangebote für Hühnerbeine oder Brokkoli standen, entdeckte er eine weitere.

Und als sie durch die Main Street fuhren, war in großen Buchstaben „Taryn Rocks!“ auf die Straße gemalt.

Dafür waren wahrscheinlich die Schüler der Highschool verantwortlich.

Er freute sich darüber, obwohl er insgeheim dachte, dass einige der Leute sich lieber die Mühe hätten machen sollen, Taryn im Krankenhaus zu besuchen.

Aber das war nicht ganz fair. In den ersten Wochen nach dem Koma hatte Taryn Unmengen von Besuchern gehabt. Zu viele, um genau zu sein. Das Cheerleader-Team, in dem sie theoretisch noch Mitglied war. Die Spielführer der Football-Teams, die Schülervertretung.

Doch dann war praktisch niemand mehr gekommen. Wahrscheinlich konnte man das den Jugendlichen nicht vorwerfen.

Es lag auf der Hand, dass Taryn nicht mehr das witzige Mädchen von früher war und sich nicht einmal richtig mit jemandem unterhalten konnte.

Diese kleine Geste war immerhin *etwas*. Nur darum geht es, dachte er, während seine Mutter auf all die anderen Willkommensgrüße zeigte und Taryn bei jedem Einzelnen leicht lächelte.

Weitere Grußschilder hingen an den Läden, unter anderem am *String Fever*, dem Café und sogar an Maura Parkers Buchladen.

„Wir hätten auch etwas am Sportladen und den Restaurants aufhängen sollen", sagte Brodie. „Ich habe einfach nicht daran gedacht."

„Wir hatten auch ein paar andere Dinge im Kopf."

„Das stimmt allerdings." Er lächelte, erneut dankbar für die bedingungslose Unterstützung seiner Mutter. Ohne sie hätte er die letzten Monate kaum durchgestanden.

Schon immer hatte er seine Mutter geliebt, aber lange hatte sich eine vage Wut daruntergemischt. Er hatte nicht verstehen können, dass eine so freundliche und großzügige Frau wie seine Mutter bei einem Mann wie seinem Vater blieb, einem harten, kompromisslosen Menschen ohne Sinn für Humor und wenig Geduld für einen Sohn mit Lernschwierigkeiten und einem Aufmerksamkeitsdefizit.

Doch diese Wut war nun weit weg und unwichtig. Wahrscheinlich lernte man als Erwachsener seine Eltern erst richtig zu schätzen, wenn man mit ihnen zusammen einen wirklich schweren Weg zurückgelegt hatte.

Sie wurde älter. Das war die ernüchternde Realität, die jetzt in dem harten Sonnenlicht nur allzu deutlich wurde. Da waren neue Falten um ihren Mund und graue Strähnen in ihrem normalerweise immer perfekt gefärbten Haar.

„Du solltest in den nächsten Wochen mal Urlaub machen", sagte er plötzlich. „Eine Kreuzfahrt oder eine Reise in die

Provence oder so etwas. Das hast du dir weiß Gott verdient, und wir kommen bestimmt mal einen Monat ohne dich zurecht."

„Vielleicht nächstes Frühjahr, wenn sich alles etwas eingespielt hat."

Das Frühjahr schien ihm im Moment noch sehr weit entfernt. Die Espen färbten sich gerade blassgold an den Rändern – in wenigen Monaten würde Hope's Crossing tief verschneit sein, und die Skifahrer würden zurückkehren wie die Schwalben nach Capistrano.

„Eis", sagte Taryn plötzlich.

Einen Moment überlegte er, ob sie irgendwie seine Gedanken gelesen hatte. „Es ist August, Liebling", sagte er dann. „Hier gibt's in den nächsten Monaten sicher kein Eis." Die Vorstellung, bei Schnee und Eis mit dem Rollstuhl in der Stadt unterwegs zu sein, war erschreckend, aber vielleicht brauchten sie ihn bis dahin ja nicht mehr.

„Eis!", sagte sie eindringlicher und sah mit größerer Lebhaftigkeit aus dem Fenster. So temperamentvoll hatte er sie seit langer Zeit nicht mehr erlebt. Er warf seiner Mutter einen kurzen, ratlosen Blick zu. Sie zuckte nur mit den Schultern.

Einen Moment später fuhren sie an einem kleinen Stand vorbei, der wie eine Schweizer Berghütte aussah. Einige Leute saßen mit ihren Styroporbechern voll *Shave Ice* in der Hand unter den Sonnenschirmen an Tischen, und da endlich ging ihm ein Licht auf.

„Ach so! Eis!", rief er aus.

Taryn lächelte ein wenig schief und nickte, und er fühlte sich, als wäre er gerade eine schwarze Piste auf frischem Pulverschnee hinuntergewedelt.

Obwohl er es kaum erwarten konnte, sie nach Hause zu bringen und mit der nächsten Etappe dieser verrückten Reise zu beginnen, auf der sie sich seit April befanden, musste er zugeben, dass Taryn ihn nie um etwas gebeten hatte. Jetzt hatte sie erstmals einen Wunsch ausgesprochen, und – noch wichtiger – er hatte sie verstanden! Das war ein ganz besonderer Moment, der gefeiert werden musste, unabhängig von der Tatsache, dass sie nicht in der Lage wäre, den Eisbecher selbst in der Hand zu halten.

„Du möchtest ein Eis, du bekommst ein Eis, Liebling."

Er wendete den Wagen und fand wie durch ein Wunder einen breiten Parkplatz zwischen einem schicken roten Cabrio und einem voll beladenen Kleinbus. Noch waren jede Menge Sommergäste hier – den größten Touristenansturm hatte er allerdings durch seine Zeit in Denver verpasst.

„Welche Sorte?"

Sie runzelte die Stirn, während sie nachdachte, dann schenkte sie ihm ein Lächeln, das nur ein Schatten ihres früheren frechen Grinsens war. „Blau."

Nun, das sollte wohl blaue Himbeere bedeuten. Das jedenfalls war vor ihrem Unfall ihre Lieblingssorte gewesen, und es beruhigte ihn, dass er trotz der gewaltigen Veränderungen noch immer viel Altbekanntes an seiner Tochter entdecken konnte.

Er öffnete die Tür. „Mom, möchtest du auch eines?"

Katherine betrachtete ihn amüsiert „Ich glaube, ich passe ausnahmsweise."

Es war warm, aber durch die Bergluft viel angenehmer als im heißen Denver. In Hope's Crossing war es immer einige Grad kühler als in der Hauptstadt und ihrem Umland. Das war einer der Gründe, warum die Touristen der umgebenden Städte so gern herkamen, um in den kleinen Geschäften einzukaufen und in den vielen Restaurants zu essen.

Er erkannte das Mädchen, das am Stand arbeitete, als eine von Taryns Freundinnen aus der Grundschule. Hannah Kirk. Vor dem Umzug in die Aspen-Ridge-Gegend waren sie Nachbarn gewesen.

„Hallo, Hannah."

Sie legte den Lappen weg, mit dem sie gerade die Theke abgewischt hatte. „Hi, Mr Thorne", sagte sie. „Wie geht es Taryn? Ich habe gehört, dass sie heute vielleicht nach Hause kommt."

„Das stimmt. Jetzt, um genau zu sein. Sie sitzt im Wagen. Wir sind gerade auf dem Nachhauseweg, und sie wollte so gern ein Eis."

Hannah strahlte. „Sie hat nach einem Eis gefragt? Das ist ja toll. Ich habe gehört, dass sie nicht sprechen kann." Sie brach ab, auf ihrem rundlichen Gesicht zeichnete sich Verlegenheit ab. „Entschuldigung. Ich meinte …"

„Sie *kann* sprechen. Es ist allerdings manchmal etwas schwierig, sie zu verstehen, deswegen redet sie nicht viel. Nur das Wichtigste. Also vermute ich, dass sie wirklich unbedingt ein Eis haben möchte."

„Gar kein Problem. Welche Größe?"

„Medium, würde ich sagen. Blaue Himbeere. Und ich nehme Pfirsich-Kokosnuss, auch medium."

Reiner Zucker, so viel war ihm klar, aber ab und zu durfte ein Mann sich doch wohl etwas gönnen. Warum er in diesem Moment plötzlich an Evie Blanchard denken musste, war ihm selbst ein Rätsel.

Während er wartete, bis Hannah das Eis in der Maschine zermahlen hatte – was so lange dauerte, als ob sie ein Meisterwerk aus einem Stück Marmor hauen wollte, – stand er neben der imitierten Schweizer Hütte und ließ den Blick über die Main Street von Hope's Crossing wandern. Die Stadt wirkte einladend und gemütlich im Nachmittagslicht. Eltern, die Kinderwagen schoben, ein älteres, Arm in Arm spazierendes Paar und einige Jogger, denen weiße iPod-Kabel von ihren Ohren baumelten.

Er mochte Hope's Crossing, doch als Jugendlicher hatte er gar nicht schnell genug von hier verschwinden können. Damals hatte er die Stadt als provinziell empfunden, voller kleinmütiger Leute mit noch kleineren Träumen. Doch nach dem Scheitern seiner Ehe war er hierher zurückgekehrt, ein verlorener, unreifer Junge von 24 Jahren, der sich plötzlich allein um sein dreijähriges Kind kümmern musste und nicht die geringste Ahnung hatte, wie das gehen sollte.

Er hatte die Hilfe seiner Mutter nach der Scheidung gut gebrauchen können. Allerdings war er nicht sicher, ob er sich genauso entschieden hätte, wenn sein Vater damals nicht gerade gestorben wäre. Raymond Thornes tödlicher Herzinfarkt zu genau der richtigen Zeit in Brodies Leben konnte man vermutlich als die einzige selbstlose Tat dieses Mistkerls betrachten.

Bei diesem Gedanken angekommen, sah er einen Jungen mit blond gesträhntem Haar auf einem teuren Mountainbike die Straße entlangradeln. Er trug Surfershorts und ein schwarzes T-Shirt mit einem geschmacklosen Bild darauf.

„Hey, Hannah-Banana. Eine Portion Wassermelone medium."

Blinde Wut kochte in Brodie hoch. Er konnte sie förmlich auf der Zunge schmecken, scharf und giftig. Mit jeder Faser seines Körpers hasste er diesen Jungen, und es bedurfte der gesamten Selbstbeherrschung eines ehemaligen Skispringers, um den Jungen nicht zu packen und sein Gesicht in die Eismaschine zu drücken.

Er trat um die kleine Hütte herum und stellte voller Genugtuung fest, dass der Junge ein wenig blass wurde unter seiner Sonnenbräune.

„Hübsches Rad", sagte er zu Charlie Beaumont, dem Mistkerl, der Taryns Leben ruiniert hatte.

Der Junge wirkte, als ob er lieber woanders wäre. Wahrscheinlich wäre er lieber wieder auf sein Rad geklettert und davongebraust. Seine blassen Wangen wurden knallrot, er konnte Brodie nicht in die Augen sehen.

„Mr Thorne", murmelte er.

Tausend Dinge hätte Brodie diesem Jungen, der offenbar

glaubte, ungestraft das Leben anderer zerstören zu können, gern ins Gesicht geschleudert.

Charlies Vater war der Bürgermeister von Hope's Crossing und einer der mächtigsten Männer der Stadt. Er war zudem Anwalt und ließ – zusammen mit seinen Partnern – nichts unversucht, damit sein Sohn für seinen Fehler nicht geradestehen musste.

Dieser kleine Scheißer hatte das Leben seiner Tochter zugrunde gerichtet. Während er auf seinem Fünftausend-Dollar-Rad durch die Stadt strampelte und Eis kaufte, war Taryn gezwungen, zahllose Behandlungen und Spritzen über sich ergehen zu lassen, konnte kaum ihre dringendsten Bedürfnisse äußern und verbrachte ihre Tage in einem Rollstuhl. Dabei sollte sie tanzen und rennen und das Leben als Teenager genießen.

Ihn in die Eismaschine zu stecken erschien Brodie da noch zu harmlos.

„Äh, wie geht es Taryn?", fragte Charlie schließlich.

Brodie musste gestehen, dass der Junge ganz schön Mumm hatte. „Interessiert es dich wirklich? Ich kann mich nicht erinnern, dass du irgendwann in den letzten drei Monaten im Krankenhaus aufgetaucht wärst."

Charlie hatte zumindest den Anstand, verlegen zu wirken. „Das wollte ich ja. Es ist nur ... meine Eltern, ähm, also die meinten, dass ich das nicht tun sollte."

„Klar. Warum solltest du auch der unangenehmen Wahrheit ins Gesicht sehen?"

Falls überhaupt möglich, errötete Charlie noch mehr. Brodie hätte gerne etwas Bösartiges zu ihm gesagt, aber in diesem Moment tauchten hinter ihm weitere Kunden auf, eine Familie in Shorts und mit Baseballkappen. Und was hätte es denn auch gebracht? Den Jungen anzubrüllen half Taryn auch nicht weiter, und er selbst würde sich hinterher vermutlich auch nicht gerade besser fühlen.

Kurz darauf rief Hannah: „Hier, bitte sehr, Mr Thorne. Und richten Sie Taryn aus, dass wir alle für sie beten, ja?"

Er zwang sich zu einem höflichen Lächeln und erwähnte nicht, dass Gebete bisher nicht sonderlich geholfen hatten.

„Das werde ich ihr ausrichten. Und danke für das Eis. Es wird ihr bestimmt schmecken."

Hannah zögerte. „Wäre es in Ordnung, wenn ich ihr ab und zu mal eines vorbeibringe, jetzt, wo sie wieder zu Hause ist?"

Das war ein nettes Angebot von ihr, vor allem, da ihre Freundschaft zu Taryn nach der Grundschule deutlich abgekühlt war. „Da würde sie sich bestimmt freuen."

Charlie verfolgte ihr Gespräch. „Moment. Sie ist wieder zu Hause?", erkundigte er sich.

„Hast du nicht die ganzen Schilder in der Stadt gesehen?", fragte Hannah etwas schärfer, als es typisch für sie zu sein schien. „Mr Thorne bringt sie gerade nach Hause. Deswegen kauft er ihr hier ein Eis und nicht in Denver."

Eine interessante Mischung von Gefühlen wanderte über Charlies Gesicht, stellte Brodie fest. Er wirkte froh, zugleich aber unglücklich und wachsam. „Dann ist sie okay?"

Chief McKnight würde ihn wahrscheinlich nicht verhaften, wenn er „aus Versehen" das *Shave Ice* über Charlies Kopf schüttete, oder? „Klar", antwortete er brummend. „Wenn ‚okay' bedeutet, dass jemand rund um die Uhr Pflege braucht, nur ein paar Worte sagen und nicht einmal dieses Eis selbst essen kann. Dann ist sie wohl *okay*. Im Gegensatz zu Layla Parker."

Es war grausam, so etwas zu sagen, das wusste er, und er fühlte sich mies, als Charlie nach Luft schnappte, als ob Brodie ihm einen Schlag in die Magengrube verpasst hätte. Der Junge starrte ihn lange an, dann stieg er wieder auf sein Mountainbike und radelte davon, ohne sein Eis mitzunehmen.

Brodie stand noch einen Moment wie ein Idiot da und sah ihm hinterher, dann schüttelte er den Kopf. Während er zurück zum Wagen ging, versuchte er, den Vorfall zu vergessen. Heute war doch ein guter Tag, nicht wahr? Das war viel wichtiger als dieses miese kleine Großmaul.

Er öffnete die linke Hintertür – die ohne Rampe – stellte den Eisbecher in den Getränkehalter und steckte den Löffel in Taryns Eis.

„Bitte schön, Liebling. Blau. Genau, wie du es wolltest."

Wieder schenkte sie ihm dieses schiefe Lächeln, das – wie die Ärzte ihn gewarnt hatten – womöglich dauerhaft war, dann öffnete sie den Mund.

„Mmmm", sagte sie, also gab er ihr einen weiteren Löffel und wischte ihr den Mund ab, als etwas von dem Eis aus den Mundwinkeln tropfte.

„Reicht das erst mal? Du kannst mehr haben, wenn wir zu Hause sind."

„Ja", antwortete sie und lächelte wieder. Sein Herz schmerzte vor lauter Liebe zu ihr. Wie furchtbar, dass erst dieser schreckliche Unfall hatte geschehen müssen, um ihn wieder daran zu erinnern, wie viel sie ihm bedeutete.

„Alles in Ordnung?", fragte seine Mutter, als sie weiterfuhren.

„Warum denn nicht?" Er konzentrierte sich lieber auf die Fahrt als auf die vielen Gefühle, mit denen er sowieso nicht umgehen konnte. Wut auf Charlie, Liebe für seine Tochter, Verbitterung wegen der ganzen verdammten Situation.

„Du scheinst etwas angespannt."

Im Rückspiegel konnte er sehen, dass Taryn aus dem Fenster schaute und nicht auf ihr Gespräch achtete, deswegen beschloss er, seiner Mutter die Wahrheit zu sagen.

„Charlie Beaumont stand hinter mir am Eisstand", sagte er leise.

Katherine schien das nicht für ein welterschütterndes Ereignis zu halten. „Und was hast du getan?"

„Er ist nicht verletzt, falls du das meinst."

Seine Mutter lächelte leicht. „Schön, das zu hören. Ich schätze, es haben schon genug Menschen unter seinem Fehler gelitten, meinst du nicht?“

Außer Charlie selbst. Dieser Junge hatte kein bisschen gelitten. Durch eine wundersame Fügung des Schicksals war er vollkommen unverletzt aus dem Unfallwagen gestiegen – und Brodie war sich tief im Innern ziemlich sicher, dass er erst Frieden finden würde, wenn der Junge endlich für all die zerstörten Leben bezahlt hatte.

Sie war die Schweiz.

Matterhorn, Lederhosen und diese meterlangen Trompetendinger.

Aber vor allem: Neutralität.

Evie saß in Brodies großem Eingangsbereich und wunderte sich über die Verspätung. Katherine hatte ihr vor einer halben Stunde eine SMS geschickt, in der stand, dass sie in etwa einer Viertelstunde zu Hause seien. Vielleicht hatten sie noch unterwegs angehalten, um sich die Begrüßungstafeln und -schilder anzusehen.

Sie wusste nicht, wie Taryns Heimkehr durchgesickert war, aber jeder schien Bescheid zu wissen. Vielleicht hatte die Handelskammer eine Telefonkette gestartet oder etwas Ähnliches, denn tatsächlich hatte sich fast jedes Geschäft in der Stadt irgendeinen Willkommensgruß ausgedacht.

Sie konnte nur hoffen, dass Brodie diese Form der Unterstützung als das aufnahm, was es sein sollte: ein gut gemeinter Ausdruck der Anteilnahme der Bewohner.

„Kann ich Ihnen etwas zu trinken bringen, während wir warten? Ein Mineralwasser oder einen Tee?“ Mrs Olafson, Brodies beängstigend tüchtige und ausnehmend stämmige Haushälterin, stand im Türrahmen. Auf den ersten Blick hatte sie trotz ihrer freundlich wirkenden Apfelbäckchen einen sehr strengen Eindruck auf Evie gemacht. Doch so, wie sie ständig aus dem Fenster sah, schien sie Taryns Ankunft genauso ungeduldig zu erwarten wie Evie.

„Nein danke", lehnte Evie freundlich ab. „Warum setzen Sie sich nicht und warten zusammen mit mir?"

„Das kann ich nicht. Ich muss noch den Salat fürs Abendessen vorbereiten."

„Abendessen ist doch erst in ein paar Stunden. Bitte. Setzen Sie sich."

Mrs Olafson sah sie zögernd an, dann ließ sie sich schließlich auf dem Rand der Holzbank neben der Haustür nieder.

„Wie lange arbeiten Sie schon für die Thornes?", fragte Evie. Sie hatte die ältere Frau öfter in der Stadt gesehen, aber ihre Wege hatten sich bisher nie gekreuzt. Da sie in den nächsten Tagen eng zusammenarbeiten würden, wäre es gut, sie besser kennenzulernen. Auf jeden Fall konnte es nicht schaden, freundlich zu sein und mehr über Mrs Olafson zu erfahren. Bisher wusste Evie nur, dass sie selten lächelte und ihr Haar immer zu einem sehr strengen grauen Knoten zusammengefasst trug. Bei ihrem Anblick musste Evie immer an ihre Grundschullehrerin denken oder – ganz allgemein – an die Aufseherin eines Frauengefängnisses.

„Ich bin seit fast fünf Jahren hier im Haus. Mein Mann war Koch und hat in Mr Thornes Restaurant im Skiresort gearbeitet."

„Ach, von ihm haben Sie also so gut kochen gelernt?"

„*Ich* habe *ihm* alles beigebracht, was ich kann", berichtigte Mrs Olafson, und zum ersten Mal umspielte ein Lächeln ihre Lippen. Es verblasste schnell. „Nur wenige Monate, nachdem wir von Minneapolis hierherkamen, wurde bei ihm Leberkrebs diagnostiziert."

„Oh. Das tut mir leid."

Mrs Olafson zuckte mit den Schultern. „Ich war mir sicher, dass Mr Thorne ihn feuern würde, aber das hat er nicht getan. Er hat weiter sein Gehalt bezahlt, selbst als er nicht mehr arbeiten konnte. Nach Davids Tod hat Mr Thorne mich gefragt, ob ich bei ihm als Haushälterin arbeiten wolle. Seitdem bin ich hier." Sie nestelte an ihrer Schürze herum, mit ihren blassblauen Augen starrte sie wieder hinaus zur Auffahrt. „Mr Thorne ist ein sehr guter Mensch. Ich bin zwar eine gute Köchin, hatte aber keine Berufserfahrung. Ich habe jung geheiratet und meine Jungs großgezogen, die jetzt beide aufs College gehen. Mr Thorne war es egal, dass ich noch nie in diesem Beruf gearbeitet hatte. Er hat mich trotzdem angestellt."

Wenn sie bloß nicht gefragt hätte! Sie wollte keine Lobhudeleien über Brodie hören. Ungeduldig zappelte Evie mit den Zehen. Auf einmal sollte er ein großzügiger Mensch sein und nicht der steife, unangenehme Mann, für den sie ihn immer gehalten hatte?

„Nun, wenn man jahrelang für eine Familie sorgt, hat man wohl mehr als genug Erfahrung. Falls dieser köstliche Duft aus der Küche irgendein Anhaltspunkt ist, dann bin ich davon überzeugt, dass Sie Ihre Arbeit hervorragend machen."

Die Haushälterin schien sich ein wenig für Evie zu erwärmen, ihr Gesichtsausdruck war nicht mehr ganz so abweisend. „Ich bemühe mich. Wenn Sie jemals meine Hilfe mit Taryn brauchen, dann sagen Sie unbedingt Bescheid."

„Vielen Dank. Ich komme bestimmt auf Ihr Angebot zurück."

Brodie hatte Krankenschwestern engagiert, die sich um Taryns medizinische Bedürfnisse kümmerten, aber Evie wollte mit dem Mädchen sechs Stunden am Tag ein straffes körperliches Programm durchziehen. Jeden Tag zwischen zehn und sechzehn Uhr, bis Brodie jemanden gefunden hatte, der ihre Arbeit übernehmen konnte. Zudem würde ein Ergotherapeut, den sie von früher kannte, dreimal die Woche für zwei Stunden ins Haus kommen.

Für höchstens zwei Wochen – das würde sie schon irgendwie hinbekommen. Sie hatte in der vergangenen Nacht von ihrer Adoptivtochter geträumt, von Cassies süßem Lächeln, ihrem großen Herzen und ihrer liebevollen Art.

Sie hatten zusammen in der Hängematte hinter ihrem Bungalow in Topanga Canyon gelegen, sich Geschichten erzählt, alberne Liedchen gesungen und dem Rauschen des Baches zugehört. Cassie hatte glücklich gelacht – genau das Lachen, an das Evie sich erinnerte –, und dann war sie mit der schmerzhaften Erkenntnis aufgewacht, dass es ihre Tochter nicht mehr gab.

Es war fast zwei Jahre her, doch Evie trauerte nach wie vor um Cassie. Auch wenn sie ihren Frieden in Hope's Crossing gefunden haben mochte, blieb der Schmerz. Allerdings war er nicht mehr so unerträglich wie zu Beginn, und vielleicht hatte sich ja inzwischen eine schützende Hülle um ihr Herz gebildet.

Jetzt musste sie nur verhindern, dass Taryn Thorne und ihr viel zu attraktiver Vater diese Hülle wieder sprengten.

Die Schweiz. Stoisch und distanziert, ohne eine Spur von emotionaler Verstrickung. Das würde sie schon schaffen, auch wenn ihre Freundschaft mit Katherine die ganze Sache erheblich erschwerte.

Ein silberner Kleinbus fuhr in die Auffahrt.

„Oh, sie ist da!", stieß Mrs Olafson aus.

Lächelnd drückte Evie ihr die Hand, dann erhob sie sich.

Brodie schien einen Moment zu zögern, bevor er den Knopf für die Rampe drückte, und wieder spürte Evie dieses unwillkommene Mitgefühl in sich aufsteigen. Sie konnte sich gut an das panische *Und-was-nun*-Gefühl erinnern, als sie Cassie nach Merediths Beerdigung zu sich nach Hause geholt hatte.

Ehe sie darüber nachdenken konnte, war sie schon mit einem strahlenden Lächeln auf den frisch geebneten Asphaltweg getreten, auf dem man sich bequem mit einem Rollstuhl fortbewegen konnte. „Hi. Willkommen zu Hause! Wie war die Fahrt?"

Brodie blinzelte kurz, als ob er mit einer so freundlichen Begrüßung nicht gerechnet hätte. „Gut. Sie ist eine echte Kämpferin, aber bestimmt müde."

Mrs Olafson war ihr gefolgt. „Mr Thorne, der Pflegedienst hat angerufen und gesagt, dass die Krankenschwester sich verspätet. Sie sollte in etwa einer Stunde hier sein."

„Danke, Mrs O."

Einen Moment lang stand er hilflos da, als wüsste er nicht, was er als Nächstes tun sollte. Am liebsten hätte Evie ihn in die Arme genommen und ihm ins Ohr geflüstert, dass alles gut werden würde. Doch sie konnte sich nur zu gut vorstellen, wie er auf so etwas reagiert hätte.

Sie beugte sich ins Innere des Busses und legte eine Hand auf die Lehne des Rollstuhls. „Hi, Taryn. Erinnerst du dich an mich? Evie Blanchard aus dem *String Fever*?"

Taryn nickte, ihr Mund verzog sich zu einem halben Lächeln. „Hi."

Was haben Sie hier zu suchen? Obwohl Taryn die Worte nicht aussprach, konnte Evie die Frage regelrecht hören. Wenn sie etwas von ihren Patienten gelernt hatte, dann war es, nonverbale Zeichen zu verstehen. Taryn war von ihrer Anwesenheit vollkommen überrumpelt.

„Du möchtest wissen, weshalb ich hier bin, stimmt's?"

Taryn senkte das Kinn und hob es dann wieder, was Evie als Zustimmung deutete.

„Gute Frage. Ich bin nicht sicher, ob du das weißt, aber bevor ich nach Hope's Crossing kam und für Claire in dem Schmuckladen gearbeitet habe, war ich Physiotherapeutin in Kalifornien. Dein Dad und deine Großmutter haben mich gebeten, ein Therapieprogramm für dich zusammenzustellen. Bist du damit einverstanden?"

Taryn hob eine Schulter, schien aber nicht sonderlich begeistert von der Idee zu sein.

„Du möchtest bestimmt erst mal ins Haus, oder? Ich weiß

jedenfalls, dass mir mein Hintern immer wehtut, wenn ich eine Weile im Auto sitze. Also strecken wir uns jetzt mal aus, okay?“

„O-kay.“

„Und ich bringe dir dein Eis“, sagte Katherine.

„*Shave Ice.* Lecker. Blaue Himbeere? Mag ich auch am liebsten.“

„Wir haben diesen kleinen Stand am Ende der Main Street entdeckt, und Taryn wollte unbedingt eines haben.“

Deshalb die Verspätung, dachte Evie. Brodie war also nicht so ungeduldig und unflexibel, dass er seiner Tochter diesen kleinen Wunsch abgeschlagen hätte. Schon wieder fühlte sie ein sanftes Kratzen an der Hülle.

Evie trat zurück, während Brodie den Rollstuhl über die Rampe hinunterließ und dann zur Eingangstür schob. Als er sich im Haus auf die Suite zubewegte, riss Taryn den Kopf Richtung Treppe herum. „Mein Zimmer. Oben.“

„T, darüber haben wir doch gesprochen. Erst einmal wohnst du hier unten.“

„Nein. Mein Zimmer.“

Brodie warf Evie einen frustrierten und Hilfe suchenden Blick zu.

„Du möchtest wieder in dein altes Zimmer?“

Taryn nickte eifrig.

„Dann musst du hart daran arbeiten, wieder dort hinaufzukönnen. Bist du dazu bereit?“

„Yeah“, sagte Taryn, und ein kämpferisches Licht leuchtete in ihren Augen auf.

„Wunderbar. Ich auch.“

„Komm jetzt, Liebling“, sagte Katherine. „Ich zeige dir dein neues Zimmer.“

Katherine schob den Rollstuhl den Gang hinunter, und obwohl Evie sofort mit dem Mädchen loslegen wollte, blieb sie noch einen Moment stehen. Brodie sah seiner Tochter und seiner Mutter mit so einem verzweifelten, hoffnungslosen Blick hinterher, dass sie ihn am liebsten schon wieder trösten wollte. Ihm versprechen, dass alles gut werden würde. Aber sie durfte ihn nicht belügen.

„Hat Taryn das Eis geschmeckt?“ Sie deutete auf den Becher, den Katherine ihm in die Hand gedrückt hatte.

„Sie hat nur ein paar Löffel gegessen, aber ich denke schon. Ich allerdings hätte gut ohne die Gesellschaft dort auskommen können.“

Als sie ihn verständnislos ansah, zuckte er mit den Schultern. „Ich habe diesen kleinen Mistkerl Charlie Beaumont am Eisstand getroffen. Und bevor Sie fragen: nein. Ich habe ihn nicht verprügelt – aber um ehrlich zu sein, hätte ich beinahe mein Pfirsich-Kokosnuss-Eis über seinem Kopf ausgeleert.“

„Ich bewundere Ihre Selbstbeherrschung“, sagte sie mit einem Lächeln. Sie beschloss, ihm nicht zu sagen, dass ihr der Junge, der von jedermann in der Stadt geschnitten wurde, ein bisschen leidtat.

„Eine Freundin von Taryn arbeitet an dem Eisstand. Sie hat angeboten, mal vorbeizukommen. Da Sie absolute Autorität beanspruchen, sollten *Sie* das wohl besser entscheiden.“

„Ich beanspruche keine absolute Autorität“, widersprach sie leise.

„In Denver hatte sie nicht besonders viel Besuch“, fuhr Brodie fort, ohne darauf einzugehen. „Aber jetzt, wo sie wieder zu Hause ist, gehe ich davon aus, dass ihre Freunde sie sehen wollen. Was denken Sie?“

„Warum halten Sie das für ein Problem?“

„Sie haben sie doch gesehen. Sie kann sich nicht richtig unterhalten. Ich habe Angst, dass es vielleicht zu schwer für Taryn ist, ständig daran erinnert zu werden, was sie alles verloren hat.“

„Regelmäßiger Kontakt zu Gleichaltrigen ist wichtig für

Teenager, ganz egal, mit welchen körperlichen Beschwerden sie sich herumschlagen müssen."

„Das kann ich mir gut vorstellen. Vor dem Unfall hatte sie ständig ein oder zwei Freundinnen zu Besuch. Wenn Sie es also für richtig halten, werde ich Hannahs Mutter anrufen und ihr sagen, dass das Mädchen vorbeikommen kann."

„Vielleicht könnten wir die Besuche von Freunden sogar in den Therapieplan einarbeiten. Ich werde mit der Sprachtherapeutin darüber reden, wenn sie morgen kommt."

„Danke." Er schien sich unbehaglich zu fühlen. „Ich fürchte, ich habe das beim letzten Mal nicht gesagt. Natürlich weiß ich, dass Sie eigentlich nicht hier sein wollen. Meine Mutter hat mir nicht verraten, weshalb. Sie sagte nur, Sie hätten Ihre Gründe, aber ... Ich möchte mich bei Ihnen bedanken, dass Sie uns trotzdem helfen."

Plötzlich hatte sie ein schlechtes Gewissen, weil sie so sauer und genervt reagiert hatte, als er sie zum ersten Mal darauf angesprochen hatte. Unter anderen Umständen, wenn sie selbst stabiler gewesen wäre, hätte sie diese Herausforderung wahrscheinlich begeistert angenommen. Jeder einigermaßen mitfühlende Mensch hätte die Chance ergriffen, einem Mädchen zu helfen, das schon so viel durchgemacht hatte. Jetzt schämte sie sich, weil sie sich eine ganze Woche Zeit für die Antwort gelassen und sich dabei Tausend Ausreden überlegt hatte, um sich irgendwie aus der Verantwortung zu stehlen.

Vermutlich überlegten selbst die Schweizer hin und wieder, nach vorn zu treten und mit anzupacken.

„Gern geschehen", erwiderte sie schließlich und spürte, wie ihre Wangen heiß wurden.

Er betrachtete sie mit seinen unglaublich blauen Augen, die von dunklen Wimpern umrandet waren, und einen Moment lang hatte sie den Eindruck, dass sein Blick länger auf ihren Lippen verharrte.

„Ich helfe mal besser Ihrer Mutter mit Taryn“, sagte sie schnell.

„Ach ja, richtig. Brauchen Sie Hilfe? Ich muss noch ein paar Telefonate erledigen, aber die können warten.“

Sie schüttelte den Kopf. „Das geht schon. Besser, wir üben schon mal, allein mit der Hebevorrichtung zurechtzukommen, die Sie installiert haben.“

„Mein Büro ist am anderen Ende des Flurs. Wenn Sie mich brauchen, rufen Sie einfach.“

Sie nickte und sah ihm hinterher, wie er davonging, sein Körper stark und athletisch. Oh, in der Nähe dieses unglaublich anziehenden Mannes musste sie wirklich vorsichtig sein. Es würde wohl nicht leicht werden, immer daran zu denken, dass sie die verflixte Schweiz war, vor allem jetzt, wo sie am liebsten alle Grenzen geöffnet hätte.

5. KAPITEL

Nur wenige Tage später verwarf Evie die Idee mit der Schweiz und beschloss, lieber Napoleon zu sein, der mit wehenden Fahnen durch Europa marschierte und Grenzen sprengte.

Sosehr sie es auch versucht hatte, es gelang ihr nicht länger, distanziert zu bleiben. Im Gegenteil. Sie war frustriert, müde und schlecht gelaunt. Auch der letzte Rest Geduld war aufgebraucht.

In den fast zehn Jahren als Therapeutin in Los Angeles hatte sie jede Menge widerspenstige Patienten kennengelernt. Kinder, die sich weigerten, ihre Übungen zu machen, wenn sie gerade nicht in der Stimmung waren. Teenager, die einen bestimmten Song hören wollten oder bei denen das Licht genau richtig sein musste, bevor sie auch nur darüber nachdachten, ihr Trainingsprogramm zu beginnen.

Aber das war nichts im Vergleich zu dem unbeugsamen Willen dieser Fünfzehnjährigen. „Komm schon, Taryn. Du kannst das. Ich habe die Berichte deiner Therapeuten in der Klinik gelesen, und demnach konntest du in den letzten beiden Wochen zwanzig Sekunden am Stück allein stehen. Aber mir hast du es noch kein einziges Mal gezeigt. Lügen die alle, oder hast du vergessen, wie es geht?“

Taryn zuckte mit den Schultern, und Evie hätte am liebsten laut aufgeschrien. Jedes Mal, wenn sie am Aufstehen arbeiteten, knickten Taryns Beine ein, als wären sie aus Pudding. „Ich möchte es doch nur einmal sehen. Ein einziges Mal. Los, Liebes. Wie willst du jemals die Treppe zu deinem Zimmer hochkommen, wenn du mir nicht mal zeigst, wie gut du schon stehen kannst?“

„Ich will … fernsehen“, sagte Taryn.

Sie drehte den Kopf zu dem Großbildschirm an der Wand, und Evie war zugleich wütend und ermutigt. Taryn konnte schon jetzt besser Worte aneinanderreihen als vor ein paar Tagen, und Evie fragte sich, was sie mit dem Kind eigentlich falsch machte.

„Schön“, sagte sie. „Wenn du dreißig Sekunden stehst, dann kannst du dir für eine Viertelstunde alles ansehen, was du möchtest. Einverstanden?“ Taryn schaute am liebsten völlig sinnlose Reality-Dokus, aber Evie war bereit, alles zu versuchen.

Taryns Mund verzog sich zu diesem schiefen Lächeln. „Gut.“

Evie zog sie aus dem Stuhl und spürte die Anstrengung in ihrem Rücken, als sie fast das gesamte Gewicht des Mädchens hielt, auch wenn Taryn noch immer dünn war, ihre Handgelenke dürr wie Äste. Vor dem Unfall war sie quicklebendig und fit gewesen, ständig umgeben von irgendwelchen Freundinnen. Sobald sie das *String Fever* betreten hatte, war ihre Fröhlichkeit immer sofort auf alle anderen im Laden übergesprungen.

Hirnverletzungen sind einfach beschissen, dachte Evie. Zwei Menschen konnten genau dieselben Verletzungen erleiden – an derselben Stelle, gleich schlimm, alles identisch – und sich vollkommen anders entwickeln.

Inzwischen verstand sie sehr gut, dass die Ärzte in der Rehaklinik aufgegeben hatten. Und jetzt, wo Taryn wieder zu Hause war, schien sie sogar noch weniger bereit zu sein, das anstrengende Programm durchzuziehen.

Evie musste unbedingt einen Weg finden, an sie heranzukommen, hatte aber nicht den blassesten Schimmer, wie ihr das gelingen sollte. Keine Technik, die sie bisher versucht hatte, funktionierte. Wenn Taryn also bereit war, wegen einer dummen Fernsehshow endlich ein wenig mitzuarbeiten, dann sollte es eben so sein.

„Die Gehhilfe ist gleich hier, falls du sie brauchst. Bist du so weit? Kann ich dich loslassen?“

Als Taryn nickte, löste Evie ihre Umklammerung, wobei

sie die Hände allerdings in Griffnähe behielt. Taryn gelang es, ihr eigenes Gewicht zu halten und zu stehen, wobei sie sich an der Gehhilfe festhielt.

Evie hatte gerade bis fünfzehn gezählt, als sie aus den Augenwinkeln eine Bewegung bemerkte und sah, dass Brodie ins Zimmer gekommen war.

„Dad“, rief Taryn und sank nach hinten.

Evie fing sie auf, bevor sie stürzen konnte. „Das waren keine dreißig Sekunden. Es haben noch mindestens zehn gefehlt. Also kein Fernsehen für dich.“

Taryn zog ein Gesicht, dann richtete sie sich wieder auf. Exakt zehn Sekunden später fiel sie in ihren Stuhl.

Evie lachte. „Na, so was! Kopfrechnen funktioniert auf jeden Fall. Also schön, du hast es dir verdient. Eine Viertelstunde, okay?“ Sie schob das Mädchen zum Fernseher und reichte ihm die Fernbedienung mit den großen Knöpfen, die Taryn mühelos drücken konnte.

„Interessante Art der Motivation“, murmelte Brodie hinter ihr. Sie konnte an seinem Tonfall nicht erkennen, ob er einverstanden war oder nicht.

„Hey, wenn ich irgendetwas finde, das funktioniert, dann muss ich das ausnutzen. Selbst wenn es sich um totalen Mist handelt.“

Da ihre Patientin nun ein paar Minuten beschäftigt war, begann Evie, die Übungsbälle und anderen Geräte zu reinigen, die sie heute benutzt hatten – Hauptsache, sie war von Brodies Anwesenheit im Zimmer abgelenkt.

„Das brauchen Sie nicht zu machen. Mrs O. kann das übernehmen.“

„Reine Gewohnheit. Als ich meine eigene Praxis hatte, waren die meisten meiner Patienten sehr krankheitsanfällig. Deswegen haben wir nach jeder Behandlung alles desinfiziert. Ich schätze, es kann nicht schaden. Auch wenn Taryn als Einzige damit arbeitet.“

„Tut sie das? Damit arbeiten, meine ich? War es heute etwas besser?“

Brodie kam jeden Nachmittag vorbei, und Evie musste sich eingestehen, dass sie sich inzwischen auf seine Besuche freute.

„Die letzten Minuten waren die besten seit Tagen, auch wenn ich MTV gebraucht habe, um Taryn zu motivieren. Ich verdiene mir hier jeden einzelnen Penny, den Sie an die Layla-Parker-Stiftung bezahlen, das können Sie mir glauben. Wie läuft es mit der Suche nach meiner Nachfolgerin?“

„Ich habe morgen ein Gespräch mit einer weiteren Bewerberin. Wären Sie bereit, wieder dabei zu sein und mir Ihre Meinung zu sagen?“

Bisher waren die Bewerber entweder nicht qualifiziert genug gewesen oder hatten nach einer weniger langfristigen Aufgabe gesucht. Es schmeichelte ihr, dass Brodie ihrem Urteil vertraute. Wenn sie nach einem Gespräch Bedenken anmeldete, war er sofort bereit, sich nach jemand anderem umzusehen.

„Wann?“

„Um neun.“

„Gut. Dann komme ich etwas früher als sonst.“

Taryn lachte über irgendetwas, und dieses Lachen klang genauso wie früher – laut und voller Leben.

Als Evie sich wieder zu Brodie drehte, sah sie, wie liebevoll er seine Tochter betrachtete.

„Dieses Lachen habe ich vermisst. Albern, oder?“

„Überhaupt nicht“, versicherte sie.

Er trommelte mit den Fingern auf den Tisch. „Die letzten Jahre waren ziemlich schwierig, wir haben eigentlich ständig gestritten, wissen Sie? Jetzt kommt es mir so vor, als ob ich viel zu viel Zeit mit Vorwürfen und unrealistischen Erwartungen an sie verschwendet hätte – statt mir einfach die Zeit zu nehmen und ihr zuzuhören.“

Der Orangenduft des Desinfektionstuchs wurde stärker, als sie es fest zwischen den Fingern zusammenpresste, um nicht seinen Arm zu berühren. „Jetzt haben Sie die Chance dazu. Vielleicht sollten Sie einfach ein paar Minuten Ihre Bedenken beiseiteschieben und mit ihr zusammen fernsehen."

Er schnitt eine Grimasse. „Oh Mann! Mit Taryn zusammen *Jersey Shore* gucken? Da können Sie mich ja gleich erschießen."

Sie lachte auf. Viel zu angetan von diesem verdammten Typen. Sein Blick wanderte wieder zu ihren Lippen, und Evie hielt die Luft an, als sie die Hitze spürte, die sich zwischen ihnen entwickelte. Die Geräusche der bescheuerten Fernsehsendung lösten sich auf, beim Anblick dieser hypnotischen blauen Augen vergaß sie sogar, dass Taryn im selben Zimmer saß.

Ihr Magen zog sich zusammen, sie verspürte den verrückten Wunsch, einen Schritt nach vorn zu machen, die Finger in sein Hemd zu krallen und ihn zu sich zu ziehen.

Halt. Mal ganz langsam. Es war ganz und gar nicht in Ordnung, dass er sie mit einem einzigen Blick dermaßen durcheinanderbringen konnte. Ja gut, vielleicht war er nicht der arrogante Idiot, für den sie ihn immer gehalten hatte, aber das bedeutete noch lange nicht, dass sie sich deswegen gleich auf ihn stürzen musste.

Er war nach wie vor überhaupt nicht ihr Typ, und daran änderte sich auch nichts, nur weil sie ein paar überraschende Facetten an ihm entdeckt hatte. Er war womöglich ein guter Vater. Aber er war auch jemand, dem Geld alles bedeutete, genauso wie ihrem eigenen Dad.

Er wandte den Blick ab, um auf seine Uhr zu sehen. „Ich habe nur eine Viertelstunde Zeit. Danach muss ich zu einer Telefonkonferenz."

„Das reicht genau, um noch das Ende der Show mitzubekommen", sagte sie.

„Was für ein Glück“, murrte er, dann ging er zu seiner Tochter und setzte sich neben sie auf einen der Stühle, die er in das Zimmer hatte bringen lassen.

Evie beschloss, dies sei der geeignete Moment, um ihre Berichte auf den neuesten Stand zu bringen. Nachdem sie ihren Laptop angeschaltet hatte, setzte sie sich an den Tisch und versuchte, sich auf ihre Aufzeichnungen zu konzentrieren. Von der frustrierenden Stunde im Schwimmbad am Morgen, als Taryn sich geweigert hatte, das Schwimmbrett zu benutzen, bis hin zu dem erfolglosen Versuch, Taryn dazu zu bringen, mit eigenem Besteck zu essen.

All diese Misserfolge hinterließen einen bitteren Geschmack in ihrem Mund. Sie konnte sich nicht daran erinnern, sich jemals zuvor als eine derartige Versagerin gefühlt zu haben. Vielleicht sollte sie das Handtuch werfen und Brodie bitten, jemanden zu suchen, der besser an Taryn herankam. Sie jedenfalls schien nicht gut genug für diese Aufgabe zu sein.

„Aus“, hörte sie Taryn gereizt sagen.

„Mist. Gerade, als es spannend wurde“, bemerkte Brodie trocken.

„Dann müssen Sie eben die Sendung nächste Woche wieder mit Taryn anschauen“, zog Evie ihn auf.

Er warf ihr einen düsteren Blick zu. „Gibt es nicht vielleicht eine interessante Dokumentation oder so was?“

„Langweilig“, stieß Taryn hervor.

Brodie schüttelte den Kopf, beugte sich aber hinüber, um seiner Tochter einen Kuss auf das lockige Haar zu drücken. „Erinnere mich daran, dass wir was gegen deinen schlechten Geschmack unternehmen, Schätzchen. Aber nicht jetzt. Ich muss telefonieren. Und nun gib alles, ja? Weißt du noch, wie wir über den Skiurlaub in Chamonix gesprochen haben? Du hast noch ein ganzes Stück Arbeit vor dir, wenn wir das diesen Winter schaffen wollen.“

Taryns Lächeln verblasste, sie sah auf ihre Beine. „Ich kann … nicht … Ski fahren."

„Bleib dran, Liebling", sagte Brodie fest. „Du schaffst alles, was du wirklich willst. Und Evie ist hier, um dir zu helfen."

Er winkte ihnen zu, dann eilte er aus dem Zimmer. Gedankenverloren sah Evie ihm nach, dann richtete sie ihre Aufmerksamkeit wieder auf Taryn.

Es war idiotisch, sich auch nur eine Sekunde lang diesen verrückten Fantasien über Brodie hinzugeben. Ihrer Erfahrung nach ging so etwas sowieso nie gut aus.

Taryn lag auf dem bescheuerten Behandlungstisch und hasste ihr Leben. Dieses blöde Zimmer, ihre kraftlosen Beine, den riesigen Spiegel, in dem sie sehen konnte, wie hässlich sie geworden war.

Und Evie. Vor allem Evie.

Evie war hübsch mit ihren blauen Augen und dem langen blonden Haar, sie sah wie ein Engel aus.

Ein böser Engel.

„Komm schon. Noch vier. Du schaffst das."

„Ich … mag … Beinheben … nicht." Ihre Worte klangen ebenfalls bescheuert. Undeutlich, als hätte sie Watte im Mund. Warum war es nur so schwierig, die Worte auszusprechen, die sie doch so klar im Kopf hatte? Jedenfalls war es einfacher, möglichst wenig zu sagen. „Beinheben … tut weh."

„Wir haben es fast geschafft. Gib jetzt nicht auf!"

„Ich will … ausruhen."

„In einer Minute. Nur noch vier."

Nein. Das war's. Sie wollte fernsehen und still sein und ihr blödes Leben vergessen.

„Entschuldigen Sie die Unterbrechung." Mrs Olafson streckte ihren Kopf ins Zimmer. Taryn ließ die Beine sinken. *Unterbrechen Sie ruhig. Bitte. Gut so.*

„Kein Problem." Evie lächelte. „Was können wir für Sie tun?"

„Hier ist eine junge Dame, die Taryn besuchen möchte. Eine ihrer Freundinnen. Ich weiß nicht, ob Taryn schon Besuch empfangen kann."

Taryn sah in den verhassten Spiegel. Kurze Haare und Narben auf den Wangen. Und das Schlimmste war, dass Evie sie vorhin gezwungen hatte, sich selbst zu schminken. Jetzt sah sie aus wie ein Clown.

„Du siehst hübsch aus", hatte Evie behauptet, als Taryn alles wieder abwischen wollte. „Und es wird immer leichter werden. Ob du es glaubst oder nicht, das ist eine gute Übung und hilft dir, deine Feinmotorik zu trainieren."

Was sie gar nicht wollte. Sie wollte nur, dass alle sie endlich in Ruhe ließen.

„Was meinst du, Taryn?", fragte Evie. „Hast du Lust auf Besuch? Es ist allein deine Entscheidung."

Besuch war immerhin besser als Therapie. Und Evie konnte an ihrer Stelle sprechen. „Erst ... das ... wegwischen", nuschelte sie und deutete mit der Hand, die noch funktionierte, auf ihr Gesicht,

Evie verdrehte die Augen. „Du siehst zwar gut aus, aber was soll's." Zu Mrs Olafson sagte sie: „Geben Sie uns fünf Minuten, damit wir Taryn etwas zurechtmachen können."

Die Haushälterin lächelte. „Natürlich. Ich werde mich draußen mit dem Mädchen unterhalten."

Evie half Taryn in den Rollstuhl und wischte dann das grässliche Make-up von ihrem Gesicht. „Soll ich dich frisch schminken?"

„Lid ... schatten", antwortete Taryn mit ihrer dummen, verwaschenen Stimme.

Wer sie wohl besuchte? Wahrscheinlich Brittney oder Lyndsey. Bald fing die Schule wieder an. Vielleicht hatten sie eine neue Cheerleader-Uniform bekommen, die sie ihr zeigen wollten.

Evie schminkte sie, und es sah ganz okay aus. Jedenfalls besser als zuvor.

„Bist du bereit?", fragte Evie.

„Ja."

Evie öffnete die Tür und ließ Mrs Olafson wissen, dass der Besuch hereinkommen konnte.

Es war nicht Brittney und auch nicht Lyndsey, wie Taryn überrascht feststellte, sondern Hannah Kirk. Ihre ehemals beste Freundin. Sie war ziemlich pummelig und ein bisschen verschwitzt.

„Hannah, hi!" Evie lächelte erfreut.

„Hi, Ms Blanchard. Ich wusste nicht, dass ich Sie hier treffe."

„Ich helfe Taryn ein paar Tage, bis sie sich zu Hause eingewöhnt hat."

„Wie nett von Ihnen."

„Das tue ich gerne", erklärte Evie. „Es macht Spaß."

Lüge, dachte Taryn. Sie tat das nicht gerne und es machte keinen Spaß. Evie wollte überhaupt nicht hier sein, das hatte Taryn von Anfang an gespürt.

„Tut mir leid, dass ich dir nicht mit den Ohrringen für deine Mutter helfen konnte", sagte Evie. „In den letzten Tagen war ich ziemlich beschäftigt."

„Kein Problem. Ich habe sowieso keine Zeit gehabt. Ich arbeite jetzt immer ziemlich lange am Eisstand. Ah, da fällt mir ein", sie zog die Hand hinter dem Rücken hervor, „ich habe Taryn Himbeereis mitgebracht. Das hat ihr Dad vor ein paar Tagen für sie bestellt, und ich dachte, sie mag vielleicht noch eines. Es ist so heiß draußen!"

„Das ist wirklich sehr nett von dir", meinte Evie lächelnd.

Taryn starrte das Eis an und wusste nicht, was sie sagen sollte.

„Es ist auf dem Weg hierher schon ein bisschen geschmolzen. Ich bin mit dem Fahrrad gekommen. Aber ich habe es in einen Thermobecher gepackt, es sollte also okay sein."

„Wie clever von dir! Taryn, sieh mal, was Hannah dir mitgebracht hat. Ist das nicht toll?“

Taryn sah Hannah an. Dann den Becher. Ihre Hände. Sie konnte das Eis ohne Hilfe nicht halten oder essen. Wie ein Baby.

„Was Besseres gibt es an einem heißen Augustnachmittag nicht. Hier, Liebes, möchtest du etwas davon?“

Sie blickte finster. „Nein.“

Evie blinzelte. „Nein?“

„Ich will nicht.“

Hannah wurde rot wie Wassermeloneneis. Taryn hatte ein schlechtes Gewissen, aber sie fand die richtigen Worte nicht. Flehend sah sie Evie an.

„Später.“

„Du bist wahrscheinlich noch satt vom Mittagessen, richtig? Wir können es ins Eisfach stellen, vielleicht hast du ja in einer Stunde oder so Lust darauf.“

„Gut. Ja.“

„Ich bringe es nur schnell in die Küche und wasche den Kaffeebecher aus, damit du ihn wieder mit nach Hause nehmen kannst. Ja?“, sagte Evie an Hannah gewandt.

„Das wäre gut. Meine Mutter nimmt den immer mit zur Arbeit.“

„Warum unterhaltet ihr euch nicht ein bisschen, während ich schnell in die Küche gehe?“

Taryn wollte sie anbrüllen, wollte ihr sagen, dass sie bleiben solle, damit jemand mit Hannah reden konnte, aber sie war schon verschwunden.

Hannah schaute auf ihre Beine. Die waren stämmig, aber gebräunt. Und *ihr* Hirn war in der Lage, sie richtig zu bewegen. Irgendwann sah sie auf. „Dein Dad sagte, dass ich dich besuchen darf. Aber du würdest wohl lieber allein sein, oder?“

Ja. Verschwinde. Aber Taryn zuckte mit den Schultern.

„Ich weiß, dass wir eigentlich keine richtigen Freundinnen mehr sind. Ich verstehe das. Du bist so klug und hübsch und beliebt und alles. Und ich, na ja, ich nicht. Aber trotzdem bin ich superfroh, dass du bei dem Unfall nicht gestorben bist. Alle sind froh."

Ich nicht. Ich wäre lieber gestorben.

Taryn runzelte die Stirn. Alle möglichen Worte stauten sich in ihrem Hals, aber sie konnte sie nicht aussprechen. Hannah war noch immer rot. Sie blickte zur Tür, aber Evie blieb verschwunden.

„Das ist ein wirklich hübsches Zimmer", sagte Hannah nach einer Weile. „Toller Blick. Man kann von hier aus ganz Hope's Crossing sehen."

Taryn nahm von dem Blick meistens keine Notiz, nur nachts, wenn man die Lichter der Stadt sehen konnte.

„Ich bin ja noch nie hier gewesen. Das Haus ist viel größer als das bei uns im Glacier Lily Drive, oder? Es ist sehr schön."

Taryn konnte sich an das alte Haus gut erinnern. An ihr kleines Zimmer und die Schaukel im Garten. Hannah hatte genau gegenüber gewohnt. Sie hatten mit ihren Barbies gespielt und zusammen Musik gehört.

Mit Hannah war es immer witzig gewesen.

„Weißt du noch, wie du bei uns übernachtet hast und wir uns geschminkt und mit den Klamotten meiner Mutter verkleidet haben, um uns dann gemeinsam einen Tanz auszudenken? Wir wollten unsere eigene Band gründen, erinnerst du dich? Du solltest die Sängerin sein und ich Schlagzeug spielen. Wir haben uns *Danger Girls* genannt und sogar ein Schild gemalt, das wir an die Basstrommel kleben wollten. Ich habe es gestern hinten in meinem Schrank gefunden. Vielleicht bringe ich es dir mal vorbei. Es ist wirklich *sehr* hässlich."

Taryn lachte laut auf, obwohl ihr das Herz wehtat. Sie vermisste die Zeit, als sie tanzen und singen und albern sein konnte. Vermisste sie so sehr.

Hannah stimmte in ihr Lachen ein, doch dann wurde sie ernst. „Wahrscheinlich hast du schon gehört, dass mein Dad vor ein paar Wochen ausgezogen ist. Er wohnt jetzt in Steamboat Springs."

„Sorry." Sie wollte mehr sagen, aber die Worte waren nicht da.

„Ich weiß. Das ist wirklich beschissen." Hannahs rundliches Kinn zitterte ein wenig, und Taryn wünschte, sie könnte ihr irgendwie helfen. „Mir geht's ganz okay, aber für meine Brüder ist es schwer. Mein kleiner Bruder Jake – weißt du noch, was für ein süßes, blondes Baby er war und wie wir ihn immer im Kinderwagen rumgeschoben haben, damit meine Mom sich ein bisschen ausruhen konnte? Er ist jetzt sechs und weint viel mehr als früher. Das geht uns allen wirklich ganz schön auf die Nerven. Und Caleb ist sogar noch schlechter gelaunt als sonst. Er ist neun. Daniel denkt, er sei zu cool, um sich was anmerken zu lassen, aber er ist auch immer schlecht drauf."

Obwohl sie über traurige Sachen sprach, fand Taryn es schön, dass Hannah da war.

„Meine Mom weint auch viel. Sie musste sich einen Job suchen, und das war ziemlich schwierig. Ich passe jetzt viel öfter auf meine Brüder auf und koche und so. Deswegen arbeite ich auch so oft am Eisstand, damit ich ein bisschen Geld beisteuern kann."

Sie schwieg lange, und Taryn wollte etwas sagen. „Aber das wird schon wieder besser, stimmt's? Weißt du noch, wie wir immer zu dem alten Howard-Jones-Song *Things Can Only Get Better* getanzt haben? Ich habe ihn vor ein paar Tagen im Radio gehört, und da musste ich daran denken, wie viel Spaß wir immer zusammen hatten. Es hat sich einfach gut angefühlt, weißt du?"

Tränen brannten in Taryns Hals, als sie daran dachte. Hannah war einmal ihre beste Freundin gewesen. Was war zwischenzeitlich nur geschehen?

„Am Eisstand zu arbeiten ist gar nicht so schlimm. Das mache ich sowieso nur noch eine Woche, bis die Schule wieder losgeht. So ziemlich jeder aus der Stadt kommt irgendwann vorbei. Außerdem viele Touristen."

Sie lächelte und sah auf einmal hübsch aus. „Süße Jungs auch. Gestern waren ein paar aus Kalifornien da. Ich hatte gerade keine Kunden, und sie sind ziemlich lang geblieben und haben sich mit mir unterhalten. Sie wollten wissen, wie die Wanderwege sind und so was." Hannah lachte leise. „Wenn du da gewesen wärst, hättest du bestimmt mit denen geflirtet. Das hast du immer viel besser gekonnt als ich. Ich habe ihnen nur ihr Tigerblut-Eis gemacht und das Geld genommen und irgendwas Dummes gesagt. Dass man vom Woodrose-Mountain-Weg aus den besten Blick auf die Stadt hat oder so."

„Wie ... schön." Sie meinte den Wanderweg, aber auch alles andere. Dass Hannah gekommen war und ihr *Shave Ice* mitgebracht hatte und Erinnerungen daran, wie lustig es früher mit ihr gewesen war.

„Es tut mir wirklich sehr leid, was du alles durchmachen musst, Taryn. Du hast es nicht verdient, dass dir so was Schreckliches passiert."

Doch, das hatte sie. Sie hatte alles verdient. Es war ihre eigene Schuld. Layla war tot, und es war ihre Schuld.

„Entschuldige, dass ich so vor mich hin plappere. Ich meine, wieso solltest du dich für mein langweiliges Leben interessieren?"

„Tu ich." Und das stimmte. Das *stimmte*. Sie verlagerte mit aller Kraft ihr Gewicht, um Hannahs Hand berühren zu können. „Sorry." Für alles. Vor allem dafür, dass sie ihre beste Freundin einfach hatte fallen lassen, weil sie nicht besonders beliebt war und wahrscheinlich niemals sein würde. Das war nicht nett gewesen. Und auch nicht richtig.

Hannah lachte. Ein schönes, lautes Lachen, das sie ganz vergessen hatte. „Du meinst sorry, dass mein Leben so langweilig ist. Kann ich dir nicht übel nehmen. Keinem tut das mehr leid als mir, das kannst du mir glauben."

Die Tür ging auf, und Evie kam zurück, hübsch und lächelnd.

„Hat etwas länger gedauert. Ich habe mit Mrs Olafson geplaudert und die Zeit vergessen. Amüsiert ihr euch?"

Hannah stand auf. „Ja. Aber ich muss jetzt gehen. Meine Mom arbeitet heute länger, und ich muss die Pizza für meine Brüder in den Ofen schieben." Sie hielt inne. „Ist es okay, wenn ich irgendwann wiederkomme, Ms Blanchard?"

Evie sah Taryn fragend an.

Sie formte das Wort besonders vorsichtig, damit niemand sie falsch verstehen konnte. „Jaaa."

Hannah war früher ihre beste Freundin gewesen. Und vielleicht konnten sie wieder Freundinnen werden.

„Da kommt mir eine Idee", rief Evie plötzlich. „Musst du morgen arbeiten?"

„Meine Schicht beginnt erst um vierzehn Uhr."

„Und hast du vormittags Zeit?"

„Ich glaube schon. Freitags muss meine Mom nicht arbeiten."

„Hervorragend! Ich möchte dir nämlich noch immer mit den Ohrringen für den Geburtstag deiner Mom helfen. Ich hab auch noch ein paar andere Dinge im Laden zu erledigen. Wie wäre es, wenn ich morgen mit Taryn ins *String Fever* komme und wir alle zusammen die Ohrringe machen?"

„Das wäre toll!" Hannah war begeistert von der Idee.

Taryn nicht. Sie hatte Angst. Zu viele Leute, die sie kannten, kamen in den Perlenladen.

Evie sah, dass sie die Stirn runzelte. „Was meinst du? Wir können so früh hingehen, dass höchstens deine Großmutter und Claire dort sind. Und wäre es nicht toll, mal woanders zu sein als in einem Krankenhaus oder in deinem Zimmer?"

Eigentlich nicht. Nicht, wenn sie von Leuten angestarrt wurde. Aber Hannah schien so glücklich über den Vorschlag, und sie wollte ihr den Spaß nicht verderben. Sie zuckte mit den Schultern.

„Dann treffen wir uns dort um halb zehn. Was meinst du?"

„Das könnte klappen. Und wenn nicht, rufe ich noch mal an. Danke. Vielen, vielen Dank, Ms Blanchard. Dann bis morgen."

Taryn sah ihr hinterher, wütend, weil sie nicht Nein gesagt hatte. Sie verdiente es sowieso nicht, Freunde zu haben. Und sie verdiente es auch nicht, glücklich zu sein und gesund zu werden. Sie hätte Hannah sagen müssen, dass sie nicht mehr kommen sollte. Sie würde ihr nur wieder wehtun, so wie sie jedem Menschen wehtat.

Auch der kleinste Fortschritt zählt, dachte Evie. Durch den Türspalt hatte sie gehört, wie liebevoll Hannah mit Taryn sprach, und die Freude in Taryns Gesicht gesehen. Obwohl sie nicht viel sagte, wirkte sie aktiver und fröhlicher als sonst. Evie war sich sicher, dass Taryn den Besuch ihrer Freundin wirklich genossen hatte.

Ein Schritt vor, zwei Schritte zurück – das machte sie schier wahnsinnig. Denn nachdem Hannah gegangen war, hatte Taryn sich sofort wieder in sich selbst zurückgezogen. Den ganzen restlichen Nachmittag war sie mürrisch und abweisend gewesen und hatte zu jeder einzelnen Übung mehr oder weniger gezwungen werden müssen.

Zum ersten Mal hatte sie sich sogar geweigert, mit der Sprachtherapeutin zu arbeiten, die Brodie engagiert hatte. Sie war eine sehr nette Dame mittleren Alters, die genauso wie die Ergotherapeutin dreimal die Woche aus Denver kam.

Was so vielversprechend begonnen hatte, endete in einem langen, frustrierenden Nachmittag. Als schließlich die Krankenschwester für die Abendschicht kam, um Taryn ihre Medikamente zu geben und ihr beim Duschen zu helfen, wusste Evie nicht, wer erschöpfter war. Sie oder Taryn. Jeder Muskel ihres Körpers schmerzte. Sie hatte ganz vergessen, wie anstrengend diese Arbeit auch körperlich war.

„Ich komme morgen wieder“, sagte sie zu Taryn. „Du kannst dich bemühen, sosehr du willst, aber du wirst mich nicht so leicht los. Was könnten wir machen, damit es morgen besser wird?“

„Vielleicht ... sollte ich ... Sie ... schminken.“

Sie starrte Taryn an. „Du hast einen Witz gemacht! Wow! Und dazu noch einen sehr guten.“

Taryns Lächeln wirkte etwas müde, aber verschmitzt. „Kein Witz. Das möchte ich.“

Das Kichern, das Evie ausstieß, war vermutlich nur eine Reaktion auf ihre emotionale und körperliche Erschöpfung, aber egal. Auf einmal fühlte sie sich großartig, vor allem, weil Taryn ebenfalls zu lachen begann.

Ein warmes Gefühl stieg in ihr auf. Ja, Taryn war vielleicht mürrisch und uneinsichtig. Wer wäre das nicht unter diesen Umständen? Sie war ein Teenager, dessen Leben vollkommen auf den Kopf gestellt worden war. Und trotzdem blitzten gelegentlich ihr Humor und ihre Anmut durch. Und das machte es Evie äußerst schwer, sie nicht zu mögen – sosehr sie sich auch geschworen hatte, auf Distanz zu bleiben.

„Gut. Dann machen wir das so. Morgen, bevor wir ins *String Fever* gehen, kannst du mich schminken.“

„Mit ... Lippenstift?“

Evie erschauerte innerlich bei der Vorstellung, wie sie danach aussehen mochte, ließ sich aber nichts anmerken. Das Schlimmste konnte sie ja verstohlen mit einem Papiertuch entfernen, wenn es sein musste. „Wenn du versprichst, morgen härter zu arbeiten, dann sogar mit Lippenstift.“

„Das wird bestimmt interessant.“

Als sie die Stimme hinter sich hörte, fuhr sie herum. Brodie lehnte am Türrahmen, seine Augen blitzten amüsiert.

„Dad! Hi."

Aus irgendeinem albernen Grund wurden Evies Wangen heiß. Wie stellte er das bloß immer wieder an? Dieser Mann hatte die unangenehme Eigenschaft, genau dann aufzutauchen, wenn sie überhaupt nicht darauf vorbereitet war. Nun, um fair zu bleiben: Dies war schließlich sein Haus. Trotzdem wäre es ihr lieber gewesen, wenn er vorher angeklopft hätte.

„Hey."

„Muss ja ein übler Tag gewesen sein, wenn ihr jetzt schon über Extrem-Make-up verhandelt."

„Ach, morgen wird es wieder besser laufen, nicht wahr, Taryn?"

„Kann sein", erwiderte Taryn.

„Hannah Kirk hat Taryn besucht, und es war wirklich sehr schön mit ihr", erzählte Evie. „Danach haben wir Stretchübungen gemacht und die Muskeln aufgebaut."

„Und wie war es?"

Als würde man in einem Fass voll Öl mit einem sehr unfreundlichen Alligator ringen. „Super", log sie. „Taryn hat schwer gearbeitet."

Taryn zog den Kopf ein und weigerte sich, einen von ihnen anzusehen.

Brodie sagte einen Moment lang nichts, und als sich ihre Blicke trafen, entdeckte Evie einen entschuldigenden Ausdruck in seinen Augen. „Solange du nur dein Bestes gibst, Kleines. Das ist das Wichtigste. Seid ihr für heute fertig?"

„Ja. Ich bin schon auf dem Heimweg", sagte Evie.

Plötzlich wollte sie einfach ein paar Stunden allein sein. Sie brauchte Abstand und Zeit, um sich all die Gründe in Erinnerung zu rufen, warum sie Taryns Charme nicht erliegen durfte – und Brodies noch viel weniger.

„Ich bringe Sie zur Tür."

Sie starrte auf seine Finger, stark und lang, mit denen er leise auf das Holz der Tür trommelte, unruhig wie immer.

Bemühen Sie sich nicht, hätte sie sagen sollen. Und dass sie den Weg nach draußen schon allein finden würde. *Tut mir leid, aber Sie machen mich so nervös, dass ich lieber nicht in Ihrer Nähe wäre* schien ihr nicht gerade eine erwachsene und intelligente Bemerkung zu sein. Also zwang sie sich zu einem Lächeln. „Schön. Ich hole nur schnell meine Tasche."

Sie verabschiedete sich von der Krankenschwester, dann versprach sie Taryn, am nächsten Morgen ihre Schminksachen mitzubringen.

Evies Nerven flatterten, als sie nebeneinander zur Haustür gingen. Sie war sich seiner Nähe fast schmerzhaft bewusst. Wie Zahnschmerzen, sagte sie sich.

Als sie nach draußen traten, atmete Evie die kühle und süße Abendluft ein. Obwohl es noch nicht ganz dunkel war, schrie eine Eule im Wald. Sommerabende in Hope's Crossing waren immer spektakulär – und die Nächte umso mehr, weil in ihnen ein Hauch von Verzweiflung lag. Die Natur schien einen jeden aufzufordern, noch schnell zu genießen, was man hatte, bevor sie die Welt in wenigen Wochen wieder mit scharfen Winden, Kälte und Schnee überzog. So empfand es zumindest Evie.

An ihrem kleinen Geländewagen angekommen, öffnete Brodie für sie die Tür. „Morgen habe ich ein Bewerbungsgespräch. Wollen Sie dabei sein? Tut mir leid, dass die Bewerberin heute Morgen wieder nicht die Richtige war."

„Kommt darauf an. Wann?"

„Früh. Um halb neun. Passt das in Ihre Make-up-Pläne?"

„Das wird schon irgendwie hinhauen. Danach möchte ich mit Taryn gerne einen kleinen Ausflug in die Stadt machen, wenn Sie einverstanden sind."

Seine blauen Augen wirkten in der Dämmerung undurchdringlich. „Halten Sie das für eine gute Idee?"

„Sie nicht?"

„Ich weiß nicht. Sie kommt mir immer noch so verletzlich vor, emotional wie auch körperlich. Die Leute sind neugierig, ich weiß nicht, ob sie schon so weit ist, derart ausgestellt zu werden."

Sie spürte Gereiztheit in sich aufsteigen und versuchte mit aller Kraft, sich nichts anmerken zu lassen. „Niemand stellt sie aus. Ich möchte nur, dass sie mal aus dem Haus kommt."

„Und das finde ich auch gut, verstehen Sie mich bitte nicht falsch. Ich weiß aber auch, wie die Leute sein können. In der Sekunde, in der sie in die Stadt kommt, werden alle anfangen zu starren und zu tuscheln. *Da ist das Mädchen, das sechs Wochen im Koma lag. Sie war früher so hübsch.*"

„Sie ist noch immer hübsch", entgegnete Evie steif.

Ihr Tonfall schien ihn zu erstaunen. „Da stimme ich Ihnen vollkommen zu. Meine Tochter ist wunderschön. Für mich sogar schöner denn je, weil ich weiß, wie tapfer sie ist. Aber das wird nicht jeder so sehen. Menschen können ziemliche Idioten sein. Ich möchte einfach nicht, dass irgendjemand etwas Falsches zu ihr sagt."

Ihr Ärger verrauchte. Brodie war nur ein Vater, der das Beste für sein Kind wollte, und das rechnete sie ihm hoch an. Zugleich fühlte sie sich verpflichtet, die bittere Wahrheit auszusprechen.

„Sie können Taryn das nicht abnehmen, Brodie", murmelte sie. „Irgendwann wird jemand etwas Dummes oder Gedankenloses zu ihr sagen. Oder beides."

„Ich weiß. Aber können Sie es mir denn übel nehmen, dass ich sie davor so lange wie möglich beschützen möchte?"

„Natürlich nicht. Hören Sie, ich habe vor, sie höchstens eine Stunde mit ins *String Fever* zu nehmen. Und zwar so früh, dass der Laden die meiste Zeit noch nicht einmal geöffnet haben wird. Die einzigen Leute, die wir treffen, sind Claire Bradford und vielleicht Ihre Mutter. Keine Sorge, Brodie, ich passe auf Taryn auf, ich verspreche es."

Er wusste, dass sie es gut meinte.

Evies blaue Augen glühten vor Entschlossenheit. Sie berührte sogar seinen Arm auf diese unnachahmliche Weise, wie sie es immer tat, wenn sie ihren Worten besondere Bedeutung verleihen wollte. Hitze strahlte von ihren Fingern ab, und einen Moment lang verlor er komplett den Faden.

„Falls wir sonst noch jemanden sehen, dann höchstens ein paar Kunden. Ich weiß nicht, ob Sie unsere Kunden kennengelernt haben, als Ihre Mutter den Laden noch hatte, aber ich kann Ihnen versichern, dass die meisten unglaublich freundlich und mitfühlend sind. Niemand wird Taryn wehtun."

„Sie glauben also wirklich, dass sie schon so weit ist?"

„Es geht nur um einen kurzen Ausflug in einen Schmuckladen, Brodie. Ich bin sicher, dass sie das hinbekommt. Ich schwöre Ihnen, dass ich sie nicht zwingen werde, bei der Independence-Day-Parade im Festwagen mitzufahren. Aber ich glaube, dass ein kurzes Treffen mit freundlichen Menschen ihr wirklich helfen könnte."

Der Wind frischte auf und spielte mit ein paar blonden Strähnen, die sich aus der Spange gelöst hatten, mit der sie ihre üppigen Locken bändigte. Es erschreckte ihn selbst, wie sehr er sich danach sehnte, die Finger in ihrem Haar zu vergraben. Und herauszufinden, ob es so weich war, wie es aussah.

„Sie halten mich wahrscheinlich für verrückt, weil ich mir so viele Sorgen um Taryn mache."

„Ich glaube einfach, dass Sie ein guter Vater sind, der auf sein Kind aufpasst. Daran ist nichts Falsches."

„Wer weiß? Am Ende tut es ihr sogar gut, an vertraute Orte zurückzukehren. Vielleicht motiviert es sie. Idiotische Fernsehsendungen jedenfalls scheinen nicht zu helfen."

Sie lachte auf, dunkel und sexy, und ein Schauer fuhr ihm über den Rücken. Er musste sich wirklich langsam in den Griff bekommen. Jedes Mal, wenn sie in seiner Nähe war, fühlte er sich magnetisch zu ihr hingezogen. Anfangs hatte er ja vermutet, seine Gefühle seien vollkommen einseitig. Doch inzwischen begann er, daran zu zweifeln.

Wann immer er in den letzten Tagen unangekündigt Taryns Zimmer betreten hatte, war Evie ein klein wenig rot geworden. Fast war er sicher, dass sie dieses Knistern zwischen ihnen ebenfalls bemerkte.

Aber er durfte nicht vergessen, dass sie nur hier war, weil seine Mutter sie erpresst hatte. Sie würde die erstbeste Chance am Schopfe packen und wieder in diesen Perlenladen zurückkehren. Und danach würden sie sich wie früher wegen irgendwelcher städtebaulicher Themen ständig in den Haaren liegen.

„Dann ist es wohl in Ordnung“, sagte er schließlich, weil es hier um Taryn ging und nicht um sein eigenes, schon so lange brachliegendes Liebesleben. „Nehmen Sie den Kleinbus, wenn Sie morgen in die Stadt fahren. Ich kann Ihnen nach dem Bewerbungsgespräch schnell zeigen, wie die Rampe funktioniert.“

Die feinen Haarsträhnen begannen jetzt, über ihr Gesicht zu tanzen. Sie blickte ins Tal hinab und sah auf einmal sehr verwundbar aus. „Vor ein paar Jahren habe ich ein krankes Mädchen adoptiert“, sagte sie.

Fassungslos starrte er sie an. Er konnte sich beim besten Willen nicht vorstellen, dass sich jemand freiwillig all die Sorgen und Nöte auflud, die er in den letzten Monaten durchgemacht hatte. „Im Ernst?“

Evie seufzte. „Ist eine lange Geschichte. Sie war eine Patientin von mir. Ihre Mutter und ich wurden Freundinnen. Als Meredith, Cassies Mutter, unheilbar an Krebs erkrankte, gab es niemanden, an den sie sich wenden konnte. Sie hatte keine Eltern mehr, und Cassies Vater war schon lange über alle Berge. Daher hat sie mich gefragt, ob ich mich um Cassie kümmern würde. Ich hatte schon ein paar Jahre mit ihr gearbeitet, und sie war mir sehr wichtig geworden. Schließlich konnte ich nicht zulassen, dass sie in ein Heim kommt, und deswegen habe ich Ja gesagt."

Mit Sicherheit war die ganze Sache nicht so einfach gewesen, wie sie es mit dieser nüchternen Stimme darstellte. Welche Opfer sie wohl hatte bringen müssen, um für das Kind einer anderen Frau zu sorgen?

„Cassie saß im Rollstuhl, so wie Taryn, und wir hatten auch einen Kleinbus mit Rampe. Deswegen weiß ich, wie die funktioniert. Und wenn nicht, finde ich es schnell heraus."

Alles Mögliche hätte er Evie Blanchard zugetraut, mit ihren Hippie-Klamotten und ihren politischen Ansichten konnte er sie sich gut in einem Waisenhaus in Lateinamerika vorstellen, oder wie sie in einem abgelegenen afrikanischen Dorf Lebensmittel auslieferte. Wie sie dem Friedenskorps beitrat und in einer Schule in Neuguinea unterrichtete. Warum also war er so verwundert darüber, dass sie ein behindertes Kind adoptiert hatte?

„Was ist aus ihr geworden?" Die Frage musste er einfach stellen, obwohl er fast sicher war, dass er die Antwort nicht hören wollte.

Sie blickte auf die Lichter der Stadt. „Cassie ist vor zwei Jahren gestorben. Kurz bevor ich nach Hope's Crossing kam."

Er hatte es gewusst. Hatte die schreckliche Wahrheit in den Schatten ihrer Augen gesehen.

„Es tut mir leid." Die Worte schienen ihm unzureichend. Kurz nach Taryns Unfall hatten die Ärzte ihm zu verstehen gegeben, dass er mit dem Schlimmsten rechnen müsse. Und in den langen Wochen des Komas hatte er alle möglichen Gefühle durchlebt, Angst und Schuld und Trauer und Schmerz.

Doch dann war ein Wunder geschehen. Taryn war von allein aus dem Koma erwacht und begann nun, Schritt für Schritt wieder sie selbst zu werden.

„Es tut mir so leid", wiederholte er.

„Ich habe zwei Jahre mit ihr gehabt. Das war ein wundervolles Geschenk."

Er sah sie an, sie war so zart und hübsch und doch so stark. „Das ist also der Grund, warum Sie Ihren Beruf aufgegeben haben. Warum Sie mir mit Taryn nicht helfen wollten."

Sie sagte nichts, zuckte nur mit den Schultern.

„Gut zu wissen. Dann lag es also nicht nur an Ihrer Abneigung mir gegenüber."Ein Lächeln huschte über ihr Gesicht. „Nun, das hat auf jeden Fall auch eine Rolle gespielt." Sie wurde wieder ernst. „Um ehrlich zu sein, Brodie, hatte das Ganze weder etwas mit Ihnen noch mit Taryn zu tun. Cassies Tod hat mir ... nun, das Herz gebrochen. Ich konnte diese Arbeit nicht mehr ausüben. Es war einfach zu schmerzhaft für mich. Ich habe mit einem Patienten gearbeitet und bin plötzlich grundlos in Tränen ausgebrochen. Manchmal habe ich mich im Büro verschanzt, nur weil ich nicht die Kraft hatte, den Therapieraum zu betreten. Wenn ich mein eigenes Kind nicht retten konnte, wie sollte ich dann einem anderen helfen können? Und warum sollte ich es überhaupt erst versuchen?"

Sein Herz zog sich zusammen. Wie hatte sie diesen Schmerz nur überstanden?

„Da ich meinen Patienten nicht mehr das geben konnte, was sie brauchten, war es an der Zeit aufzuhören. Aber was sollte ich mit dem Rest meines Lebens anfangen? Ihre Mutter kam gerade zur richtigen Zeit und hat mich nach Hope's Crossing eingeladen."

„Und hier sind Sie geblieben."

Die Lichter der Stadt spiegelten sich in den blauen Tiefen ihrer Augen. „Ich bin geblieben. Ich kann es nicht erklären, aber Hope's Crossing hat all die wütenden, schreienden Stimmen in mir zum Verstummen gebracht. Im Schmuckladen zu arbeiten gibt mir einen gewissen Frieden, genauso wie das Wandern in den Bergen und das Herstellen meines eigenen Schmucks."

„Das meinte meine Mutter also, als sie sagte, sie wisse genau, wie hoch der Preis für Sie sei."

„Ich hätte ablehnen können."

„Aber das haben Sie nicht." Wieder erschütterte es ihn, wie wunderschön sie war, diese Fülle von seidig blondem Haar, ihre zarten Gesichtszüge. „Und wir haben Sie aus diesem Frieden herausgerissen und Sie gezwungen, in Ihrem alten Beruf zu arbeiten. Ich wünschte, ich hätte das gewusst."

„Hätten Sie dann nicht versucht, mich zu überreden?"

Sie betrachtete ihn mit ehrlicher Neugier, ohne jeglichen Vorwurf, und er wusste nicht, was er entgegnen sollte. Er wollte gern überzeugt sein, dass er Verständnis für ihren Schmerz gehabt hätte. Aber seine Tochter hatte überlebt, allen Widrigkeiten zum Trotz, und er war wild entschlossen, alles dafür zu tun, dass sie ein möglichst normales Leben führen konnte.

„Ich weiß es nicht", antwortete er schließlich. „Aber es tut mir wirklich leid, wie sehr wir Ihnen zugesetzt haben."

Es schien sie zu überraschen, dass er sich entschuldigen konnte, und jetzt fragte er sich wirklich, was sie eigentlich von ihm dachte.

„Es ist schon in Ordnung. Ich versuche einfach, die Schweiz zu sein. Neutral und auf Distanz."

„Und, funktioniert es?"

„Nein", murmelte sie reumütig. Über ihre Schulter konnte er Woodrose Mountain sehen, groß und mächtig in der aufkommenden Dunkelheit. „Ich kann nicht gerade behaupten, dass Taryn eine einfache Patientin ist, aber sie ist wirklich zäh. Gut, sie beschwert sich über so ziemlich alles, aber irgendwann macht sie es. Und ab und zu schimmert jene Taryn durch, die sie in Wahrheit ist. Und dann ist sie unwiderstehlich. Aber ich schätze, das wissen Sie."

Brodie war mehr als schockiert, feststellen zu müssen, dass Taryn nicht länger die einzige unwiderstehliche Frau in seinem Leben war. Unsichtbare Fäden zogen ihn zu Evie hin. Je mehr er dagegen ankämpfte, desto fester schlangen sie sich um ihn.

„Danke, dass Sie uns nicht gleich in die Wüste geschickt haben." Seine Stimme klang dunkel, ein wenig heiser, und er konnte nur hoffen, dass ihr das nicht auffiel.

„Nun, das kann immer noch passieren."

Da musste er lachen. Sie blinzelte leicht, und ihr Blick wanderte zu seinem Mund. Die Fäden zogen sich noch ein wenig fester zu.

Er wollte sie küssen. Dieses Bedürfnis war fast wie ein körperlicher Schmerz. Er wollte sie an sich pressen und seinen Mund auf diese herrlichen Lippen drücken, sie berühren und schmecken.

Aber das wäre nicht besonders klug gewesen. Es lag einfach nur an diesem kühlen, herrlichen Sommerabend, der brachte ihn auf dumme Ideen. Besser nicht weiter darüber nachdenken, sondern sie einfach nach Hause fahren lassen.

„Gute Nacht, Evie. Danke für alles." Er hielt ihr die Autotür auf.

„Gern geschehen. Wir sehen uns morgen früh."

Sie drückte sich an ihm vorbei. Und kurz bevor sie auf den Fahrersitz glitt, zögerte sie einen Moment, die Augen riesig in der Dunkelheit. Sie schien noch etwas sagen zu wollen, doch stattdessen streckte sie sich und gab ihm einen Kuss auf die Wange. „Gute Nacht, Brodie", murmelte sie.

Einen Moment lang stand er regungslos da, doch dann umfasste er sie gerade noch rechtzeitig, bevor sie einsteigen konnte. Er wusste, dass dieser Augenblick lebenswichtig war, fast fühlte er sich wie vor einem Sprung, wenn die Ski sich vom Schnee lösten und er nur noch von den Aufwinden getragen wurde. Diesen Moment hatte er immer geliebt, das Flattern im Magen. Danach war er süchtig gewesen.

Doch nichts in seinem Leben – nicht der erste Gewinn einer Meisterschaft, nicht das Eröffnen seines ersten Restaurants – ließ sich mit diesem perfekten Moment vergleichen, als er den Kopf senkte und Evaline Blanchard küsste.

6. KAPITEL

Ihre Lippen waren seidenweich, und sie schmeckten kühl und süß wie die Abendluft. Zuerst erstarrte Evie, er spürte, wie all ihre Muskeln sich anspannten. Wahrscheinlich war sie genauso überrascht wie er selbst.

Verzweifelt suchte er nach einer Erklärung, hätte gern eine geistreiche Bemerkung über Sommernächte und wunderschöne Frauen und unwiderstehliche Verlockungen gemacht. Und gerade, als er sich zwang, den Kuss zu beenden, fühlte er ihre Hand an seiner Hüfte. Sie beugte sich ihm vorsichtig entgegen wie ein Kind, das erst den Zeh ins Wasser streckt, bevor es hineinspringt.

Ihre sanfte, vorsichtige Hingabe erregte ihn mehr, als wenn sie sich die Kleider vom Leib gerissen und ihn auf den Rücksitz ihres Wagens geworfen hätte. Er sehnte sich danach, seinen Körper an ihren zu pressen, aber er zwang sich, ganz zärtlich zu bleiben. Sanft wie ein Lufthauch.

Es war einfach perfekt. Draußen mit ihr an diesem Sommerabend, ihre Lippen auf seinen, während eine kühle Brise sie umspielte und die Eule leise schrie.

Sie duftete frisch und würzig nach Blumen, und am liebsten hätte er sein Gesicht an ihrem Hals vergraben.

Das hier war Evie. Die nervige, rechthaberische, streitlustige Evie. Wie konnte er sich derart von einer Frau angezogen fühlen – ihrer mit atemberaubender Lust gemischten Zärtlichkeit – wenn er nicht mal sicher war, dass er sie überhaupt mochte?

Als er Reifen auf dem Asphalt hörte, lichtete sich der Nebel in seinem Kopf. Beweg dich. Jetzt. Langsam drang dieser Befehl in sein Bewusstsein, und es gelang ihm gerade noch, einen Schritt zurückzutreten, bevor der silberne BMW-Geländewagen seiner Mutter in die Auffahrt bog.

Evie schien Schwierigkeiten mit dem Atmen zu haben – was er bestens verstehen konnte. Auch er hatte das Gefühl, nicht genug Luft zu bekommen, um sein Hirn wieder mit Sauerstoff zu versorgen. Also stand er nur da und starrte sie mit einer Mischung aus Bestürzung und Unbehagen an – und dem Wunsch, sie einfach wieder an sich zu ziehen und zu küssen.

Katherine parkte neben Evies Wagen, und er konnte sehen, wie Evie überlegte, ob sie einfach wegfahren oder erst noch mit seiner Mutter sprechen sollte. Sie blieb, wo sie war, wobei er vermutete, dass sie einfach nur die Zeit brauchte, um nach diesem unglaublichen Kuss wieder zu Atem zu kommen.

„Tut mir leid, dass ich so spät dran bin", sagte seine Mutter fröhlich lächelnd. „Hätte nicht gedacht, dass ich beim Friseur so lange brauche. Chet war gar nicht glücklich darüber, wie lange ich meinen grauen Haaransatz ignoriert habe. Und danach musste ich ein paar Sachen einkaufen. Aber zumindest sehe ich dich noch kurz, bevor du nach Hause fährst."

Sie drückte eine Wange an Evies, dann trat sie zurück. Brodie konnte deutlich den Moment erkennen, in dem seine Mutter die Spannung zwischen ihnen bemerkte – ein winziges Runzeln der Augenbrauen, dann warf sie ihm einen schnellen, durchbohrenden Blick zu.

„Entschuldigung. Habe ich euch bei irgendwas gestört?"

Er sah Evie an, die leicht rot geworden war. „Aber gar nicht", sagte sie schnell. „Ich wollte gerade fahren. Und wir haben noch kurz über den heutigen Tag gesprochen."

Ganz sicher fiel seine Mutter nicht darauf herein, vor allem, da Evie sich weigerte, ihn anzusehen.

„Ach tatsächlich?", entgegnete sie höflich.

„Ja", sagte Evie. Ihre Stimme klang ein wenig brüchig, und sie räusperte sich, bevor sie fortfuhr: „Außerdem habe ich Brodie gefragt, ob ich Taryn morgen mit in den Schmuckladen nehmen kann. Ich habe Hannah Kirk versprochen, ihr mit den Ohrringen für ihre Mutter zu helfen. Ich dachte, es würde Taryn guttun, mal rauszukommen."

„Oh, das wird Taryn bestimmt Spaß machen. Sie hat mich immer so gern im Laden besucht."

„Ich hoffe, dass sie das an einige Dinge erinnert, die sie früher so gemocht hat."

„Wunderbare Idee." Seine Mutter strahlte, obwohl sie nach wie vor einen Verdacht zu hegen schien. „Wenn ich dir dabei irgendwie helfen kann, lass es mich wissen."

„Das werde ich." Evie schien dringend gehen zu wollen, ihr Blick flitzte zwischen Katherine und der Straße und ihrem Wagen hin und her.

Auch wenn er nicht direkt wollte, dass sie ging – nach diesem Kuss hätte er sie nur zu gern in die Büsche hinter sich gezerrt –, war er auch nicht scharf darauf, dass seine Mutter ihr irgendwelche unangenehmen Fragen stellte.

„Dann sehen wir uns morgen beim Bewerbungsgespräch", sagte er.

Er wünschte wirklich, ihren Gesichtsausdruck deuten zu können, doch das war in dem dämmrigen Licht schwierig, insbesondere, da sie ihn nach wie vor nicht ansah. „Genau. Ich bin Punkt acht Uhr dreißig da."

„Und vergessen Sie Ihre Lederhosen nicht."

„Meine … oh." Die Schweiz. Sie schüttelte den Kopf. „Ich schätze, dafür ist es viel zu spät. Meinen Sie nicht?", murmelte sie, dann kletterte sie in ihren Wagen und drehte den Zündschlüssel um.

Er sah ihr einen Moment lang nach, wie sie die kurvige Straße hinunterfuhr, dann wandte er sich zögernd seiner Mutter zu – nur um festzustellen, dass sie Evie nicht hinterherschaute. Sondern *ihn* musterte, mit fest zusammengepressten Lippen.

„Fang gar nicht erst damit an", sagte sie streng.

„Womit?"

„Evie ist eine gute Freundin von mir. Ich liebe sie wie eine Tochter. Und ich lasse nicht zu, dass du ihr wehtust.“

Er runzelte die Stirn, mehr als verärgert über diese Unterstellung. Gut, er hatte früher als Skispringer eine Menge Frauen kennengelernt – er war jung gewesen und ein ziemlich guter Sportler. Skihasen hatten damals einfach zwangsläufig zu seinem Leben gehört.

Verglichen mit den anderen Jungs im Team war er allerdings fast ein Mönch gewesen. Und außerdem war das alles lange her. Frau und Kind hatten ihn ziemlich ausgebremst – zumal besagte Frau und Mutter besagten Kindes selbst ein Partygirl gewesen war, das lieber in den Après-Ski-Kneipen herumhing, als sich um das Kind zu kümmern.

Marcy war verantwortungslos, egoistisch und verwöhnt gewesen. Als sie sich kennenlernten, hatte Brodie sich weniger für ihren Charakter als für ihren damals legendären Ruf interessiert. Jetzt kam es ihm furchtbar kindisch vor, aber im Grunde war er mit ihr zusammen gewesen, um seinen Vater noch mehr zu ärgern. Ihre Schwangerschaft aber hatte seine ganze Welt auf den Kopf gestellt. Einer von ihnen musste nach Taryns Geburt der Erwachsene sein, und dieser Job fiel automatisch ihm zu.

Er richtete seine Aufmerksamkeit wieder auf seine Mutter. „Warum sollte ich Evie wehtun?“

„Ich behaupte ja nicht, dass du absichtlich rücksichtslos wärst.“

„Nicht? Sprich weiter. Das ist äußerst interessant.“

Sie seufzte. „Sei nicht sauer, Brodie. Du weißt, dass ich dich liebe. Es ist nur ... Evie braucht Wärme und Leidenschaft. Einen Mann, der sie vergöttert.“

Und keinen kalten, gefühllosen Kerl, wie sein verdammter Vater einer gewesen war. Das sagte Katherine zwar nicht – vermutlich dachte sie es nicht mal –, aber so interpretierte Brodie ihre Worte.

Schätzte sie ihn wirklich so ein? Als kalt und gefühllos? Okay, vielleicht hatte seine desaströse Ehe ihn ernüchtert, buchstäblich und im übertragenen Sinne. Er hatte kein Kind gewollt, aber als Marcy schwanger geworden war, hatte Brodie sofort seinen Ehrgeiz vom Sport auf eine berufliche Karriere umgeleitet, um seiner Familie finanziell ein sorgenfreies Leben zu ermöglichen.

Und das habe ich verdammt gut hinbekommen, dachte er, als er sein großes Haus am Fuße der Berge betrachtete. Das konnte niemand bestreiten.

Er suchte nicht nach heißer Leidenschaft. Marcy hatte praktisch nur aus überbordenden Gefühlen bestanden, und wie war das für alle Beteiligten ausgegangen? Als sie schließlich für immer gegangen war, hatte Brodie nichts als Erleichterung verspürt.

„Du bildest dir da was ein." Er nahm ihre Einkaufstaschen aus dem Auto. „Ich suche nicht nach einer Beziehung, und schon gar nicht nach einer mit Evie Blanchard. Falls es dir noch nicht aufgefallen sein sollte – ich habe im Moment genug um die Ohren, Mom. Für eine Frau habe ich gar keine Zeit. Und selbst wenn: Evie ist wirklich nicht mein Typ, wenn ich dich daran erinnern darf."

Zumindest musste er sich das selbst immer wieder in Erinnerung rufen. Egal, wie zärtlich und einzigartig dieser Kuss gewesen war, so hatten sie doch rein gar nichts gemeinsam.

„Was stimmt denn nicht mit ihr?", fragte Katherine. „Sie ist eine wundervolle Frau, tausendmal besser als deine coolen Geschäftspartnerinnen, mit denen du so gerne und diskret verkehrst. Wobei du dir immer einbildest, dass ich nichts davon mitbekomme."

Brodie lachte ungläubig auf. Er kapierte einfach nicht, wie der weibliche Verstand funktionierte. Da erzählte seine Mutter ihm erst, dass er die Finger von ihrer Freundin lassen sollte, nur um dann sauer zu sein, wenn er genau das versprach.

„Evie ist vollkommen in Ordnung.“ Abgesehen von ihrem sentimentalen Herz, von ihrer Leidenschaft, mit der sie gegen die Ungerechtigkeit der Welt ankämpfte, und davon, dass er jedes Mal den Kopf verlor, wenn er ihr näher als zehn Meter kam. „Wir haben nur nichts gemeinsam. Was auch egal ist, denn sie arbeitet ja nur noch kurze Zeit mit Taryn. Und danach werden wir uns wieder genauso höflich ignorieren wie zuvor, wenn wir uns bei Stadtplanungstreffen gegenübersitzen.“

„Sei nett zu ihr, ja?“, bat Katherine nach kurzem Schweigen. „Du hast keine Ahnung, wie viel wir mit Taryns Therapie von ihr verlangen.“

Auf einmal wurde er wütend, aus Gründen, die er selbst nicht so recht verstand. „Doch, das weiß ich. Sie hat mir von ihrer Adoptivtochter erzählt. Und ich möchte dich daran erinnern, dass ich davon keine Ahnung hatte. Während du genau wusstest, was es sie kostet – und sie trotzdem gefragt hast.“

Katherine sah ihn zugleich schuldbewusst und überrascht an. „Sie hat dir von Cassie erzählt? Das kann ich nicht glauben. Evie spricht eigentlich nie über ihre Tochter. Ich glaube, dass weder Claire noch Alex oder Maura etwas darüber wissen, obwohl sie gute Freundinnen sind.“

Ja, warum hatte sie ausgerechnet ihm davon erzählt? Warum bloß? Er wusste nicht genau, was er davon halten sollte.

Mit einem Mal wünschte er fast, dass sie es nicht getan hätte. Er wollte die Uhr zwanzig Minuten zurückdrehen, bis zu dem Moment, als er in Taryns Zimmertür gestanden und gesehen hatte, wie Evie mit seiner Tochter scherzte und lachte.

„Der Punkt ist, dass ich es *jetzt* weiß. Weil es so schwer ist, jemand Gutes zu finden, wollte ich Evie eigentlich überreden, bei uns zu bleiben. Das kann ich nun natürlich nicht mehr, also muss ich mich weiter auf die Suche nach einem passenden Kandidaten machen.“

Er wollte auf keinen Fall, dass Evie ihre Entscheidung irgendwann bereute. Und wenn das bedeutete, dass er sie nie mehr küssen durfte – nun, dann musste er dieses Opfer eben bringen. Egal, wie schwer es ihm fiel.

„Gönn mir mal eine Pause, Junge, und mach etwas langsamer."

Jacques hörte nicht auf sie, sondern rannte weiter in irrem Tempo den Woodrose-Mountain-Weg hinauf, mit wedelndem Schwanz und der Schnauze am Boden, um die Spur eines möglichen Feindes aufzunehmen.

Am liebsten hätte sie das Joggen heute Morgen ausfallen lassen. Den Wecker auszustellen und kurz vor Sonnenaufgang aufzustehen war ihr schwerer gefallen, als mit leeren Händen aus einem Schmuckladen zu gehen. Doch Jacques brauchte einmal richtigen Auslauf.

Einerseits wäre sie lieber im Bett geblieben, andererseits war da ein leichtes, freudiges Kribbeln in ihrem Bauch, wenn sie daran dachte, was heute vor ihr lag. Tatsächlich konnte sie es kaum erwarten, mit Taryn ins *String Fever* zu gehen. Die Arbeit mit ihr machte Evie Spaß, von der Lähmung, die sie nach Cassies Tod befallen hatte, war nichts mehr zu spüren. Sie genoss die Herausforderung, den richtigen Zugang zu Taryn zu finden. Denn nur wenn ihr das gelang, konnte sie entscheidend zu ihrer Genesung beitragen.

Ihre Freunde in L. A. hatten sie immer gefragt, warum sie sich auf Kinder spezialisiert hatte und nicht auf lukrativere Felder wie Geriatrie oder Sporttherapie – und warum sie ausgerechnet die schwersten Fälle übernahm.

Ihre Antwort hatte abgedroschen geklungen, aber der Wahrheit entsprochen. Den Kindern wirklich helfen zu können war ungeheuer motivierend gewesen. Noch immer wärmte sie das Wissen, dass es in Kalifornien ehemalige Patienten gab, die durch ihre Hilfe ein eigenständiges Leben führen konnten. Natürlich war sie nicht so arrogant zu glauben, niemand sonst hätte so viel erreicht. Aber Tatsache war, dass es nun einmal *sie* war, die es geschafft hatte.

Vielleicht war sie ihren Patienten immer ein wenig *zu* nahe gekommen, das mochte schon sein. Jeder Einzelne war ihr wichtig gewesen, nicht nur Cassie. Sie hatte sich über ihre Fortschritte gefreut, hatte sie besucht, wenn sie im Krankenhaus lagen, verängstigte Eltern getröstet – und mehr als einmal war sie nach einer Therapiestunde, in der ein Kind große Schmerzen durchstehen musste, in Tränen ausgebrochen.

Aber nie hatte sie ihre beruflichen Grenzen derart überschritten wie bei Cassie. Sie und Cassies Mutter waren mit der Zeit Freundinnen geworden – zunächst, weil sie beide so leidenschaftlich gerne Schmuck fertigten.

Meredith war Lehrerin gewesen, hatte sich aber mit Schmuck etwas Geld dazuverdient, damit ihr Kind die Pflege bekam, für die ihre Krankenversicherung nicht aufkommen wollte.

Sie hatte Merediths Stärke immer bewundert, ihre Entschlossenheit, alles für ihr Kind zu tun, egal, was es kostete.

Wie Brodie, dachte Evie jetzt, als sie Jacques den Berg hinauffolgte, wo sich der Frühnebel durch die Espen und Kiefern schlängelte. Meredith hätte alles für Cassie getan, aber gegen ihre eigene Krankheit konnte sie nichts ausrichten.

Als bei Meredith Brustkrebs diagnostiziert worden war, hatte Evie sie unterstützt, so gut es ging. Vor allem hatte sie sich um Cassie gekümmert, als Meredith wegen der Chemotherapie zu schwach dazu gewesen war.

Nach einem Jahr hatte der Brustkrebs gestreut und das Lymphsystem angegriffen. Merediths einzige Sorge war gewesen, wer sich nach ihrem Tod um Cassie kümmern würde. Genau wie Evie hatte sie keine Familie, auf die sie zählen konnte – in Merediths Fall gab es nur einen drogensüchtigen Bruder.

Evie hatte Meredith und Cassie an jenem Tag zu sich zum Abendessen eingeladen. Sie aßen Hühnersalat und Frühlingsrollen auf der Terrasse, während der Wind durch die Pfefferbäume wehte.

„Ich muss mich der Wahrheit stellen“, sagte Meredith, das Gesicht ausgemergelt und blass unter dem Kopftuch. Cassie streichelte gerade Evies pummelige Katze und war außer Hörweite. „Niemand kann mir mehr helfen. Ich werde bald sterben.“

Zuerst protestierte Evie, sagte, dass sie alternative Behandlungsmethoden finden würden, aber Mere blieb fest. „Ich weiß das wirklich zu schätzen, und ich habe deinen Optimismus immer bewundert, Evie. Aber ich muss realistisch sein. Ich werde sterben. Vielleicht habe ich noch ein paar Monate, vielleicht etwas mehr, aber es wäre dumm, die Realität zu ignorieren. Und ich muss Vorkehrungen für Cassie treffen, solange ich noch dazu in der Lage bin.“

Das Herz schwer vor Trauer, hielt Evie ihre Hand, erstaunt, wie ruhig ihre Freundin war.

„Wie kann ich helfen?“, fragte sie.

„Witzig, dass du fragst.“ Meredith lächelte sie verlegen an. „Du sollst wissen, dass es auch andere Möglichkeiten gibt, das möchte ich von vornherein klarstellen. Weil ich genau weiß, wie viel ich von dir verlange, und ich möchte nicht, dass du dich zu irgendetwas verpflichtet fühlst.“

„Mere ...“ Sie wusste noch, wie groß die Furcht plötzlich gewesen war, wie sie wünschte, das Unvermeidliche noch irgendwie abwehren zu können.

„Ich bitte dich, darüber nachzudenken, Cassie nach meinem Tod zu adoptieren.“

Und einfach so, in einem einzigen Moment, während der Wind noch blies und die Sonne über dem Ozean unterging und ein paar Rotkehlchen in den Bäumen sangen, wurde ihre ganze Welt aus den Angeln gehoben.

Meredith bestand darauf, dass sie in Ruhe darüber nachdachte, sie wollte Evies Antwort erst in einer Woche wissen. Sieben Tage lang kämpfte Evie mit sich. Sie wusste sehr genau, was diese Verantwortung für ihr Leben bedeuten würde.

Schließlich hatte sie selbst jahrelang miterlebt, wie Eltern unter der Last eines kranken Kindes fast zusammengebrochen waren.

Zugleich aber wusste sie tief im Herzen, dass eine Adoption das Richtige war.

Und tatsächlich habe ich diesen Schritt nie bereut, dachte sie jetzt, als sie Jacques dabei zusah, wie er die Nase ins Gras drückte. Sie hatte Cassie sehr geliebt – ihr Lachen, ihre Lebensfreude, die Liebe, die sie mit vollen Händen verschenkte. Auch wenn sie damals schon gewusst hätte, wie alles endete, hätte sie auf diese zwei Jahre mit Cassie niemals verzichten wollen.

Sie blieb stehen, um sich einen Moment auszuruhen, und drückte eine Hand auf den Schmerz in ihrer Brust, der nichts mit körperlicher Überanstrengung zu tun hatte.

Sie konnte Hope's Crossing von oben sehen, lieblich in dem frühen Morgenlicht. Es würde wieder ein schöner Augusttag werden, perfekt für einen Abstecher in den Schmuckladen.

„Komm, Jacques", rief sie und machte sich auf den Rückweg. Sie hatte gerade noch genug Zeit, um zu duschen und sich umzuziehen, bevor sie sich mit Brodie zu einem weiteren Bewerbungsgespräch treffen sollte. Sie musste sich beeilen. Seufzend joggte sie bergab. Ein paar Wildblumen blühten noch, indischer Malerpinsel und die allgegenwärtige Akelei, doch der bald einsetzenden Kälte würden auch sie nicht standhalten.

Deswegen wollte sie den Anblick genießen, solange es noch ging. Aus irgendeinem Grund dachte sie jetzt an das hübsche Haus auf der Insel Burano bei Venedig, das im Morgenlicht ähnlich bunt geleuchtet hatte.

Nachdem sie ihre Praxis geschlossen hatte, war sie eine Weile durch die Welt gereist. Venedig war der erste Halt auf ihrer Reise gewesen, und während eines Ausflugs nach Murano hatte sie die Glasbläser besucht, die vor Jahrhunderten auf die Insel auswandern mussten, weil die vorsichtigen Venezianer Angst vor der Brandgefahr hatten, die von Glasbläsereien ausgingen.

Damals hatte sie eine kleine Tasche mit wunderschönen Glasperlen gefüllt, vielleicht aus einem Impuls heraus, vielleicht als eine Art Hommage an das Hobby, das Meredith und sie geteilt hatten. Und daraufhin begann sie, überall auf der Welt Schmuck zu sammeln: alten Modeschmuck in englischen Secondhand-Läden, Muscheln und kleine Steine in Afrika, feine silberne Perlen auf Bali. Als sie nach Amerika zurückkehrte, wusste sie, dass sie ihren Lebensunterhalt künftig mit dem Gestalten von Schmuck verdienen wollte.

Es war richtig gewesen, ihren alten Beruf an den Nagel zu hängen, auch wenn sie ihn ab und zu vermisste. Und doch stand sie nun wieder da, wo alles begonnen hatte. Einmal mehr versuchte sie mit aller Kraft, das Schicksal eines Mädchens nicht zu nahe an sich heranzulassen.

Als sie an eine steile Böschung kam, verlangsamte sie ihr Tempo. Hier lief sie immer besonders vorsichtig. Ein unbedachter Schritt, ein verknackster Knöchel, und ein unvorsichtiger Läufer konnte in die Tiefe stürzen. Kurz darauf stieß Jacques ein höfliches Begrüßungsbellen aus.

Hoffentlich kein Stinktier – das wäre ja ein toller Start in den Tag. Vorsichtig ging sie näher zum Abhang. Sie entdeckte ein Mountainbike neben dem Pfad und etwas Gelbes auf einem felsigen Vorsprung. Ein Junge, wie ihr auf einmal klar wurde. Er stand direkt am Rand und starrte auf die etwa hundert Meter tiefer liegende Stadt.

Es wäre ein Leichtes, hier den Tod zu finden. Ein falscher Schritt, ein kleines Stolpern – absichtlich oder unabsichtlich –, und das war's.

Sie dachte an ihre Mutter, die mit einer Überdosis Tabletten ihre körperlichen und emotionalen Schmerz zum Verstummen gebracht hatte, und beugte sich dann schnell vor. „Guten Morgen."

Der Junge musste Jacques' Bellen gehört haben, und doch schien er überrascht, einen Menschen zu sehen.

„Hey", murmelte er.

Charlie Beaumont trug schwarze Fahrradhosen und ein knallgelbes Oberteil, das einen scharfen Kontrast zu seinem düsteren Gesicht bildete.

Sie mochte diesen Jungen nicht besonders. Wie denn auch, nachdem seinetwegen die Tochter einer Freundin gestorben und die Enkelin einer anderen schwer verletzt worden war. Aber etwas an seiner Körperhaltung, die hängenden Schultern und der verzweifelte Blick in seinen Augen, hielt sie davon ab weiterzugehen.

„Ist der perfekte Tag für eine Radtour."

Er sah sie kühl an. „Ach ja?"

„Fährst du hinauf zum Crystal Lake?" Der Gletschersee lag noch etwa zwei Meilen höher und war ein beliebtes Ziel von Mountainbikern.

„Weiß noch nicht." Seine Worte waren knapp, aber sie hatte das Gefühl, dass er nicht wirklich unfreundlich war. Sondern traurig, fast schon hoffnungslos.

„Du bist Charlie Beaumont, richtig? Ich bin Evie Blanchard. Ich arbeite im *String Fever*, dem Schmuckladen in der Stadt. Ich kenne deine Mutter und deine Schwester."

„Schön für Sie", sagte er.

Sie konnte auch einfach weitergehen. Brodie wartete auf sie, und sie hatte den Verdacht, dass er sich nicht besonders freuen würde, wenn sie ausgerechnet wegen dieses Jungen zu spät käme.

Auf der anderen Seite würde sie sich ein Leben lang Vorwürfe machen, wenn sie ihn ganz allein hier an der Felskante stehen ließe und er sich etwas antäte.

Eigentlich sollte sie kein Mitleid mit diesem Jungen haben, nach allem, was er getan hatte. Betrunken mit einem Pick-up voller Jugendlicher vor der Polizei zu flüchten, nachdem sie verschiedene Einbrüche in der Gegend begangen hatten. Er war ein arroganter Bursche, dessen Eltern ihn abwechselnd ignorierten und mit Geld überschütteten.

Es war aber genauso offensichtlich, dass dieser Junge litt.

Sie trat etwas näher, und Jacques schien der Ansicht zu sein, dass er damit die Erlaubnis hatte, dasselbe zu tun. Er lief durch das Geröll und Gebüsch auf den Jungen zu und stellte dann die Pfoten genau neben ihn auf den Felsrand.

„Dieses unhöfliche Vieh ist mein Hund Jacques. Keine Sorge, er ist lieb. Fast schon zu lieb, um genau zu sein. Jacques, das ist Charlie."

Der Labradoodle wedelte eifrig mit dem Schwanz. Zaghaft tätschelte Charlie zweimal seinen Kopf, als ob er nicht besonders oft mit Tieren zu tun hätte. Zu schade, dachte sie. Ihrer Erfahrung nach waren Kinder, die sich um ein kleines Wesen kümmern mussten, verantwortungsvoller und weniger egoistisch als andere.

„Du bist schon früh unterwegs." Sie hockte sich auf einen Stein in einem gewissen Abstand zu Charlie, damit er sich nicht bedrängt fühlte.

„Ist die beste Zeit zum Fahrradfahren. Da kommen einem nicht so viele Idioten in die Quere."

Entweder war er wirklich sehr gern allein, oder Charlie Beaumont hatte momentan einfach Schwierigkeiten, mit anderen Menschen umzugehen. Vermutlich Letzteres.

Er blickte die steile Felswand herab, und wieder begannen ihre Alarmglocken zu schrillen. „Manchmal ist es für dich bestimmt leichter, allein zu sein", sagte sie ruhig.

„Was soll das denn heißen?"

Sie überlegte kurz, ob sie ihm etwas vormachen sollte, doch vermutlich war er sowieso von zu vielen Menschen umgeben, die ihm niemals ehrlich die Meinung sagten. „Nur, dass du im Augenblick nicht gerade der beliebteste Junge der Stadt bist."

Sein Gesicht verdüsterte sich vor Zorn – doch zugleich glaubte sie, Traurigkeit in seinen Augen zu sehen. „Denken Sie wirklich, dass mich die Meinung der Leute in diesem be schissenen Kaff interessiert?"

„Sag du es mir."

„Hope's Crossing kann mich mal kreuzweise. Mir doch scheißegal." Seine Hände zitterten ein wenig, als er Jacques' lockiges Fell streichelte.

Sie verscheuchte eine Fliege von ihrem Arm. „Wie witzig. Ich glaube das nämlich nicht."

„Wieso nicht?"

„Natürlich ist es dir nicht egal, was die Leute über dich sagen."

Er sah sie nicht an, sondern blickte wieder in den Abgrund. „Macht mir nichts aus. Es stimmt doch schließlich, oder nicht? Ich habe Layla umgebracht und Taryn zum Vollkrüppel gemacht."

Was für eine schwere Bürde für einen Siebzehnjährigen, auch wenn er selbst schuld daran war. Lag wohl an ihrem viel zu sentimentalen Herz, wie Brodie es ausgedrückt hatte, dass ihr dieser aufsässige Junge ehrlich leidtat.

„Sie ist kein Vollkrüppel."

Er runzelte die Stirn. „Sie sitzt im Rollstuhl. Sie kann nicht sprechen. Brittney Jones, eine ihrer bescheuerten Freundinnen aus dem Cheerleader-Team, sagt, dass sie nicht mal selbst essen kann."

Plötzlich kam ihr eine Idee, eine vollkommen unpassende, um genau zu sein. Sie schob sie schnell zur Seite.

„Bevor ich nach Hope's Crossing gekommen bin, war ich Physiotherapeutin. Und jetzt stellte ich gerade ein Therapieprogramm zusammen, das Taryn helfen soll." Falls das Mädchen irgendwann mal bereit war, dieses Programm auch tatsächlich durchzuziehen. Aber das behielt sie lieber erst mal für sich.

Zumindest sah er sie jetzt an, statt weiterhin in die Tiefe zu starren. „Wie geht es ihr?", fragte er. „Macht sie Fortschritte?"

„Ja, wenn auch langsam. Es geht schon etwas besser."

Diese Idee ließ sie einfach nicht los. Sie war völlig verrückt, aber einige ihrer besten Ideen waren verrückt gewesen. „Warum besuchst du sie nicht einfach mal und überzeugst dich selbst davon?", stieß sie hervor, ohne noch länger darüber nachzudenken.

Er schnappte nach Luft. „Das kann ich nicht!"

„Wieso nicht? Ich glaube, Taryn würde sich freuen. Sie ist ständig von Therapeuten und Krankenschwestern umgeben. Bestimmt sehnt sie sich ab und zu nach einem Gespräch, bei dem es nicht um Medikamente und Übungen geht."

„Ihr Dad würde mich niemals ins Haus lassen. Der würde mir in den A… – ähm, Hintern treten, wenn ich es versuche."

Damit hatte er vermutlich recht. Brodie würde ausflippen, wenn er wüsste, was sie dem Jungen gerade vorschlug. Aber sie hatte das Gefühl, auf diese Weise zwei Fliegen mit einer Klappe zu schlagen. Taryn hätte außer Hannah noch jemanden in ihrem Alter, mit dem sie reden konnte. Und es würde Charlie von diesem Felsrand ablenken, vielleicht sogar davon, dass die Leute in der Stadt ihn behandelten wie einen Aussätzigen.

„Wir gehen später zusammen ins *String Fever.* Wenn du Taryn treffen möchtest, könntest du auch kommen. Auf diese Weise würde ihr Vater das gar nicht erfahren."

Zwar ging sie mit diesem Vorschlag ein hohes Risiko ein, aber aus irgendeinem Grund fühlte es sich richtig an.

„Sie will mich bestimmt nicht sehen."

„Vielleicht nicht. Aber das wissen wir erst, wenn wir es versucht haben. Komm einfach kurz rein und sag Hallo. Das ist alles. Bestimmt bedeutet es Taryn eine Menge, zu wissen, dass sie dir nicht total egal ist." Evie sah ihn prüfend an. „Ich finde, das zumindest schuldest du ihr, meinst du nicht?"

Charlie schloss einen Moment lang die Augen, sog scharf die Luft ein, vergrub die Finger in Jacques' Fell und atmete dann langsam wieder aus.

„Ich weiß nicht recht."

„Wir werden ungefähr ab halb zehn für eine Stunde dort sein." Sie pfiff Jacques zu sich. „Komm, mein Junge."

Der Hund zögerte kurz, doch schließlich gehorchte er.

Einen Moment lang hatte Evie Bedenken. War es nicht fahrlässig, den Jungen allein hier stehen zu lassen, wenn er wirklich über Selbstmord nachdachte? Sie würde nie darüber hinwegkommen, wenn er sich etwas antat und sie es hätte verhindern können, indem sie einfach länger geblieben oder mit ihm zusammen den Berg hinabgestiegen wäre.

Nein. Zwar starrte er noch immer auf die Stadt hinunter, aber er schien nicht mehr ganz so verzweifelt zu sein wie zuvor. Jetzt wirkte er eher nachdenklich.

Sie hätte es nicht wirklich erklären können, aber ihr Bauchgefühl sagte ihr, dass die Gefahr eines Selbstmordes – ob tatsächlich oder nur eingebildet – vorüber war.

Mit Jacques zusammen joggte sie den Weg hinab und ließ den Jungen allein.

7. KAPITEL

„Nein. Nein, nein, nein."

Taryn riss die Arme in die Höhe, um zu verhindern, dass Evie den Rollstuhl über die Rampe hinab auf die Straße ließ. Seit Evie hinter dem Laden auf den Parkplatz gebogen war, hatte Taryn praktisch nichts anderes als Nein von sich gegeben.

Evie biss die Zähne zusammen. „Ich habe Hannah versprochen, ihr mit den Ohrringen für ihre Mom zu helfen. Ich habe ihr mein Wort gegeben. Und du warst einverstanden."

„Und jetzt … hab ich es … mir … anders überlegt. Ich will nicht."

So viele Worte an einem Stück hatte Taryn in ihrer Gegenwart noch nie gesagt. Doch statt sich über diesen Fortschritt zu freuen, musste Evie gegen die aufsteigende Wut ankämpfen. Dass sie an dem Ganzen auch noch selbst schuld war, machte es nur noch frustrierender.

Sie hatte sich den ganzen Morgen beeilen müssen. Die Zeit mit Charlie auf dem Berg hatte ihren Terminplan durcheinandergeworfen. Von dem Bewerbungsgespräch mit einem weiteren ungeeigneten Kandidaten hatte sie nur noch die letzten fünf Minuten miterlebt, und jetzt kamen sie auch noch zu spät ins Spring Fever. Hoffentlich wartete Hannah auf sie.

„Warum möchtest du denn auf einmal nicht mehr? Früher bist du doch immer gerne hergekommen und hast dir alle möglichen Schmuckanleitungen angesehen."

„Ist nicht mehr … dasselbe."

Evie kniete sich neben den Rollstuhl. Ihr Herz flog diesem Mädchen zu, das fast alles verloren hatte. Was für eine Rolle spielte da ihr blöder Terminplan? Es ging um Taryn, nur sie zählte.

„Nein. Es ist nicht mehr dasselbe. Aber manche Dinge haben sich nicht verändert. Und ganz bestimmt wird es dir immer noch Spaß machen, Schmuck herzustellen. Alle Mädchen lieben Schmuck, oder nicht?"

Taryn warf ihr einen Seitenblick zu und zuckte mit den Schultern.

„Ich verspreche dir, dass alles gut geht. Es ist noch früh, der Laden hat noch gar nicht geöffnet. Deine Mutter und Claire Bradford sind da. Und Hannah. Nur Menschen, die dich mögen und dir helfen wollen."

Sie hatte beschlossen, Charlies Namen nicht zu erwähnen. Wozu auch? Wahrscheinlich würde er sowieso nicht kommen.

„Es wird dir Spaß machen, ganz sicher. Freust du dich denn gar nicht, mal aus dem Haus zu kommen? Ich weiß ja nicht, wie es dir geht, aber mir hängt Mrs Olafsons fürchterliches Essen langsam zum Hals raus. Wenn ich noch mal einen ganzen Teller von ihren Zuckerplätzchen essen muss, dann werde ich mich wohl übergeben."

Taryn kicherte. Mrs Olafson war eine fantastische Köchin, die jeder im Haus schätzte. Evie würde nach Beendigung ihres Jobs vermutlich zehn Kilo zugenommen haben.

„Wir gehen jetzt in den Laden, helfen Hannah mit den Ohrringen und fahren in einer Stunde wieder nach Hause. Und in der Zwischenzeit überlegst du dir, was du selbst gern machen würdest. Vielleicht ein einfaches Armband oder so etwas. Was immer du willst, ich helfe dir."

Taryn hob die Hände. Obwohl die Funktion ihrer rechten Hand sich erheblich verbessert hatte, konnte sie die linke nach wie vor kaum gebrauchen. „Ich kann … keinen Schmuck … machen."

„Aber sicher. Wir fangen ganz langsam an. Glaub mir, wenn die alten Damen mit Arthritis das können, dann kannst du es auf jeden Fall auch. Also ein Armband, ja? Bist du bereit?"

Taryn nickte seufzend. Überwältigt von ihrem Mut beugte Evie sich vor, löste die Sicherungsgurte und ließ den Rollstuhl die Rampe hinuntergleiten.

Ihr Weg führte sie durch das Tor und den kleinen eingezäunten Garten, in dem es nach Lavendel und Melisse duftete. Vor etwa einer Stunde hatte sie Jacques in den Garten gelassen, damit er dort mit seinem besten Freund spielen konnte, Claires altem Basset Chester. Die beiden Hunde kamen ihnen entgegen, Chester im Wackelgang, Jacques mit eleganten großen Sprüngen.

„Oh!" Taryn presste sich an die Rückenlehne ihres Rollstuhls.

„Keine Angst, Süße. Du kennst doch Chester, Claires Hund. Er ist schon ewig im Laden. Und der prachtvolle andere Kerl hier ist mein Labradoodle Jacques."

Zu Evies Freude tapste Jacques auf Taryn zu, legte das Kinn auf ihr Bein und sah sie mit diesem seelenvollen Blick an, den er perfektioniert hatte.

Wenn es sich hier um die Comicversion des Lebens gehandelt hätte, wären rosa glitzernde Herzen und Blumen zwischen dem Mädchen und dem Hund hin- und hergeflattert, denn so wie es aussah, waren die beiden einander auf der Stelle verfallen.

Evie hielt den Atem an, als Taryn die linke Hand hob, jene Hand, die sie sonst lieber ungenutzt ließ, und durch das lockige Fell streichelte.

„So süß", rief sie aus.

„Sei vorsichtig." Evie lächelte erfreut und spürte, wie ihr Tränen in die Augen stiegen – aus einem albernen Grund, den sie sich selbst nicht erklären konnte. „Er ist ein typischer Mann und wird nicht gerne als süß bezeichnet."

Taryn, die anscheinend all ihre Befürchtungen vergessen hatte, kicherte, streichelte den Hund erneut und bewegte ihre linke Hand mehr als jemals während der Ergotherapie.

Obwohl Hannah vielleicht tatsächlich bereits auf sie wartete, wollte Evie diesen besonderen Moment nicht zerstören, genauso wenig wie Taryns improvisierte Therapie. Deswegen blieben sie noch eine Weile im Garten und genossen die süße und kühle Sommerluft, während die Vögel in den Bäumen laut zwitscherten.

Irgendwann aber war es an der Zeit hineinzugehen. „Wenn du magst, kann Jacques mitkommen und uns mit dem Schmuck helfen. Gut, er kann nicht sonderlich geschickt mit der Zange umgehen, aber er ist auf jeden Fall sehr unterhaltsam."

Taryn kicherte erneut – welch ein wunderschöner, heller Klang in der Morgenluft.

„Er wird sich gut benehmen", fuhr Evie fort. „Und wenn nicht, dann muss eben Chester dafür sorgen."

Claires Hund schenkte ihr seinen typischen Gesichtsausdruck, der an ein missmutiges Grinsen erinnerte, dann wackelte er zur Tür. Evie war erleichtert zu sehen, dass Taryns Unbehagen sich aufgelöst hatte wie Frühnebel in der Sonne. Sie lächelte sogar noch, als Evie die Hintertür aufstieß und sie hineinschob.

„Da seid ihr ja", rief Katherine aus. „Wir hatten schon Angst, ihr würdet nicht kommen."

„Aber wirklich! Wir warten ja schon seit einer *Ewigkeit*!", stimmte Claire ihr zu. Sie war so ein offener und netter Mensch, dass man sie einfach mögen musste. In schlechten Momenten war Evie manchmal von all dieser Wärme und Freundlichkeit fast ein wenig überfordert.

„Entschuldigt die Verspätung", sagte sie. „Es war irre viel los heute Morgen."

„Macht nichts. Jetzt seid ihr ja da. Hi, Taryn." Alex McKnight, Claires beste Freundin von Kindesbeinen an, lächelte Taryn an, und Evie konnte nur hoffen, dass eine weitere Person ihre Patientin nicht aus der Fassung brachte.

Taryn hielt sich an Jacques fest, als ob sie nicht wagte, ihn loszulassen. Dem Hund schien es nichts auszumachen, wie Evie überrascht feststellt. So lieb Jacques von Natur aus auch war, diese Ruhe war selbst für ihn untypisch.

„Komm zum Tisch, Liebling", lud Katherine ihre Enkelin ein. Evie schob sie ein Stück näher und lächelte, als Jacques brav nebenhertrottete.

„Hannah ist noch nicht da?"

Claire schüttelte den Kopf. „Wahrscheinlich ist es gar nicht so leicht für sie, von zu Hause loszukommen, sonst wäre sie bestimmt schon hier. Aber ich bin sicher, dass sie gleich kommt."

Manchmal fragte Evie sich, warum Claire immer wieder so unerschütterlich an das Gute in allen Menschen glaubte, vor allem, da sie doch den Beweis des Gegenteils am eigenen Leib erfahren hatte.

„Woran arbeitet ihr drei?", fragte sie.

„Katherine braucht noch ein hübsches Design für den Unterricht heute Abend. Wir suchen gerade eines aus."

„Wie schön. Während ihr das macht und wir auf Hannah warten, können Taryn und ich ja schon mal mit einem Armband anfangen. Ich dachte, wir nehmen keine zu schweren Perlen, damit es einfacher für sie ist, damit umzugehen. Und etwas Weiches, damit es sich gut anfühlt, wenn sie es trägt. Vielleicht Fimo? Was meint ihr?"

Claires Augen leuchteten auf. „Da hab ich was! Gestern erst neu reingekommen, ich hab's noch nicht mal ausgepackt."

Sie sprang vom Stuhl auf und eilte in ihr Büro, wo die Waren vor dem Auspacken gelagert wurden.

„In der Zwischenzeit suche ich uns eine Schnur aus", sagte Evie. „Ich dachte an etwas Elastisches, damit du das Armband leichter an- und ausziehen kannst. Was meinst du?"

„Gut. Danke schön." Taryn formulierte jedes Wort sehr sorgfältig.

Katherines Lippen bebten ein wenig, während sie ihre Enkelin mit einer Mischung aus Liebe und Stolz betrachtete, und Evie befürchtete schon, sie würde anfangen zu weinen. Auf ihrem Weg zu den Bänderrollen legte sie Katherine eine Hand auf die Schulter.

„Danke“, murmelte Katherine.

Evie lächelte. „Braucht sonst noch jemand etwas?“

„Wie wäre es mit etwas Großem, Dunklem und Umwerfendem?“, fragte Alex. Und schon tauchte Brodie vor Evies geistigem Auge auf. Sie dachte an diesen unglaublichen Kuss, den sie einfach nicht vergessen konnte. Ihr Magen krampfte sich zusammen, sie spürte, wie sie rot wurde.

„Damit kann ich dir nicht helfen, es sei denn, Claire hat da gestern auch eine Lieferung bekommen.“

„Wozu sollte ich?“, rief Claire aus dem Büro. „Riley ist groß, dunkel und umwerfend genug für mich.“

„Halt. Stopp. Das will ich gar nicht hören.“ Alex warf der kichernden Taryn einen Blick zu und verdrehte die Augen.

Evie musste lächeln. Alex tat zwar immer so, als ob sie ein Problem damit hätte, dass ihre beste Freundin und ihr jüngerer Bruder ein Paar waren, aber in Wahrheit freute sie sich für die beiden.

Sie wählte gerade eine passende Schnur aus, als die Türglocke zaghaft bimmelte, als sei jemand nicht sicher, ob er wirklich hereinkommen sollte. Kurz darauf trat Charlie Beaumont in den Laden. Er trug jetzt Shorts und ein Poloshirt und wirkte, als wäre er lieber ganz woanders.

Evies Magen zog sich zusammen. Okay, das war wirklich eine dumme Idee gewesen. Was hatte sie sich nur dabei gedacht?

„Hallo“, sagte sie leise. „Ich war nicht sicher, ob du kommen würdest.“

„Ich hätte auch nicht kommen sollen. Das ist eine dumme Idee.“ Er sah zur Eingangstür, dann wieder zu ihr. Obwohl er nach außen hin trotzig wirkte, war sein Blick gehetzt. Wahrscheinlich war es nicht gut, schon wieder Mitleid mit ihm zu haben, aber sie konnte nicht anders.

„Ich sollte gehen“, murmelte er.

„Wegrennen ist eine dumme Idee. Aber das muss ich dir nicht sagen, oder?“

Seine Lippen wurden schmal, aber zumindest lief er nicht zurück zur Tür. Das war dann wohl ein gutes Zeichen.

„Taryn ist hinten im Werkraum. Komm mit."

Sie bewunderte ihn wirklich für seinen Mumm, denn er stieß zwar hörbar den Atem aus, folgte ihr aber in den hinteren Bereich des Ladens.

Ups. Vielleicht hätte sie die anderen vorwarnen sollen. Dann wären nicht alle derart geschockt über Charlies plötzliches Auftauchen gewesen.

Claire kam gerade mit einem kleinen Päckchen aus dem Büro. Ihr Mund klappte auf. Beinahe wäre sie gestolpert. Alex warf eine Tasse Perlen um, mit denen sie gerade arbeitete. Und Katherine starrte ihn einfach nur an.

„Schaut mal, wer hier ist." Evie schlug einen fröhlichen Ton an. „Ich habe Charlie heute Morgen auf dem Woodrose-Mountain-Weg getroffen. Er hat nach Taryn gefragt, und da habe ich erzählt, dass wir uns alle heute im Schmuckladen treffen. Er wollte vorbeikommen und Hallo sagen."

Alex' grüne Augen glühten vor Wut, aus Katherines Gesicht war eine eisige Maske geworden.

Okay. Das war dann wohl die schlechteste Idee ihres Lebens gewesen. Manchmal ließ sie sich von ihrem Mitgefühl und guten Absichten einfach überwältigen.

So war sie schon immer gewesen, auch früher, als sie auf ihre zwei Jahre jüngere Schwester aufpassen musste. *Kümmere dich um Elizabeth, Evaline. Du bist die Ältere. Lass sie nicht zu weit ins Wasser gehen. Du bist für sie verantwortlich.*

Und dann hatte sie versagt. Sie war nicht da gewesen, um Lizzie zu schützen, und konnte nur noch hilflos im Krankenhaus neben ihrem Bett sitzen und mitansehen, welche schrecklichen Schmerzen Lizzie wegen ihrer Verbrennungen zweiten und dritten Grades leiden musste – und sie hatte auch nicht die Infektion verhindern können, die schließlich zu ihrem Tod führte.

Und Cassie. Trotz all der Liebe und Pflege hatte sie dieses Kind nicht retten können.

Vielleicht würde sie eines Tages klug genug sein, es erst gar nicht mehr zu versuchen.

Aber was jetzt? Irgendwie musste sie dieses Problem, das sie sich selbst zuzuschreiben hatte, ja lösen. Doch bevor ihr auch nur die geringste Idee kam, hörte sie eine Stimme.

„Char-lie. Hi." Taryn sprach die Worte sehr langsam, aber deutlich. Und zu Evies Überraschung hörte sie auf, Jacques zu streicheln, und streckte dem Jungen die Hand hin. Ihr Lächeln war breit und ehrlich.

Charlie sah auf ihre Hand und dann wieder zu Evie, als ob er sie um eine Anleitung bitten wollte.

„Hey, Tare. Ähm, wie läuft es so?" Er schüttelte ihre Hand.

„Ging schon mal besser", erwiderte Taryn.

Charlie versteifte sich und schien schon wieder bereit, aus dem Laden zu fliehen, doch da verzog Taryn den Mund zu einem Grinsen. „Dir?", fragte sie.

„Ähm, alles okay."

Okay. So weit, so gut. Niemand schleuderte irgendwelche Sachen auf ihn, obwohl Alex so aussah, als wollte sie ihm am liebsten mit ihrer Zange die Augen ausstechen.

„Hier ist die elastische Schnur", sagte Evie, als sich das Schweigen etwas zu lange ausdehnte. „Claire, wo ist der tolle Fimo-Schmuck, von dem du gesprochen hast?"

Das schien die Spannung ein wenig zu lockern. Diese Wirkung hatte sie beim gemeinsamen Schmuckfertigen schon öfter bemerkt.

„Hier, bitte schön", sagte Claire einigermaßen steif. „Die sind gerade erst von unserem Lieferanten in Oregon reingekommen."

Evie sah bewundernd in die Schachtel voller Fimo-Figuren in allen möglichen Formen und Farben. „Wow. Du hattest recht, die sind wirklich wunderschön. Ich glaube, sie passen gut zu den neuen Abstandshaltern."

Die Schmucksteine klickten leise, als Claire die Schachtel etwas abrupt auf den Tisch stellte.

„Welche möchtest du nehmen, Taryn?"

Evie schüttete eine Handvoll auf den Tisch, und nach einem kurzen Moment begann Taryn, sie zu durchsuchen. Nach etwa einer Minute pflückte sie mühsam ein pinkfarbenes Gänseblümchen aus dem Stapel, danach ein grünes Röhrchen mit pinken Tupfen.

„Ah, perfekt", sagte Evie. Und dann, ohne nachzudenken, stellte sie einen Stuhl neben Taryn. „Hier, Charlie. Vielleicht kannst du Taryn helfen, das Armband zu machen."

„W-wie?" Er fuhr herum, als ob sie ihn aufgefordert hätte, im Garten ein paar Hasenbabys totzutreten. „Ich kenne mich mit so was gar nicht aus."

„Ich zeige dir, wie es geht. Zuerst musst du in der Schachtel nach weiteren Figuren suchen, die so aussehen wie die beiden. Fang mal mit jeweils zehn an, obwohl wir vielleicht gar nicht so viele brauchen. Ich denke, wir nehmen das einfache A-B-C-B-Muster, was denkst du, Taryn? Gänseblümchen, Abstandshalter, grünes Röhrchen, Abstandshalter, Gänseblümchen, Abstandshalter und so weiter. Hier. Ich mache es mal vor."

Sie fädelte schnell genug Figuren auf, um zu demonstrieren, was sie meinte, dann reichte sie ihm die Schnur. „Du bist dran. Taryn, deine Aufgabe ist es, jeweils die Figur oder den Abstandshalter hochzuhalten, den du haben möchtest – mit der rechten Hand. Und so ruhig, dass Charlie die Schnur durchziehen kann. Verstanden?"

„Ja", sagte Taryn. Sie schien tatsächlich begeistert von der Idee zu sein – was Evie niemals erwartet hätte.

Und dann richtete jeder seine Aufmerksamkeit wieder auf sein eigenes Projekt an dem Werktisch, wobei Evie die gelegentlichen bösen Blicke Richtung Charlie durchaus bemerkte.

Der Junge sagte zuerst kein Wort, doch irgendwann begann er, Taryn von einem neuen Film zu erzählen und von einem Wasserfall, den er auf einer Fahrradtour zum Silver Strike Reservoir entdeckt hatte.

Es war jedes Mal sichtlich anstrengend für Taryn, nach einem neuen Fimo-Steinchen zu greifen, aber sie gab nicht auf. Mit vor Konzentration gerunzelter Stirn kämpfte sie so lange, bis sie es fest zwischen Daumen und Zeigefinger hielt, damit Charlie die Schnur hindurchfädeln konnte.

Genau genommen waren die beiden wirklich süß, aber Evie befürchtete, dass nur sie am Tisch so dachte.

„Ich habe gestern was Neues angefangen, eine elegante Draht-Perlenkette. Ich gehe schnell hinauf und hole sie. Hannah ist ja sowieso noch nicht hier."

Niemand antwortete ihr, entweder waren sie alle zu konzentriert oder ignorierten sie einfach. Sie konnte nur hoffen, dass Ersteres der Fall war und sie mit ihrer verrückten Idee nicht gerade ihre Freundschaften aufs Spiel setzte. Sie steuerte auf die Hintertür zu und wollte sie gerade zuziehen, als Claire ihr hinterherkam.

„Was hast du vor, Evie?", flüsterte Claire.

„Ich hole meine Kette."

„Du weißt genau, was ich meine. Mit Charlie Beaumont." Claire zeigte durch das Fenster, und Evie konnte sehen, dass Charlie und Taryn ihre beiden dunklen Köpfe zusammengesteckt hatten.

Sie seufzte. „Er ist doch selbst fast noch ein Kind, Claire. Jeder in der Stadt behandelt ihn wie den Antichristen."

„Hast du vielleicht Layla vergessen? Sie ist seinetwegen tot. *Meine* Kinder wären auch beinahe ums Leben gekommen."

Claire ging es inzwischen wieder gut, aber auch sie war gemeinsam mit ihren Kindern in diesen Unfall verwickelt gewesen. Charlie hatte sie bei dem Versuch, während eines Schneesturms der Polizei zu entkommen, von der Straße abgedrängt.

Sie waren mit dem Wagen ins Wasser gestürzt. Hätte Riley sie nicht gerettet, wären Claire und ihre Kinder an diesem Tag in dem eisigen Wasser erfroren.

„Natürlich habe ich Layla nicht vergessen oder sonst etwas aus dieser schrecklichen Nacht! Charlie Beaumont hat wirklich einen schlimmen Fehler gemacht, vor allem, weil er Alkohol getrunken hatte. Seinetwegen hat sich das Leben so vieler Menschen vollkommen verändert. Ich weiß das."

„Warum also hilfst du ihm? Er sollte im Gefängnis sitzen und nicht frei herumlaufen, als ob nichts geschehen wäre."

„Es ist nicht so, dass ihm die ganze Sache nicht zu schaffen macht, Claire."

„Toll. Dann meinetwegen Jugendarrest."

Offenbar sah Claire doch nicht immer nur das Gute im Menschen, stellte Evie fest, und fand es beinahe erfrischend, dass ihre Freundin auch mal wütend auf jemanden sein konnte.

Aber was sollte sie dazu sagen? Durch Charlies Fehler hatte Claire körperliche wie auch seelische Verletzungen davongetragen. Noch immer fiel es ihr schwer, mit dem verletzten Handgelenk Schmuck zu fertigen, auch wenn ihr trotz der Schmerzen wunderschöne Stücke gelangen.

„Tut mir leid", sagte sie leise. „Ich hätte ihn nicht einladen sollen. Ich dachte einfach nur, dass es gut für Taryn sein könnte. Ich habe das Gefühl, dass sie ihre Freunde schrecklich vermisst."

Claire wirkte ein wenig besänftigt. Wieder warf sie einen Blick zurück in den Laden, wo Taryn gerade über einen Witz von Charlie lachte.

„Ich kann mir vorstellen, wie hart es für eine Fünfzehnjährige ist, zu allem anderen auch noch ihr soziales Umfeld zu verlieren."

„Es ist meine Schuld, dass er hier ist. Soll ich ihn jetzt etwa bitten zu gehen?"

Claire dachte einen Moment nach, dann seufzte sie. „Wenn es Taryn wirklich hilft, dann ist es wohl in Ordnung."

„Ich hätte dich erst um Erlaubnis fragen sollen. Tut mir leid."

Zu ihrer großen Erleichterung kam Claire auf sie zu, um sie zu umarmen. Tränen stiegen Evie in die Augen, und die Anspannung in den Schultern, die sie zuvor gar nicht wahrgenommen hatte, ließ ein wenig nach.

„Du musst mich nicht um Erlaubnis fragen, wenn du Leute in den Laden einlädst. Guter Gott, bin ich denn so eine Tyrannin?", meinte Claire.

„Ja. Hier zu arbeiten ist schlimmer als in einer Strafkolonie. Jede Nacht falle ich ins Bett und frage mich, wie ich den nächsten Tag überstehen soll."

Claire umarmte sie noch einmal und lachte. „Du hast wirklich ein weiches Herz, Evie. Wenn du nicht aufpasst, bringt dich das noch mal in Schwierigkeiten."

Weil sie zum Beispiel einen Job annehmen könnte, den sie überhaupt nicht haben wollte, nur um Katherine nicht zu verletzen? „Danke für die Warnung", sagte sie trocken.

„Dafür sind Freundinnen doch da, oder?" Claire lächelte, dann musterte sie Evie scharf. „Schminkst du dich seit Neuestem irgendwie anders?"

Evie schnitt eine Grimasse. Bei dem ganzen Chaos hatte sie völlig vergessen, wie sie aussah. „Ich habe Taryn erlaubt, mich zu schminken. Wir hatten einen Deal, und ich habe meinen Teil eingehalten. Ist auch eine Form von Ergotherapie, richtig?"

Claires Gesicht wurde weich. „Jetzt muss ich gleich weinen. Du bist so ein wunderbarer Mensch, Evie. Und ich bin stolz darauf, deine Freundin zu sein."

Evie verdrehte die Augen. „Übertreib nicht. Aber trotzdem danke."

Dann lief sie die Treppe zu ihrer Wohnung hinauf und schnappte sich die Kette, die sie am Abend zuvor zu fertigen begonnen hatte, um sich von Brodies Kuss abzulenken.

Danach ging sie kurz ins Badezimmer, um einen Blick in den Spiegel zu werfen. Es sah gar nicht so schlimm aus wie befürchtet. Der Lidschatten war etwas verschmiert und das Rouge zu auffällig. Schnell wischte sie das Gröbste mit einem Papiertuch weg, dann eilte sie mit der Kette wieder nach unten.

Zum Glück schien die Atmosphäre nicht mehr ganz so eisig zu sein – womöglich lag die Temperatur sogar ein, zwei Grad über dem Gefrierpunkt. Noch immer durchaus ungemütlich, aber zumindest waren keine Erfrierungen mehr zu erwarten.

Claire erzählte gerade, wie Riley und Owen versucht hatten, hinter ihrem schönen alten Backsteinhaus in der Blackberry Lane ein Baumhaus zu bauen, und Katherine und Alex amüsierten sich köstlich über die Geschichte.

Charlie blieb noch etwa zehn Minuten, so lange, bis er und Taryn genug Schmucksteinchen für ein Armband aufgezogen hatten.

„Gib mal her", bot Evie an, als Charlie sie Hilfe suchend anblickte. Schnell verknotete sie die beiden Enden.

„Gut gemacht, ihr zwei. Es ist wirklich hübsch geworden." Sie half Taryn, das Armband über die Hand zu ziehen.

„Ich gehe dann mal besser", sagte Charlie abrupt.

„Vielen … Dank", brachte Taryn heraus und hob die Hand, um ihr neues Schmuckstück zu präsentieren.

„Keine Ursache. Das hat, ähm, Spaß gemacht. Bis dann."

Bevor Evie noch irgendetwas zu ihm sagen konnte, hastete er mit angespanntem Gesicht aus dem Laden. Zähes Schweigen füllte den Raum.

„Okay, ich möchte mich erst entschuldigen, bevor ihr loslegt", wandte Evie sich an Katherine und Alex, als die beiden sich gleichzeitig zu ihr umdrehten. „Ich habe ihn total spontan eingeladen. Und ich hätte nie damit gerechnet, dass er wirklich vorbeikommt, das schwöre ich."

„Warum … nicht?"

Sie starrte Taryn verwundert an, unsicher, was sie antworten sollte.

Katherine nahm ihre Hand. „Weil er dir wehgetan hat, Liebling."

Taryn runzelte die Stirn. „Wie denn?"

Die vier Frauen sahen einander an. Schließlich war es Evie, die sprach: „Er hat den Wagen gefahren. Daran erinnerst du dich doch, oder?"

Taryn zog die Brauen noch fester zusammen. „Es war nicht … seine Schuld."

Evie wusste nicht genau, was sie entgegnen sollte. Niemand, nicht einmal Charlies Vater oder einer seiner Anwälte, bestritten, dass Charlie in dieser schicksalhaften Nacht den Unfallwagen gesteuert hatte. Riley McKnight hatte ihn am Steuer sitzen sehen und versucht, ihn zum Halten zu bringen.

„Warum sagst du das?", erkundigte sich Katherine, doch bevor Taryn antworten konnte, wurde die Tür aufgerissen und Hannah Kirk kam hereingestürzt.

„Tut mir so leid, dass ich zu spät bin. Meine Mom hatte einen Termin beim Scheidungsanwalt, und ich musste auf meine kleinen Brüder aufpassen. Ich dachte, ich könnte rechtzeitig los, aber der Termin dauerte länger als geplant. Ich bin fast verrückt geworden. Und dann wollte ich anrufen, habe aber die Nummer nicht gefunden. Tut mir leid."

„Macht nichts", beschwichtigte Evie sie. „Wir hatten jede Menge zu tun. Taryn, zeig ihr dein Armband."

Taryn hielt den Arm hoch, damit Hannah ihr Werk bewundern konnte. „Hübsch. Wirklich hübsch! Ist es jetzt zu spät für die Ohrringe? Das wäre schon in Ordnung. Ich kann auch ein anderes Mal wiederkommen."

„Was meinst du, Taryn? Können wir noch eine Weile hierbleiben?"

Taryn lächelte. „Immer noch … besser … als Therapie."

In der nächsten Stunde spazierten ein paar Kundinnen in

den Laden, überwiegend Touristinnen. Manche warfen dem Mädchen im Rollstuhl neugierige Blicke zu, doch die meisten schienen es kaum wahrzunehmen.

Als Hannah mit Evies Hilfe die Ohrringe halb fertig hatte, zögerte sie kurz. „Vielen, vielen Dank. Ähm. Ich habe nur für die Benutzung der Werkzeuge bezahlt. Wie viel kosten die Steine?“, fragte sie schließlich.

„Nichts“, beruhigte Evie sie. „Das sind alte Steine, die schon lange herumliegen. Ich wusste gar nicht, was ich mit ihnen anfangen sollte. Wirklich. Ich bin froh, dass du sie gebrauchen kannst.“

„Sind Sie sicher?“

„Ganz sicher. Ich hoffe, deine Mutter freut sich.“

„Das wird sie, ganz bestimmt. Vielen Dank. Ihnen allen. Das war der schönste Tag seit Langem.“

„Uns hat es auch Spaß gemacht, oder, Taryn?“

Taryn lächelte, aber ihre Augen wirkten etwas glasig, und Evie fragte sich, ob das alles vielleicht doch zu viel für sie gewesen sei. „Wir gehen jetzt besser“, sagte sie zu Katherine und Claire. „Danke für eure Hilfe.“

„Müsst ihr wirklich?“, gab Katherine zurück.

Evie zeigte auf Taryn, die jetzt sehr erschöpft aussah. „Ja, es ist besser.“

Auf der kurzen Fahrt durch die Stadt und dann den Berg hinauf schlief Taryn ein. Sie öffnete nicht einmal die Augen, als sie in die Auffahrt bogen. Evie überlegte einen Moment. Sollte sie Taryn einfach in dieser unbequemen Position schlafen lassen oder sie wecken, damit sie sich im Haus richtig ausruhen konnte?

Sie war noch zu keinem Entschluss gelangt, als die Haustür aufging und Brodie auf sie zukam. Er trug dunkle Hosen und ein hellblaues Hemd, das ihn besonders männlich wirken ließ.

Ihr Magen zog sich heftig zusammen, und am liebsten hätte sie sich selbst eine Ohrfeige verpasst. Sie musste endlich aufhören, so kindisch auf ihn zu reagieren. Sie führte sich auf wie ein Teenie, der in den Captain der Footballmannschaft verknallt war und in seiner Nähe jedes Mal zu kichern anfing.

„Was ist los?“, fragte er. „Ich habe von meinem Büro aus gesehen, wie Sie vor ein paar Minuten angekommen sind. Haben Sie Probleme mit der Rampe, oder warum kommen Sie nicht rein?“

„Keine Probleme“, erwiderte sie leise und deutete auf Taryn, die sich noch immer nicht gerührt hatte. „Sie ist eingeschlafen. Und ich dachte, ich gönne ihr noch ein paar Minuten, bevor ich sie zum Mittagessen und unseren Nachmittagsübungen hereinbringe.“

„Wie ist es im Schmuckladen gelaufen?“

Sie überlegte, ob sie ihm von Charlie erzählen sollte, entschied sich aber dagegen. Gut, sie war vielleicht ein Riesenfeigling, aber zumindest für diesen Moment wollte sie einem Streit aus dem Weg gehen. Katherine oder Taryn würden ihm wahrscheinlich sowieso davon erzählen.

Davon abgesehen – ihre verrückte Idee hatte funktioniert. Taryn war aufmerksam und engagiert gewesen und hatte in dieser halben Stunde mit Charlie vermutlich mehr für ihre Feinmotorik getan als in der ganzen vergangenen Woche.

„Sehr gut“, antwortete sie deshalb nur und entschied, dass sie das Gespräch nicht länger durchs halb geöffnete Autofenster führen wollte.

Nachdem sie sich mit einem kurzen Blick in den Rückspiegel davon überzeugt hatte, dass Taryn noch immer nicht aufgewacht war, stieg Evie aus dem Wagen und schloss leise die Tür.

„Ich glaube, es hat ihr Spaß gemacht“, fuhr sie fort. „Sie hat ein sehr hübsches Armband gebastelt, das sie Ihnen ganz bestimmt voller Stolz zeigen wird.“

Brodie musterte sie prüfend. „Wahrscheinlich wollen Sie jetzt hören, dass ich mich geirrt habe.“

Sie lachte. „Nein. Viel lieber würde ich hören, dass ich recht hatte.“

Ein Lächeln erhellte sein Gesicht, und mit einem Mal wirkte er weniger streng und bedrohlich. „Sie hatten recht. Bitte schön, ich habe es gesagt. Und es hat auch nur ein bisschen wehgetan.“ Er sah sie lange an. „Im Ernst, ich möchte mich bedanken, Evie. Dafür, dass Sie uns gezwungen haben, die Komfortzone zu verlassen. Sie haben in Taryns Leben wirklich schon viel verändert.“

„Ich hoffe einfach, ihr in der kurzen Zeit, die ich hier bin, helfen zu können“, entgegnete sie.

Einen Moment lang schien es ihn zu ärgern, dass sie ihn an ihre Abmachung erinnerte, doch dann riss er sich zusammen. „Sie sind heute Morgen so schnell verschwunden, wir konnten nach dem Bewerbungsgespräch gar nicht mehr reden. Was halten Sie von Ms Martin?“

„Sie scheint auf jeden Fall zu wissen, was sie tut“, sagte sie vorsichtig.

„Aber?“

„Nun, es war ein Bewerbungsgespräch, und das kann einen ganz schön unter Druck setzen, aber sie schien mir kein besonders warmherziger Mensch zu sein.“

„In welcher Hinsicht?“ Er schien ehrlich überrascht, und sie fragte sich, worauf er sich während des Gesprächs konzentriert hatte, wenn ihm das nicht aufgefallen war.

„Sie hat in der halben Stunde nicht ein einziges Mal gelächelt oder gelacht, nicht einmal am Anfang, als wir nur ein paar freundliche Worte über ihre Familie und Kollegen ausgetauscht haben.“

Er runzelte die Stirn. „Sind Sie sicher?“

„Ja. Ich habe darauf geachtet. Sie hat jede einzelne Frage beantwortet, als säße sie vor einem parlamentarischen Untersuchungsausschuss.“

„Vielleicht ist sie einfach ein ernster Mensch. Das muss doch nicht schlecht sein. Nicht jeder ist permanent eine Stimmungskanone.“

Ach so. *Deswegen* war es ihm nicht aufgefallen. Brodie selbst war schließlich einer der zurückhaltendsten, vorsichtigsten Menschen, die sie je getroffen hatte – zumindest meistens. Den leidenschaftlichen Kuss konnte man allerdings nicht dazuzählen, aber an den wollte sie wirklich nicht öfter als ein- oder – ähm – zweimal alle fünf Minuten denken.

„Das stimmt. Es kann Vorteile haben, immerzu ernst zu sein. Für einen Bestatter zum Beispiel."

Oder für einen umwerfenden Geschäftsmann, bei dem einer Frau jede Menge Ideen kamen, wie sie ihn etwas aufheitern könnte …

Hastig schob sie diesen Gedanken zur Seite. „Ich bin nur nicht sicher, ob so jemand eine widerspenstige Fünfzehnjährige motivieren kann."

„Freundlichkeit bringt einen Menschen nicht immer weiter. Sehen Sie sich meine Eltern an. Meine Mutter ist wahrscheinlich die freundlichste, liebevollste Frau der ganzen Stadt. Aber was Motivation betrifft – ich habe mich vor allem immer für meinen Vater angestrengt, der wirklich ein verdammt ernster Mistkerl war, wie Ihnen jeder in der Stadt bestätigen könnte."

Sie hatte hin und wieder ein paar Worte über Katherines Ehemann aufgeschnappt, der anscheinend sehr strikt und kompromisslos gewesen war. Auf einmal tat Brodie ihr leid. Ihr eigener Vater war auch unerreichbar gewesen, stets beschäftigt mit seinen politischen Ämtern in Santa Barbara. Dann war er an Herzversagen gestorben – wahrscheinlich nicht zuletzt, weil er sich nie die Zeit genommen hatte, über die Verrücktheiten des Lebens auch mal zu lachen.

„Und Sie glauben, Taryn würde sich so motivieren lassen?", wollte sie wissen.

„Sie finden also nicht, dass ich diese Frau einstellen sollte."

„Diese Entscheidung kann ich Ihnen nicht abnehmen, Brodie. Sie sind Taryns Vater. Sie müssen tun, was Sie für das Beste halten."

„Und wenn ich denke, das Beste wäre, dass Sie so lange mit ihr zusammenarbeiten, bis Sie keine Hilfe mehr braucht?" Kaum hatte er die Worte ausgesprochen, schien er sie bereits zu bereuen.

Evie kniff die Lippen fest zusammen. Er wusste doch, dass sie das nicht tun konnte. Dass jeder Tag, den sie mit Taryn – und mit Brodie – verbrachte, ein Stich ins Herz war.

„Zwei Wochen, das hatten wir vereinbart. Nicht länger."

Es schmerzte, die Enttäuschung in seinen Augen zu sehen, aber darauf konnte sie keine Rücksicht nehmen. Wenn sie jetzt einknickte, würde sie in Nullkommanichts so mit Taryns und Brodies Leben verstrickt sein, dass sie sich kaum mehr würde befreien können.

„Dann suche ich weiter. Aber wenn ich niemanden finde, der uns beiden gefällt, werde ich am Ende doch noch Ms Martin nehmen müssen."

„Kapiert. Lassen Sie mich wissen, wenn ich bei weiteren Gesprächen dabei sein soll."

„Das werde ich."

Sie verfielen in Schweigen, und wieder war sie sich seiner Nähe schmerzhaft bewusst. Obwohl sie einige Schritte voneinander entfernt standen, konnte sie sein Aftershave riechen, das sehr maskulin war und zweifellos teuer. Der Duft erinnerte sie an lange Spaziergänge in den Bergen nach einem Regenschauer, wenn die Luft frisch und würzig war.

Das alberne Schulmädchen in ihr hätte am liebsten eine Weile hier gestanden und seinen Duft eingeatmet. Sie sah auf, nur um festzustellen, dass er den Blick wieder auf ihre Lippen gesenkt hatte. Ihr Herz begann heftig zu klopfen.

Dieser verdammte Typ. Gerade hatte sie sich selbst davon überzeugt, dass sie ihre Beziehung auf einer rein beruflichen Ebene halten konnten. Und da musste er ihren Mund anstarren und damit vollkommen idiotische Wünsche in ihr wecken – wie zum Beispiel, sich auf ihn zu stürzen, ihn am

Kragen zu packen und endlich, endlich wieder von ihm geküsst zu werden.

Er musste das beenden. Auf der Stelle. Er verbrachte sowieso schon zu viel Zeit mit diesen Fantasien über Evie. Ständig musste er an ihr üppiges, blondes Haar und ihre zarten Lippen denken, an ihre schönen, leicht mandelförmigen Augen. Und das war einfach nur verrückt. Schließlich hatte er sich geschworen, nichts in dieser Richtung zu unternehmen.

„Taryn schläft noch immer. Vielleicht sollte ich sie wecken", sagte Evie nach einer Weile und schaute in den Wagen.

Brodie fragte sich, ob das leidenschaftliche Aufblitzen in ihren Augen nur eine Täuschung gewesen war. Nein. Eher nicht. Er war sich ziemlich sicher, dass er sich die sexuelle Spannung zwischen ihnen nicht nur einbildete.

„Soll ich Ihnen dabei helfen, sie ins Haus zu bringen?"

„Nein, das kann ich schon allein." Nachlässig wischte sie sich eine Haarsträhne von der Wange, und er hätte am liebsten die Hand ausgestreckt und sie berührt.

Sie vermied es, ihn anzusehen. „Oh, beinahe hätte ich es vergessen. Ich wollte noch etwas mit Ihnen besprechen. Künftig möchte ich mehr Unternehmungen in die Therapie einbauen. Erstens, um Taryn noch mehr zu motivieren, aber auch, damit sie es nicht verlernt, mit Menschen umzugehen. Unsere Stunden im Schmuckladen haben ihr offenbar wirklich großen Spaß gemacht."

Er wollte nicht darüber reden. Viel lieber wollte er sie an den nächstbesten sonnenwarmen Baumstamm drücken und sie so lange küssen, bis sie beide ins Gras sinken würden.

„Wären ihre Freundinnen wirklich hilfreich für die Therapie?"

„Ein wenig vielleicht. Wir könnten ein paar der Mädchen an den Pool einladen. Oder sie könnten sich gegenseitig frisieren. Schmuck zu fertigen funktioniert auch immer."

„Meine Mutter und Sie glauben, dass Schmucksteine alle Probleme der Welt lösen können."

„Zumindest ist es ein Anfang."

Schmunzelnd schüttelte Brodie den Kopf. „Nun, das mit den Freundinnen jedenfalls scheint mir sinnvoll zu sein. Solange wir hier nicht von wilden Partys bis spät in die Nacht sprechen."

Ihr Lächeln war hübscher als die einheimischen Wildblumen, die seine Gärtner so sorgfältig gepflanzt hatten. „Noch nicht. Aber wir arbeiten daran. Ich dachte, wir könnten mit Hannah und ein paar anderen beginnen. Vielleicht ist Taryn motivierter, wenn jemand dabei ist und unsere Therapie mehr nach Spaß als nach Arbeit aussieht."

Wie sollte er sich bloß auf diese wichtigen Fragen konzentrieren, wenn sein bescheuertes einseitiges Männerhirn nur an ihr Lächeln denken konnte – und an ihr leises, begehrliches Aufseufzen, als er sie geküsst hatte? Er zwang sich zur Konzentration, so gut es ging.

„Freundinnen. Äh, ja. Taryn war immer sehr kommunikativ. Gleich nach der Geburt hat sie schon im Babyzimmer mit dem Kind im Nachbarbettchen gequasselt."

„Oh. Und noch etwas. Sie versteht sich bestens mit meinem Hund. Hätten Sie etwas dagegen, wenn ich Jacques morgen mitbringe? Er ist sehr gut erzogen, versprochen."

„Wenn man Ihnen den kleinen Finger gibt …" Wieder schüttelte er den Kopf.

„Dann nehme ich die ganze Hand, ich weiß. Aber wenn Sie mir Zitronen geben, dann mache ich Limonade daraus. Ich bin, was man ein Multitalent nennt."

Er lachte. Es war einfach ein perfekter Moment, hier im Sonnenschein zu stehen, das Summen der Bienen in den Blumen, die Luft süß und klar, und diese schöne Frau neben sich, die ihn irgendwie immer wieder zum Lachen brachte.

„Apropos Limonade", sagte sie. „Ich habe große Lust auf

Mrs Olafsons Pfirsichlimonade. Und aufs Mittagessen natürlich. Ich schätze, wir sollten Taryn jetzt aufwecken."

In dem Moment, als sie die Tür des Minibusses aufschob, hörte er ein Auto die Auffahrt hinaufkommen. Wahrscheinlich seine Mutter, die zum Mittagessen kam. Doch als Brodie sich umdrehte, sah er, dass es sich um einen Lieferwagen handelte.

Merkwürdig. Er erwartete nichts, und normalerweise wurde sowieso alles in sein Büro geliefert, wo seine Assistentin sich darum kümmern konnte. Nun, vielleicht hatte Katherine etwas bestellt.

„Wohnt hier die Familie Thorne?", fragte der Fahrer, nachdem er ausgestiegen war.

„Ja. Ich bin Brodie Thorne."

„Ich benötige Ihre Unterschrift, bitte."

Brodie unterschrieb auf dem elektronischen Block, dann nahm er das Paket entgegen, und der Mann verschwand wieder.

„Taryn scheint aufzuwachen", sagte Evie. Was ihn nicht überraschte, nachdem gerade ein Lieferwagen an ihr vorbeigerumpelt war.

„Ich bringe das schnell rein, dann helfe ich Ihnen." Er betrachtete den Aufkleber. „Hey, das ist für Taryn!"

„Für Taryn? Erwarten Sie noch medizinisches Zubehör?"

„Nicht, dass ich wüsste. Und das wird normalerweise direkt von unserer Krankenkasse geliefert. Hier steht kein Absender drauf."

„Jetzt bin ich aber neugierig. Da sie sowieso schon wach ist, sollten wir es ihr gleich geben."

Evie drückte einen Knopf am Schlüsselbund, um die automatische Rampe auszufahren. Dann beugte sie sich in den Wagen und löste die Gurte. Währenddessen sprach sie leise mit Taryn. Brodie konnte zwar nicht hören, was sie sagte, sah aber, dass Taryn schläfrig lächelte und Evie eine Hand auf das Haar seiner Tochter legte. Etwas in seiner Brust regte sich.

„Hi … Dad.“ Taryn sah ihn mit halb geschlossenen Augen an, und das erinnerte ihn an ihre gemeinsamen Snowboard-Ausflüge, wenn sie früh aufgestanden waren, um in ein anderes Skigebiet in Colorado zu fahren.

„Hi, Schneckchen.“ Er hatte in den letzten Jahren zu viel Distanz zwischen ihnen entstehen lassen, sich viel zu sehr in seine Geschäfte vertieft und zugleich viel zu hohe Erwartungen an Taryn gestellt. Wie schrecklich, dass seine Tochter erst beinahe ums Leben kommen musste, damit er das begriff.

„Schau“, sagte sie und hielt ihm den Arm hin, genau wie Evie es vorausgesehen hatte. Er betrachtete das hübsche Armband aus pinkfarbenen und grünen Fimo-Steinen.

„Schön“, sagte er.

„Das habe ich mit Char…“

„Lasst uns mal reingehen“, unterbrach Evie sie hastig und schob Taryn im Rollstuhl Richtung Haus.

Verwundert sah Brodie sie an. Wieso hatte sie es auf einmal so eilig?

„Du hast ein Paket bekommen“, erzählte er seiner Tochter. „Willst du es aufmachen?“

„Wirklich? Für … mich?“

Sie hatte es immer geliebt, an Weihnachten ihre Geschenke auszupacken – nur in den letzten Jahren nicht mehr, als sie sich Geld gewünscht hatte, um sich selbst etwas zu kaufen.

„Wie wäre es, wenn ich Mrs O. bitte, das Mittagessen am Pool zu servieren? Dort kannst du dann dein Paket öffnen.“

„Okay. Zuerst … Toilette.“

„Wird gemacht.“ Evie brachte sie in ihr Zimmer, während er auf der Suche nach Mrs Olafson durchs Haus ging. Eigentlich hatte er keine Zeit zum Mittagessen, er war nur kurz nach Hause gekommen, um ein paar Kleinigkeiten zu erledigen. Aber nachdem er seine Tochter und somit alles, was zählte, fast verloren hatte, wollte er so viel Zeit wie irgend möglich mit ihr verbringen.

Zehn Minuten später saßen sie zu dritt an dem gedeckten Tisch neben dem Pool. Der künstliche Wasserfall reflektierte plätschernd das Sonnenlicht.

„Mrs O. hat Hühnchen-Sandwiches gemacht. Die mag ich am liebsten", bemerkte Brodie.

„Sie ... liebt ... dich", zog Taryn ihn auf.

Entgeistert stellte er fest, dass er tatsächlich rot wurde, als er Evie ansah. Mrs O. war fast sechzig Jahre alt, Herrgott noch mal.

„Sie weiß einfach nur zu schätzen, dass ich ihr ein anständiges Gehalt zahle und sie nicht an den Wochenenden arbeiten muss."

„Das ist ... aber ... nicht alles."

„Warum machst du nicht einfach dein Päckchen auf?", lenkte er ab. „Ich will unbedingt wissen, wer dir etwas geschickt hat, und vor allem, was."

„Ich habe extra eine Schere mitgebracht", mischte Evie sich ein. Trotz ihrer unkonventionellen Art war sie immer außerordentlich gut auf alles vorbereitet, das hatte Brodie bereits öfter festgestellt. Wegen seines ADS hatte er selbst größte Schwierigkeiten, vorauszudenken, und bewunderte es, wenn Menschen sogar zwei oder drei Schritte im Voraus planen konnten.

Taryn begann, mit dem Paket zu kämpfen. Wo er am liebsten eingesprungen wäre und sich selbst darum gekümmert hätte, gab Evie nur ein wenig Hilfestellung und ließ seine Tochter das meiste allein machen. Wie klug sie war. Taryn würde sich bemuttern und umsorgen lassen, solange es nur ging, und das schien Evie instinktiv begriffen zu haben.

Endlich war das Päckchen geöffnet, und sowohl seine Tochter als auch Evie starrten hinein.

„Was ist es?", fragte er, weil er nichts sehen konnte.

„Eine Spielkonsole", sagte Evie. „Eine, für die man keine Fernbedienung braucht. Man kann sie durch eigene Bewegung steuern."

„Und ein paar Spiele", ergänzte Taryn, offensichtlich überrascht.

„Das ist ja fantastisch", rief Evie aus. „Überleg mal, wie viel Spaß wir damit haben werden."

„Echt?", fragte Taryn.

„Ja klar! Wir überlegen uns, wie wir Beachvolleyball oder Fußball oder Tanz in deine Therapie einbauen können. Und dafür brauchst du nicht mal eine Fernsteuerung!"

„Okay!" Taryn wirkte nicht überzeugt.

„Wer hat das geschickt?", wollte Brodie wissen. Wahrscheinlich seine Mutter, vermutete er.

„Hier ist eine Karte." Evie zog sie aus dem Paket und reichte sie ihm. Ihre Finger berührten sich nur kurz, und doch sprang sofort ein Funke über. Schnell zog sie die Hand zurück.

„Willkommen zu Hause", las er. Darunter war ein kleiner Engel gemalt.

Evie sah über seine Schulter, und es faszinierte ihn, wie ihr Gesicht vor Aufregung leuchtete. „Wow, Taryn. Du hast ein Geschenk vom Hoffnungsengel bekommen!"

„Wirklich?"

„Sieht so aus", sagte Brodie. „Jedenfalls ist ein Engel darauf."

„Wie … die … Blumen."

„Blumen?", wiederholte Evie fragend.

„Nach dem Unfall hat Taryn jede Woche frische Blumen bekommen, ohne Absender – aber immer war ein kleiner Engel auf der Karte", erklärte Brodie.

Er hatte eigentlich vorgehabt, den Blumenhändler ausfindig zu machen und festzustellen, wer zum Teufel diese Blumen schickte, aber Katherine hatte es ihm ausgeredet. Sie fand, dass das Geheimnis um den Hoffnungsengel die Sache noch viel spannender machte.

„Wie cool", rief Evie. „Mir hat der Engel noch nie was geschenkt. Claire allerdings hat nach ihrem Unfall ein tolles Paket bekommen."

Brodie verstand dieses Theater um den „Hoffnungsengel" einfach nicht, der seit ungefähr einem Jahr das Gesprächsthema der Stadt war. Irgendjemand beging anonym gute Taten. Mal war es ein Umschlag voll Bargeld, dann wieder wurden Arztrechnungen bezahlt oder Körbe voll Süßigkeiten vor Türen gestellt.

Die Gerüchteküche der Stadt kochte über, jeder spekulierte, wer der Wohltäter sein mochte – der Hoffnungsengel hatte die Stadt sogar zu einem Nachbarschaftstag inspiriert, den Claire Bradford, seine Mutter und ein paar Kundinnen des Schmuckladens organisiert hatten.

Er hielt das Ganze für vollkommenen Blödsinn. Man musste sich schon selbst helfen, statt sich auf andere zu verlassen. „Ich dachte, der Hoffnungsengel hätte inzwischen aufgegeben. Er – oder sie – kann schließlich nicht jedem helfen."

Angesichts seines Zynismus kniff Evie die Augen zusammen. „Wahrscheinlich nicht. Manchmal kann eine einfache freundliche Geste genau das sein, was jemand braucht, um aus seinem dunklen Loch herauszukommen."

„Klingt, als hätten Sie Erfahrung", erwiderte er, obwohl es ihn nun wirklich nichts anging.

„Ihre Mutter war mein Engel", erklärte sie schlicht. „Sie hat mich nach Hope's Crossing eingeladen, als ich genau das brauchte. Ich finde, der Engel ist wie Ihre Mutter. Oft genug habe ich sogar gedacht, dass es Katherine *ist*. Denn der Hoffnungsengel hat ein untrügliches Gespür dafür, wie er jemandem am besten helfen kann. Und ich kennen niemanden, der ein solches Talent dafür hat wie Katherine. Claire meint, der Engel könnte eine ganze Gruppe von Leuten sein, die zusammenarbeiten. Wenn das stimmt, dann ist Ihre Mutter auf jeden Fall dabei."

„Meine Mutter? Im Ernst?"

„Sicher. Wieso nicht?"

„Ich weiß nicht. Es mag Ihnen vielleicht entgangen sein, aber meine Mutter war in den letzten Monaten ein wenig abgelenkt. Sie hätte wirklich nicht die Zeit gehabt, durch die Stadt zu marschieren und Geschenke zu verteilen."

„Nun, wer immer es auch ist, ich finde den Engel einfach wunderbar."

„Das … könnte Spaß machen", brachte Taryn sich ein und deutete mit dem Kinn auf das Paket. „Vielleicht … könnte ich … mit meinen Freundinnen spielen."

Evie berührte Taryns Finger, die regungslos auf der Tischplatte lagen. „Großartige Idee. Wir werden gleich welche einladen, ja?"

Taryn lächelte ihr zu, und als Brodie die beiden so betrachtete, stieg etwas Zartes und zugleich Beängstigendes in ihm auf. Er wollte das nicht. Schließlich hatte er genug Sorgen im Moment und wollte nicht auch noch darüber nachdenken, ob er sich gerade in eine Frau verliebte wie Evaline Blanchard, die so gar nicht zu ihm passte.

Er sprang genau in dem Moment auf, in dem Mrs Olafson mit einem Tablett Sandwiches auf die Terrasse kam.

„Tut mir leid", sagte er abrupt, „aber mir ist gerade eingefallen, dass ich einen Termin habe. Davor muss ich noch ein paar Papiere unterschreiben. Mrs O., würde es Ihnen etwas ausmachen, mein Sandwich einzupacken? Dann kann ich es auf der Fahrt essen."

„Natürlich nicht", antwortete seine Haushälterin.

„Musst du … wirklich?" Taryn sah ihn enttäuscht an.

„Ja, wirklich. Du solltest schon mal anständig mit der Spielekonsole trainieren, denn wenn ich nach Hause komme, kannst du mich mit welchem Spiel auch immer ordentlich über den Tisch ziehen."

„Tanzen", entschied Taryn, und er stöhnte auf.

Vielleicht war an der Sache mit dem Hoffnungsengel doch was dran.

8. KAPITEL

Mann, war sie müde.

Nach diesem Tag wollte Evie nur noch so schnell wie möglich in ihre Wohnung und ein heißes Bad in der antiken Wanne nehmen, von der sie vermutete, dass sie noch aus der Zeit des Bordellbetriebs in diesem Haus stammte.

Das Stadtzentrum von Hope's Crossing machte sich für einen langen Donnerstagabend bereit. Als sie die Main Street entlangfuhr, konnte Evie die Besucherscharen in den Läden sehen, die länger geöffnet hatten, und die Schlange vor dem *Sugar Rush*, das für sein Eis und seine unglaubliche leckeren Brombeer-Toffees berühmt war.

Obwohl Hope's Crossing mit seinem fantastischen Skigebiet vor allem ein Wintersportort war, hatte die Stadt sich in den vergangenen Jahren bemüht, auch in den Sommermonaten Touristen anzuziehen, die hier wandern, Radtouren unternehmen, fischen und Quad fahren konnten.

Die Stadt brauchte den Tourismus, um zu überleben, das konnte sie durchaus verstehen. Es gab hier keine Industrie, die Reisenden waren Hope's Crossings einzige Chance. Andererseits erschwerten die Touristen den Einheimischen das Leben auch – beispielsweise wenn es um endlose Parkplatzsuchen ging oder um die unverschämt hohen Preise in den Supermärkten, die nicht nur die Urlauber, sondern auch die Bewohner zahlen mussten.

Sie sah, dass in Mauras Buchhandlung *Dog-Eared Books & Brew* einiges los war. Heute war der Buchclub-Abend, wie ihr mit schlechtem Gewissen wieder einfiel. Wegen der vielen Kunstmärkte hatte sie in diesem Sommer fast jeden Buchclub-Abend verpasst. Aber sie nahm sich fest vor, daran im Herbst etwas zu ändern.

Außerdem wollte sie für Maura dann auch wieder eine

bessere Freundin sein. Maura schien den Tod ihrer Tochter einigermaßen verwunden zu haben – zumindest hatte sie wieder angefangen zu arbeiten. Diese tägliche Routine half ihr wahrscheinlich, mit ihren überwältigenden Schuldgefühlen zurechtzukommen. Was sonst konnte eine trauernde Mutter denn tun? Das Leben musste ja weitergehen. Rechnungen mussten bezahlt, Verpflichtungen eingehalten werden.

Evie konnte sich nur zu gut daran erinnern, wie es war, diese Fassade aufzubauen wie in einer Geisterstadt, hinter deren Gebäuden sich nichts als Leere verbarg.

Sie steuerte auf ihren üblichen Parkplatz hinter dem *String Fever* zu, der zum Glück tatsächlich noch frei war, trotz des Trubels in der Stadt. Sie nahm sich fest vor, Maura so bald wie möglich zum Mittagessen einzuladen, am besten gleich, wenn ihre Arbeit mit Taryn erledigt war. Ob es ihr nun gefiel oder nicht, teilten Maura und sie diese schreckliche Erfahrung, ein Kind verloren zu haben. Die Umstände waren zwar vollkommen unterschiedlich, doch wusste sie um den tiefen Schmerz, den Maura nie wieder ganz loswerden würde.

Als sie den kleinen Garten hinter dem Laden betrat, war sie nicht überrascht, dass Jacques sie nicht begrüßte. Claires süßer achtjähriger Sohn Owen hatte sich bereit erklärt, ein paarmal am Tag mit ihm spazieren zu gehen, solange sie für Brodie arbeitete. Owen hatte ihn wahrscheinlich nach der letzten Runde in ihre Wohnung gebracht.

Jacques würde es gefallen, morgen mit Taryn zu spielen. Sie hatte bereits die eine oder andere Idee, wie sie ihn unauffällig in die Therapie einbeziehen konnte. Was Brodie wohl von einem – nicht haarenden – Hund hielt, der in seinem Pool einem Stock hinterherschwamm, den Taryn ihm zuwarf?

Im Garten blieb sie einen Moment stehen, um die Ruhe zu genießen, den Duft nach Blumen und Erde und sonnengewärmten Steinen. Die Sterne schienen in den Bergen von Colorado so viel näher zu sein als in Kalifornien.

Sie hatte Muskelkater und streckte die Arme weit nach oben und hinten – eine Yogahaltung des Sonnengrußes –, hielt die Pose einige Zeit und spürte, wie heilende Energie sie durchströmte.

Manchmal empfand sie es als genauso beruhigend und heilend, Schmuck zu gestalten. Aber im Moment glaubte sie, nicht mehr die Kraft zu haben, sich auf irgendetwas zu konzentrieren. Sie wollte einfach nur in die Badewanne und das spannende Buch lesen, das heute Abend im Buchclub besprochen wurde.

„Entschuldigung."

Sie erschrak so sehr, dass sie die Pose nicht länger halten konnte und beinahe nach hinten umgekippt wäre. Im blassen Straßenlicht entdeckte sie Charlie Beaumont, der direkt vor dem Gartentor stand.

„Tut mir leid, ich wollte Sie nicht erschrecken. Ich bin nur zufällig, ähm, vorbeigeradelt und habe Sie gesehen."

Tat dieser Junge von morgens bis abends eigentlich nichts anderes, als mit seinem Mountainbike durch die Gegend zu fahren? Er war immerhin siebzehn, also natürlich alt genug, um allein unterwegs zu sein. Aber die Frage lag nahe, ob er es bei sich zu Hause vielleicht nicht aushielt.

Sie sollte ihn einfach wegschicken. Sowieso hatte sie ein schlechtes Gewissen, weil sie Brodie nichts von ihm erzählt und dann auch noch Taryn unterbrochen hatte, als sie das Zusammentreffen gerade ausplaudern wollte.

Es war einfach nicht der richtige Moment gewesen, jetzt, wo sie und Brodie eine Art Waffenstillstand geschlossen zu haben schienen.

„Macht nichts", sagte sie und ging auf Charlie zu, der mittlerweile an das Gartentor gelehnt stand. Er hätte natürlich auch einfach den Riegel aufschieben und in den Garten kommen können, aber es schien, als brauche er diese Barriere, damit niemand ihm zu nahe kam.

„Danke für deine Hilfe heute“, begann sie. „Ich glaube, Taryn hat wirklich Spaß gehabt. Sie hat das Armband den ganzen Nachmittag herumgezeigt.“

„Ja. Also. Das ist es, was ich, ähm, Sie eigentlich fragen wollte. Ich meine, ob ich, ähm, ob Sie, also … kann ich irgendwas tun, um Ihnen mit Taryn zu helfen? Ich würde sie gern wieder besuchen, wenn das okay ist und alles. Ich könnte mit ihr ein bisschen spazieren gehen oder … ihr bei den Hausaufgaben helfen oder so. Oder wir könnten noch ein Armband machen. Das war nicht schlecht.“

Evie kniff die Augen zusammen. „Kommt darauf an. Woher kommt dieses Angebot so plötzlich?“

„Ich will nur helfen. Das ist alles.“

„Und es hat nichts mit deinem anstehenden Prozess zu tun?“

Charlie wandte den Blick ab. „Ich habe meinem Dad heute erzählt, dass ich im Schmuckladen war, und er meinte, es wäre gut, wenn ich Taryn weiterhin helfen würde. Um damit dem Richter zu zeigen, dass ich, also … ehrlich bereue und so.“

„Und tust du das?“

Er antwortete lange nicht, sondern starrte nur auf die schwarzen, schroffen Umrisse der Berge unter den glitzernden Sternen. Als er Evie wieder ansah, waren seine Augen genauso dunkel wie die Berge. „Wollten Sie schon mal ein ganz neues Leben anfangen?“

„Ja“, sagte sie leise. „Ich glaube, das geht irgendwann jedem so. Allerdings habe ich nach dreißig Jahren auf dieser Erde gelernt, dass man nicht wieder von vorn anfangen kann. Aber man kann die Richtung wechseln. Das ist nicht immer einfach, aber zumindest möglich.“

„Ich möchte einfach Taryn wiedersehen. Wäre das in Ordnung?“

Evie wusste nicht genau, was sie darauf antworten sollte. Auf der einen Seite hatte Taryn sich heute Morgen zu ihrer

Überraschung sehr gefreut, Charlie zu sehen. In den sieben Tagen, die sie jetzt mit Taryn arbeitete, hatte sie das Mädchen nie so fröhlich gesehen – nicht einmal, wenn sie ihre idiotischen MTV-Sendungen schaute.

Auf der anderen Seite war da Brodie.

Er würde durchdrehen, wenn er wüsste, dass sie auch nur über Charlies Vorschlag nachdachte. Er hasste den Jungen. Und wer konnte ihm das verübeln? Charlie hatte getrunken und dann am Steuer gesessen. Nur dadurch waren so viele Leben für immer zerstört worden.

Sie konnte Brodie verstehen. Wenn jemand ihrem Kind solche Verletzungen zugefügt hätte, dann hätte sie den Schuldigen mit bloßen Händen in der Luft zerrissen.

Einen Moment überlegte sie noch, dann seufzte sie. Letztlich vertraute Brodie darauf, dass sie die richtigen Entscheidungen für die Pflege seiner Tochter traf. Er hatte ihr das alleinige Sagen in dieser Hinsicht überlassen.

Sie konnte ihm erklären, dass Taryn die Besuche von Charlie guttaten. Und dass es Taryn half, ausgerechnet mit dem Jungen zusammenzuarbeiten, der für ihre Situation verantwortlich war.

Und außerdem, was konnte er im schlimmsten Fall tun? Sie feuern? Den Job wollte sie sowieso nicht, sie tat Katherine nur einen Gefallen. Wenn er sie hinauswarf, konnte sie wieder das tun, was sie liebte, nämlich im *String Fever* arbeiten und zu ihrem hart erkämpften Frieden zurückfinden.

Zwar erschien diese Vorstellung jetzt nur noch halb so verlockend wie noch vor einer Woche, aber sie war viel zu müde, um sich darüber Gedanken zu machen.

„Lass uns eines klarstellen", sagte sie.

„Okay", erwiderte er vorsichtig.

„Du kannst Taryn unter einer Bedingung besuchen. Okay?"

„Kommt drauf an."

„Du musst hier und jetzt entscheiden, warum du es wirklich tun willst. Möchtest du Taryn nur helfen, um dem Richter und der Jury zu zeigen, wie sehr du deinen Fehler bereust? Dann bleib zu Hause. Oder willst du wirklich aus ganzem Herzen helfen, weil du weißt, dass es einfach das Richtige ist und du es Taryn schuldig bist? Das hier könnte dein Moment sein, die Richtung in deinem Leben zu ändern, Charlie."

Sie vermutete, dass er Nein sagen würde. Der mürrische, bockige Junge mit dem Mountainbike würde ihr jetzt sagen, dass sie zum Teufel gehen sollte.

Doch er blickte wieder hinauf zu den dunklen Bergen und den Sternen, dann sah er sie an. „Ja. Okay. Ich schätze, das ist nur fair. Wann soll ich kommen?"

Ihr Magen machte einen kleinen Satz. Mist. Und was sollte sie jetzt tun? Sie konnte ja schlecht sagen, dass sie es sich in den letzten zwanzig Sekunden anders überlegt hatte.

Also blieb ihr nichts anderes übrig, als mit ihm einen Termin zu vereinbaren und sich später zu überlegen, wie sie das Brodie beibringen sollte.

„Passt dir zehn Uhr morgen früh?"

„Klar. Hab ja sonst nichts zu tun."

„Das ist nicht mein Problem. Dann sehen wir uns um zehn. Rechne am ersten Tag mal mit einer Dreiviertelstunde, und dann schauen wir, wie es läuft."

Er nickte, wollte sich gerade abwenden und drehte sich noch einmal um. „Danke, Ms Blanchard."

„Bedank dich nicht zu früh. Mit Taryn ist es momentan nicht ganz so einfach." Kurz überlegte sie, ob sie ihm die bittere Wahrheit sagen sollte. Ja, Charlie musste sie hören. Wenn Brodie jetzt hier wäre, hätte er hautnah erfahren, dass sie nicht *immer* ein weiches Herz hatte.

„Du solltest eines wissen, Charlie." Ihre Stimme klang schärfer als beabsichtigt. „Das heute im Schmuckladen war nichts im Vergleich zu der richtigen Therapie. Es bedeutet harte, schmerzhafte und frustrierende Arbeit, wenn man mehr oder weniger alles neu lernen muss. Ich habe bisher noch keinen Tag mit Taryn erlebt, wo sie nicht an irgendeinem Punkt in Tränen ausgebrochen ist."

Tränen der Wut meistens, aber das sagte sie ihm nicht, vor allem, weil sein Gesicht sowieso schon kalkweiß geworden war.

„Wenn du das wirklich durchziehen willst", fuhr sie etwas sanfter fort, „dann musst du der Wahrheit ins Gesicht sehen. Du kannst nicht länger davor weglaufen. Du wirst wissen, dass jede frustrierende Übung, die sie machen muss, jeder schmerzhafte Muskelkrampf deine Schuld ist."

Er wirkte wie ein kleiner geprügelter Hund. Aber er hatte nun einmal einen fruchtbaren, dummen Fehler gemacht, und in diesem Punkt hatte Brodie recht: Charlies Eltern taten nicht gut daran, ihm die Konsequenzen seines Handelns ersparen zu wollen.

„Ich bin bereit", erwiderte er leise, aber fest. Und sie musste gegen den irrationalen Impuls ankämpfen, die Arme über den Zaun zu strecken, um ihn zu umarmen. „Dann bis morgen."

Sie sah, wie er wieder auf sein Mountainbike stieg und schnell davonfuhr. Am Ende der Straße bog er auf die steile Bergstraße ein. Sie sprach ein kleines Gebet für ihn – und für Maura und Taryn und Brodie und jeden anderen, dem er diesen endlosen Schmerz bereitet hatte.

„Komm schon, Taryn, hör auf zu jammern.

Evie blickte sie düster an, sie war enttäuscht, das konnte Taryn sehen.

„Du kannst das. Ich weiß, dass du mit mir Spielchen treibst. Du hast das doch schon mal gemacht. Nur noch ein paar Schritte, dann kannst du dich wieder an den Handläufen festhalten. Bitte mach mit."

Alles tat weh. Ihre Beine, ihr Rücken, ihr Kopf. Das war viel zu anstrengend, und wofür? Sie würde nie wieder ganz gesund werden, und es war sowieso einfacher, im Rollstuhl zu sitzen, weil dann niemand von ihr erwartete, normal zu sein.

Wenn Evie erst einmal wusste, dass sie es konnte, würde sie sie immer und immer wieder zwingen zu gehen, und sie hasste es. Sie musste um ihr Gleichgewicht kämpfen wie ein großes, dummes Baby und sah dann wie eine Idiotin aus. „Ich kann nicht."

„Ich weiß, dass du es kannst. Es sind nur ein paar Schritte. Wenn du in der Lage bist, ein Armband zu machen, dann kannst du auch fünf kleine Schritte gehen."

„Das ist ... langweilig." Eine Lüge, aber die Wahrheit wollte sie nicht sagen.

Evie stieß einen unwilligen Laut aus. „*Du* findest das langweilig? Dann stell dir mal vor, wie es ist, die ganze Zeit an dir rummeckern zu müssen. Das ist auch nicht gerade aufregend, Liebes."

Taryn musste lächeln, trotz der Schmerzen, sie konnte nicht anders. Sie mochte Evie. Evie war hübsch und witzig. Manchmal allerdings war sie auch traurig, obwohl Taryn nicht wusste, worüber.

Sie mochte Evie – aber das hieß noch lange nicht, dass sie sich deshalb derart quälen ließ.

„Wie wäre es damit? Wenn du die Schritte machst und wir hinterher mit den Dehnungsübungen fertig sind, kannst du noch ein Armband machen. Oder vielleicht ein Paar Ohrringe. Ich habe die Utensilien dafür in meinem Wagen", schlug Evie vor.

Durchs Fenster sah sie die Berge, die Sonne schien. Im Krankenhaus hatte sie die Sonne so sehr vermisst. „Draußen? Mit Jock?" Sie konnte Jacques' Namen einfach nicht richtig aussprechen, aber sie würde es weiter versuchen. Vielleicht hasste sie es zu gehen, aber Evies Hund liebte sie.

„Sicher. Es ist ein herrlicher Morgen. Wenn wir fertig sind, können wir uns auf die Terrasse setzen und an deiner Fingerfertigkeit arbeiten."

„Ich will nicht an meiner F-Fingerf … daran arbeiten." Solche Ausdrücke waren nach wie vor zu schwierig für ihre widerspenstigen Lippen. Sie zu denken war kein Problem, aber sobald sie versuchte, die Worte zu formulieren, war es, als ob ihr Mund einfror. „Keine Arbeit. Einfach nur … Schmuck machen."

„Was für ein Pech auch. Das eine kannst du nicht ohne das andere haben. Also los, versuch es noch ein letztes Mal."

Seufzend stand sie auf. Evie würde sowieso nicht nachgeben. Es gelang ihr, einen Fuß vorzuschieben, dann den anderen. Und noch ein Schritt. Mrs Olafson stand in der Tür, ihr Gesichtsausdruck war schwer zu deuten.

„Ms Blanchard, wir haben ein Problem."

Was für ein Problem? Taryn erstarrte und hielt sich an den Handläufen fest.

„Was ist denn?"

„Da ist jemand an der Tür und … ich bin nicht sicher, was ich tun soll." Mrs Olafsons rundes Gesicht war ganz rot, die Lippen hatte sie fest zusammengekniffen, als ob sie etwas Schlechtes gegessen hätte.

„Oh." Evie war auf einmal auch merkwürdig, irgendwie nervös. „Ähm, wer ist es?"

„Ein Junge. Er möchte Taryn besuchen."

Ein Junge? Im Spiegel betrachtete sie ihr hässliches, lockiges Haar, den Jogginganzug und ihre blöden, verdrehten Beine.

„Was für … ein Junge?", fragte sie.

Die Haushälterin wirkte jetzt geradezu erschüttert. „*Dieser* Junge. Der Beaumont-Junge."

Oh. Taryn stieß den Atem aus. Bloß Charlie. Keine große Sache.

Evie sah noch immer nervös aus, vielleicht sogar etwas

schuldbewusst. „Ist schon gut, Mrs Olafson. Ich habe ihm gesagt, dass er vorbeikommen kann."

Mrs Olafson schwieg lange. „Das wird Mr Thorne nicht gefallen. Überhaupt nicht."

Evies Wangen röteten sich. „Dessen bin ich mir mehr als bewusst."

„Es ist einfach nicht richtig, nach allem, was er getan hat. Es ist nicht richtig!"

Taryn erstarrte. Warum waren alle so wütend auf Charlie? Sie konnte das nicht begreifen.

„Es ist etwas schwierig, da stimme ich Ihnen zu." Evie seufzte. „Wir haben uns gestern im Schmuckladen getroffen, und Taryn hat sich gut mit ihm unterhalten. Später dann kam er zu mir nach Hause und fragte, ob er sie wieder besuchen dürfe. Und ich finde, das kann nicht schaden."

„Nicht schaden? Wie können Sie so etwas sagen?"

„Charlie ist … mein F-freund." Vor allem das F bereitete Taryn Schwierigkeiten. „Bitte, Mrs O. Er soll reinkommen."

Die Haushälterin runzelte die Stirn. „Das wird Mr Thorne überhaupt nicht gefallen", wiederholte sie.

„Ich werde es ihm erklären", sagte Evie. „Sie werden da nicht hineingezogen, das verspreche ich Ihnen. Ich übernehme die volle Verantwortung. Ich werde Mr Thorne sagen, dass Sie Charlie nicht hereinlassen wollten, aber ich darauf bestanden habe."

„Es ist nicht richtig", grummelte die Haushälterin wieder, doch dann verließ sie das Zimmer und kam kurz darauf mit Charlie zurück.

Taryn hatte gestern schon bemerkt, dass er sein Haar wachsen ließ. Kurz mochte sie es lieber.

„Hey." Er ließ die Schultern hängen, als stünde er im Büro des Schuldirektors. Vielleicht wollte er gar nicht wirklich hier sein.

„Hi, Charlie. Danke, dass du gekommen bist." Evie lächelte

leicht. „Wir üben gerade das Gehen. Taryn, warum zeigst du Charlie nicht, wie gut du schon bist?“

Sie warf Evie möglichst unauffällig einen bösen Blick zu, die natürlich wusste, dass sie vor Charlie schlecht rumjammern konnte.

„Nicht f-fair“, murrte sie.

Evie schnitt eine Grimasse. „Ich bin ganz schön hinterhältig, nicht wahr?“

„Ja“, sagte Taryn, musste aber schon wieder lachen. Mit Charlie im Zimmer fühlte es sich irgendwie besser an. Er war ihr Freund, er besuchte sie, und auf einmal fand sie es gar nicht mehr so schlimm, dass Evie sie so schwer schuften ließ.

„Komm her, Charlie“, sagte Evie. „Du kannst dich hier auf die andere Seite stellen und ihren Arm halten. Falls sie beschließt, nicht mehr laufen zu wollen, musst du sie auffangen.“

„Werde ich nicht“, widersprach Taryn.

Evie strahlte. „Das habe ich mir gedacht.“

Taryn wollte sich vor Charlie nicht blamieren. Als er ihren Ellbogen umfasste, holte sie tief Luft und versuchte mit ihrer ganzen Gedankenkraft, die Beine in Bewegung zu setzten. Yippie! Es funktionierte. Sie machte einen weiteren Schritt. Noch mal Yippie! Sie ging sieben Schritte, mehr als jemals zuvor. Am Ende des Zimmers angekommen, blieb sie stehen. Erschöpft.

„Jetzt zurück“, sagte Evie.

Sie warf ihr einen bösen Blick zu, doch Evie lächelte nur.

„Das ist unglaublich“, befand Charlie. „Ich wusste gar nicht, dass du schon so weit gehen kannst. Gut gemacht, T!“

Was blieb ihr anderes übrig, als sich umzudrehen und zurückzugehen. Vollkommen durchgeschwitzt kam sie an ihrem Rollstuhl an. Charlie schien es nichts auszumachen. Er war nur ein Freund und nicht in sie verliebt oder so. Er war in Layla verliebt gewesen. Aber Layla war tot. Sie versuchte, nicht daran zu denken, weil dann ihre Knie zu zittern anfingen.

„Hier ist dein Stuhl. Mach eine kurze Pause, und dann versuchen wir es noch einmal. Dieses Mal vielleicht nicht ganz so weit."

Sie war so ein Weichei geworden. Ständig müde. Erleichtert ließ sie sich in den Rollstuhl sinken. „Kann ich ... was trinken?"

„Natürlich!", rief Evie. „Ich gehe schnell in die Küche und hole uns Wasser."

Als sie gegangen war, zog Charlie sich einen Stuhl heran und setzte sich neben sie. „Im Ernst, Taryn, das war einfach toll!"

„Nicht ... wirklich." Allein konnte sie einfach nicht weit gehen. Nur ein paar Schritte. Vielleicht brauchte sie künftig in der Schule eine Gehhilfe. Oder sie musste in eine Art Sonderschule.

„Glaub mir. Das war der Hammer. Ich hatte ja keine Ahnung, Taryn."

Ihr wurde ganz warm ums Herz. Sie fühlte sich auch nicht mehr so erschöpft und war einfach nur froh über seinen Besuch.

„Seit wann kannst du wieder gehen?"

„Ein ... paar Wochen."

„Bald kannst du schon wieder in den Bergen wandern."

„Das sagt ... Evie auch."

„Und sie hat recht. Weißt du, ich dachte, du würdest nie wieder gehen können. Das haben alle gesagt. Ich weiß, wie gern du immer Ski und Mountainbike gefahren bist, und dieser ganze Cheerleader-Kram, und ich ... das war wirklich schrecklich für mich, weißt du? Zu denken, dass du dein Leben lang im Rollstuhl sitzen wirst."

Sie sah ihn nicht an, sondern betrachtete die Gewichte und alles andere in ihrem Zimmer. Sie fürchtete, dass sie vielleicht trotzdem für immer im Rollstuhl sitzen musste ... zumindest, wenn sie nicht bald anfing, härter zu trainieren. Es tat weh, und sie wollte keine Schmerzen mehr haben. Schmerzen bedeuteten auch, dass es ihr langsam wieder besser ging, und sie wusste nicht, ob sie das verdient hatte.

„Hey, ich wollte dich nicht traurig machen. Tut mir leid."

Sie schüttelte den Kopf. „Ist schon okay."

Er schien irgendwie niedergedrückt und wütend und ängstlich auf einmal. „Es ist nicht okay. Was ich getan habe. Ich meine, Layla. Verdammt. Und du."

„Ich will nicht … über Layla … sprechen."

Er setzte sich etwas zurück. „Ich weiß. Ich weiß."

Sie wollte auch nicht weinen, nicht vor Charlie. Evie kam gerade im richtigen Moment mit einem Tablett zurück.

„Mrs Olafson hat sehr widerwillig etwas Limonade gemacht. Ich glaube zwar nicht, dass sie vergiftet ist, aber vielleicht sollte ich als Erste einen Schluck nehmen. Wenn ich umkippe, könnt ihr den Notarzt rufen. Aber sorgt bitte dafür, dass der süße Dougie Van Duran dann die Mund-zu-Mund-Beatmung macht."

Taryn lächelte leicht. Sie war froh, dass Evie zurückgekommen war. Sie konnte einfach nicht über Layla nachdenken. Das tat mehr weh, als eine Meile zu gehen.

Mein Fehler, dachte Taryn. *Alles mein Fehler.*

Ab und zu funktionierten ihre haarsträubenden Ideen also doch.

Charlie blieb eine Dreiviertelstunde, so wie sie es am Abend zuvor besprochen hatten. Lang genug, um Taryn zu ermutigen, aber nicht so lange, dass sie sich zu langweilen begannen.

Taryn hatte mit Charlie und Jacques im Zimmer gar keine Zeit, müde oder genervt zu sein. Immer wenn es erste Anzeichen gab, dass sie aufhören wollte, kam Jacques zu ihr und stupste sie mit dem Kopf an. Oder Charlie sagte etwas Lustiges oder Fieses, und dann musste sie lachen und versuchte es erneut.

Von ihrer üblichen Gereiztheit war nichts mehr zu bemerken, wie durch Zauberhand hatte sie sich in der Sommerbrise aufgelöst. Taryn lachte und redete, und vor allem: Sie machte alles, worum Evie sie bat. Als Charlie auf seine Uhr sah und sagte, dass er aufbrechen müsse, konnte Taryn sogar schon drei oder vier Schritte ganz allein gehen, was ein geradezu wundersamer Fortschritt war.

„Komm wieder", bat Taryn nachdrücklich.

Der Junge starrte sie einen Moment lang mit gemischten Gefühlen an, dann nickte er. „Ich komme in ein paar Tagen, wenn Ms Blanchard einverstanden ist."

Was hätte Evie da sagen sollen? Sosehr sie sich vor Brodies Reaktion fürchtete, es war einfach nicht zu übersehen, wie positiv Taryn sich verändert hatte – und das durfte sie nicht aufs Spiel setzen.

Sie konnte nur hoffen, dass Charlie sich nicht doch noch davor drücken würde, Zeit mit einem schwer kranken Mädchen zu verbringen.

Nun, sie musste wohl einfach darauf vertrauen, dass er sein Wort hielt. Wenn nicht, würde es Taryn das Herz brechen, das spürte sie.

Trotzdem war es nicht richtig, dass sie hinter Brodies Rücken handelte, und sie sollte ihm eigentlich spätestens heute Abend davon erzählen. Nur war ihr leider klar, dass sie damit alles ruinieren würde.

Normalerweise ging ihr Ehrlichkeit über alles, aber sie konnte das Risiko nicht eingehen, dass er weitere Besuche verbot. Nicht bevor sie ganz sicher sein konnte, dass Taryns unglaubliche Fortschritte nicht einfach nur Zufall waren.

Wenn er nichts von Charlies Besuchen wusste, konnte er sie auch nicht verbieten.

„Das war l-lustig", verkündete Taryn, nachdem Charlie gegangen war. Wahrscheinlich bemerkte sie nicht einmal, dass sie ihre linke Hand benutzte, um Jacques' Kopf zu tätscheln. Die

Knochen in dieser Hand waren bei dem Unfall gesplittert, und sonst beschwerte sie sich immer, wenn Evie sie aufforderte, dic Hand zu benutzen.

„Siehst du? Ich sagte doch, dass Therapie gar nicht so übel ist."

„Mit Charlie zusammen vielleicht."

Evie schüttelte den Kopf, dann sagte sie: „Es ist viel zu schön, um im Haus zu bleiben. Wir werden nicht mehr viele Sommertage haben. Vielleicht können wir heute wieder draußen zu Mittag essen und dann Schmuck machen, wie versprochen. Als ich heute Morgen in meinen Kalender gesehen habe, ist mir aufgefallen, dass da jemand bald Geburtstag hat. Irgendwelche Ideen?"

Taryn dachte angestrengt nach, dann lächelte sie. „Oma!"

„Genau. Und ich habe auch eine Auswahl meiner Lieblingsglasperlen im Auto. Du kannst dir die Farben aussuchen, die deiner Oma gefallen."

Brodies Gärtner hat wirklich einen außerordentlich schönen Platz geschaffen, dachte sie kurz darauf, als sie sich am Pool auf die große Terrasse mit mehreren Ebenen setzten. Brodie hatte Rampen bauen lassen, damit Taryn mit ihrem Rollstuhl bequem vorankam.

Sie konnte sich im Moment nichts Schöneres vorstellen, als an diesem perfekten Nachmittag auf dieser schönen Terrasse zu sitzen, umgeben von süßem Duft nach Salbei und Kiefern und Gänseblümchen.

Ein Hüttensänger huschte durch die Bäume. Das brachte Glück. Sie betrachtete sein buntes Gefieder und dachte daran, dass sich in wenigen Wochen die Blätter verfärben und die Hüttensänger woanders hinfliegen würden, um dort den Winter zu verbringen.

Taryn schien es gut zu gehen. Während sie die Glasperlen auf dem Tablett durchsuchte, summte sie eine Melodie vor sich hin, die Evie nicht erkannte.

„Was ist … das?“ Taryn hielt eine ungewöhnliche Perle hoch.

„Die habe ich auf der Insel Capri bei einer winzigen alten Frau mit dem Gesicht eines Gartenzwergs gekauft.“

„Gefällt mir.“

„Du kannst sie behalten, wenn du magst. Wenn wir mit der Kette für deine Oma fertig sind, kannst du dir selbst eine machen. Nur mit dieser Perle.“

„Vielen … Dank!“

Taryn schenkte ihr dieses schiefe Lächeln, und etwas Zartes und Warmes rührte sich in Evies Brust. Das war nicht gut. Überhaupt nicht gut. Unbehaglich rutschte sie auf ihrem Stuhl herum. Die Zuneigung, die sie für Taryn empfand, machte ihr Angst. Sie mochte dieses Mädchen inzwischen viel zu gern, trotz der Stimmungsschwankungen und allem. Genau das hatte sie vermeiden wollen. Dass sie viel zu tief in das Leben dieser Familie eintauchte.

Die letzte Woche war anstrengend gewesen, ja, aber zugleich auch ungeheuer befriedigend. Taryn konnte inzwischen viel besser allein essen. Und sie machte ihre Übungen bereitwilliger, auch wenn sie immer noch schimpfte und stöhnte.

Außerdem sah sie immer öfter Taryns frühere Persönlichkeit aufblitzen, die Evie so unwiderstehlich fand.

Wie sollte sie jemals die Kraft finden, dieses Mädchen wieder allein zu lassen?

„Nirgendwo anders sollte man an einem schönen Sommernachmittag sein.“

Sie fuhr herum und sah Brodie mit verschränkten Armen an den Rahmen der Terrassentür gelehnt stehen. Er klopfte mit der Schuhspitze nervös auf den Boden, wie es seine Art war.

Ansonsten aber wirkte er sehr entspannt, als ob er schon eine Weile dort gestanden hätte, und sie fragte sich, wie lange er sie schon beobachtete.

Auf einmal war sie wütend auf ihn. Das alles war sein Fehler. Wäre er nicht gewesen, würde sie jetzt nicht hier sitzen und spüren, wie die Mauer um ihr Herz nach und nach bröckelte.

„Es ist … schön", sagte Taryn mit einer nur kurzen Pause zwischen den Wörtern. Ihre Sprache hatte sich viel schneller gebessert als ihre körperliche Beweglichkeit, aber das war Evies Erfahrung nach nicht ungewöhnlich.

„Was dagegen, dass ich euch beiden Gesellschaft leiste? Mrs Olafson sagte, dass das Mittagessen gleich fertig ist. Sie hat mir auch gesagt, wo ich euch finde."

Was hatte sie ihm noch erzählt? Da er aber nicht wütend zu sein schien, konnte sie davon ausgehen, dass die Haushälterin kein Wort über Charlie verloren hatte. Mrs Olafson hatte auch ein schönes Schmuckstück verdient, beschloss Evie spontan.

„Du kannst mir … helfen", sagte Taryn.

„Hey, ich wollte eine Pause machen und nicht arbeiten."

„Ist keine Arbeit. Sondern … Spaß", verkündete seine Tochter.

Er warf Evie einen fragenden Blick zu. Sie zuckte mit den Schultern. „Anscheinend habe ich sie hinüber auf die dunkle Seite der Schmuckgestalterinnen gezogen. Damit ist meine Arbeit hier wohl erledigt."

„Noch nicht ganz", zog er sie auf. „Sie haben mir noch eine Woche versprochen."

Wie sollte sie noch eine ganze Woche durchstehen, wo die beiden ihr doch jetzt schon viel zu sehr ans Herz gewachsen waren?

„Und was genau machen wir?"

„Was für Omas … Geburtstag."

Er zog die Augenbrauen hoch. „Ist der schon bald? Mist. Dann sollte ich wohl schnellstens ein Geschenk besorgen. Das habe ich total vergessen."

„Ich dachte … ich wäre die … mit dem Hirnschaden."

Zehn volle Sekunden lang starrte er Taryn an, bevor er in Lachen ausbrach. Evie fiel ein, begeistert, dass Taryn über ihren Zustand Scherze machen konnte. Dann trafen sich Brodies und ihre Blicke, und ihr Lächeln erstarb. Da war wieder diese erotische Spannung zwischen ihnen, und sie dachte daran, wie er sie im Mondschein gegen ihre Autotür gepresst hatte, seine Lippen auf ihren, und sie wollte die Arme um ihn schlingen und ihn nie wieder loslassen.

Oh, das war so was von *überhaupt nicht* gut.

„Hilfst du mir?“, bat Taryn ihren Vater.

„Klar, Kleines. Sag mir einfach, was ich tun soll.“

Mit stockenden Worten erklärte sie ihm das einfache Design, das sie schon kannte, und dann steckten sie die dunklen Köpfe zusammen und begannen gemeinsam zu basteln. Und Evie, über ihr eigenes Schmuckstück gebeugt, hatte alle Zeit der Welt, weiter ihren sorgenvollen Gedanken nachzuhängen.

Sie war froh, als Mrs Olafson ungefähr eine Viertelstunde später das Mittagessen servierte – zumindest, bis sie ihr Gesicht sah. Die Haushälterin wirkte, als hätte sie gerade in eine saure Zitrone gebissen, und Evie zuckte innerlich zusammen, weil dieses Gesicht natürlich allein ihr galt.

Die Frau hatte wirklich eine dicke Entschuldigung verdient dafür, dass Evie sie zwang, ihren Arbeitgeber zu hintergehen.

Trotz Mrs Olafsons schlechter Laune war das Essen fantastisch wie immer – Salat mit Gorgonzola und Erdbeeren, dazu Lachssandwiches mit einer köstlichen Dillsoße.

„Wie können Sie bei dem fantastischen Essen nur so fit bleiben?“

Brodie lächelte. „Wozu, denken Sie, habe ich das Schwimmbad bauen lassen? Wenn ich nicht jeden Morgen schwimmen würde, müsste ich es bitter bezahlen.“

Taryn brauchte nur wenig Hilfe beim Essen. Mit dem Salat hatte sie einige Probleme, aber es landete davon mehr in ihrem

Mund als auf dem Teller. Sie verschüttete auch ihr Getränk nicht mehr wie vor Kurzem noch.

Das ist es, was einen Therapeuten süchtig machen kann, dachte Evie insgeheim: den täglichen Fortschritt zu sehen, der einem Patienten das Leben erleichtert.

Sie sprachen während des Essens über alles Mögliche, über Schmuck, ein neues asiatisches Restaurant, das in der Stadt eröffnet hatte, und Brodies Vergangenheit als Skispringer.

„Geht es dir gut, Liebling?“, erkundigte sich Brodie nach etwa einer halben Stunde, und da erst fiel Evie auf, dass Taryn ihr Sandwich aus der Hand gelegt und schon länger nichts mehr zum Gespräch beigetragen hatte.

Taryn lächelte. „Müde.“

„Wir hatten einen anstrengenden Morgen“, erklärte Evie. „Du hast heute wirklich hart gearbeitet. Möchtest du dich etwas in deinem Zimmer ausruhen, bevor wir mit den Nachmittagsübungen beginnen? Den Schmuck können wir auch ein anderes Mal machen.“

Taryn nickte, und Brodie stand auf. „Ich bringe dich hinein und helfe dir ins Bett.“

„Und ich räume den Tisch ab.“

„Darum kann sich Mrs Olafson kümmern.“

„Und ich auch“, erwiderte Evie. In ihrem Elternhaus hatte es immer einen Koch und eine Haushälterin gegeben, dennoch hatte ihre Mutter stets darauf bestanden, dass Evie und ihre Schwester selbst aufräumten. Davon abgesehen wollte sie bei Mrs Olafson ein bisschen gut Wetter machen.

Als sie das Geschirr in die Küche brachte, rollte die Haushälterin gerade Teig aus.

„Das können Sie neben die Spüle stellen. Ich kümmere mich später darum.“

Kurz fragte sie sich, ob sie die Teller nicht besser in die Spülmaschine räumen sollte, doch vermutlich war es unter diesen Umständen besser, dem Wunsch der Haushälterin zu entsprechen.

„Danke für das Essen. Es war wie immer köstlich. Sie haben da wirklich eine Gabe."

Mrs Olafson antwortete nicht, sondern ließ nur das Nudelholz ziemlich heftig über den Teig rollen. Evie atmete tief durch.

„Sie finden, dass ich nicht das Recht hatte, Charlie einzuladen. Aber Sie hätten Taryn heute sehen sollen, Mrs Olafson. Nur für mich hätte sie sich niemals so angestrengt."

„Es ist nicht richtig. Ich möchte niemanden belügen."

„Das würde ich auch nie von Ihnen verlangen. Meinetwegen können Sie Brodie jetzt sofort davon erzählen, wenn Sie das für richtig halten. Er ist in Taryns Zimmer."

Mrs Olafson sah sie an. „Er wird nicht zulassen, dass der Junge noch einmal ins Haus kommt."

„Das weiß ich."

Die Haushälterin zögerte. „Und Sie sagen, sie hat seinetwegen härter trainiert?"

„Sie ist dreimal durch das ganze Zimmer gegangen, ohne sich zu beklagen."

„Das ist viel."

„Allerdings." Evie hielt den Atem an, während die Frau zu überlegen schien.

„Ich werde erst einmal nichts sagen. Aber trotzdem gefällt mir die Sache nicht."

„Danke, Mrs Olafson. Und noch einmal ein großes Lob für das Mittagessen. Es ist fantastisch, wie Sie sich um die Familie kümmern. Die beiden können froh sein, Sie zu haben."

Nun schien sie einigermaßen versöhnt zu sein, aber trotzdem hatte Evie ein schlechtes Gewissen, sie überhaupt in so eine Situation gebracht zu haben.

Als sie Taryns Zimmertür öffnete, kam Brodie gerade heraus. Erstaunlich leise für einen so großen Mann.

„Schläft sie schon?“

„Fast. Ihr Hund jedenfalls schläft schon längst. Er hat sich neben Taryns Bett zusammengerollt. Offenbar haben Sie die beiden heute ganz schön gefordert.“

Das war der perfekte Moment, ihm von Charlie zu erzählen. Aber sie brachte es nicht über sich. „Taryn hat sich wirklich sehr bemüht“, sagte sie stattdessen und fühlte sich wie ein elender Feigling. „Sie hat eine Pause verdient.“

„Genau wie Sie.“

„Ich hatte gerade erst eine wunderschöne Mittagspause, und davor habe ich schon eine Stunde lang meinen Schmuck gemacht. Das nenne ich nicht gerade schwere körperliche Arbeit.“

„Ich weiß, dass Taryn keine einfache Patientin ist.“

„So schlimm ist sie nun auch wieder nicht“, widersprach Evie.

„Und trotzdem wollen Sie nicht länger mit ihr arbeiten?“

Sie lachte leise. „Netter Versuch, Brodie.“

„Ich hatte mir geschworen, Sie nie wieder darauf anzusprechen, nachdem Sie mir an diesem Abend von Ihrer Tochter erzählt haben. Aber irgendwie kann ich wohl nicht anders. Tut mir leid.“

„Sie können weiter fragen, und ich kann weiter Nein sagen.“ Außerdem wollte sie nicht daran erinnert werden, was an diesem Abend noch geschehen war.

„Ein Geschäftsmann braucht immer einen Plan B. Ich habe noch einige Bewerbungsunterlagen in meinem Büro. Da Taryn ja sowieso schläft, könnten Sie vielleicht einmal einen Blick darauf werfen und mir mit der Auswahl helfen.“

„Natürlich. Gern.“

Sie gingen den Gang hinunter zu seinem Büro, und zu ihrem eigenen Ärger ließ sie die Erinnerung an diesen Kuss einfach nicht los. Noch immer konnte sie die Wärme seiner Lippen spüren und die harten Muskeln unter ihren Händen, als sie törichterweise die Arme um ihn geschlungen hatte.

Vielleicht war es nicht gerade die klügste Idee, jetzt mit ihm allein zu sein. Was er wohl dazu sagen würde, wenn sie Mrs Olafson als Anstandsdame dazurief? Andererseits deutete nichts darauf hin, dass er sie jemals wieder küssen wollte.

Was ausgesprochen erleichternd war. Zumindest versuchte sie, sich das einzureden.

Sein Büro war sehr maskulin eingerichtet. In satten Erdfarben gestrichen, mit großen Doppeltüren und einem unglaublichen Blick über das Tal. Sie war schon ein paarmal während der Bewerbungsgespräche hier gewesen.

Als er begann, Papiere in einer Mappe durchzublättern, fiel ihr Blick auf die gerahmten Fotos auf dem Regal über dem Schreibtisch. Sie trat etwas näher heran. Die meisten Bilder waren von Taryn in verschiedenen Altersstufen, und sie fand diese unerwartete Zurschaustellung seiner Sentimentalität äußerst sympathisch.

Vor allem ein Foto zog ihre Aufmerksamkeit auf sich. Es war offenbar an einem sonnigen Wintertag geschossen worden und zeigte ein kleines, etwa dreijähriges Mädchen mit großen blauen Augen und dunklen Locken. Es trug einen rosa Skianzug, hockte auf einem Snowboard und grinste von einem Ohr zum anderen. Über das Kind gebeugt stand eine zierliche Frau, das kastanienrote Haar zu Zöpfen geflochten.

„Ist das Taryns Mutter?“, fragte sie.

Brodie sah etwas unkonzentriert von der Mappe auf und brauchte einen Moment, bis er antwortete. „Richtig. Das ist Marcy. Und bevor Sie jetzt glauben, dass ich Bilder von ihr als eine Art Beweis meiner unsterblichen Liebe zu ihr aufhebe, dann kann ich Ihnen versichern, dass es *nicht* so ist. Ich möchte nur, dass Taryn ihre Mutter nicht vergisst. Und weil dieses Bild mich immer daran erinnert, dass ein Leben sich von einer Sekunde auf die andere ändern kann.“

Warum glaubte er, an diese schlichte Tatsache des Lebens erinnert werden zu müssen?

Er nahm ihr das Bild aus der Hand und betrachtete es eine Weile, dann stellte er es kopfschüttelnd zurück aufs Regal. „Marcy hat sich kurze Zeit später aus dem Staub gemacht. Ich war gerade nicht in der Stadt, was vermutlich der Grund war, dass sie sich diesen speziellen Tag ausgesucht hat. Zumindest hat sie sich noch die Zeit genommen, Taryn bei meiner Mutter abzugeben, bevor sie mit einem Typen durchgebrannt ist, den sie auf der Skipiste kennengelernt hat."

„Wow. Und Sie waren völlig ahnungslos?"

„Ich hätte es wissen müssen. Das mit uns hatte schon lange nicht mehr funktioniert. Es gab einige Anzeichen dafür, dass sie uns verlassen wollte, die ich aber alle ignoriert habe. Sie hat ständig diese Andeutungen gemacht, aber ich war viel zu beschäftigt damit, Geld zu verdienen. Für den Fall, dass Sie es nicht sowieso schon ahnen, kann ich Ihnen versichern, dass unsere Beziehung nicht gerade im Himmel geschlossen wurde. Ehrlich gesagt habe ich sie vor allem geheiratet, um meinen Vater zu ärgern."

Sie stieß ein raues Lachen aus, obwohl nichts an der Geschichte amüsant war. „Ein toller Grund, den Bund fürs Leben zu schließen."

„Zumindest der Grund dafür, dass wir überhaupt ein Paar wurden. Marcy war ein richtiges Partygirl. Sie ist völlig unerschrocken Ski gefahren und hat wie wild gefeiert. Genauso wie ich. Mein Vater konnte sie nicht ausstehen, was mich nur noch mehr angestachelt hat. Ich war mit 21 nicht gerade besonders reif, das gebe ich gern zu."

„Das sind die wenigsten", murmelte sie.

„Marcy und ich hatten einfach nur unseren Spaß, keiner hat es wirklich ernst gemeint. Und dann wurde sie schwanger."

„Das muss ein Schock für Sie beide gewesen sein." Tatsächlich fiel es ihr nicht gerade leicht, sich Brodie als wilden jungen Mann vorzustellen, obwohl sie Gerüchte darüber gehört hatte. Sie wusste, dass er ein aufstrebender Skispringer gewesen war und für Olympia trainiert hatte. Aber es bereitete ihr Schwierigkeiten, dieses Bild mit dem rastlosen Unternehmer in Einklang zu bringen, der er geworden war. Doch wahrscheinlich hatte er als Skispringer ähnlich viel Ehrgeiz an den Tag gelegt wie als Geschäftsmann.

„Ich wollte kein Kind. Aber Marcy war trotz allem im tiefsten Innern katholisch und hätte die Schwangerschaft niemals abgebrochen. Zuerst habe ich sie dazu gedrängt, das Baby zur Adoption freizugeben, denn mich fest zu binden war zu jener Zeit das Letzte, was ich wollte.“ Schuldbewusst sah er sie an. „Manchmal denke ich, für Taryn wäre es besser gewesen, bei anderen Eltern aufzuwachsen. Aber stattdessen haben Marcy und ich beschlossen zu heiraten.“

„Wie können Sie so etwas sagen? Sie lieben Taryn.“

„Ich liebe sie, aber ich war nicht gerade ein besonders guter Vater.“

Er sprach leise, mit zusammengekniffenen Lippen und verschattetem Blick, und ihr Herz wurde schwer. Es berührte sie zutiefst, dass er sich ihr anvertraute. Vermutlich gab es nicht viele Menschen, mit denen er darüber sprach. Zugleich bekam sie es mit der Angst zu tun. Innerhalb weniger Tage hatte sich ihre Beziehung vollkommen verändert. Keine Spur von Abneigung mehr. Im Gegenteil – sie empfand viel mehr für ihn, als sie sich eingestehen wollte.

Sacht berührte sie ihn am Arm. „Alle Eltern denken, dass sie etwas falsch gemacht haben. Das scheint ein universelles Gesetz zu sein. Machen Sie sich deswegen nicht fertig, Brodie.“

Sie spürte, wie seine Muskeln unter ihren Fingern zuckten. „Ich habe zu viel von ihr erwartet. In den letzten Jahren habe ich ihr ständig im Nacken gesessen. Wegen ihrer Noten, wegen Jungs, Klamotten und weil ich fand, dass sie viel zu viel Zeit im Internet verbringt.“

„Sie meinen, wie es jeder besorgte Vater tun würde?“

„Ich habe viel gearbeitet, und in den wenigen Stunden, die

ich mit ihr verbracht habe, war die Stimmung meistens angespannt. Ich habe einfach nicht kapiert, was zum Teufel sie eigentlich von mir wollte."

Deine Liebe. Einfach nur deine Liebe.

„Obwohl meine Mom eingesprungen ist, war es hart für Taryn, so jung ihre Mutter zu verlieren", fuhr er nach einem Moment fort. „Ich glaube, es war sogar noch schwerer, weil Marcy in den ersten Jahren immer unangemeldet vorbeikam, wenn ihr der Sinn danach stand, und ihr dann alle möglichen Versprechungen gemacht hat. Wollen Sie hören, was für ein egoistischer, furchtbarer Mensch ich bin? Für mich war es geradezu eine Erleichterung, als Marcy beim Heli-Skiing irgendwo in Chile ums Leben kam. Zwar habe ich um all die verpassten Chancen getrauert und um die Frau, von der ich mir einredete, sie vor Jahren geliebt zu haben. Aber nach ihrem Tod konnte sie Taryn wenigstens nicht mehr länger das Herz brechen."

„Sie sind kein furchtbarer Mensch, Brodie." Dabei wäre es so viel einfacher gewesen, wenn es so wäre. Sie konnte spüren, wie die Risse in der Mauer um ihr Herz immer tiefer wurden, konnte fast das Krachen hören, als große Stücke davon abbrachen wie Eisplatten, die im arktischen Meer schmolzen.

„Ich hätte versuchen müssen, meine Ehe zu retten und Taryn ein normales Leben zu ermöglichen. Mit einer Mutter, die nicht ständig nach einer neuen Herausforderung sucht, bis sie dabei ums Leben kommt."

Sie versuchte, sich gegen diese Zärtlichkeit zu wehren, die sie für ihn empfand, und wäre am liebsten weggelaufen, so weit weg wie nur möglich.

„Ich kenne Sie zwar nicht gut, aber inzwischen doch ein bisschen. Und ich zweifle keine Sekunde daran, dass Sie alles in Ihrer Macht Stehende getan haben. Denn eines kann ich Ihnen versichern – Sie sind der zielstrebigste Mensch, den ich je getroffen habe."

„Ist das ein Kompliment oder eine Beleidigung?"

Vor wenigen Wochen noch hätte womöglich etwas Spott in ihren Worten gelegen. Damals war Brodie für sie ein Mann gewesen, der sich nahm, was er wollte, ungeachtet der Konsequenzen. Sie hatte mit eigenen Augen gesehen, wie er seine Macht ausspielte, wie er einen Raum voller Amtsträger auf seine Seite ziehen konnte.

Was sie früher für Arroganz gehalten hatte, erkannte sie jetzt als visionäres Denken und Willensstärke. Er wusste, was er wollte – und anders als die meisten Menschen tat er dafür, was getan werden musste. Egal, ob es um ein Bauprojekt ging oder um die Genesung seiner Tochter.

„Ein Kompliment", murmelte sie. „Definitiv ein Kompliment."

„Dann nehme ich das gern an."

Ihre Blicke trafen sich, und auf einmal schien die Luft zwischen ihnen zu knistern und Funken zu schlagen. Sie wusste, dass er sie küssen wollte. Das erkannte sie an seinen geweiteten Pupillen und daran, dass er schwer schluckte.

Er wollte sie wieder küssen. Und genau das wollte sie auch.

„Taryn ist inzwischen bestimmt wach", murmelte sie und bemerkte peinlich berührt, wie heiser ihre Stimme war.

„Das bezweifle ich", entgegnete er. „Sie schläft normalerweise sehr tief."

Sie musste gehen, solange sie noch konnte. *Beweg dich.* Aber ihre Beine spielten einfach nicht mit. Mit einem merkwürdigen Gefühl von Unausweichlichkeit beobachtete sie, wie Brodie den Schreibtisch umrundete und direkt vor ihr stehen blieb.

„Evaline", murmelte er. Nur das, nur ihren Namen, und sie war verloren. Sie wehrte sich nicht, als er sie an sich zog, eine Hand auf ihre Wange legte und den Kopf senkte, um sie zu küssen.

Er schmeckte einfach herrlich, nach Kirschen und einem

Hauch Schokolade, was wahrscheinlich an dem kleinen Stück Kuchen lag, das er zum Nachtisch gegessen hatte. Ihr war schon immer klar gewesen, dass Schokolade noch einmal ihr Untergang sein würde, allerdings nicht gerade auf diese sehr spezielle Weise.

Der erste Kuss war sanft und zart gewesen. Dieser jedoch war leidenschaftlicher, fordernder.

Einfach … wow.

Sie öffnete die Lippen und schmiegte sich an ihn.

Lieber Himmel. Seine Küsse waren unglaublich. Wer hätte gedacht, dass der ernste Brodie Thorne derart ungestüm küssen konnte, dass sie am liebsten jede Vernunft über Bord geworfen und mindestens eine Woche in seinen Armen gelegen hätte, nur um hinter das Geheimnis seiner Lippen zu kommen.

Irgendwie – und sie war sich dessen nur vage bewusst – hob er sie auf den Schreibtisch. Die Hitze, die er ausstrahlte, war einfach berauschend. Sie drang durch Evies Haut und wärmte all die kalten Stellen tief in ihrem Innern.

Sie küssten sich lange und hätten vielleicht nie wieder damit aufgehört, wenn nicht plötzlich das Telefon geklingelt hätte.

Brodie richtete sich etwas auf, in seinen Augen lag eine Mischung aus Begehren und Bedauern. Wieder klingelte es, und sie rutschte auf der Tischplatte etwas nach hinten. „Möchtest du nicht rangehen?"

„Besser nicht. Wer weiß, was ich sagen würde? Ich glaube nicht, dass im Moment irgendeine Hirnwindung in meinem Kopf richtig funktioniert." Er betrachtete sie einen langen Moment. „Das hier ist ein Problem, oder?"

Sie schluckte trocken und wollte nichts anderes, als sich wieder gegen seine Brust sinken zu lassen. Aber sie war hier, um ihre Arbeit zu erledigen, und nicht, um ihren Arbeitgeber zu küssen und darüber alles zu vergessen, sogar ihre Patientin.

„Kommt darauf an, was du unter *Problem* verstehst."

Seufzend trat er einen Schritt zurück. „Ich weiß, dass ich

tief in deiner Schuld stehe. Was du für Taryn tust, ist einfach unglaublich. Sie macht große Fortschritte, und ich möchte das auf keinen Fall gefährden."

„Es war nur ein Kuss, Brodie."

„Ein ziemlich spektakulärer Kuss."

Sie würde sich davon nicht beeinflussen lassen. Zumindest nahm sie sich das vor. „Mach dir keine Gedanken. Ich verstehe selbst nicht so ganz, woher diese … Anziehung zwischen uns kommt. Mir ist klar, wie verrückt das ist."

„*So* verrückt nun auch wieder nicht", murmelte er.

„Wie bitte?"

„Du bist eine schöne Frau, Evie. Du hast mir sofort gefallen, als du zum ersten Mal in Hope's Crossing aufgetaucht bist."

„Das stimmt nicht. Als ich deine Mutter besucht habe, konntest du mich nicht ausstehen!"

„Das ist etwas übertrieben. Vielleicht habe ich dir nicht über den Weg getraut. Ich tendiere dazu, die Menschen, die ich liebe, beschützen zu wollen. Und ich habe mich über diese Freundschaft mit meiner Mutter gewundert, das kann ich nicht leugnen. Aber dieses Misstrauen hat nichts daran geändert, dass ich, ähm, ziemlich unangebrachte Fantasien über dich hatte. Zum Beispiel habe ich mich monatelang gefragt, wie es sich wohl anfühlen würde, die Finger in diesem wunderschönen Haar zu vergraben."

Sie erschauerte, erregt von seinen Worten. Sie musste ihn dazu bringen, den Mund zu halten, wenn sie noch irgendwie unbeschadet dieses Büro verlassen wollte. Aber sie tat gar nichts, und er fuhr fort, sie weiter mit süßen, gemurmelten Worten zu verführen.

„Seit du in meinem Haus bist, ist es nur noch schlimmer geworden. Nicht nur das, ich beginne nach und nach, eine absolut unglaubliche Frau in dir zu entdecken. Stark und liebevoll, klug, mitfühlend, witzig. Wie könnte irgendein Mann auf der Welt dich nicht küssen wollen?"

Ihr stockte der Atem. Am liebsten hätte sie sich in seine Arme geworfen.

Aber das durfte sie nicht. Wenn er wüsste, dass sie Charlie in sein Haus gelassen hatte, würde er sie nicht einmal halb so wundervoll finden. Wohl eher verlogen und hinterhältig.

Dieser Gedanke gab ihr endlich die Kraft, sich von ihm abzuwenden. Wie hatte er es ausgedrückt? *Unangebracht.* Diese ganze Küsserei war vollkommen unangebracht, wo sie ihn doch die ganze Zeit belog.

Mit größer Anstrengung – und Bedauern – hüpfte sie vom Schreibtisch. „Ich sehe jetzt mal besser nach Taryn."

Er sah sie reumütig an. „Ich hatte recht. Das hier ist ein Problem."

„Nur, wenn wir es so weit kommen lassen. Tun wir einfach so, als ob es diesen Kuss und den davor nie gegeben hätte. Was immer der Grund war – Stress, zu viel Nähe, keine Ahnung – es war ein Fehler. Ja, ich fühle mich zu Ihnen hingezogen." Sie siezte ihn jetzt bewusst wieder. „Würde ich auf der Main Street eine Umfrage machen, würden die meisten Frauen in der Stadt dasselbe sagen. Aber ich kann mich im Moment … auf so etwas nicht einlassen. Ich bin hier, um Taryn zu helfen. Das ist alles. Wir sind an einem kritischen Punkt in ihrer Therapie angekommen und sollten uns beide nur auf dieses eine Ziel konzentrieren."

„Das Ziel. Richtig."

„Und jetzt werde ich mich um Ihre Tochter kümmern. Die Ergotherapeutin kommt heute, und ich muss dafür sorgen, dass Taryn rechtzeitig wach ist."

Tja, und nun hatten sie doch nicht über einen möglichen Kandidaten gesprochen, der sie ersetzen sollte. Aber, dachte Evie, während sie auf Taryns Zimmer zusteuerte, darauf kann er ruhig selbst kommen. Sie jedenfalls würde jetzt nicht noch einmal in dieses Büro zurückkehren – es hatte sie schließlich ihre ganze Kraft gekostet zu gehen.

9. KAPITEL

Es war nur ein Kuss gewesen. Einfach nur Lippen auf Lippen, dazu eine Mischung äußerst gut zusammenpassender Pheromone, um die Sache interessant zu machen. Eine Woche später probierte Brodie noch immer, sich von dieser Tatsache zu überzeugen – und sich gleichzeitig auszureden, noch einmal zu versuchen, sie zu küssen.

Evie hatte ihm unmissverständlich klargemacht, dass sie an mehr nicht interessiert war. Egal, wie sehr die Luft jedes Mal erzitterte, wenn sie im selben Raum waren. Ihre Priorität war Taryn, und diese Anziehungskraft zwischen ihnen bedeutete nichts als eine unerwünschte Ablenkung von ihrem eigentlichen Ziel.

Unter anderen Umständen hätte er sich darüber amüsiert, dass ausgerechnet Evie Blanchard mit ihrem guten Herzen, den hippieartigen Klamotten und ihrer Begeisterung für selbst gemachten Schmuck so kühl und geschäftsmäßig sein konnte.

Aber sie hatte natürlich recht. Von dieser Anziehungskraft einmal abgesehen, waren sie sich in den wichtigen Fragen des Lebens nach wie vor uneinig. Er liebte Regeln, Ordnung und Ruhe, aber Evie war bunt und chaotisch, leidenschaftlich und begeisterungsfähig.

Und doch. Da gab es auch eine Zartheit und Verletzlichkeit, die ihn reizte, egal, wie verrückt das auch sein mochte.

Er konnte seit über einer Woche nicht aufhören, an sie zu denken. Mitten in einer Geschäftsbesprechung erinnerte er sich plötzlich an ihren schön geschwungenen Mund, ihren süßen, blumigen Duft, und seine Gedanken begannen zu rauschen wie die Blätter der Espen, die sich jetzt, Ende August, golden färbten.

Deswegen war er ihr so weit wie möglich aus dem Weg gegangen. Meistens war er erst nach Hause gekommen, wenn sie schon Feierabend hatte, und hatte den Großteil der Arbeit in seinem Büro in Hope's Crossing erledigt.

Nur ein einziges Mal hatte er etwas mehr Zeit mit ihr verbracht, am Mittwoch, als Evie sich bereit erklärt hatte, bei einem weiteren Bewerbungsgespräch anwesend zu sein. Die Frau war perfekt gewesen – jung, enthusiastisch und energiegeladen. Evie hatte sie umgehend akzeptiert. Wobei er sich fragte, ob allein Stephanie Kramers Zeugnisse der Grund dafür waren oder nicht auch zum Teil Evies Wunsch, endlich wieder in ihren Schmuckladen zurückzukehren.

Stephanie wollte die Stelle unbedingt haben, konnte aber nicht sofort beginnen, weshalb Evie zögernd zugestimmt hatte, noch eine Woche länger zu bleiben. Bis nach dem Labor Day.

Taryn hatte in den letzten zehn Tagen Fortschritte gemacht, die geradezu an ein Wunder grenzten. Inzwischen konnte sie ohne Hilfe mehrere Schritte allein gehen, und ihr Wortschatz und ihre Aussprache waren um Klassen besser als im Krankenhaus.

Er war Evie zutiefst dankbar, dass sie sich bereit erklärt hatte, länger zu bleiben, obwohl das natürlich bedeutete, dass er sich eine weitere Woche zusammenreißen und einen gesunden Abstand zu ihr halten musste.

Doch selbst wenn er nicht zu Hause war, fiel es ihm zunehmend schwer, sich auf irgendetwas richtig zu konzentrieren.

In diesem Moment zum Beispiel war eigentlich eine wichtige Besprechung mit seinen Anwälten angesetzt, um über den Bau einer Rehabilitationsklinik in der Altstadt von Hope's Crossing zu sprechen. Sie hatten ein Areal ins Auge gefasst, auf dem mehrere abbruchreife Häuser standen. Doch dann war ihm aufgefallen, dass er das Wichtigste vergessen hatte. Wie ein Schuljunge, der seine Hausaufgaben auf dem Küchentisch liegen gelassen hatte, musste er nach Hause rennen.

Evies Ankunft an diesem Morgen hatte ihn offenbar so durcheinandergebracht, dass er nicht mehr an die Verträge gedacht hatte, die er für die Besprechung dringend brauchte.

Nun wollte er möglichst unbemerkt in sein Büro schleichen, sich die Verträge schnappen und wieder verschwinden. Kein Wortgeplänkel mit Evie, keine kleinen Vertraulichkeiten und auf gar keinen Fall ein weiterer Kuss.

Wirklich verdammt schade.

Im Haus war es still. Es war der Tag, an dem Mrs Olafson immer einkaufen ging, aber zumindest hatte er erwartet, Taryns Lieblingsmusik zu hören, zu der sie immer trainierte, oder Geräusche von der Spielkonsole, die der Hoffnungsengel geschickt hatte. Zumindest Gelächter und Geplauder.

Aber nichts. Nur Stille.

Der Bus stand noch vor der Tür, also mussten sie zu Hause sein. Neugierig geworden, steckte er den Kopf in Taryns Zimmer, nur um festzustellen, dass es leer war. Vielleicht waren sie am Pool. Morgens war es in den Bergen zwar bereits ziemlich kühl, aber das Becken war beheizt, und man konnte bis zum ersten Schneefall darin schwimmen.

Oder sie waren spazieren gegangen. Evie hielt sich gern draußen auf, bei Sonne und frischer Luft blühte sie geradezu auf. Das konnte er gut verstehen. Ihm fiel es draußen beispielsweise auch leichter, klar zu denken, was vielleicht an seinem ADS lag.

Die Verträge zu vergessen war ziemlich typisch für die Konzentrationsschwierigkeiten. Die Schulzeit war ein Albtraum für ihn gewesen, weil er ständig Hausaufgaben, anstehende Tests und Schreiben der Lehrer vergessen hatte. Sein Vater hasste die Schwäche seines Sohnes und konnte nicht begreifen, warum Brodie sich nicht einfach ein bisschen mehr anstrengte.

Er hatte es versucht, aber die einzige Rettung war schließlich der Sport gewesen. Wenn er schwamm, Ski fuhr oder joggte, schienen alle Verbindungen in seinem Hirn mit einem Mal tadellos zu funktionieren.

Heute, als Erwachsener, hatte er Techniken gelernt, um das Chaos in seinem Kopf zu beseitigen, doch manchmal, wenn er gestresst war, machte er noch immer dieselben Fehler. Diese Verträge waren das perfekte Beispiel dafür. Er hätte sie nicht vergessen dürfen. Das Treffen mit seinen Anwälten war der wichtigste Termin an diesem Tag.

Am besten hätte er sie nach dem Lesen gleich in seine Laptop-Tasche gesteckt, dann hätte er sich jetzt nicht abhetzen müssen. Er nahm die Unterlagen von seinem Schreibtisch, steckte sie unter den Arm und eilte in die Küche, um von dem Bananenkuchen zu essen, den Mrs Olafson gebacken hatte. Heute Morgen – trotz des verführerischen Dufts im ganzen Haus – hatte er es viel zu eilig gehabt, um sich ein Stück zu genehmigen.

Das Fenster über der Spüle stand offen, von draußen drang ein leises Bellen herein, und er sah eine Bewegung. Ah. Dort waren sie also. Das hätte er sich denken können. Der Garten mit seinem herrlichen Blick über Hope's Crossing war inzwischen Evies und Taryns Lieblingsplatz.

Er hatte noch zwanzig Minuten, bevor er bei dem neu angesetzten Termin sein musste, genug Zeit also, um kurz Hallo zu sagen und wieder zu gehen, ohne dabei irgendwelche Grenzen in Bezug auf Evie zu überschreiten.

Er ging auf die Terrasse und wollte gerade „Guten Morgen“ sagen, als ihm die Worte im Hals stecken blieben.

Volle dreißig Sekunden lang starrte er wortlos auf die Szene, die sich ihm bot. Seine Gedanken waren wie gelähmt. Dann stieg rasende, glühende Wut in ihm auf.

„Was zum Teufel soll das?“

Evie wirbelte herum, Schuldgefühle und Panik in ihren blauen Augen. Sie öffnete den Mund, sagte aber keinen Ton. Stattdessen richtete sie die Aufmerksamkeit wieder auf Taryn, die – ohne Hilfe – im Garten stand und Jacques einen Ball hinwarf.

Der Hund fing den Ball ohne Probleme, aber selbst er schien zu spüren, dass hier etwas nicht in Ordnung war. Er trottete auf Taryn zu und blieb vor ihr stehen.

Vage war Brodie sich der anderen bewusst. Da war Evie. Taryn. Der Hund. Doch seine ganze Aufmerksamkeit war auf den Jungen konzentriert, der neben Taryn stand und so weiß geworden war wie der Woodrose Mountain im Januar.

Er spürte, dass er die Verträge in der Hand zerknüllte, konnte seine Faust aber nicht öffnen. Charlie Beaumont sah aus, als wäre er am liebsten weggerannt, doch er blieb wie festgefroren stehen.

„Lass meine Tochter in Ruhe, du verdammter Mistkerl."

„Wenn er sich bewegt, könnte sie stürzen." Evies Stimme war ruhig, was ihn nur noch wütender machte. Er schleuderte die Verträge auf den Terrassentisch, dann stellte er geistesgegenwärtig eine mit Gartenblumen gefüllte Vase darauf, damit die Papiere nicht davonflattern konnten.

Charlie Beaumont. Der Junge, der es lustig gefunden hatte, mit einer Horde Teenager betrunken einen Lastwagen zu fahren, in verschiedene Geschäfte einzubrechen – einige von Brodie waren auch darunter gewesen – und damit das Leben vieler Menschen zu zerstören.

Wenn er nicht gewesen wäre, würde Taryn nächste Woche wieder in die Schule gehen. Sie würde das Cheerleader-Camp besuchen, ständig SMS an ihre Freundinnen schreiben und sich bald um einen Collegeplatz bewerben.

Stattdessen musste sie die einfachsten Dinge neu lernen, während Charlie Beaumont danebenstand, und sich – vermutlich – über sie lustig machte.

Er musste sich schwer zusammenreißen, um nicht loszustürmen, Taryn hochzuheben und sie weit, weit wegzutragen, weg von diesem Scheißkerl, der seinem Mädchen so wehgetan hatte.

Dann richtete er seinen Zorn gegen Evie, die ja offenbar mit der ganzen Sache einverstanden war. Sie stand da, mit vollkommen ruhigem Gesicht. Geradezu heiter sah sie aus, während er nichts anderes wollte als schreien und fluchen und irgendetwas zerschlagen. Am besten irgendetwas, das mit Charlie Beaumont zusammenhing.

„Das ist doch einfach nicht zu fassen! Was zum Henker hat er hier zu suchen?"

„Im Moment arbeiten wir an Taryns Multitasking-Fähigkeiten. Taryn wirft Jacques den Ball hin und versucht gleichzeitig, das Gleichgewicht zu halten. Sie braucht also motorisches Geschick und muss sich zugleich konzentrieren. Charlie ist da, um im Notfall Hilfestellung zu geben."

„Sie wissen genau, dass ich das nicht meinte."

Nun wirkte Evie doch ein wenig beunruhigt. Gut so. Wurde auch Zeit.

„Wenn Sie mich jetzt anschreien wollen, sollten wir Taryn erst auf die Terrasse bringen. Sie kann nicht so lange stehen."

Zu seiner großen Überraschung drehte Taryn sich mit Evies und Charlies Hilfe um und ging mühsam Schritt für Schritt zurück. Charlie schnappte sich die Gehhilfe, als Evie ihn darum bat, und stellte sie vor Taryn hin, die daraufhin ohne Hilfe die vier niedrigen Stufen zur Terrasse hinaufging. Seit wann konnte sie Treppen steigen? Er hatte ja keine Ahnung gehabt, welch unglaubliche Fortschritte sie machte.

Stolz mischte sich unter seinen Zorn, außerdem Verwirrung, als er sah, wie Charlie ihr die Gehhilfe abnahm und sanft ihren Ellbogen umfasste, damit sie sich auf einen Terrassenstuhl sinken lassen konnte – als hätte er das schon hundertmal zuvor getan.

Als Taryn sicher saß, den Hund zu ihren Füßen, stopfte Charlie die Hände in die Hosentaschen. Immerhin sah er Brodie direkt in die Augen, auch wenn er dabei zu Tode erschrocken wirkte.

„Ich gehe jetzt besser“, sagte er leise.

„Gute Idee.“ Brodie wusste, dass er wie ein Vollidiot klang, doch solange Charlie in der Nähe war, konnte er für nichts garantieren. „Wobei – du solltest zumindest bleiben, bis ich erfahren habe, was hier los ist und warum ich dich nicht wegen Hausfriedensbruchs einbuchten lassen soll.“

„Dad, halt.“ Taryn warf ihm einen empörten Blick zu, der ihn schmerzhaft an die Zeit vor ihrem Unfall erinnerte. „Reg dich nicht auf. Es ist g-gut.“

„Sehe ich nicht so.“

„Charlie ist mein F-freund. Mit ihm … macht Therapie … Spaß.“

„Wie lange kommt er schon hierher?“

Evie sah aus, als ob sie darauf lieber nicht antworten wollte, doch dann seufzte sie. „Seit unserem ersten Ausflug ins *String Fever*. Er kommt jeden Morgen für ein oder zwei Stunden, danach ist Hannah Kirk dran. Ich hätte es Ihnen sagen sollen. Bloß … mir war klar, wie Sie darauf reagieren würden.“

„Wie soll ich denn reagieren, wenn jemand, dem ich das *Leben* meiner eigenen Tochter anvertraut habe, mich dermaßen hintergeht?“ Er dachte daran, wie sie sich geküsst hatten, und an all seine Gefühle für sie, die er seit Wochen zu unterdrücken versuchte.

Er war niemand, der anderen einfach so vertraute. Er war mit einem Vater aufgewachsen, der ihn ständig wie einen Versager behandelt hatte, das hatte ihn reizbar und vorsichtig werden lassen. Aber Evie hatte er mehr vertraut als jeder anderen Frau zuvor, von seiner Mutter einmal abgesehen. Wie konnte sie Charlie in dieses Haus bringen, in das Leben seiner Tochter, obwohl sie doch wusste, wie sehr er diesen Jungen hasste? Den Jungen, der einfach alles zerstört hatte?

„Ich hätte es Ihnen sagen sollen. Es nicht zu tun war falsch von mir, und dafür bitte ich um Entschuldigung. Aber ich habe das alles nur getan, um Taryn zu helfen.“

Er öffnete den Mund, um zu widersprechen, schloss ihn dann allerdings wieder. Zwar gefiel es ihm nicht, seine Tochter allein mit Charlie auf der Terrasse zu lassen, zugleich aber wollte er nicht vor zwei Teenagern und einem sehr neugierig dreinschauenden Hund streiten!

„Ms Blanchard. Könnte ich kurz drinnen mit Ihnen sprechen?"

Bei seinem eiskalten Ton wurde auch ihr Blick kühl, sie sah überhaupt nicht mehr wie die zärtliche Frau aus, die er geküsst hatte. In diesem Moment wurde ihm bewusst, dass sie ihm bei ihrem letzten Kuss dies hier bereits verheimlicht hatte …

„Selbstverständlich. Du kannst Jacques auch vom Stuhl aus den Ball zuwerfen", wandte sie sich an Taryn. „Versuche mal, mit der linken Hand von unten zu werfen. Ja, genau so. Sehr gut."

Sie ging ihm voraus in die Küche, die nach der kühlen Bergluft stickig wirkte.

„Sie haben ihn fast zwei Wochen lang einfach in mein Haus gelassen."

„Er hilft ihr sehr. Sie sollten das mal sehen, Brodie. Wenn Charlie auftaucht, ist Taryn hundertmal motivierter. Wenn er da ist, gelingen ihr in einer halben Stunde Dinge, die ich mit ihr nicht mal nach mehreren Tagen erreiche."

„Sie wissen, dass ich das niemals erlaubt hätte. Sie hatten kein Recht, ihn in mein Haus zu lassen."

„Falsch. Sie haben mir dieses Recht gegeben!"

Er hatte sie schon verärgert erlebt, jedoch noch nicht wütend. Jetzt starrte sie ihn mit erhitzten Wangen an. Er weigerte sich zu bemerken, wie wunderschön sie aussah. „Ich wollte das alles gar nicht tun, schon vergessen?", fuhr sie fort. „Aber Sie waren einverstanden, dass ich das alleinige Sagen habe, wenn es um Taryns Therapie geht."

„Deswegen haben Sie also so vehement darauf bestanden? Weil Sie das von Anfang an geplant hatten?"

„Natürlich nicht", erwiderte sie. „Ich habe Charlie vorher gar nicht gekannt."

„So etwas jedenfalls habe ich mit ‚alleinigem Sagen' nicht gemeint."

„Dann sollten Sie das nächste Mal genauer sein. Sie meinen also, ich darf alles versuchen – nur nicht das Einzige, was zu funktionieren scheint?"

Verblüfft sah er sie an. Was konnte er darauf entgegnen, ohne schon wieder wie der größte Vollidiot zu klingen? „Sie hätten es mir sagen müssen."

„Ja. Absolut. Sie hatten das Recht, davon zu erfahren. Ich hätte es Ihnen schon sagen müssen, als Charlie zum ersten Mal gekommen ist. Ich möchte ganz ehrlich zu Ihnen sein, Brodie. Ich war einfach zu feige. Und das ist das Einzige, wofür ich mich bei Ihnen entschuldigen möchte. Aber schon an diesem ersten Tag konnte ich sehen, dass Charlie zu Taryn wirklich durchdringt. Ich hatte Angst, dass Sie ihm verbieten würden, weiterhin zu kommen. Ich habe diese Lüge vor mir selbst gerechtfertigt, indem ich mir sagte, dass Ihnen das Ergebnis wichtiger sein würde als die Methode, die ich wähle. Das war falsch, und es tut mir leid."

Verdammt. Er wollte nicht, dass sie sich entschuldigte. Er wollte einfach nur, dass dieser Junge aus seinem Haus verschwand.

„Wenn ich ihn nur sehe, möchte ich am liebsten irgendwas zertrümmern."

„Ich weiß." Sie sah ihn verständnisvoll an und legte eine Hand auf seinen Arm. Es war ihre Art, körperlich zu kommunizieren. Die Wärme ihrer Haut besänftigte ihn ein wenig, auch wenn er nicht hätte erklären können, wie sie das anstellte. Wie schaffte sie das so einfach? Sie musste ihn nur berühren, und sein Gehirn wurde zu Pudding. Das fand er mehr als nur etwas verwirrend.

„Ich kann Ihre Wut auf ihn vollkommen nachvollziehen,

Brodie, und ich werfe sie Ihnen auch nicht vor. Aber ob es Ihnen gefällt oder nicht, als er in den Schmuckladen kam, war bei Taryn auf einmal ein Schalter umgelegt. Und das konnte ich einfach nicht ignorieren. Sie haben doch selbst gesagt, dass sie in der letzten Woche unglaubliche Fortschritte gemacht hat."

„Das lag an Ihnen und Ihrer harten Arbeit."

Zu seinem Bedauern zog sie ihre Hand zurück und schüttelte den Kopf. „Ich würde ja gern die ganzen Lorbeeren einheimsen, aber es liegt nicht an mir. Ja, auch bei mir hat sie Fortschritte gemacht, langsam und stetig, aber sie hat dabei immer gegen mich gekämpft. Wenn Charlie hier ist, strengt sie sich dreifach an. Und bei Hannah vielleicht doppelt so sehr – Charlie scheint irgendeine magische Gabe zu haben."

Am liebsten hätte er die Zeit zurückgedreht bis zu dem Zeitpunkt, als er noch keine Ahnung gehabt hatte, was da hinter seinem Rücken vor sich ging. Er wollte sich damit nicht auseinandersetzen. Wenn Evie recht hatte und Charlie seiner Tochter wirklich half, wie konnte er den Jungen dann aus seinem Haus werfen?

Durchs Küchenfenster sah er sie. Taryn lachte über etwas, das Charlie sagte, sie wirkte sorglos und glücklich. Beim Lachen schien sie etwas gespuckt zu haben, denn Charlie griff nach einem Tuch und tupfte ihr so selbstverständlich die Mundwinkel ab, dass Taryn es vielleicht gar nicht bemerkte.

Seine Brust wurde eng, es fühlte sich an, als ob der kleinste Windstoß etwas in ihm zerschmettern könnte.

„Und was ist mit Beaumont? Warum macht er das?" Seine Stimme klang erstickt, und er räusperte sich. All die vielen Träume, die er für seine Tochter gehabt hatte – dieser Junge hatte sie in einer einzigen Nacht zerstört.

Evie antwortete nicht sofort. Sie schwieg so lange, dass er schließlich den Blick von der Szene auf der Terrasse abwandte und sie ansah.

„Ich weiß nicht, ob Sie die Wahrheit hören möchten", sagte sie schließlich. „Ich glaube nämlich, dass es ihm Spaß macht. Anfangs kam er möglicherweise, weil er ein schlechtes Gewissen hatte und ..." Sie hielt inne. „Okay, auch das wird Ihnen nicht gefallen. Aber Charlie sagte, dass sein Vater die Besuche gut findet, weil er hofft, dass sie ihm beim Prozess positiv angerechnet werden."

Die Wut, die bereits abgekühlt war, kochte von Neuem hoch. „Dieser beschissene Mistkerl. Und Sie haben da mitgespielt, obwohl Sie wissen, dass Bürgermeister Beaumont seinen Sohn am liebsten mit einem kleinen Klaps auf die Hand davonkommen lassen will?"

„Mich interessiert nur, was das Beste für Taryn ist. Sie können mir mit allen möglichen Argumenten kommen, aber sie ist für mich das Wichtigste."

„Wenn Charlie seine Besuche benutzt, um seine Strafe zu mindern, dann werde ich Sie persönlich dafür verantwortlich machen."

„Klingt fair."

„*Fair?* Wissen Sie eigentlich, wie sehr ich dieses Wort hasse? In unserem Leben ist in den vergangenen vier Monaten überhaupt nichts fair gewesen! Auch nicht, dass der eine Mensch, dem ich vertraue, mich dermaßen hintergeht."

„Dann werfen Sie mich doch raus. Wenn Sie das, was ich getan habe, so schrecklich finden, kann ich sofort gehen. Es dauert nur noch ein paar Tage, bis die neue Therapeutin anfängt. Bestimmt kommen Sie so lange auch ohne mich zurecht."

Er fuhr sich mit einer Hand durchs Haar. „Wie kann ich Sie denn rauswerfen? Sehen Sie sich meine Tochter doch an. Sie ist ein vollkommen anderer Mensch als noch vor zwei Wochen."

„Dann vertrauen Sie mir, Brodie", flehte sie. „Und glauben Sie mir, dass ich niemals etwas tun würde, das Taryn verletzt. Ich versuche nur, ihr zu helfen. Ich wusste, dass Sie gegen Charlies Besuche sind, aber ich habe sie zugelassen, weil er

Taryn wirklich hilft. Nur deswegen bin ich dieses Risiko eingegangen.“

Was sollte er dagegen denn einwenden? Evie hatte ihnen ursprünglich wegen ihrer eigenen schmerzhaften Vergangenheit nicht helfen wollen. Und nun war sie schon länger als zwei Wochen hier, einen endlosen Tag nach dem anderen, immer heiter und geduldig. All das machte sie nur für Taryn. Und er hatte längst kapiert, dass sie den Jungen nicht aus Hinterhältigkeit ins Haus gelassen hatte.

Gleich nach dem Unfall, in diesen schrecklichen, dunklen Tagen, als die Ärzte nicht wussten, ob Taryn ihre Verletzungen überhaupt überleben würde, hatte Brodie Gott geschworen, alles, wirklich alles in seiner Macht Stehende zu tun, um seiner Tochter zu helfen, wenn er sie nur weiterleben ließ. Aber verdammt. An so etwas hatte er nun wirklich nicht gedacht.

„Ich finde es furchtbar.“

„Ich weiß.“ Wieder berührte sie seinen Arm. Und wie zuvor konnte er spüren, wie die Spannung von ihm wich und sein Ärger sich auflöste.

Sie zögerte einen Moment, und dann, bevor er so recht begriff, was sie da tat, umarmte sie ihn zart.

Unsicher, wie er reagieren sollte, erstarrte er. Brodie gehörte nicht zu den Menschen, die gern andere umarmten, wahrscheinlich, weil sein Vater solche Gefühlsäußerungen immer abgelehnt hatte. Was Katherine allerdings nie davon abgehalten hatte. Vielleicht war sein Vater streng und hart gewesen, doch das hatte seine Mutter mit ihrer bedingungslosen Liebe wieder aufgewogen.

Evies einfache, unerwartete Umarmung war tröstlich und beruhigend. Er konnte nicht anders, als seine Arme ebenfalls um sie zu schlingen und sie fest an sich zu drücken.

So standen sie eine lange Zeit, ohne zu sprechen, und keiner schien es eilig zu haben, diese zarte Verbindung zwischen ihnen wieder zu lösen.

Sie war es dann, die als Erste zurücktrat, und er sah etwas Zärtliches und Weiches in ihren Augen, bevor sie die Lider darüber senkte und ihre Finger ineinander verschränkte. „Wenn Sie es absolut nicht ertragen können, Charlie im Haus zu haben, dann werde ich ihm jetzt sagen, dass er gehen und nicht wiederkommen soll. Garantiert wäre Taryn nicht glücklich darüber, aber das ist Ihr Haus und Sie sind ihr Vater. Sie haben das letzte Wort."

Es war verlockend. Wirklich verlockend. Taryn würde schon darüber hinwegkommen, da war er sich fast sicher. Die neue Therapeutin begann nächste Woche mit ihrer Arbeit, und vielleicht würde das Taryn so sehr ablenken, dass sie Charlie vergaß.

Das war ungefähr so wahrscheinlich, wie seine Mutter sich einen Totenkopf auf die Stirn tätowieren lassen würde.

„Er kann weiterhin kommen, aber ich möchte ihn nicht sehen. Sorgen Sie dafür, dass er nur im Haus ist, wenn ich es *nicht* bin."

Ihr Lächeln war atemberaubender als ein Sonnenstrahl, der nach Wochen grauen Himmels durch die Wolken brach. Und mit einem Mal hatte er das Gefühl, dass er so ziemlich alles tun würde, damit sie ihn noch einmal so anlächelte.

„Sie sind ein guter Vater, Brodie. Taryn kann von Glück sagen, Sie zu haben."

Dessen war er sich im Augenblick nicht so sicher. Charlie Beaumont auch nur in ihre Nähe zu lassen war schließlich vielleicht ein riesiger Fehler.

Hatte sie sich schon einmal zuvor dermaßen in einem Menschen geirrt?

Obwohl sie eigentlich zurück zu Taryn und Charlie auf die Terrasse gehen sollte, blieb Evie noch eine Weile in der Küche und beobachtete, wie Brodie in seinen luxuriösen Geländewagen stieg. Sie war immer sehr stolz auf ihre Menschenkenntnis gewesen, doch was Brodie Thorne betraf, hatte sie offenbar vollkommen falschgelegen.

Sie hatte diesen Mann immer für ein kaltes, humorloses Wesen gehalten. Doch so, wie sie ihn in den letzten Wochen kennengelernt hatte, konnte sie diesen Eindruck nicht aufrechterhalten. Vom ersten Moment an hatte sie ihn nicht leiden können. Immer wieder hatte sie sich gefragt, wie Katherine – so warm und großzügig und liebevoll – bloß einen so widerwärtigen Sohn haben konnte.

Doch ein solcher Mann hätte bei ihrem Streit niemals klein beigegeben, sondern so lange getobt und geschrien, bis er bekommen hatte, was er wollte.

Gut, Brodie war sauer gewesen, und das konnte sie ihm wirklich nicht übel nehmen. Er hätte Charlies Besuche unterbinden und Evie nach Hause schicken können. Wahrscheinlich wäre es sogar sein gutes Recht gewesen, die Polizei zu verständigen – auch wenn sie kaum glaubte, dass Riley McKnight den Jungen wirklich wegen Hausfriedensbruchs festgenommen hätte.

Aber trotz allem hatte er Charlies Anwesenheit nicht verboten. Er stellte seine eigenen Wünsche zum Wohl seiner Tochter zurück, und Evie wusste nicht so genau, was sie davon halten sollte.

Oder davon, dass sie diesem verrückten Impuls nachgegeben und ihn einfach umarmt hatte. Ihr war noch immer ganz schwindlig, so innig hatte sich die Umarmung angefühlt, so vertraut und zart.

Sie seufzte. Besser nicht darüber nachdenken. In wenigen Tagen hatte sie ihren Job hier erledigt, und danach würden sich ihre Wege kaum noch kreuzen.

Als sie auf die Terrasse zurückkam, sah Charlie ihr mit ernster Miene entgegen. „Ich sollte gehen“, sagte er.

„Das musst du nicht.“

„Genau genommen doch. Ich habe gleich einen Termin mit meinen Anwälten.“

So bemerkenswert vernünftig Brodie auch mit Charlies Besuch umgegangen war, jetzt war sie froh, dass er diesen letzten Satz nicht gehört hatte.

„Danke. Du warst uns heute eine große Hilfe."

„Kein Problem." Seine Stimme klang merkwürdig, und sie sah ihn prüfend an. Aber er hatte den Blick auf Taryn gerichtet und wirkte schuldbewusst und traurig.

„Bis bald, T."

„Bis … bald." Sie hob die Hand und winkte.

Jacques folgte ihm zum Gartentor und wartete, als wollte er sich davon überzeugen, dass der Junge sicher nach Hause kam.

„Mein Dad war sauer", stellte Taryn fest.

„Ja." Evie ließ sich auf einen Stuhl sinken. „Und er hatte auch allen Grund dazu. Wir hätten ihm sagen müssen, dass Charlie vorbeikommt. Aber ich war einfach zu feige. Warum hast du es nie erwähnt?"

Taryn zuckte mit den Schultern. „Er mag Charlie nicht. Hat ihn noch nie gemocht. Kann er wiederkommen?"

„Fürs Erste schon."

„Super."

„Du solltest damit rechnen, dass Charlie vielleicht nicht mehr oft vorbeikommt, Taryn. Ich weiß, es macht dir viel Spaß mit ihm, aber ich kann dir nicht versprechen, dass es so weitergeht. Wenn ich nächste Woche wieder im Laden arbeite, hat die neue Therapeutin vielleicht ganz andere Vorstellungen. Und dein Vater könnte seine Meinung ändern und doch noch verbieten, dass Charlie zu Besuch kommt."

„Das ist so bescheuert."

„Es ist überhaupt nicht bescheuert, wenn dein Vater wütend darüber ist, was dir passiert ist. Er liebt dich. Alle Eltern wollen nur eines, nämlich, dass ihren Kinder nichts geschieht. Dein Dad hat das Gefühl, versagt zu haben – und er gibt Charlie die Schuld dafür."

„Ich sag doch immer wieder … es ist nicht Charlies Schuld."

Darüber hatten sie bereits gesprochen, und Evie war nicht in der Stimmung, schon wieder davon anzufangen. Deswegen wechselte sie das Thema. „Hey, ich habe eine Idee. Nachdem deine Oma heute Geburtstag hat, könnten wir doch in die Stadt fahren und sie überraschen!"

„Ins *String Fever*?"

„Wir halten kurz und fragen, ob Katherine Lust auf ein gemeinsames Mittagessen hat. Wie klingt das?"

„Okay, denke ich."

Taryn schwieg, als Evie sie ins Badezimmer brachte, damit sie sich Gesicht und Hände waschen und etwas Make-up auflegen konnte.

Die Pflegerinnen kamen inzwischen nur noch zweimal am Tag. Morgens, um ihr beim Duschen und Ankleiden zu helfen, und abends, um ihr Medikamente zu geben und sie ins Bett zu bringen. Da sie sich inzwischen selbst vom Rollstuhl auf andere Stühle hieven konnte, war Taryn in der Lage, das meiste selbst zu erledigen, was eine erhebliche Verbesserung darstellte.

Kurz darauf fuhren sie an der Highschool vorbei, und als Evie in den Rückspiegel sah, bemerkte sie, wie Taryn aus dem Fenster starrte, die Lippen zusammengepresst und mit unglücklichem Blick.

Sie alle konzentrierten sich immer so sehr auf das große Ganze, darauf, dass Taryn ihre körperlichen Funktionen zurückgewann. Darüber vergaßen sie all die kleinen Dinge, die sie verloren hatte. Unterricht, Football-Turniere, Lagerfeuer im Canyon mit Freunden, während die Blätter der Bäume sich bunt verfärbten.

Die Hope's Crossing Highschool hatte geplant, Lehrer zu schicken, die Taryn helfen sollten, den Stoff vom vergangenen Schuljahr aufzuholen. Vielleicht sollte sie Brodie vorschlagen, dass Taryn darüber hinaus ein oder zwei Stunden pro

Tag ganz normal zur Schule ging, damit sie regelmäßig unter Gleichaltrigen war.

Ja, das sollte sie tun. In wenigen Tagen aber war das alles nicht mehr ihre Angelegenheit. Ihre Nachfolgerin würde am Dienstag nach dem Labor Day beginnen, in weniger als einer Woche, und dann würde Evie für immer aus dem Leben der Thornes verschwinden.

Der Gedanke hätte sie aufheitern sollen. Sie sehnte sich ja danach, dass alles wieder normal verlief, dass dieser kurze Ausflug in ihren alten Beruf ein für alle Mal ein Ende fand. Aber jetzt dachte sie daran, dass sie nicht mehr jeden Morgen den Berg hinauf Richtung *Aspen Ridge* fahren würde, dass Taryn sie nicht jeden Tag mit einem gespielten Seufzen und dem Ausruf: „Sind Sie schon wieder da?" begrüßen würde. Kein köstliches Essen von Mrs Olafson mehr.

Wie leer ihre Tage sein würden.

Oh, das stimmte nicht. Sie arbeitete leidenschaftlich gern im *String Fever* – Kunden beraten, mit Claire plaudern, aus Schmucksteinen etwas Schönes und Einzigartiges kreieren war ihr Lebensinhalt geworden.

Aber das hier gefiel ihr eben auch. Jeder Tag hielt eine neue Herausforderung für sie bereit, eine weitere Überraschung, und das würde sie schrecklich vermissen. Sie konnte sich noch so oft einreden, dass sie Abstand von ihrem alten Beruf brauchte, in Wahrheit fand sie ihn nach wie vor zutiefst erfüllend.

Diese Erkenntnis traf sie wie ein Schlag. Nervös fuhr sie ein paarmal um den Block, bis sie einen Parkplatz gefunden hatte, der breit genug war, dass sie die Rollstuhlrampe ausfahren konnte.

„Grandma wird sich freuen", sagte Taryn, als Evie den Motor abstellte.

Ihr gelang ein Lächeln, obwohl sie in Wahrheit vollkommen durcheinander war. „Könnte sein, dass sie schon etwas vorhat. Oder dass im Laden zu viel los ist und sie nicht gehen kann“, warnte Evie sie. „Vielleicht hätten wir vorher anrufen sollen.“

„Dann wäre es ja keine Überraschung mehr.“ Taryns noch immer schiefes Grinsen war ziemlich breit und frech.

Evie seufzte. Wem wollte sie eigentlich etwas vormachen? Sie hatte an diesem Mädchen schon längst einen Narren gefressen.

Sie ließen Jacques in den Garten, wo Chester bereits wartete, als hätte er ihr Kommen geahnt. Er wackelte auf Jacques zu und begann, ihn begeistert zu beschnüffeln.

„Wie es duftet“, seufzte Taryn.

„Das ist der Lavendel. Außerdem Flammenblumen und Zitronenmelisse.“

„Sind das … Ihre Blumen?“

„Ich pflanze ab und zu welche und gieße sie. Deine Grandma hat den Garten angelegt, als der Laden noch ihr gehörte. Und Claire hat dann damit weitergemacht.“

„Ist schön hier.“

„Ich bin gern frühmorgens im Garten und sehe mir den Sonnenaufgang an. Dann duften die Blumen besonders intensiv“, sagte Evie. „Du solltest im nächsten Frühjahr auch einen Garten anlegen. Bestimmt würde dein Vater dir einen Teil des Grundstücks überlassen.“

Ihrer Erfahrung nach konnte Gärtnern eine fantastische Therapie sein, sowohl psychisch als auch physisch. Taryn könnte auch am Südfenster ihres großen Zimmers ein kleines Gewächshaus anlegen, vielleicht mit Estragon, Rosmarin und eventuell ein oder zwei Tomatenstauden …

Sie hielt inne. In ein paar Tagen ging Taryns Therapie sie nichts mehr an. Das musste sie jetzt endlich verstehen. Die neue Therapeutin würde die entsprechenden Entscheidungen treffen, und genau das war es ja auch, was sie wollte, nicht wahr?

Einen Moment noch genoss sie den wunderschönen Garten, dann schob sie den Rollstuhl zur Tür. Katherine und Claire saßen am Werktisch und arbeiteten an einigen Schmuckstücken, während eine Kundin sich bei den Halsketten umsah.

Katherine wirkte erfreut. „Hallo, ihr zwei! Was für eine schöne Überraschung“, rief sie aus.

„Hi, Grandma. Alles Gute zum Geburtstag.“

„Danke dir! Bisher hatte ich schon einen wunderbaren Tag.“

„Kannst du mit uns ... zu Mittag essen?“, erkundigte sich Taryn.

Bedauernd hob Katherine die Hände, doch gerade als sie etwas entgegnen wollte, wurde sie von Claire unterbrochen. „Natürlich kann sie.“

„Aber du wolltest heute doch früher gehen“, protestierte Katherine.

„Keine Sorge. Ich habe wirklich alle Zeit der Welt. Die Kinder sind bei Jeff und Holly und turteln mit ihrem neuen Schwesterchen, das wirklich unglaublich süß ist, wie ich zugeben muss.“

Wieder hätte Evie am liebsten die Augen verdreht. Sie kannte nicht viele Frauen, die sich liebevoll über das neue Kind ihres Exmannes äußern würden. Aber so war Claire nun mal.

„Riley muss für irgendwelche Ermittlungen nach Denver, und ich fahre mit, um ein paar Dinge für die Hochzeit zu erledigen. Aber erst am Nachmittag. Ich habe also alle Zeit der Welt. Heute ist dein Geburtstag, und ich kann mir für dich nichts Schöneres vorstellen, als beim Mittagessen mit Taryn zu feiern.“

„Gut“, rief Taryn glücklich.

„Sollen wir ins Café gehen?“, schlug Katherine vor.

Evie zögerte. Sie hatte eigentlich eher daran gedacht, etwas zu bestellen und dann im Garten oder im Laden zu essen. Taryn wurde immer noch nervös, wenn andere sie beim Essen beobachteten. Aber sie beschloss, die Entscheidung Taryn zu überlassen.

„Taryn?“

Taryn wirkte einen Moment unentschlossen, dann nickte sie. „Okay.“

„Gebt mir eine Minute, damit ich mir die Lippen nachziehen und meine Tasche holen kann“, sagte Katherine.

Während sie im Hinterzimmer war, nutzte Taryn die Zeit, sich ein paar Schmuckzeitschriften anzusehen, die neu hereingekommen waren. Evie nahm Claire zur Seite, um mit ihr über den nächsten Kunsthandwerksmarkt zu sprechen und über die Schmuckstücke, die sie dafür noch brauchte.

„Wir alle finden es wirklich toll, wie hart du diesen Sommer gearbeitet hast. Es ist nicht leicht, das alles ganz allein zu machen. Aufbauen, die ganze Zeit am Stand stehen und die Kunden beraten.“

„Mir macht es Spaß“, erklärte Evie wahrheitsgemäß.

„Und wie läuft es mit Taryn?“, fragte Claire leise.

„Falsche Frage heute“, erwiderte sie.

„Wieso, was ist passiert?“

Sie seufzte. „Ich hab’s vermasselt. Weißt du noch, wie Charlie Taryn geholfen hat, ein Armband zu machen?“

Claire stieß zischend die Luft aus. „Wie könnte ich das vergessen? Ich musste an diesem Nachmittag mindestens vier Ibuprofen und ein halbes Fläschchen Magentropfen nehmen.“

„Tut mir leid.“ Evie umarmte sie kurz. „Die Sache ist nur, dass Taryn seitdem wirklich aufgeblüht ist. Und deswegen, ähm, habe ich Charlie erlaubt, auch ins Haus zu kommen, um ihr bei der Therapie zu helfen. Und ich habe Brodie nichts davon erzählt – ja, ich war zu feige –, aber heute kam er unerwartet nach Hause und hat ihn gesehen.“

„Oh-oh. Erwischt.“ Claire sah zugleich mitfühlend und entsetzt aus.

Evie seufzte verdrossen. „Okay, das war nicht gerade besonders clever von mir. Aber Taryn freut sich immer, wenn er kommt, und strengt sich dann viel mehr an als sonst. Gerade jemand wie Brodie muss doch wissen, dass der Zweck manchmal die Mittel heiligt, verstehst du?"

„Und, redet er noch mit dir?"

Sie dachte an die spontane Umarmung in der Küche, wie er nach kurzem Zögern die Arme um sie geschlungen und sie lange festgehalten hatte.

„Er sagt, Charlie kann weiterhin kommen, solange er ihn nicht sehen muss. Aber eigentlich spielt es sowieso keine Rolle mehr. Dienstag ist mein letzter Tag mit Taryn, und dann muss die neue Therapeutin entscheiden, ob sie Freunde in den Therapieplan einbauen will oder nicht. Ich jedenfalls werde sie dazu ermutigen, aber es ist ihre Entscheidung."

„Evie, wenn du mehr Zeit brauchst, ist das kein Problem, das weißt du."

„Mehr Zeit wofür?", fragte Katherine, die aus dem Hinterzimmer zurückkam. Sie sah elegant aus wie immer. Evie konnte nur hoffen, dass sie selbst zumindest annähernd so gut altern würde wie Brodies Mutter.

„Mehr Zeit, um herauszufinden, wie du es schaffst, jeden Tag jünger und schöner auszusehen", sagte sie prompt.

Katherine verdrehte die Augen, doch bevor sie etwas entgegnen konnte, läutete die Türglocke und ein Paar kam in den Laden.

Evie hätte beinahe gelacht, als sie alle gleichzeitig ein leises Stöhnen ausstießen, als ob sie es vorher geübt hätten.

„Guten Tag, Genevieve", begrüßte Claire die Frau. Groß und schlank mit kunstvoll gesträhntem blondem Haar und wie immer perfekt geschminkt, lächelte Charlies ältere Schwester sie der Reihe nach an.

Die Beaumonts gehörten zu den wohlhabendsten Familien in Hope's Crossing, und Genevieve genoss es, ihren Reichtum zur Schau zu stellen.

In den letzten neun Monaten hatte sie sich aufgeführt wie Brautzilla auf Anabolika – herrisch, selbstverliebt und übertrieben anspruchsvoll. Claire war zu ihrem Bedauern in diese Beaumont-Danforth-Hochzeit verwickelt, weil sie sich bereit erklärt hatte, das Mieder des Hochzeitskleides mit ausgewählten Perlen zu verzieren.

Genau genommen schon zum zweiten Mal, da Genevieves Bruder Charlie das erste Hochzeitskleid bei der Einbruchserie mit seiner Clique zerschlitzt hatte.

Eigentlich fand Evie es ganz sympathisch, dass Genevieve nervös wegen der Hochzeit war.

Wobei von Nervosität in diesem Moment, als Genevieve mit einem außerordentlich gut aussehenden Mann Ende zwanzig vor ihnen stand, nun wirklich nichts zu bemerken war.

„Sie haben zwar gesagt, das Kleid sei erst in ein paar Wochen fertig, aber Sawyer ist nur kurz in der Stadt, und er *muss* es einfach sehen."

„Das bringt Unglück", warnte Taryn, und ihre Worte klangen klarer artikuliert als jemals zuvor.

Genevieve wirbelte zu Taryn herum, die mit einer Schmuckzeitschrift in der Hand in ihrem Rollstuhl saß. Als sie Taryn erkannte, warf sie ihrem Verlobten einen unbehaglichen Blick zu.

Evie fiel es nicht schwer, diesen Blick zu deuten. Taryns Anwesenheit erinnerte Genevieve an den Skandal, in den ihre Familie verwickelt war und den sie mit Sicherheit am liebsten vergessen hätte. Gens Verlobter, Sawyer Danforth, war der Sohn eines mächtigen Politikers in Colorado und, wie man hörte, auf dem besten Weg, in die Fußstapfen seines Vaters zu treten.

Wenn man den Gerüchten Glauben schenken konnte, befürchtete Gen, für die Familie Danforth nun keine gute Partie mehr zu sein. Immerhin stand ihrem jüngeren Bruder wegen der Einbruchsserie und des Todes von Layla Parker eine saftige Gefängnisstrafe bevor.

„Ich bin nicht abergläubisch", sagte Gen nach einer unangenehmen Pause. „Und Sawyer ist es auch nicht, oder, Darling?"

Ihr Verlobter hob beide Hände. „Zieh mich da nicht mit rein. Du bist diejenige, die unbedingt möchte, dass ich das Kleid sehe. Ich habe dir doch gesagt, dass ich dich auch so heiraten würde, wie du heute aussiehst. Nämlich perfekt."

Da Genevieve ein schlichtes, kurzärmliges Oberteil und einen Rock in Cremeweiß trug, fand Evie seine Worte ziemlich süß.

„Ach, hör auf." Genevieve schlug ihm leicht auf den Arm. „Du bist manchmal so ein Spinner. Jedenfalls musst du das Kleid sehen. Es ist einfach umwerfend. Ein bisschen wie das von Prinzessin Catherine, aber es funkelt mehr."

„Ich fürchte, ich habe es nicht hier", sagte Claire und schenkte ihnen dieses unendlich geduldige Lächeln, das nur sie so perfekt beherrschte. Evie verstand nicht, wie sie es nach all den Monaten mit Genevieve immer noch auf ihr Gesicht zaubern konnte. Sie selbst hätte sich längst ein paar dicke Schmucksteine in die Ohren gestopft, um das ständige Gemecker nicht mehr hören zu müssen.

„Nach allem, was mit dem letzten Kleid geschehen ist, bewahre ich es lieber zu Hause hinter Schloss und Riegel auf."

Taryn stieß ein merkwürdiges Geräusch aus, es klang wie ein kleines Seufzen. Außerdem bewegte sie sich unruhig in ihrem Rollstuhl, und Evie fragte sich, ob sie einen Krampf hatte oder etwas Ähnliches.

„Sie wohnen doch nicht weit von hier, richtig?", erkundigte sich Gen mit großen Augen. „Wir können gerne warten, während Sie es holen."

Sawyer schüttelte den Kopf, in seinen fröhlichen blauen Augen blitzte auf einmal Bedauern auf. Armer Kerl. Bis Gen irgendwann kapiert hatte, dass sie nicht der Mittelpunkt der Welt war, stand ihm eine ziemlich anstrengende Zeit bevor.

„Ich kann im Moment den Laden nicht alleinlassen", erklärte Claire mit ihrer unendlich ruhigen Stimme. „Katherine hat Geburtstag, und Evie und Taryn wollen sie zum Essen ausführen."

„Alles Gute!" Sawyer strahlte Katherine an.

Evie, Katherine und Claire waren von seinem umwerfenden Lächeln wie hypnotisiert. Dann endlich schüttelte Claire ein wenig den Kopf, als müsste sie sich auf diese Weise aus seinem Bann befreien. „Tja, nun. Ich muss also hierbleiben und mich um meine Kunden kümmern. Und danach bin ich ein paar Tage nicht in der Stadt."

„Aber Sawyer bleibt nur bis Samstag."

„Kein Problem." Sawyer schenkte ihnen allen ein weiteres Lächeln, und selbst Katherine schien dahinzuschmelzen. Mit so einem Lächeln und diesem Aussehen reichte ein halbes Hirn, um eines Tages ein sehr beliebter Politiker zu werden. „In ein paar Wochen bin ich wieder hier", fuhr er fort. „Und dann kann ich ja vielleicht schon das fertige Kleid bewundern."

„Aber es ist jetzt schon *fast* fertig", beharrte Genevieve. Wenn es nach ihr ginge, würde Claire ihren Laden abschließen und nach Hause rennen.

„Mir macht es wirklich nichts aus, noch etwas zu warten. Aber trotzdem vielen Dank", sagte er. Und wieder lächelte er sie alle an und zwinkerte Taryn sogar zu, was Evie bezaubernd fand. „Komm jetzt, Darling. Wir haben Plätze im *Le Passe Montagne* reserviert."

„Das Restaurant gehört meinem Sohn", erklärte Katherine. „Sie sollten auf jeden Fall die Crème brulée probieren, die ist einfach göttlich."

„Danke für den Tipp, das werden wir." Ein letztes Lächeln, dann griff Sawyer nach Gens Arm und schob sie aus dem Laden.

„Wow." Katherine blinzelte. „So langsam verstehe ich, warum Genevieve es nicht erwarten kann, ihn zu heiraten."

„Er ist süß", sagte Taryn.

„Vielleicht sollten wir nicht ins Café, sondern ins *Le Passe* gehen, damit wir ihn alle anstarren und dabei eine Crème brulée genießen können", schlug Evie vor.

Katherine lachte. „Mir reicht das Café vollkommen. Zu viel Süßes ist gar nicht gut."

Evie und Claire prusteten los, während Taryn den Witz noch immer nicht verstanden hatte.

„Noch einmal danke, Claire", fuhr Katherine fort. „Sollen wir dir vielleicht etwas zu essen mitbringen?"

„Ah, gerne. Ein Hühnersalat-Sandwich wäre heute einfach perfekt."

„Ich lasse uns eins von Dermot einpacken", versprach Katherine. „Wollen wir?"

Die Leute starrten sie an.

Früher war das Café Taryns Lieblingsrestaurant gewesen, vom *Le Passe* und dem Steakhouse ihres Vaters einmal abgesehen. Das Essen war gut und preiswert, und all ihre Freunde kamen auch gerne hierher.

Aber jetzt war alles anders.

Taryn rutschte in ihrem Rollstuhl herum, das Kinn auf die Brust gesenkt. Sie wollte wieder nach Hause, wo sie nicht angegafft wurde, als müsste sie jeden Moment ihr Essen ausspucken oder sabbern oder so etwas.

Sie hätte auch versuchen können, zu Fuß hineinzugehen, aber sie sah dann immer aus wie Frankensteins Braut, und die Leute hätten nur noch mehr gestarrt.

Und dabei saßen sie noch nicht einmal an einem Tisch. Im Café war die Hölle los, und sie mussten auf einen Platz warten.

Sie wollte nach Hause, aber das ging nicht. Ihre Grandma

hatte Geburtstag. Und deswegen musste sie diese Blicke irgendwie aushalten.

„Ja, sieh mal an! Meine drei Lieblingsmädchen!“ Dermot Cain, der Besitzer des Cafés, strahlte sie an. Mr Caine war nett. Er hatte weißes Haar und blaue Augen und lächelte genauso oft wie Katherine. „Wie komme ich zu der Ehre, Sie alle drei auf einmal bei mir begrüßen zu dürfen?“

„Heute ist Katherines Geburtstag, und wir wollen ein wenig feiern“, erklärte Evie.

„Wunderbar!“ Mr Cain ergriff Katherines Hände, die winzig und weiß in seinen Pranken wirkten, und Taryns Großmutter errötete etwas. „Ich habe gerade einen Brombeerkuchen aus dem Ofen geholt. Ich werde drei Stücke für Sie aufheben. Das ist mein Geburtstagsgeschenk. Was sagen Sie?“

„Klingt herrlich“, befand Evie. „Dermot, wie es scheint, ist der hintere Teil geschlossen. Könnten Sie vielleicht eine Ausnahme machen und uns dort, ein bisschen abseits von dem ganzen Trubel, einen Tisch geben?“

Evie fragte natürlich ihretwegen. Das sollte ihr eigentlich peinlich sein, aber dann lächelte Mr Cain sie an. „Aber natürlich. Natürlich! Die Plätze sind ganz speziell für Geburtstagskinder reserviert und genau richtig für meine drei Lieblingsdamen. Hier entlang!“

Grandma ging voraus, und Evie schob den Rollstuhl. Dieser Teil des Restaurants befand sich um die Ecke, und Taryn atmete auf. Hier war es ruhig und kühl. Und das Beste: Niemand starrte mehr.

„Perfekt“, sagte Evie. „Vielen Dank, Dermot.“

Mr Caine reichte ihnen die Speisekarte. „Ich verrate Ihnen ein kleines Geheimnis. Die Truthahn-Wraps sind heute ausgesprochen gut. Ich habe eine besondere Zutat untergemischt.“ Er zwinkerte Taryn zu. „Zitronendill aus meinem eigenen Garten. Aber egal, wofür Sie sich entscheiden, ich werde es für Sie besonders lecker machen.“

Bevor er ging, nahm er noch einmal Grandmas Hand. „Und alles, alles Gute zum Geburtstag, Katherine, meine Liebe“, sagte er, und sein irischer Akzent war stärker als sonst. Dann küsste er ihr die Hand. Taryn riss die Augen auf.

„Ich wusste gar nicht, dass Dermot so … charmant sein kann“, meinte Evie, nachdem er gegangen war.

„Ach was“, erwiderte Grandma, aber sie war schon wieder rot, und außerdem sah sie Mr Caine hinterher. Grandma und Mr Caine? Das war zu schräg. Fast so schräg wie die Szene heute Morgen, als sie durchs Küchenfenster gesehen hatte, wie ihr Dad Evie umarmte.

Taryn wusste immer noch nicht, was sie davon halten sollte. Sie mochte Evie, jedenfalls meistens. Aber ihr Dad hatte keine Freundin gehabt, seit … nun, seit sie denken konnte. Aber vielleicht waren sie nicht zusammen. Vielleicht mochten sie sich einfach. Sie umarmte ihre Freunde auch immer. Früher zumindest.

„Oh, seht mal“, rief Evie aufgeregt. „Maura und Sage.“

Durchs Fenster sah Taryn, wie die beiden das Restaurant betraten, und ihr Magen zog sich zusammen.

Die Augen ihrer Großmutter leuchteten auf. „Frag sie, ob sie sich zu uns setzen wollen. Wir können zusammenrücken.“

Angst und Schuld krochen wie Schlangen durch Taryns Bauch. Sie wollte nicht, dass Laylas Mutter und Schwester an diesen Tisch kamen. Sie konnte ihnen nicht in die Augen sehen.

Die beiden mussten sie hassen. Layla war tot, und sie war schuld daran. Layla hatte an diesem Abend überhaupt nicht mitgehen wollen, aber Taryn hatte sie überredet.

Und dann noch alles andere.

Alles war nur ihretwegen geschehen.

Sie verlagerte unbehaglich das Gewicht und wünschte, einfach aufstehen und aus dem Café laufen zu können, ohne hinzufallen.

„Geht es dir gut?", erkundigte sich Evie leise.

„Müde", flüsterte sie. Gelogen.

„Möchtest du lieber gehen?", bot Evie mit besorgtem Blick an.

Wenn sie lange genug stöhnte, würde Evie sie bestimmt nach Hause bringen. Das wäre eine Möglichkeit, aber nicht wirklich fair. Immerhin hatte ihre Grandma Geburtstag, und sie durfte ihr den Tag nicht ruinieren.

„Nein. Noch nicht."

„Okay. Sag einfach Bescheid, wenn du nicht mehr kannst."

Vor allem im Kopf fühlte sie sich müde. Manchmal tat es richtig weh zu denken. Ihr ging es immer besser, und jeden Tag schienen ihre Gedanken weniger verwirrt und unklar zu sein. Teilweise lag es daran, dass sie jetzt nicht mehr so viele Medikamente nehmen musste. Aber anscheinend wurde sie tatsächlich langsam gesund. Mit Charlie an ihrer Seite hatte sie sich wirklich große Mühe gegeben, aber vielleicht sollte sie das jetzt einfach lassen.

Sie hatte es nicht verdient, gesund zu werden. Denn Layla war ihretwegen gestorben.

„Wer ist denn jetzt im Buchladen, wenn ihr beide zusammen Mittag essen geht?", fragte Evie, als Maura McKnight-Parker und ihre Tochter Sage sich zu ihnen setzten.

Fast hatte sie damit gerechnet, dass Maura ablehnen würde, sich mit an den Tisch zu setzen, vor allem, nachdem sie Taryn entdeckt hatte. Aber nach kurzem Zögern hatte sich Maura gefasst und die Einladung angenommen. Evie wusste, wie schwer es für sie sein musste. Für Genevieve war der Anblick des Mädchens vielleicht unangenehm gewesen, aber für Maura musste er die himmelschreiende Erinnerung an alles sein, was sie verloren hatte.

Man konnte ihren Schmerz direkt greifen, und Evie hätte am liebsten Mauras Hand gedrückt und ihr zugeflüstert, wie gut sie ihre Trauer verstehen konnte. Doch bisher hatte sie ihren Freundinnen noch keinen Ton über Cassie erzählt. Bei ihrer Ankunft in Hope's Crossing war der Schmerz zu frisch gewesen, um darüber zu sprechen. Katherine wusste Bescheid, und das reichte zunächst. Und dann später war einfach nie der richtige Augenblick gekommen. Sie hätte ja schlecht mitten in einem Gespräch sagen können: *Ach, und übrigens, ich habe eine behinderte Tochter adoptiert und sie zwei Jahre lang geliebt, und dann ist sie gestorben. Tut mir leid, dass ich das nie zuvor erwähnt habe.*

Doch warum hatte sie dann Brodie davon erzählt? Die Antwort auf diese Frage wusste sie selbst nicht so genau.

„Ruth ist im Laden", beantwortete Sage schließlich Evies Frage, als Maura schwieg. Mauras ältere Tochter lächelte, sie sah ein wenig feenhaft aus mit ihrem lockigen braunen Haar und den großen grünen Augen unter langen Wimpern. „Sie ist in diesem Sommer zum Glück immer wieder eingesprungen."

„Wer hätte das gedacht?", murmelte Katherine. „Wie gut, dass Ruth die Arbeit im Buchladen so viel Freude macht."

Ruth Tatum war Claires Mutter, eine schwierige Frau, die sich bis vor ein paar Monaten den lieben langen Tag beklagt und die Fehler immer bei den anderen gesucht hatte. Das hatte sich geändert, seit sie sich unerwartet angeboten hatte, Maura in der Buchhandlung zu helfen – und dort nun regelrecht aufblühte.

Diese verschneite Aprilnacht hat viele Leben auf ganz unerwartete Weise verändert, dachte Evie und sagte laut: „Sie hat sich vollkommen gewandelt." Sie fand es immer wieder aufs Neue faszinierend, wenn Menschen ihr Leben umkrempelten. Ruth war dafür ein leuchtendes Beispiel.

„Nun, sie hat sich nicht *komplett* verändert." Mauras Lächeln erreichte ihre Augen nicht, aber zumindest wirkte es nicht verzweifelt. „Heute Morgen erst hat sie einen Kunden ganz schön angefahren. Sie erklärte ihm, dass sie nicht wissen könne, ob ein bestimmter Dreißig-Dollar-Bilderband seiner Mutter gefallen würde, da sie seine Mutter nie getroffen habe. Ich musste sie zur Seite nehmen und freundlich daran erinnern, dass man immer Ja sagt, wenn ein Kunde fragt, ob ein Buch seiner Mutter/Schwester/Frau wohl gefällt."

Katherine, Sage und Evie lachten. Maura lächelte wieder dieses halbe Lächeln, doch Taryn schien nach wie vor bestürzt und abgelenkt.

„Wann fängt das College wieder an, Liebes?", wandte Katherine sich an Sage.

Das Mädchen warf seiner Mutter einen schnellen Blick zu. „Ich überlege, ob ich nicht noch ein weiteres Semester aussetzen soll."

„Nein, sollst du nicht", sagte Maura. Einen Moment lang überlagerte Entschiedenheit die Trauer in ihren Augen. „Wir haben doch darüber gesprochen. Du gehst zurück aufs College."

Sage schien mindestens genauso entschieden. „Ich denke, ich sollte noch eine Weile in der Stadt bleiben und dann im Januar mit dem Studium weitermachen."

„Um was zu tun? Kaffee zu kochen? Dafür kann ich Leute anstellen. Du gehst zurück!"

„Das werde ich, sobald sich die Lage hier etwas beruhigt hat."

„Hier ist alles in Ordnung", erwiderte Maura scharf. Ganz offensichtlich führten die beiden diese Diskussion nicht zum ersten Mal. „Ruth und ich bekommen das mit dem Laden allein hin. Du gehörst aufs College."

„Falsch. Wenn du mich brauchst, kommst du an erster Stelle, Mom."

„Dann lasst uns abstimmen", sagte Maura an sie alle gewandt. „Wer dafür ist, dass Sage wieder aufs College geht, hebe jetzt bitte die Hand."

Taryn streckte ohne ein Lächeln die Hand in die Höhe,

Katherine auch, und Evie schloss sich ihnen an, obwohl sie beide Gesichtspunkte verstehen konnte. Sie wusste, wie es war, eine trauernde Mutter zu haben, und auch sie war einmal eine pflichtbewusste Tochter gewesen, die sich nach dem Tod der Schwester um ihre Mutter kümmern wollte.

Sie hatte direkt nach dem verheerenden Brand ein Semester ausfallen lassen, und dann noch eines, als ihre Schwester an ihren schweren Verletzungen gestorben war. Im Herbst dann hatte ihre Mutter sie überredet, wieder aufs College zu gehen – und kurz darauf hatte sich ihre Mom mit einer Überdosis Tabletten das Leben genommen.

Natürlich war es richtig gewesen, zurück aufs College zu gehen. Ihre Mutter hatte genauso darauf bestanden wie Maura jetzt, und doch fragte Evie sich seitdem, ob sie den Selbstmord hätte verhindern können.

Wenn sie zu Hause geblieben wäre, hätte ihre Mutter dann vielleicht einen anderen Ausweg gesehen?

Natürlich waren die Umstände nicht dieselben. Maura war von einer großen, liebevollen Familie umgeben. Die McKnights kümmerten sich seit Laylas Tod rührend um sie. Ihre Mutter Mary Ella und ihre Schwestern Angie und Alex. Außerdem war ihr Bruder Riley nach vielen Jahren aus Nordkalifornien in die Heimat zurückgekehrt und hatte mit Claire hier ein neues Leben begonnen.

„Du musst wieder zurück“, betonte Maura. „Du kannst deine Zukunft nicht aufs Spiel setzen, wenn du Architektin werden willst.“

Sage sah aus, als sei für sie die Diskussion noch nicht beendet, doch sie wurde von einem Kellner unterbrochen, einem jungen Mann mit Dreadlocks, der besser auf ein Surfbrett gepasst hätte als hierher – und von dem Evie fast sicher war, dass er im Winter im Skiresort arbeitete.

„Hallo, Ladys. Ich bin Logan und werde Sie heute bedienen. Entschuldigen Sie, dass es etwas gedauert hat. Aber mein

Chef hat mir strikte Order gegeben, Ihnen sämtliche Wünsche zu erfüllen – ansonsten würde er mir das Fell über die Ohren ziehen. Und das Risiko will ich natürlich nicht eingehen. Möchten Sie zunächst die Getränke bestellen, oder haben Sie schon zu essen gewählt?“

Evie hatte noch keinen Blick in die Speisekarte geworfen, aber da sie die Truthahn-Wraps sowieso am liebsten mochte, folgte sie Dermots Empfehlung, ebenso wie Katherine und Maura. Sage bestellte einen Gemüseburger.

„Taryn?“, fragte Evie. „Was ist mit dir?“

„Pommes“, sagte sie. „Und … Käsesandwich.“

Nachdem sie ihre Bestellung aufgegeben hatten, eilte der eifrige Surfer-Kellner davon. Katherine, diplomatisch wie immer, wechselte das Thema, bevor Maura und Sage ihre Diskussion erneut aufnehmen konnten.

„Der Hoffnungsengel hat wieder schwer gearbeitet. Habt ihr davon gehört?“

„Nein. Was ist geschehen?“ Gespannt beugte Evie sich vor.

„Ihr wisst ja, welche Probleme Gretchen Kirk hat, seit ihr idiotischer Ehemann mit einer Bedienung aus Breckenridge durchgebrannt ist. Nun, offenbar hat sie eines Morgens jede Menge Pakete für ihre Kinder bekommen. Kleidung, Schuhe, Rucksäcke, Schulhefte. Alles Mögliche. Und als sie das Schulgeld bezahlen wollte, erfuhr sie, dass da schon jemand schneller gewesen war.“

„Was für eine großartige Idee“, rief Claire aus. „Ich wünschte, ich wäre selbst darauf gekommen.“

Evie bemerkte, wie Taryn die Stirn runzelte. Hannah hatte bei ihren Besuchen nichts dergleichen erwähnt.

„Gibt es neue Spekulationen über seine Identität?“, fragte Evie. „Claire, bist du noch immer davon überzeugt, dass es sich um eine ganze Gruppe handelt und nicht nur um einen einzigen Wohltäter?“

„Die Spekulationen werden sogar immer wilder“, erwiderte Katherine. „Irgendjemand behauptet, dass es sich um einen Filmstar handelt, der in eine Villa oben im Silver Strike Reservoir gezogen ist.“

„Ich habe auch was vom Engel bekommen.“ Taryn hatte die ganze Zeit so still dagesessen, dass ihr plötzlicher Einwurf alle zu überraschen schien. Sage lächelte sie an, doch Maura starrte mit angespanntem Gesicht auf ihr Wasserglas.

„Was denn?“, wollte Sage wissen.

„Eine Spielkonsole zum Trainieren. Macht w…wirklich … Spaß.“

Evie krümmte sich innerlich. Hoffentlich erzählte Taryn jetzt nicht, dass ihr liebster Gegner Charlie Beaumont hieß. Schließlich war er für den Tod von Mauras Tochter verantwortlich. Doch zu ihrer Erleichterung versank Taryn wieder in Schweigen.

Logan brachte ihnen wenige Minuten später das Essen mit einigen Extras, die Dermot zweifellos speziell für ihren Tisch bestimmt hatte.

„Ich sollte öfter mit dir hierherkommen, wenn man dann derart bevorzugt behandelt wird“, zog Evie Katherine auf. Amüsiert stellte sie fest, dass Taryns Großmutter knallrot wurde. Dermot Caine war schon seit Jahren verwitwet, genauso wie Katherine. Eigentlich interessant, dass sie nie zusammen ausgegangen waren. Vielleicht brauchten sie nur einen kleinen Anstoß …

Ihre Gedanken wurden unterbrochen, als noch jemand in diesen hinteren Teil des Restaurants kam und dabei wirkte, als ob ihm der Laden gehörte. Harry Lange war einer der unbeliebtesten Männer der Stadt.

„Oh. Dieser Mensch“, zischte Katherine, als Harry sich an einen Tisch am anderen Ende des ansonsten leeren Raumes setzte. „Er bildet sich ein, dass ihm die ganze verdammte Stadt gehört.“

„Gut, dass Mary Ella nicht hier ist“, sagte Evie. „Sie würde vermutlich ein Glas Wasser über seinem Kopf ausschütten.“ Mary Ella, Mauras Mutter, lag seit vielen Jahren aus Gründen, die niemand in der Stadt kannte, mit Harry Lange im Clinch.

Lange war als Einziger hier sogar noch wohlhabender als die Beaumonts. Er hatte ein großes Stück Land oben beim Silver Strike Canyon verkauft, auf dem dann das Skiresort entstanden war. Vielleicht glaubte er, die Leute wie Dreck behandeln zu können, weil er reicher war als sonst jemand in der Stadt. Er war grob und aggressiv, und Evie stellten sich jedes Mal die Nackenhaare auf, wenn sie mit ihm zu tun hatte – was glücklicherweise selten der Fall war.

Es war, als hätte der Mann eine riesengroße Regenwolke mitgebracht. Katherine warf ihm ein paar düstere Blicke zu, während Sage ihn interessiert musterte. Maura schob das Essen auf ihrem Teller hin und her und sah ihn absichtlich *nicht* an.

Die Stimmung hellte sich nur noch einmal kurz auf, als Dermot Caine höchstpersönlich seinen köstlichen Brombeerkuchen servierte. Kein Mensch auf der Welt konnte diesen Kuchen mit seiner buttrig goldenen Kruste und der saftigen Füllung essen und gleichzeitig schlechte Laune haben.

„Wir sollten dann mal besser zurückgehen, bevor Ruth noch alle Kunden verschreckt“, schlug Maura schließlich vor, noch immer, ohne Harry eines Blickes zu würdigen, der sich hinter einer Zeitung vergraben hatte. „Noch mal alles Gute zum Geburtstag, Katherine. Danke, dass wir mitfeiern durften. Und danke, Evie, für die Einladung. Das nächste Mal bin ich dran.“

„Gern geschehen. Schön, dass ihr da wart.“ Evie stand auf, um Maura zu umarmen, und wieder schwor sie sich im Stillen, ihre Freundin so bald wie möglich zu besuchen.

„Ich sollte auch gehen“, meinte Katherine bedauernd und nahm die kleine Tüte mit Claires Mittagessen vom Tisch.

„Claire ist schon zu lange allein im Laden, sie muss jetzt langsam wirklich nach Hause und packen. Vielen Dank für die Einladung. Was für ein wunderbares Geburtstagsgeschenk!“

„Das war Taryns Idee.“ Evie zwinkerte dem Mädchen zu.

Katherine drückte die Hand ihrer Enkelin. „Dann freut es mich umso mehr.“

Sie gingen zusammen die Main Street entlang bis zum *String Fever*, wo Evie geparkt hatte.

Inzwischen waren nur noch wenige Sommergäste hier, der Verkehr hatte sich beruhigt, und in den Geschäften war weniger los. An diesem Wochenende war Labor Day, und danach würde zwei Monate lang Ruhe in Hope’s Crossing einkehren, bevor die Skisaison begann. Obwohl sie erst seit einem Jahr in der Stadt lebte, war ihr die Zeit, in der die Bewohner die Stadt für sich hatten, am liebsten.

Nachdem sie sich von Katherine verabschiedet hatten, half sie Taryn in den Bus. Während der ganzen Fahrt sah das Mädchen schweigend aus dem Fenster.

War das Mittagessen zu viel für Taryn gewesen? Im *String Fever* schien es ihr noch gut gegangen zu sein, aber im Café hatte sie kaum einen Ton gesagt.

Evie versuchte noch ein paarmal ohne Erfolg, Taryn zum Sprechen zu bewegen. Als sie beim Haus ankamen und sie den Rollstuhl die Rampe hinunterließ, bemühte sie sich, trotz Taryns versteinerten Gesichts fröhlich zu bleiben. „Als du beim Essen von der Spielekonsole erzählt hast, ist mir aufgefallen, dass wir schon ziemlich lange kein Tennis mehr gespielt haben. Lust auf ein Match?“

„Zu müde“, entgegnete Taryn knapp.

„Okay.“ Evie bemühte sich weiter um einen freundlichen Ton. „Kann ich verstehen. Das war ganz schön anstrengend. Ruh dich doch eine Weile aus, und dann schauen wir mal, wie du dich später fühlst.“

„Ich will nicht spielen. Sie können nach Hause gehen.“

Evie blinzelte überrascht. Das klang ganz nach der Taryn, die sie vor Wochen kennengelernt hatte. „Noch nicht. Ich habe noch eine Menge zu tun, wie Behandlungsberichte schreiben und dafür sorgen, dass für Stephanie nächste Woche alles gut vorbereitet ist."

„Gehen Sie nach Hause", wiederholte Taryn. „Ich will heute nichts mehr tun."

„Bist du sicher?" Evie runzelte die Brauen. „Morgen komme ich nur einen halben Tag, schon vergessen?"

„Nein. Ich bin ja nicht … behindert!"

Evie richtete sich auf. „Das weiß ich. Und deswegen solltest du auch wissen, dass ich dieses Wort nicht mag."

„Mir egal … was Sie … mögen."

Taryns Gesicht war leicht gerötet, vielleicht hatte sie sich heute wirklich viel zu sehr angestrengt. Ein ruhiger Nachmittag war vielleicht gar keine schlechte Idee.

„Ich schätze, dann bist du wohl froh, mich nur noch ein paar Tage ertragen zu müssen."

„Ja!"

Taryn mühte sich ab, um allein mit dem Rollstuhl ins Haus zu kommen, dann knallte sie die Tür hinter sich zu. Wenn Evie nicht den Schmerz in ihren Augen gesehen und sie nicht so gerngehabt hätte, wäre sie vielleicht selbst wütend und verletzt gewesen.

Doch in Wahrheit kostete es sie große Mühe, Taryn nicht zu folgen, um sie in die Arme zu schließen und ihr zu sagen, dass alles gut werden würde. Dass sie bald wieder gesund wäre und ihr diese Monate dann nur noch wie ein schlechter Traum erscheinen würden.

Aber leider konnte sie nichts Derartiges versprechen.

10. KAPITEL

Taryns Laune hatte sich am nächsten Tag sogar noch verschlechtert. Sie weigerte sich, ihre Übungen zu machen, verdrehte ständig die Augen oder ließ sich in den Rollstuhl plumpsen, wenn Evie ihr gerade helfen wollte aufzustehen.

Am frühen Nachmittag war Evie mit den Nerven am Ende. Zum Glück hatte sie sowieso vor, heute eher Feierabend zu machen, um sich in Ruhe auf den Kunsthandwerksmarkt in Crested Butte vorbereiten zu können.

„Warum ist Charlie nicht hier?", fragte Taryn, als Evie ihr zum Muskelaufbau eine Zwei-Kilo-Hantel reichte.

Erstaunt zog Evie die Augenbrauen hoch. Sie hatten heute Morgen bereits zweimal über Charlie gesprochen. Lag es an den Medikamenten, dass Taryns Kurzzeitgedächtnis nicht zu funktionieren schien, oder hatte sie womöglich kleine Krampfanfälle?

Es konnte natürlich auch sein, dass Taryn ihre Worte mit voller Absicht ignoriert hatte.

„Er hat gesagt, dass er heute nicht kommen kann, weil er einen Termin mit seinen Anwälten hat. Morgen muss er vor Gericht, das weißt du doch."

„Er sollte da sein."

„Das findet er sicher auch. Trotz deiner schlechten Laune wäre er wahrscheinlich lieber hier, als sich mit Anwälten rumzuschlagen."

„Ich hab keine … schlechte Laune." Taryn starrte sie düster an. „Therapie ist einfach … doof und langweilig. So wie Sie."

Sie war bockig wie eine übermüdete Vierjährige, aber Evie schluckte einen entsprechenden Kommentar hinunter. „Das ist bitter." Sie zwang sich zu einem Lächeln. „Und ich dachte, wir hätten heute so viel Spaß zusammen gehabt. Tja. Und jetzt noch drei Bizeps-Curls."

„Nichts macht Spaß. Ich *hasse* das!" Mit mehr Kraft und Energie, als sie bisher an den Tag gelegt hatte, schleuderte Taryn die Hantel von sich. Evie konnte nicht mehr rechtzeitig ausweichen. Die Hantel traf sie seitlich am Gesicht, prallte auf ihre Schulter und knallte dann zu Boden.

Schmerz jagte durch ihren Körper, sie taumelte ein paar Schritte zurück. Aus den Augenwinkeln bemerkte sie Jacques, der sich beschützend vor sie gestellt hatte, obwohl er Taryn sonst so anhimmelte.

„Hey!"

Sie hörte Brodies Stimme hinter sich, doch sie konnte sich nicht umdrehen.

„Sag, dass das ein Missgeschick war", knurrte er an Taryn gewandt und tauchte dann in ihrem Gesichtsfeld auf. Noch immer konnte sie nur verschwommen sehen, ihr war schwindlig vor Schmerz.

„Therapie ist doof und langweilig." Taryn streckte das Kinn vor. „Ich hab's so satt!"

Endlich bekam Evie wieder Luft, der erste stechende Schmerz wurde etwas stumpfer. Sie war sich nicht ganz sicher, was mehr wehtat, ihr Gesicht oder ihre Schulter. Das würde zweifellos ein paar hübsche Blutergüsse nach sich ziehen.

Wegen der Schulter machte sie sich keine großen Gedanken, aber die nächsten vier Tage auf dem Kunsthandwerksmarkt wollte sie wirklich nicht aussehen, als ob sie Weltmeisterin im Federgewicht geworden wäre.

Sie drückte kurz eine Hand auf die Wange und sah dann, dass ihre Finger blutig waren. Zwar war hatte die Hantel keine scharfen Kanten, doch das reine Gewicht musste ein Stück Haut an der Wange aufgerissen haben. Wenn sie Glück hatte, waren nicht auch noch ein paar Knochen gebrochen.

Nie zuvor hatte sie Brodie so zornig gesehen. Sein Gesicht war wutverzerrt, seine Augen funkelten. „Und wenn du es noch so langweilig findest", fuhr er seine Tochter an, „hast du noch lange nicht das Recht, jemanden zu verletzten, der dir helfen will."

„Sie ist gemein. Sie … quält mich. Ich hasse sie!"

Taryns Worte verletzten sie mehr als alles andere. Denn auch wenn sie niemals beste Freundinnen werden würden – was bei der Basis ihrer Beziehung nur normal war –, hatte sie sich doch eingebildet, inzwischen gut mit Taryn zurechtzukommen. Von den letzten beiden Tagen einmal abgesehen.

„Vor einem Monat noch konntest du weder aufstehen noch einen vollständigen Satz sprechen", rief Brodie. „Und sieh dich jetzt an. Das alles hast du Evie zu verdanken."

Evie trat einen Schritt vor. „Du hast wirklich hart dafür gearbeitet, Taryn. Das weiß dein Vater auch. Ich glaube, wir sind beide einfach erschöpft und brauchen mal eine Pause. Ich gehe heute sowieso früher, dann hast du ein langes Wochenende vor dir und kannst dich etwas ausruhen. Und am Dienstag nach dem Labor Day übernimmt sowieso Stephanie."

„Ich hoffe … sie ist nicht auch so eine Zicke."

„Halt jetzt den Mund. Auf der Stelle!" Brodie starrte seine Tochter an. „Du magst Evie. Das hast du mir gestern Abend erst gesagt."

„Ist schon gut", versuchte Evie leise, ihn zu beschwichtigen. Keiner von den beiden sollte mitbekommen, wie tief gekränkt sie war.

„Nein, ist es nicht." Er wandte sich wieder an Taryn. „Du hast wirklich Schlimmes durchgemacht, Taryn, das wissen wir alle. Aber du kannst deine Wut nicht an anderen auslassen, vor allem nicht an jemandem, der dir nur zu helfen versucht. Du entschuldigst dich auf der Stelle – dafür, dass du Evie verletzt hast, und für deine Unhöflichkeit."

Sie sah ihn trotzig an. „Oder was? Muss ich dann im Zimmer bleiben … ohne Freunde … und den ganzen Tag Therapie machen?"

Einen Moment lang schien Brodie nicht recht zu wissen, wie er reagieren sollte. Dann zog er die Augenbrauen zusammen. „Wenn du die Therapie so hasst, gut. Dann können wir es auch lassen. Du möchtest für immer so bleiben, wie du jetzt bist? In Ordnung. Evie, Sie brauchen nächste Woche nicht mehr zu kommen. Und ich rufe Stephanie an und sage ihr, dass sie die ganze Sache vergessen soll. Wir brauchen sie nicht mehr. Taryn ist der Ansicht, dass die Therapie vorbei ist. Sie hat ihrer Meinung nach genug Fortschritte gemacht."

Taryn senkte den Blick und sah auf ihre Hände. „Das … will ich nicht."

„Was dann?"

„Ich weiß nicht." Ihre Stimme war zittrig, die Worte klangen verwaschen. Mit einem Mal schien ihr Zorn verflogen zu sein, sie sank in ihrem Stuhl zusammen. „Ich hasse die Therapie nicht. Und Evie auch nicht."

Obwohl ihre Wange pochte und wahrscheinlich Blut auf ihr Lieblings-T-Shirt tropfte, machte Evie einen Schritt auf sie zu und streichelte ihr übers Haar. „Ich weiß, Liebes. Ich weiß."

Taryn drückte ihr Gesicht in Evies Hand und begann zu weinen. Erschrocken warf Evie Brodie einen Blick zu. Wie erstarrt beobachtete er die beiden.

Zittrig holte Evie Luft, ein merkwürdiges, tief in ihrem Innern vergrabenes Gefühl stieg in ihr auf. Sie hatte vor Jahren einmal alte, körnige Fotografien von einem Dammbruch gesehen, und etwas in dieser Art schien gerade vor sich zu gehen. Als ob all ihre Gefühle, die sie so lange zurückgehalten hatte, erst einen kleinen Riss in der Wand gefunden hätten, dann noch einen und immer weitere, bis der Damm nun brach. Zärtlichkeit überwältigte sie – nicht nur für dieses Mädchen, das so viel durchgemacht hatte, sondern auch für Brodie, diesen starken, beschützenden und besorgten Vater, dem das Wohl seiner Tochter über alles ging.

„Tut mir leid. Ich bin … schrecklich“, murmelte Taryn.

„Ja. Manchmal.“ Evie lächelte. „Ich fürchte, ich kann auch ein bisschen streng sein. Ich freue mich einfach so über deine Fortschritte, dass ich manchmal glatt vergesse, wie hart du sie dir erarbeitet hast.“

„Ich hätte die … Hantel … nicht werfen dürfen. Sie bluten immer noch.“

Evie konnte spüren, wie das Blut über ihre Wange lief. Auf einmal wollte sie nur so schnell wie möglich weg, das Blut abwischen und allein sein, um irgendwie mit diesem Gefühlsansturm zurechtzukommen.

„Mach dir keine Gedanken, das wird schon wieder. Ich wollte sowieso in einer Stunde Feierabend machen. Jetzt gehe ich eben etwas früher, und dann kann ich mich zu Hause darum kümmern.“

Brodie sah sie mit ernstem Gesicht an. „Vergessen Sie's. Ich lasse Sie nicht blutüberströmt allein nach Hause fahren.“

„Blutüberströmt ist etwas übertrieben.“

„Dann eben verletzt. Wie auch immer, wir müssen die Wunde erst mal säubern.“

Sie wollte ablehnen, spürte aber, dass dies einer der Augenblicke war, in denen Brodie sich nicht umstimmen ließ. Und im Moment fühlte sie sich nicht in der Lage, mit ihm zu streiten. Eine kluge Frau, sagte sie sich, muss auch mal nachgeben können.

Was war da eben geschehen?

Brodie steuerte Evie zu dem kleinen Gästebad beim Eingang, wo sich das Medizinschränkchen befand. Wahrscheinlich hätte er Verbandszeug und Desinfektionsspray auch in Taryns Zimmer finden können, aber er wollte einen Moment mit Evie allein sein.

„Setzen Sie sich. Ich reinige jetzt die Wunde und sehe mir den Schaden an.“

„Wirklich, Brodie. Ich kann das selbst. Ich brauche keine Krankenschwester."

„Mein Haus, meine Verantwortung. Hinsetzen!"

Nach kurzem Zögern gab sie nach und hockte sich auf die kleine Bank. Er wusch sich die Hände und suchte dann nach den Desinfektionstüchern, mit denen er früher Taryns aufgeschlagene Knie und blutige Ellbogen gesäubert hatte, wenn sie mal wieder kopfüber von der Schaukel gefallen war oder einen Salto übers Fahrrad gemacht hatte.

Aber er wollte jetzt nicht daran denken, dass er seiner Tochter nicht mehr mit einem Kuss und einem Pflaster helfen konnte.

Seufzend richtete er seine Aufmerksamkeit auf Evie. Ihre Wange sah schlimm aus, blutverschmiert, und wieder fuhr ihm dieser Stich in den Magen wie zuvor, als er genau in dem Moment ins Zimmer gekommen war, als Taryn die Hantel von sich geschleudert hatte.

„Ich kann nicht fassen, dass Taryn ihre Wut an Ihnen ausgelassen hat. So ist sie eigentlich nicht."

„Sie hatte ein paar schwierige Tage", erwiderte Evie. „Ich vermute, dass sie frustriert ist, weil sie im Moment kaum Fortschritte macht. Und weil sie trotz der harten Arbeit noch immer so viele Einschränkungen hinnehmen muss."

„Das ist aber keine Entschuldigung für ihr Verhalten."

„Sie dürfen nicht vergessen, dass sie noch immer ein Teenager ist. Und Teenager sind nicht gerade dafür bekannt, emotional stabil zu sein."

Er setzte sich neben sie auf die Bank, griff nach ihrem Kinn und drehte ihren Kopf zu sich. Ihre Haut war so weich. Er musste gegen den Wunsch ankämpfen, die Finger über ihre Wangen wandern zu lassen, über ihren Hals, ihre wunderschönen Lippen …

Hastig richtete er seine Aufmerksamkeit wieder auf das, was zu tun war. „Das könnte jetzt etwas brennen."

Er spürte, wie sie zusammenzuckte und instinktiv vor ihm zurückwich, doch dann rührte sie sich nicht mehr, während er den Schnitt säuberte, der an den Kanten mittlerweile ganz fahl und blutleer war. Mit dem herrlichen blonden Haar und den blauen Augen sah sie wie ein verletzter Engel aus.

„Und? Muss es genäht werden?" Ihre Stimme klang ein wenig heiser, und aus irgendeinem Grund errötete sie leicht.

„Sieht nicht danach aus. Aber Sie brauchen ein Pflaster."

„Haben Sie zufällig eines mit Spiderman drauf? Den mag ich am liebsten."

Da musste er lächeln. „Sie stehen auf Männer in Strumpfhosen?"

„Nein, eher auf das Spinnennetz, das er aus seinem Handgelenk schleudert."

Brodie stand auf und begann, das Medizinschränkchen zu durchwühlen. „Tja, da muss ich Sie leider enttäuschen. Ich habe nur ganz einfache hautfarbene Pflaster."

„Schon okay." Sie grinste ihn an. „Ich kann ja später noch ein Smiley draufmalen."

Er betrachtete sie lange, und wieder stieg diese Zärtlichkeit in ihm auf. Wie stellte sie das nur an? Sie hatte so viel Schlimmes erlebt, und trotzdem war es ihr gelungen, aus ihrem dunklen Loch hervorzukommen und anderen Menschen ihre Hand hinzustrecken. Er mochte sie, er mochte sie viel mehr, als er es sich vor ein paar Wochen hätte vorstellen können. Sie war süß und witzig, nett und mitfühlend.

Sie brachte ihn zum Lachen und erinnerte ihn immer wieder daran, dass man das Leben genießen und nicht meistern sollte.

Er war verrückt nach ihr.

Mit leicht zitternden Fingern klebte er das Pflaster auf ihre Wange. „So, bitte sehr. Das ist schon viel besser."

Jetzt war sie auch aufgestanden, und unvermittelt beugte er sich vor, damit er sanft mit den Lippen über ihre Verletzung streichen konnte. Doch als er ihre Haut spürte, süß und weich, nach Blumen und Gewürzen duftend, konnte er nicht mehr aufhören. Er ließ die Lippen zur anderen Wange wandern, um dann zielsicher auf ihren Mund zuzusteuern.

Nur ein freundschaftlicher Kuss. Zwanglos. Leicht. Angenehm.

Theoretisch. Doch dann waren ihre Lippen so seidig, und ihr leises Aufseufzen löste ein erregendes Prickeln ihn ihm aus.

Sie schmeckte köstlich, nach Beeren und Sahne, und er konnte einfach nicht genug davon bekommen. Er küsste sie wieder und wieder. Sie schlang die Arme um seinen Nacken, er nahm wahr, wie sie mit seinem Haar spielte, und betrachtete das als Aufforderung, es ihr gleichzutun. Sie hatte ihr Haar locker mit einer Spange zusammengehalten, die er jetzt öffnete. Am liebsten hätte er sein Gesicht für mehrere Wochen in dieser herrlichen Fülle vergraben, allerdings war ihr Mund viel zu bezaubernd, um sich davon loszureißen, und so glitt er einfach nur mit den Fingern durch ihr seidiges Haar.

„Brodie", murmelte sie dicht an seinen Lippen, und er musste ein wenig lächeln, weil sie so atemlos klang. Sein Kuss wurde leidenschaftlicher, er wollte nichts anderes, als sich ganz und gar darin zu verlieren.

Aber dann brach die Realität wieder über ihn herein. Sie standen in der Gästetoilette, Himmel noch mal. Nicht gerade der romantischste Ort, um die Frau zu verführen, die er einfach nicht mehr aus dem Kopf bekam. Mit größter Mühe löste er sich von ihren Lippen.

„Das ist total verrückt", raunte er heiser, die Stirn gegen ihre gepresst.

Ihre Brust hob und senkte sich, während sie um Atem rang. Er bemerkte es und fand es unglaublich sexy.

„Kannst du laut sagen", erwiderte sie. „Ich mag dich ja nicht mal."

Er beschloss, nicht gekränkt zu sein, zumal sie die Arme noch immer fest um seinen Hals geschlungen hatte.

„Und was müsste ein Mann tun, damit du deine Meinung über ihn änderst?“ „Brodie …“

„Ich frage aus rein hypothetischen Gründen.“ Am liebsten hätte er sie gegen die Wand gedrückt und so lange geküsst, bis keiner von ihnen mehr klar denken konnte. Stattdessen trat er einen Schritt zurück.

Sie stand einen Moment lang wie erstarrt da, dann verschränkte sie die Hände ineinander. „Ich werde meine Meinung nicht ändern. Dienstag ist mein letzter Arbeitstag hier. Das weißt du, oder?“

„Im Augenblick halte ich das sogar für gut. Wenn du nicht mehr meine Angestellte bist, dann kannst du mich auch nicht wegen sexueller Belästigung verklagen, nur weil ich dich zum Abendessen einladen möchte.“

Sie kaute auf ihrer Unterlippe – am liebsten hätte *er* das für sie übernommen. „Wieso?“

„Man munkelt, dass ich ab und zu auch etwas essen muss. Und immerhin gehören mir fünf Restaurants.“

„Wieso möchtest du mit *mir* essen gehen?“

„Ich mag deine Gesellschaft.“ Einen Moment lang rang er mit sich, doch dann beschloss er, die Wahrheit zu sagen. „Ich mag dich, Evie. Mehr, als ich es je gedacht hätte, aber es ist so.“

Sie starrte ihn an, ihre großen blauen Augen schimmerten leicht. „Es ist nicht echt. Das mit uns. Das ist dir doch auch klar, oder?“

Er lehnte sich ans Waschbecken, verschränkte die Arme vor der Brust und fragte sich, warum es ihr so wichtig war, ihn auf Distanz zu halten. „Komisch. Für mich fühlt es sich ziemlich echt an.“

Sie atmete tief durch. „Das glaube ich. Dass es sich für dich echt anfühlt, meine ich. Aber es ist nicht … ähm … ungewöhnlich, dass Patienten oder deren Angehörige unpassende Gefühle für Therapeuten oder Ärzte … entwickeln. Wenn einem jemand in einer … schwierigen Zeit zur Seite steht, kann man schnell Dankbarkeit mit etwas anderem verwechseln."

Mit ihren vor Nervosität geröteten Wangen war sie einfach umwerfend. „Du sagst also, ich bilde mir das alles nur ein. Dass du die Arme um mich gelegt und meinen Kuss erwidert hast zum Beispiel? Dass du meinen Namen gemurmelt hast, so leise und sexy, dass ich es noch immer hören kann?", fragte er.

Jetzt errötete sie noch tiefer. „Nein. Ich … nein. Aber das ist nicht … ich bin im Moment nicht bereit für eine Beziehung."

„Ich habe nicht von Beziehung gesprochen. Nur von einem gemeinsamen Abendessen."

Sie presste den Mund zu einer dünnen Linie zusammen und wandte den Blick ab. „Im Moment solltest du dich ausschließlich auf deine Tochter konzentrieren, meinst du nicht?"

„Sag mir nicht, worauf ich mich konzentrieren soll, Evie. In den letzten fünf Monaten hat sich so gut wie alles nur um sie gedreht. Das weißt du." Er richtete sich auf, verärgert darüber, dass sie Hindernisse sah, wo keine sein mussten. „Meine Firma hat darunter gelitten. Ich habe einige lukrative Projekte bis auf Weiteres auf Eis gelegt und seit Monaten keine Frau auch nur angesehen. Genau genommen bis zu dem Moment, als du in unser Leben gekommen ist."

„Bis du mich in euer Leben *gezerrt* hast! Ich wollte das nämlich nicht, schon vergessen? Ich möchte einfach nicht hier hineingezogen werden, verstehst du das denn nicht?"

„Nicht so richtig." Seine Stimme klang viel zu streng, aber er konnte es nicht ändern. „Das zwischen uns ist nicht nur eine rein körperliche Sache. Also lüg mich nicht an. Du bist mir wichtig, und ich habe das Gefühl, dass es dir nicht anders ergeht. Diese Behauptung, du wolltest im Moment keine Beziehung haben, ist Blödsinn. Du hast einfach nur Angst."

„Sehr richtig." Zitternd stieß sie den Atem aus. „Du machst mir Angst, Brodie. Du und Taryn. Ich habe die letzten zwei Jahre damit verbracht, mein Leben Stück für Stück neu zusammenzusetzen. Und mir ging es einigermaßen gut, bis du mich gebeten hast, euch zu helfen. Und jetzt möchte ich mein altes Leben zurück, kannst du das nicht verstehen?"

Er wollte ihr widersprechen, wollte ihr sagen, dass sie so etwas Unglaubliches nicht einfach wegwerfen konnte, aber da hatte sie die Toilette schon verlassen und war auf dem Weg zurück in Taryns Zimmer.

Er folgte ihr. Taryn hatte sich während ihrer Abwesenheit anscheinend selbst aufs Bett manövriert. Noch immer erstaunte es ihn, wie viel sie in den vergangenen Wochen gelernt hatte. Sie lag ausgestreckt da, den Hund neben sich, und zappte durch die Fernsehkanäle.

„Ich werde, wie besprochen, etwas früher gehen", erklärte Evie mit tonloser Stimme. „Schönes Wochenende, Taryn! Ich bringe dir was aus Crested Butte mit."

Es dauerte etwas, bis Taryn den richtigen Knopf gedrückt hatte, um den Fernseher leiser zu stellen. „Es tut mir wirklich leid ... dass ich Ihnen wehgetan habe", sagte sie zerknirscht.

„Mir geht's gut. Dein Dad hat das wieder in Ordnung gebracht."

„Sieht ... gut aus."

Evie lächelte. „Verwegen, oder?"

„Ja." Taryn tätschelte noch immer Jacques' Kopf.

„Komm, Jacques. Zeit zu gehen." Evie schüttelte die Leine, doch der Hund rührte sich nicht von der Stelle.

„Jacques", wiederholte Evie.

Taryn sah zu dem Hund, dann zu Evie. „Kann er nicht hierbleiben ... während Sie weg sind?"

„Taryn", mahnte Brodie. Warum sollte Evie nach allem, was heute geschehen war, ihren Hund in deiner Obhut lassen?

„Ich werde gut ... auf ihn aufpassen. Versprochen."

Zu seiner Überraschung schien Evie tatsächlich darüber nachzudenken. „Es ist immer ziemlich langweilig für ihn, tagelang am Stand herumzusitzen. Bestimmt würde er viel lieber bei dir bleiben, aber bist du sicher? Er macht auch eine Menge Arbeit."

„Ja, ich bin sicher! Wir werden viel Spaß haben."

„Ganz bestimmt. Jacques mag dich sehr."

„Er darf also bleiben?"

„Das muss dein Vater entscheiden."

Zum ersten Mal, seit er ins Zimmer gekommen war, sah sie ihn an, und er wusste nicht, wohin mit all seinen Gefühlen für diese Frau.

Sie wollte nicht ohne ihren Hund gehen, das konnte er in ihren Augen sehen, doch sie war bereit dazu, nur um Taryn eine Freude zu machen. Das war typisch Evie. Kein Wunder, dass er sie einfach nicht vergessen konnte.

„Sicher. Er kann bleiben. Falls du dich morgen danach fühlst, können wir alle zusammen einen Spaziergang um den See machen."

„Das wäre toll! Danke, Dad."

„Gern geschehen."

„Ich werde deiner Großmutter Näpfe und Futter und sein Lieblingsspielzeug mitgeben."

„Gute Idee", sagte Brodie. „Und viel Erfolg auf dem Markt."

Ich bin nicht halb so großmütig wie Evie, dachte er. Ich bin nicht bereit, das aufzugeben, was ich unbedingt haben will. Sie. Und wenn ich um sie kämpfen muss, nun, verdammt, dann werde ich das tun.

11. KAPITEL

Was können Sie mir über diese herrlichen grünen Steine sagen?"

Evie lächelte die Frau an, die eines ihrer Lieblingsschmuckstücke in der Hand hielt. „Das ist antiker Bakelit. Ich habe vor Jahren eine ziemlich ramponierte alte Halskette in einem Secondhandladen in Kalifornien entdeckt. Sie sah ziemlich scheußlich aus, die Hälfte der Steine fehlte und das Design war wirklich nicht schön. Deswegen habe ich aus den Steinen etwas Neues gemacht und sie mit ganz normalen Modeschmuckperlen gemischt."

„Wunderschön. Ich möchte auch unbedingt lernen, Schmuck zu machen! Ich habe schon seit *Ewigkeiten* vor, endlich einen Kurs zu besuchen." Die Frau war mollig, hatte kurze rote Haare, trug Designerjeans, eine maßgeschneiderte Bluse und konventionellen, geschmackvollen Schmuck.

Das war es, was Evie an den Kunsthandwerksmärkten besonders mochte: mit netten Menschen über ihre Leidenschaft zu sprechen. Die meisten Leute stellten einfach nur die üblichen Fragen, meist über den Preis, aber hin und wieder war jemand darunter, der ehrliches Interesse zeigte.

„Sie können sich nicht vorstellen, wie viel altmodischen Schmuck ich zu Hause herumliegen habe." Die Frau, die sich als Sandy vorgestellt hatte, verdrehte die Augen. „Meine Mutter hatte drei Schwestern, und keine von ihnen hatte eine Tochter. Können Sie das glauben? Und deshalb habe ich alles geerbt, unter anderem auch die schreckliche Schmuckkollektion in der Form kleiner Kätzchen, die meiner Schwiegermutter gehörte. Der ganze Kram liegt in Schachteln verpackt im Haus herum. Ich würde wahnsinnig gern, wie Sie sagten, etwas Neues daraus machen."

„Sie müssen nur ein paar Knoten beherrschen, dann brauchen Sie noch die wichtigsten Werkzeuge und ein paar Ideen.

Ich kenne einige Läden in der Stadt, wo Sie einen Anfängerkurs machen können."

„Das wäre schön, aber ich bin nur übers Wochenende hier. Mein Mann ist Fotograf und hat hier auch einen Stand. Wir wohnen eigentlich in Golden."

„Ich arbeite in einem Laden in Hope's Crossing, dem *String Fever*."

„Oh. Ich mag Hope's Crossing! So eine hübsche Stadt. Wir sind letzten Winter mit unseren Kindern dort zum Skifahren gewesen. Nun, mein Mann vielmehr. Ich bin ja eher der Wellness-und-Massagen-Typ. Wir hatten das Apartment eines Freundes gemietet."

Evie lächelte. „Falls Sie diesen Winter wieder in Hope's Crossing sind, dann kommen Sie auf jeden Fall vorbei. Unsere Anfängerkurse beginnen jeden Samstag."

„Das werde ich. Vielen Dank!" Die Frau strahlte sie an. „Wissen Sie, ich glaube, ich nehme die Kette. Mein Mann wird sich zwar aufregen, aber er kann wirklich nicht erwarten, dass ich mir tagelang all diese schönen Sachen ansehe und nie etwas kaufe."

„Sehr gern. Ich hoffe, Sie haben viel Freude damit. Vielleicht interessiert es Sie, dass der Gewinn dieser speziellen Kette an eine Stiftung geht. Die Stiftung wurde zu Ehren eines Mädchens gegründet, das vor ein paar Monaten bei einem tragischen Unfall ums Leben kam."

„Oh, wie traurig."

„Genauer gesagt geht sowieso ein Teil des gesamten Gewinns an die Stiftung, aber einige Schmuckstücke habe ich extra nur zu diesem Zweck gemacht. Im Augenblick haben wir genug Geld, um zwei Stipendien zu vergeben. Wir hoffen, dass es letztlich drei werden, zumal der Vater des Mädchens gerade selbst eine große Summe gespendet hat."

Was er sich problemlos leisten konnte. Chris Parker hatte sich mit seinem aktuellen Album gerade Doppel-Platin geholt, aber das erwähnte Evie nicht.

„Meine beste Freundin hat in ein paar Wochen Geburtstag. Sie würde sich über ein Schmuckstück bestimmt freuen – und für den guten Zweck gebe ich gern auch etwas mehr aus."

Am Ende kaufte Sandy drei Ketten, einen klobigen Ring und eine große Uhr mit Perlenarmband. Außerdem steckte sie eine Visitenkarte des *String Fever* in die Tasche.

„Jetzt wird mein Mann einen regelrechten Anfall bekommen. Er sollte wohl besser ein paar Fotografien mehr verkaufen", sagte sie leise lachend. „Ich hoffe, wir sehen uns im Winter – auch wenn mein Mann bestimmt hofft, dass unsere Wege sich nie wieder kreuzen."

Nachdem Sandy gegangen war, ließ der Besucherstrom nach. Evie setzte sich, beobachtete träge ein paar Kunden am Keramikstand gegenüber und hätte sich am liebsten im Schatten ausgestreckt, um eine kleine Siesta zu halten.

Sie vermisste Jacques. Er war ein guter Gesellschafter, und außerdem zog er auch immer wieder Kunden an, die eigentlich nur Fragen über seine recht unbekannte Rasse stellen wollten und am Schluss mit einer Kette oder einem Armband in der Tasche wieder gingen.

Taryn hatte wahrscheinlich ihre Freude mit ihm. Und Brodie? War er mit den beiden wirklich um das Silver Strike Reservoir spaziert, so wie er es versprochen hatte? Sie liebte diesen Weg. Im Herbst, wenn die Blätter der Ahornbäume sich rot färbten und die Espen in tiefem Gold leuchteten, war er besonders schön. Außerdem war der Rundweg asphaltiert und relativ eben – gut mit dem Rollstuhl befahrbar. Vielleicht konnte Taryn sogar einige Schritte gehen. Sie hätte ihm vorschlagen sollen, die Gehhilfe mitzunehmen, damit sie …

Sie drückte eine Hand auf ihre schmerzende Schulter. Der Schnitt auf der Wange war nur klein gewesen, und der Bluterguss heilte bereits ab, doch die Schulter, auf die diese Zwei-Kilo-Hantel geprallt war, tat noch immer sehr weh.

War das nicht immer so? Dass jene Wunden am meisten schmerzten, die dem Rest der Welt verborgen blieben?

Sie lehnte sich in ihrem bequemen Gartenstuhl zurück. Wenn sie jetzt die Augen schloss, würde sie sich in Gedanken sofort in Brodies Gästetoilette wiederfinden und die Wärme seiner Finger spüren, als er ihr das Blut abwischte und das Pflaster aufklebte. Und dann dieser unglaubliche Kuss, der sich ihr so tief ins Gedächtnis gebrannt hatte, dass die Erinnerung daran immer wieder, auch in den unpassendsten Momenten, hochkam.

Du bist mir wichtig, und ich habe das Gefühl, dass es dir nicht anders ergeht.

Auf der langen Fahrt von Hope's Crossing nach Crested Butte hatte sie kaum an etwas anderes denken können. Das konnte doch unmöglich sein Ernst sein? Wie sie von seiner Mutter wusste, war Brodie nicht besonders wild auf eine langfristige Beziehung. Er traf sich selten mit Frauen, und wenn, dann suchte er sich dafür immer kühle und reservierte Geschäftsfrauen aus. Wahrscheinlich verbrachten sie dann einen Großteil der Zeit damit, ihre Aktienpakete miteinander zu vergleichen.

Deswegen konnte er nicht ernsthaft an ihr interessiert sein.

Ich bin im Moment nicht bereit für eine Beziehung, hatte sie gesagt, und das stimmte ja auch. Was Männer betraf, war ihre Erfolgsbilanz eher bescheiden. Manchmal fragte sie sich, ob der frühe Tod ihres Vaters daran schuld war, dass sie jeden Mann, der ihr zu nahe kam, von sich stieß. Das war bei ihrem ersten festen Freund genauso gewesen wie Jahre später bei ihrem Verlobten.

Paulo, ihr Freund vom College, war das komplette Gegenteil von ihr gewesen. Ein brillanter Wissenschaftler, der wahrscheinlich eines Tages das Heilmittel für alle möglichen Krankheiten entdecken würde. Ein leidenschaftlicher Italiener, der es liebte, raffinierte Gerichte zu kochen, tiefgründige philosophische Diskussionen zu führen und mit wilden Gesten seine Meinung über alles kundzutun, was ihn interessierte – egal, ob es um Tiere ging oder um Fellini-Filme.

Sie liebte ihn wirklich sehr – oder glaubte es zumindest. Im letzten Collegejahr beschlossen sie, zusammenzuziehen und eine gemeinsame Zukunft zu beginnen. Doch dann veränderte dieser schreckliche Brand einfach alles.

Sie fuhr sofort nach Hause, um ihrer Mutter und ihrer Schwester beizustehen, und die Liebe blieb auf der Strecke, weil sie Anrufe nicht annahm, E-Mails nicht beantwortete und Besuche in der letzten Sekunde absagte.

Paulo war nicht der Typ, der eine Beziehung einfach so dahinplätschern ließ, und deshalb stellte er Evie auf seine laute, leidenschaftliche Art zur Rede. Einen schlechteren Zeitpunkt hätte er nicht wählen können. Ihre Schwester lag im Sterben, ihre Mutter war noch immer schwer verletzt. Sie konnte einfach keine Geduld für seine dramatische Aktion aufbringen, was sie ihm auch unmissverständlich klarmachte.

Sechs Jahre später dann dasselbe Muster, dieses Mal mit ihrem Verlobten. Craig Anderson war Arzt in einer Rehaklinik, sie liebten es, gemeinsam zu wandern und Mountainbike zu fahren, im Sommer gingen sie segeln, im Winter zum Skilanglauf. Es war einfach perfekt.

Doch drei Monate, bevor sie sich an ihrem Lieblingsstrand in Santa Barbara das Jawort geben wollten, hatte Meredith sie gebeten, Cassie zu adoptieren.

Craig war dagegen. Er konnte nicht begreifen, warum sie ihren Lebensstil, den sie sich beide so hart erarbeitet hatten, aufs Spiel setzen wollte. Warum sich ein schwer behindertes Kind aufbürden, das im Rollstuhl saß und rund um die Uhr gepflegt werden musste? Was würde aus ihren Wander- und Segeltouren werden?

Sie hörte ihm wortlos zu und musste ihm in einigen Punkten sogar recht geben. Aber sie konnte nicht zulassen, dass Cassie in eine Pflegefamilie kam. Zu oft hatte sie gesehen, wie solche Kinder hin und her geschoben wurden, bis sie schließlich in einem Heim landeten, wo überarbeitete Pfleger sich um sie kümmerten. Da sie Cassie liebte, konnte sie ihr so etwas nicht antun, schon gar nicht, wenn sie doch die finanziellen Mittel und die berufliche Qualifikation besaß, um ihr ein schönes Heim zu bieten.

Als sie sich weigerte, Cassie aufzugeben, stellte Craig sie vor die Wahl. Ein Leben mit ihm oder die Vormundschaft für Cassie. Ganz einfach. Und genauso einfach entschied sie sich für Cassie, ohne es auch nur einen Tag bereut zu haben.

Craig heiratete nur sechs Monate nach ihrer Trennung ein Mädchen, das er beim Bergsteigen kennengelernt hatte.

Manchmal wunderte Evie sich selbst, mit welcher Leichtigkeit sie diese beiden Trennungen verwunden hatte, und sie fragte sich, ob mit ihr etwas nicht stimmte. Ob es etwas gab, das sie davon abhielt, sich jemals mit ganzem Herzen auf einen Mann einzulassen.

Sie hatte schließlich Freunde, die sich leidenschaftlich liebten. Claire und Riley beispielsweise. Die Luft um sie herum erzitterte immer vor Glück, wenn die beiden zusammen waren. Evie beneidete sie insgeheim darum und fürchtete sich gleichzeitig davor. Doch wenn sie ganz ehrlich war, dann wollte sie ebenfalls von ganzem Herzen lieben und genauso wiedergeliebt werden. Warum also konnte sie sich einem Mann gegenüber nie ganz öffnen?

Ihre Mutter hatte ihren Vater auf diese Weise geliebt, allerdings war diese Liebe eher einseitig gewesen. Das Leben ihres Vaters hatte sich immer nur um seine Arbeit gedreht und nicht um seine Familie, und Evie hatte mit eigenen Augen mitansehen müssen, wie ihre Mutter darunter litt. Nach dem Tod ihres Mannes verschloss sie sich vollkommen und überließ es Evie, sich um ihre kleine Schwester zu kümmern.

Evie seufzte leise. Sie befürchtete, dass Brodie auf dem besten Weg war, ihren Widerstand zu brechen. Wahrscheinlich wehrte sie sich deshalb mit Händen und Füßen gegen ihn. Dabei hatte er sie doch nur zum Essen eingeladen und sie nicht etwa gebeten, bei ihm einzuziehen, Himmel noch mal. Was war schon dabei, mit ihm essen zu gehen?

Zwei ältere Damen – offensichtlich Schwestern – kamen zu ihrem Stand herübergeschlendert und ließen ihre Finger über die Schmuckstücke wandern. Evie freute es immer, wenn jemand der Versuchung nicht widerstehen konnte, die Steine anzufassen. Ihr selbst ging es schließlich genauso.

„Die ist aber hübsch", rief eine der Frauen aus und hielt eine Kette aus Halbedelsteinen in die Höhe, die Claire im Sommer gemacht hatte.

„Jeder dieser Steine ist aus Colorado", erklärte Evie, dankbar für die Ablenkung. „Wir arbeiten mit einem Mann in Denver zusammen, der die Steine sammelt und dann für uns herrichtet."

„Schön, einfach wunderschön", begeisterte sich die Frau.

„Dann kauf sie, May", meinte die andere. „Du kannst dir damit selbst ein Geburtstagsgeschenk machen."

„Oh, das sollte ich besser nicht", erwiderte May.

„Probieren Sie die Kette doch mal an." Evie zog einen Handspiegel unter dem Ladentisch hervor.

Die ältere Dame zögerte einen Moment, willigte dann ein, und Evie wusste, dass die Kette so gut wie verkauft war. Wenn eine Kundin erst einmal ein Schmuckstück anlegte, standen die Chancen gut, dass sie auf das Gefühl auf der Haut nicht mehr verzichten wollte.

Und so war es auch in diesem Fall. May betrachtete sich von allen Seiten im Spiegel und zog anschließend ihre Kreditkarte aus der Tasche. Am Ende erstanden sie und ihre Schwester zwei Paar Ohrringe und eine weitere Kette mit einer antiken Kameebrosche als Anhänger.

Würde sie einmal wie diese alte Frau sein, die für sich selbst ein Geburtstagsgeschenk kaufte, weil es sonst niemand tat? Oder würde sie eines Tages doch noch das Risiko eingehen und einen Mann vorbehaltlos lieben?

Fast zu Hause.

Das freudige Gefühl, das sie immer ergriff, wenn sie nach Hope's Crossing zurückkehrte, erstaunte sie jedes Mal aufs Neue. Beim Anblick der Berge war der Stress des vergangenen Wochenendes sofort verflogen.

Ein Sturm zog auf. Blitze ließen die Berggipfel aufleuchten, schwerer Donner folgte. Sie liebte es, bei Gewitter durch ihr großes Fenster auf die Main Street zu schauen und die Blitze über die Berge zucken zu sehen.

Und heute würde sie es sogar noch mehr genießen, denn die wenigen Schmuckstücke, die sie nicht verkauft hatte, befanden sich sicher verpackt im Kofferraum ihres Wagens und würden in den nächsten Monaten nur noch im *String Fever* verkauft werden. Die Zeit der Kunsthandwerksmärkte war für dieses Jahr vorbei.

Das ganze Wochenende über war herrliches Wetter gewesen, und der Markt hatte riesige Besuchermengen angezogen. Sie hatte mehr verkauft als jemals zuvor, doch jetzt war sie froh, dass wieder etwas Ruhe einkehren würde.

Wie erwartet, waren die Straßen der Stadt menschenleer. Sie fühlte sich, als wäre sie nicht nur ein paar Tage, sondern wochenlang weg gewesen. Sehr zu ihrem Verdruss hatte Brodies Kuss sie so durcheinandergebracht, dass sie vergessen hatte, das Ladekabel für ihr Handy mitzunehmen. Ohne Telefon hatte sie sich zwar mehr als verloren gefühlt, jedoch einfach keine Zeit gefunden, in Crested Butte ein neues Ladekabel zu kaufen.

Der Woodrose Mountain ragte über der Stadt auf, und auf einmal sehnte sie sich danach, im Mondlicht durch die Berge zu wandern. Was bei dem Gewitter aber wahrscheinlich nicht die beste Idee war.

Sie vermisste ihren verrückten Hund. Am liebsten hätte sie ihn direkt abgeholt, andererseits wollte sie Brodie heute nicht mehr über den Weg laufen. Also war es wohl besser, noch einen Tag zu warten.

Es donnerte, als sie hinter dem Laden parkte. Regentropfen begannen zu fallen. Mit dem Koffer rannte sie zum Gartentor, brauchte einen Moment, bis sie das Tor geöffnet hatte – und wurde dann von einem vertrauten, wohlerzogenen Bellen begrüßt.

Sie erstarrte. Unmöglich. Brodie hätte Jacques niemals einfach hierher gebracht und dann allein gelassen, vor allem nicht bei diesem Wetter. Wahrscheinlich hatte sie sich das Bellen nur eingebildet.

Als sich ihre Augen an die Dunkelheit gewöhnt hatten, sah sie Jacques auf sich zurennen, sein Fell schimmerte, als der Mond einen kurzen Moment durch die dunklen Wolken spähte.

Und der Hund war nicht allein. Brodie erhob sich von einem Gartenstuhl.

„Brodie! Was machst du denn hier?“

„Auf dich warten.“

Seine dunkle Stimme jagte ihr einen erregenden Schauer über den Rücken, sie musste schlucken. „Das wird ja langsam zu einer schlechten Angewohnheit.“

In der Dunkelheit wirkte sein Gesicht bleich. „Wem sagst du das. Aber ich wollte unbedingt mit dir sprechen.“

Ihr Herz schlug schneller. „Ah ja?“

„Meine Mutter sagte mir, dass du am Abend zurückkommst. Und ich hoffte, dich jetzt noch zu erwischen.“

„War Jacques wirklich *so* eine Last?“

Er streichelte den Hund hinter den Ohren und heimste dafür einen verzückten Blick ein. „Wie bitte? Nein. Taryn hat viel Spaß mit ihm gehabt. Und es stimmt, er ist wirklich sehr gut erzogen. Wir haben seine Gesellschaft genossen."

Wie zur Unterstreichung seiner Worte erschütterte ein mächtiger Donnerschlag das Haus. Evie zuckte zusammen, und Jacques eilte sofort an ihre Seite, drückte seinen schlanken Körper an sie, und ihr Herz schwoll an vor Liebe zu diesem Wesen, das seine Liebe so großzügig verteilte.

Jetzt fiel der Regen stärker, es roch herrlich nach Erde und Blumen und nassen Ziegelsteinen. Ein weiterer Blitz zerteilte den Himmel, gefolgt von Donnergrollen.

„Lass uns hineingehen, bevor wir hier völlig durchgeweicht werden. Wir können uns oben unterhalten."

„Gute Idee." Bevor sie protestieren konnte, nahm er ihr den Koffer aus der Hand und lief vor ihr die schmale Treppe hinauf.

Wie erwartet, war es in ihrer Wohnung wieder so stickig wie schon beim ersten Mal, als er sie besucht hatte. Sie öffnete die Fenster, und kühle Luft ließ die Vorhänge flattern.

„Möchtest du etwas trinken?"

„Du hast eine lange Fahrt hinter dir und brauchst jetzt wirklich nicht die perfekte Gastgeberin zu spielen. Setz dich!"

Sie war tatsächlich sehr erschöpft und ließ sich auf das Sofa sinken. Er setzte sich in den bequemen Sessel, den sie auf einer Möbelmesse in Denver erstanden hatte.

Jacques spazierte durch die Wohnung, beschnüffelte jede Ecke, als ob er sich erst wieder mit der Wohnung vertraut machen müsste, und Evie dachte, wie schön es wäre, wenn Brodie sie jetzt in die Arme schließen würde. Wenn sie sich zur Abwechslung einmal an jemanden anlehnen könnte.

„Was ist los, Brodie?"

Er seufzte. „Ich brauche einen Rat."

Und da kam er ausgerechnet zu ihr? „Aber sicher. Worum geht es?"

„Du hast doch von Charlies Verhandlung gehört, oder?"

„Oh, die hatte ich ja ganz vergessen. Nein, ich habe nichts gehört. Der Akku meines Handys ist leer, und ich hatte kein Ladekabel dabei."

„Ach so. Deswegen hast du meine Anrufe nicht beantwortet. Ich versuche schon seit Tagen, dich zu erreichen. Ich dachte, dass du mir vielleicht absichtlich aus dem Weg gehst."

„Warum sollte ich das tun?", fragte sie in unschuldigem Ton, der allerdings nicht einmal sie selbst überzeugte. Wahrscheinlich wäre sie tatsächlich nicht ans Handy gegangen, auch wenn es funktioniert hätte.

„Das habe ich mich auch gefragt. Jedenfalls gehe ich morgen auf Geschäftsreise und wollte unbedingt vorher mit dir sprechen."

„Tut mir leid. Fang am besten ganz von vorn an. Was ist bei der Verhandlung geschehen?"

„Du wirst es nicht glauben."

„Dann erzähl endlich, Himmel noch mal", rief sie aus.

Er machte ein klägliches Gesicht. „Ich hab es selbst noch nicht richtig verarbeitet, wenn ich ehrlich bin. Charlie hat sich in allen Punkten für schuldig bekannt. Fahrlässige Tötung, Alkoholkonsum unter 21, Alkohol am Steuer, alles. Jeder war total überrascht."

Sie starrte ihn an, nicht sicher, was sie entgegnen sollte. *Ach, Charlie*, dachte sie. „Und sein Vater war damit einverstanden?"

„Er scheint keine Ahnung gehabt zu haben. Er und die Anwälte haben sich fast in die Hosen gemacht und mit allen Mitteln versucht, Charlie zum Schweigen zu bringen."

„Und das Gericht hat ihm das abgenommen?"

Brodie nickte ernst. „Wenn du Charlie gehört hättest, würdest du es verstehen. Er war sehr überzeugend. Er sagte, dass er zutiefst bereue, was geschehen sei, und dass er bereit sei, für seine Fehler geradezustehen. Richterin Kawa blieb gar nichts weiter übrig, als ihn beim Wort zu nehmen."

Sie versuchte, sich Bürgermeister Beaumont und seine Frau Laura vorzustellen, die so sehr darauf gehofft hatten, dass ihr Sohn ungeschoren aus dem Ganzen hervorgehen würde. Warum auch nicht, sie hatten ja wirklich genug Geld und Macht, um ihn da rauszupauken.

Aber vielleicht handelte es sich ja einfach um eine gut durchdachte Strategie – mildernde Umstände wegen eines kompletten Schuldeingeständnisses oder so etwas.

Sie richtete ihre Aufmerksamkeit wieder auf Brodie, der offensichtlich auf eine Reaktion von ihr wartete. Allerdings verstand sie noch immer nicht, was das Ganze mit ihr zu tun hatte und wieso er ihren Rat brauchte. „Aber genau das wolltest du doch, oder nicht?"

„Ja. Natürlich. Seinetwegen ist ein Mädchen gestorben, und das Leben eines anderen wurde fast zerstört. Dafür muss er bezahlen." Er fuhr sich mit einer Hand durchs Haar.

„Aber?"

Ich weiß nicht. Nichts. Nur … im Gerichtssaal ist mir plötzlich klar geworden, dass er fast noch ein Kind ist. Gerade mal siebzehn Jahre alt."

Zum ersten Mal zeigte er Mitgefühl für den Jungen, und ihr wurde so warm ums Herz, dass sie am liebsten geweint hätte.

„Danke, dass du mir davon erzählt hast", brachte sie schließlich hervor. „Aber ich verstehe immer noch nicht, wie ich dir helfen kann."

„Taryn ist außer sich. Sie hat gehört, wie ich mit meiner Mutter darüber gesprochen habe, und ist völlig ausgeflippt. Seit Freitag besteht sie darauf, vor Gericht auszusagen. Und du musst mir helfen, sie davon abzubringen."

„Weshalb?"

„Weil sie auf dich hört. Sie vertraut dir. Du bist auf eine ganz besondere Weise zu ihr durchgedrungen wie kein anderer seit dem Unfall."

Sie schüttelte den Kopf. „Nicht *ich* bin zu ihr durchgedrungen, Brodie. Ich verstehe nicht, warum du mir nicht richtig zuhörst. Charlie war es, der ihr helfen konnte."

„Vielleicht hat er ihr geholfen, aber du hast eine Bindung zu ihr aufgebaut. Auf mich wird sie nicht hören, aber vielleicht kannst du ihr sagen, dass es ein Fehler wäre, vor Gericht zu erscheinen."

„Was wäre so schlimm daran?"

Er sprang auf, ging zum Fenster und lehnte sich ans Fensterbrett. „Sie hat zweifellos einen weiten Weg hinter sich. Verglichen mit dem Tag, als sie aus der Klinik kam, ist sie jetzt ein anderes Mädchen. Aber vor der ganzen Stadt in einem überfüllten Gerichtssaal auszusagen, das ist einfach zu viel für sie. So weit ist sie noch lange nicht."

Sie konnte ihn verstehen. Er machte sich Sorgen um sein Kind und wollte es vor Schaden bewahren. Wie sollte sie ihm nur begreiflich machen, dass Taryn selbst entscheiden musste, wie weit sie gehen wollte. Dazu war sie durchaus in der Lage. Wenn sie also der Ansicht war, dass sie eine Aussage durchstehen würde, dann musste Brodie ihr diese Chance zugestehen.

„Ich werde jetzt etwas sagen und hoffe, dass du es nicht falsch verstehst."

Er lachte rau. „Wenn so ein Satz vorausgeschickt wird, folgt normalerweise ein ziemlicher Knaller."

„Ich weiß, dass du immer nur in Taryns Interesse handelst. Und sie weiß das auch. Du bist ein guter Vater und willst deine Tochter beschützen. Das bewundere ich wirklich, Brodie."

„Aber?"

Ein Blitz zuckte hinter ihm auf, und das laute Donnern, das folgte, machte sie nervös. Eigentlich wollte sie nicht ausgerechnet jetzt mit ihm diskutieren, wo sie so furchtbar erschöpft war. Aber da er am nächsten Tag die Stadt verließ, war das ihre letzte Möglichkeit, für Taryn eine Lanze zu brechen.

Sie holte tief Luft, stand ebenfalls auf und stellte sich neben ihn ans Fenster. „Du musst Taryn mehr vertrauen. Du tust ihr keinen Gefallen, wenn du sie immerzu beschützt und zu Hause einsperrst, wo sie sicher ist. Früher oder später muss sie wieder hinaus in die Welt. Ich glaube, du solltest sie auch wieder zur Schule gehen lassen. Und du solltest sie vor Gericht aussagen lassen, wenn sie das möchte. Sie ist viel stärker, als du glaubst."

Er schloss die Augen. „Jeder Vater hofft, dass er seine Tochter zu einem starken und belastbaren Menschen erzogen hat. Aber nicht jeder Vater hat dasselbe durchgemacht wie ich in den letzten vier Monaten. Nicht jeder Vater hat seine Tochter in den Armen gehalten und gewusst, dass nur ein Dutzend Maschinen sie am Leben halten. Nicht jeder Vater hat Tag für Tag am Bett seines Kindes gesessen und gebetet, dass es noch irgendwo in diesem verletzten, reglosen Körper zu finden ist. Als sie im Koma lag, glaubte ich, sie verloren zu haben. Fast zwei verdammte Monate lang habe ich jedes Mal, wenn ich ins Krankenhaus gegangen bin, gefürchtet, heute könnte der Tag sein."

Wieder blitzte es hinter ihm. Tränen brannten in ihrem Hals, als sie den Schmerz in seinen Augen sah. Er war kein Mann, der leicht über seine Gefühle sprach, und es berührte sie zutiefst, dass er sich ihr gegenüber öffnen konnte.

„Okay, vielleicht bin ich überfürsorglich. Vielleicht muss ich sie loslassen. Aber ich möchte nicht, dass sie nach allem, was geschehen ist, noch mehr verletzt wird. Kannst du das nicht verstehen?"

„Doch", murmelte sie, überwältigt von dem Bedürfnis, ihn zu trösten, seinen Schmerz zu lindern. Und obwohl eine innere Stimme sie davor warnte, schlang sie die Arme um seine Hüfte und spendete ihm den einzigen Trost, den sie zu geben hatte. Einen langen Moment rührte er sich nicht, dann nahm er sie fest in die Arme und klammerte sich an sie wie an einen Rettungsring.

So standen sie lange in ihrer kleinen Wohnung, während draußen das Gewitter tobte und Regen gegen das Fenster prasselte. Sanfter Frieden schien sich in einer weiten Fläche um sie herum auszubreiten, ruhig und süß.

Als ihr mit einem Mal die ganze Wahrheit aufging, hätte sie am liebsten losgeweint: Sie war dabei, sich in ihn zu verlieben. Aber darüber musste sie später nachdenken, wenn er wieder fort war. Jetzt ging es erst einmal um etwas anderes.

„Ich verstehe vollkommen, dass du deine Tochter beschützen willst, Brodie. Du hast alles dafür getan, damit sie wieder ein selbstständiges Leben führen kann." Ihre nächsten Worte wählte sie besonders sorgfältig. „Aber glaubst du nicht, dass Taryn sich nach all dem das Recht verdient hat, selbst über ihr Schicksal zu entscheiden?"

Er starrte sie an, dann schloss er die Augen und zog sie fester an sich. Es war ein überwältigendes Gefühl, wie ihre beiden Herzen sich ganz sanft miteinander verbanden, und am liebsten wäre sie davongelaufen.

„Verdammt. Warum musst du immer so klug sein?"

Oh, wenn er wüsste. Sie war in vielerlei Hinsicht so schrecklich dumm. Sie hätte damals bei ihrem Nein bleiben sollen, schließlich hatte sie doch instinktiv gespürt, dass die Arbeit mit Taryn ihr Leben vollkommen auf den Kopf stellen würde. Dass all die sorgsam errichteten Mauern einstürzen und sie nicht mehr länger beschützen würden.

Das neue Leben, das sie sich in Hope's Crossing aufgebaut hatte – sicher und ruhig und bequem – würde davonwehen wie Herbstlaub im Wind.

Sie war dabei, sich in Brodie Thorne zu verlieben, obwohl sie doch ganz genau wusste, dass die Geschichte für sie nicht gut ausgehen würde.

Das alles war ihr vollkommen klar – doch als er den Kopf senkte, um sie zu küssen, war sie nicht in der Lage, sich von ihm zu lösen. Sie ließ sich in seine Umarmung sinken, und das fühlte sich aller Vernunft zum Trotz richtig an.

Zuerst war es nicht viel mehr als ein leichtes Streifen der Lippen, sanft und träge wie stiller Regen kurz vor der Morgendämmerung. Diese umwerfende Zärtlichkeit ließ auch noch ihren letzten Widerstand bröckeln. Brodie lehnte sich ans Fensterbrett und zog Evie zwischen seine langen, ausgestreckten Beine.

Hinter ihm leuchtete ein Blitz auf. Würde sie jemals wieder ein Gewitter in Hope's Crossing sehen können, ohne dass jeder einzelne Blitz sie daran erinnerte, wie Brodie die Arme um sie schlang und sie küsste, bis ihr die Knie weich wurden?

Sie küssten sich lange. Kühle Luft drang durchs Fenster, der Regen lief über die Fensterscheibe. Das Unwetter ließ langsam nach.

Ihre innere Stimme rief ihr ärgerlich zu aufzuhören, bevor sie zu weit gingen, aber sie ignorierte die Warnung. Auch als er sie zum Sofa zog, protestierte sie nicht. Sie war viel zu beschäftigt damit, sich an seinen wunderbar männlichen und festen Körper zu schmiegen.

Und noch weniger hatte sie einzuwenden, als er die Lippen über ihre Wangen hinab zu ihrem Hals wandern ließ, sein heißer Atem so sinnlich auf ihrer Haut.

Während er die Knöpfe ihrer Bluse öffnete, war aus der warnenden Stimme nur noch ein kaum hörbares Wimmern geworden. Sie fing gerade an, Brodie zu lieben, und hier mit ihm zusammen zu sein, während der Regen leise ans Fenster prasselte, fühlte sich unglaublich richtig an.

12. KAPITEL

Dahin waren seine guten Absichten.

Vorhin im Garten noch hatte er sich eingeredet, dass er nur gekommen sei, um Evie um ihre Hilfe zu bitten. Er vertraute ihr eben – manchmal überraschte es ihn, wie sehr.

Und so hatte sein großartiger Plan ausgesehen: Er wollte Evie bitten, Taryn von einer Aussage vor Gericht abzubringen, dann würde er brav nach Hause verschwinden, und danach würden sich ihre Wege nicht mehr allzu oft kreuzen, da ihre Zeit mit Taryn schon fast um war.

Aber dann hatte sie ihn tröstend in die Arme genommen, und er hatte ihr einfach nicht länger widerstehen können. Welcher Mann wäre dazu in der Lage gewesen? Evie Blanchard war so schön und sanft und liebevoll.

Er begehrte sie mit einer Heftigkeit, die seinen Verstand völlig benebelte. Noch nie hatte er sich so sehr gewünscht, mit einer Frau vollkommen zu verschmelzen, und dieses Gefühl warf ihn komplett aus der Bahn.

Er wollte alles von ihr. Wollte sie spüren und berühren und ihren Körper erforschen, bis er ganz genau wusste, was ihr das größte Vergnügen bereitete …

Ihre Haut war warm und duftete nach Blumen. Evie trug eine blassgrüne Bluse, die ihre exotisch mandelförmigen Augen geheimnisvoll leuchten ließ. Doch jetzt, als er mit den Lippen ihren Hals streifte und sich gleichzeitig mit den Knöpfen ihrer Bluse beschäftigte, schloss sie diese Augen halb.

Obwohl er erregter war als jemals zuvor in seinem Leben, wollte er die ganze Nacht damit verbringen, diese geheimen kleinen Stellen zu entdecken. Stellen wie die Vertiefung direkt über ihrem Schlüsselbein.

Er presste die Lippen darauf … und erstarrte, da sie auf einmal scharf die Luft einsog und ihre Schulter bewegte.

Er stützte sich auf dem Ellbogen ab. „Habe ich dir wehgetan?"

Mit verhangenen Augen starrte sie ihn an. „Wie bitte?"

„Du hast aufgestöhnt. Und es war kein Mach-das-nochmal-Stöhnen."

„Tut mir leid." Sie räusperte sich leise. „Ich, ähm, habe das gar nicht gemerkt."

Ob sie auch nur eine Ahnung davon hatte, wie erregend es war, dass sie von dieser instinktiven Reaktion gar nichts mitbekommen hatte?

„Ich habe dich verletzt." Er schob ihren Kragen etwas zur Seite, um in dem dämmrigen Licht der perlenverzierten Wohnzimmerlampe einen Blick auf ihre Schulter werfen zu können. Als er den apfelgroßen dunklen Bluterguss entdeckte, runzelte er die Stirn.

„Was ist da passiert?", rief er aus. Doch kaum hatte er die Worte ausgesprochen, da erinnerte er sich wieder an die Szene mit Taryn. Die Hantel hatte nicht nur Evies Gesicht, sondern auch ihre Schulter getroffen.

„Das war Taryn, stimmt's?"

Evie schaute ihn an, noch immer konnte er die Erregung in ihren Augen lesen. „Ja. Sieht allerdings schlimmer aus, als es ist."

„Lügnerin." Seine Tochter hatte sie verletzt, und er hatte nichts Besseres zu tun, als über sie herzufallen wie ein gieriger Teenager.

Er richtete sich auf. „Ich hatte vollkommen vergessen, was da am Donnerstag passiert ist. Tut mir leid, Evie. Ich schätze, Charlies Verhandlung hat es aus meinem Gedächtnis gelöscht."

Mit jeder Sekunde, die verstrich, schien sie wieder ihre Fassung zurückzugewinnen, bis sie schwer seufzte und von ihm wegrutschte. Er konnte nichts anderes machen, als zu beobachten, wie sie aufstand und sich in den Sessel neben dem

Sofa setzte. Sie faltete die Hände wie zum Gebet. Und es war eindeutig erkennbar, wie sich die Mauern um sie herum wieder aufrichteten.

Jetzt, wo sein Körper pulsierte und seine Nerven vor Lust zu summen schienen, wünschte er, ihre Schmerzen einfach ignoriert zu haben. Er hätte vollenden sollen, wonach sie beide sich so sehr verzehrten.

„Mach dir keine Gedanken", murmelte sie. „Ist keine große Sache."

Am liebsten hätte er sie wieder an sich gerissen, aber sie schien so distanziert. Der Moment war vorüber. Verdammt.

„Evie", begann er, nicht sicher, was er eigentlich sagen wollte, doch sie schüttelte den Kopf.

„Nicht. Wir müssen damit aufhören, Brodie."

„Warum? Wir sind doch beide erwachsen. Keiner von uns ist gebunden. Und wir können nicht einfach ignorieren, dass da etwas zwischen uns ist."

„Du vielleicht nicht, aber ich kann das."

Er runzelte die Stirn. „Doch warum sollten wir?"

Jacques tapste zu ihr – er schien wohl der Meinung, ihnen genug Privatsphäre gegönnt zu haben –, und Evie vergrub die Finger in seinem kurzen, lockigen Fell. „Du kannst das wahrscheinlich nicht verstehen, weil du dein Leben lang hier gelebt hast", fuhr sie fort. „Ich allerdings … ich brauche Hope's Crossing. Es ist nicht leicht zu erklären, doch dieser Ort ist meine Heimat geworden. Hier habe ich meinen Frieden gefunden, Freunde. Ich mag mein Leben. Was geschieht wohl, wenn wir dieser Leidenschaft nachgeben und miteinander schlafen?"

„Keine Ahnung, ich weiß nur, dass es mit Sicherheit unglaublich wäre."

Sie schloss kurz die Augen, und nachdem sie sie wieder geöffnet hatte, war ihr Blick kühl. „Das ist mir auch bewusst. Aber es würde nicht funktionieren, Brodie. Wie denn auch?

Wir sind viel zu unterschiedlich. Begehren ist einfach nicht genug. Und dann, wenn die Geschichte mit uns vorbei ist, was wird dann aus mir? Ich könnte nicht länger in Hope's Crossing bleiben. Ich müsste gehen, und das wäre schrecklich."

„Dir ist eine Stadt wirklich wichtiger als das, was wir beide haben könnten?"

Nachdrücklich schüttelte sie den Kopf. „Das ist jetzt allzu simpel ausgedrückt, meinst du nicht? Ich möchte mich einfach schützen."

Was konnte er dagegen einwenden? Sie hatte doch recht. Sie waren tatsächlich sehr unterschiedlich. Sie war Farbe und Chaos, Leidenschaft und Wärme. Und in seinem Kopf herrschte wahrlich schon genug Chaos, auch wenn er sein Leben lang dagegen ankämpfte. Sosehr er sich auch zu ihr hingezogen fühlte, sosehr sein Körper sich nach ihrem sehnte, Evie bedrohte alles, was er sich so hart erarbeitet hatte. War er bereit, diesen Preis zu zahlen?

„Das war's dann also", meinte er.

„Tut mir leid."

„Mir auch", entgegnete er schroff.

„Aber ich werde trotzdem morgen früh mit Taryn sprechen."

Er war so durcheinander, dass er einen Moment brauchte, um sich zu erinnern. Richtig. Eigentlich war er ja gekommen, damit sie Taryn diese Aussage vor Gericht ausredete.

„Nein", meinte er. „Wenn sie aussagen will, werde ich sie nicht davon abhalten. Wie du sagtest – sie hat sich das Recht verdient, ihre eigenen Entscheidungen zu treffen."

Ihre schönen Gesichtszüge wurden wieder weich, sie öffnete die Lippen, um etwas zu sagen, aber er hielt es nicht länger in dieser Wohnung aus.

„Tut mir leid, dass ich dich belästigt habe ... was Taryn betrifft und alles andere."

„Brodie ..."

Es wäre nicht klug, sie jetzt anzusehen. „Und danke für deine unermüdliche Arbeit. Du hast viel mehr erreicht, als ich mir hätte träumen lassen. Meine Assistentin wird morgen einen Scheck an die Layla-Parker-Stiftung schicken. Und die Summe verdoppeln, die wir abgesprochen hatten."

„Das musst du nicht tun", sagte sie leise.

„Werde ich aber. Gute Nacht, Evie."

Er steuerte auf die Tür zu, öffnete sie aber erst, als er sie hinter sich „Auf Wiedersehen" flüstern hörte.

Eine schlaflose Nacht nach einem anstrengenden Wochenende nach einer sogar *noch* anstrengenderen Woche – das war keine gute Kombination.

Evie war am nächsten Morgen, als sie ihren letzten Therapietag mit Taryn begann, vollkommen erschöpft. Insgeheim befürchtete sie, auf Brodie zu treffen, doch er war nirgends zu sehen. Dafür war Taryns neue Therapeutin gekommen.

Stephanie Kramer war jung und klug und platzte fast vor Energie. Sie und Taryn schienen sich bereits hervorragend zu verstehen. Ein Teil von Evie war zutiefst erleichtert, dass sie die Verantwortung für Taryn abgeben konnte. Zugleich beunruhigte es sie, wie schwer ihr der Abschied fiel.

Sie würde Taryn vermissen. Bei diesem Gedanken angekommen, wurde der Kloß in ihrem Hals noch größer. Tja, und genau davor hatte sie sich die ganze Zeit gefürchtet! Tief im Herzen hatte sie gewusst, dass es ihr nach all der harten Arbeit schwerfallen würde, das Mädchen einer anderen Therapeutin zu überlassen.

Aber daran war nun nichts mehr zu ändern. Himmel noch mal, ihre Nachfolgerin war bereits fest engagiert. Sie konnte ja schlecht zu ihr sagen: *Ähm, Entschuldigung, ich hab's mir anders überlegt. Hauen Sie wieder ab.*

Und selbst wenn sie es könnte, würde sie es nicht tun, schon gar nicht nach der letzten Nacht mit Brodie. Sie brauchte einen klaren Schnitt, und zwar jetzt, solange es zwar schwierig war zu gehen, aber noch nicht unmöglich.

„Ich denke, das ist dann alles. Wir haben das Wichtigste mehrfach durchgesprochen. Ich habe Ihnen die Übungen gezeigt, die wir im Pool machen und hier mit den Geräten, außerdem kennen Sie den Terminplan der anderen Therapeuten. Haben Sie noch weitere Fragen?"

Stephanie schüttelte ihren dunklen Pferdeschwanz. „Ich glaube nicht. Ihre Berichte sind erstaunlich genau. Wenn ich noch Fragen habe, kann ich Sie jederzeit anrufen, richtig?"

„Ja, natürlich. Meine Telefonnummer steht auf den Berichten, und wenn Sie mich nicht erreichen, dann können Sie es auch im Schmuckladen versuchen."

„Toll. Ich bin superfroh über diesen Job. Wir werden jede Menge Spaß haben."

Sie wird ihre Sache ganz bestimmt gut machen, sagte Evie sich im Stillen. „Und bringen Sie Taryn so oft es geht in den Laden, damit wir Schmuck herstellen können."

„Ich würde gern was … für Hannah machen", meldete Taryn sich zu Wort, die auf der Matte saß, den begeisterten Jacques bürstete und auf diese Weise gleichzeitig ihre Arm- und Schulterpartie trainierte.

„Das ist eine hervorragende Idee. Hannah wird sich freuen."

„Kann Jacques mich … manchmal besuchen?"

„Das bekommen wir bestimmt irgendwie hin." Sie sah, wie sehnsüchtig Taryn den Hund betrachtete. „Vielleicht kann ihn deine Großmutter ab und zu vorbeibringen. Und natürlich kannst du ihn immer im Laden besuchen."

„Ich werde ihn vermissen." Taryn seufzte leise.

„Du wirst ihn regelmäßig sehen, keine Sorge."

Evie schnappte sich die Kiste, in der sich ihre persönlichen

Sachen befanden – Schmucksteine, ein Buch und ein Sweatshirt. „Nun, das war's dann."

„Vielen ... Dank." Taryn sah aus, als hätte sie Tränen in den Augen, und der Kloß in Evies Hals wurde noch dicker.

„Gern geschehen, Liebes."

Sie konnte sich nicht einfach nur mit einem Winken verabschieden, also stellte sie die Kiste wieder ab und kniete sich neben Taryn auf die Matte. Dann zog sie das Mädchen in die Arme, und ihr fiel auf, dass Taryn nicht mehr so zerbrechlich wirkte wie vor fast einem Monat, als sie aus der Rehaklinik gekommen war. Zu ihrer großen Freude erwiderte Taryn die Umarmung mit überraschender Kraft.

„Du warst toll, Taryn", murmelte sie. „Vergiss nie, dass du das alles selbst erreicht hast."

Taryn schüttelte den Kopf und schniefte leise. Nach kurzem Zögern stand Evie wieder auf, nahm Jacques' Leine und verließ das Zimmer.

Mrs Olafson wartete mit einer Tüte in der Hand an der Eingangstür auf sie. „Da sind die Haferkekse drin, die Sie immer so gern mochten", erklärte sie ein wenig barsch, und Evie konnte nicht anders, als sie ebenfalls zu umarmen.

„Danke für alles, was Sie für unser Mädchen getan haben", fügte die Haushälterin leise hinzu.

Das war nicht ich, wollte sie schon wieder protestieren, beschloss aber, es ausnahmsweise einmal zu lassen. Einen Teil von Taryns Genesung konnte sie sich tatsächlich auf die Fahne schreiben. Ja, das Mädchen hatte die Arbeit selbst gemacht, aber Evie hatte ihm den Weg gezeigt, und darauf würde sie für immer stolz sein.

Jacques wimmerte leise, als sie ihm bedeutete, auf den Rücksitz ihres Wagens zu springen.

„Ich weiß, Kumpel. Ich bin auch traurig", sagte sie.

Und dann begann er zu jaulen. Als wüsste er, dass er nicht mehr zurückkommen würde. Heiße Tränen brannten hinter

Evies Lidern, sie musste ein paarmal blinzeln. Als sie nach der kurzen Fahrt durch die Stadt hinter dem *String Fever* parkte, winselte Jacques noch immer.

Evie drehte sich um und betrachtete ihren traurig dreinblickenden Hund, dann sah sie zum Woodrose Mountain hoch, der in der Nachmittagssonne so friedlich wirkte.

Plötzlich wusste sie, was zu tun war. Obwohl es höllisch wehtat, war es das Beste für alle Beteiligten.

Von ihr einmal abgesehen.

„Warte hier", sagte sie leise. Sie kurbelte beide Fenster herunter, damit der Hund genug Luft hatte, dann lief sie schnell in ihre Wohnung, bevor sie noch ihre Meinung ändern konnte. Sie kippte den Inhalt der Kiste, die sie gerade in Brodies Haus gepackt hatte, über dem Sofa aus und warf hinein, was sie brauchte. Danach rannte sie mit wehem Herzen wieder die Treppe hinunter.

Brodie wird das wahrscheinlich nicht gefallen, dachte sie, als sie wieder den Berg hinauffuhr, doch etwas gesunder Ärger war in seinem Fall vielleicht gar nicht das Schlechteste. Wenn er sauer auf sie war, würde er endlich diese verführerischen, herzzerreißenden Küsse unterlassen.

Mrs Olafson sah sie überrascht an. „Haben Sie etwas vergessen?"

„In gewisser Weise." Sie lief zurück in Taryns Zimmer. Dabei musste sie sich die ganze Zeit auf die Lippen beißen, um nicht laut aufzuschluchzen. Was sie zu tun im Begriff war, schmerzte mehr, als sie es sich jemals hätte vorstellen können – aber sie wusste einfach, dass es das Richtige war.

Taryn lag noch immer auf der Matte und balancierte mit den Beinen auf einem kleinen Ball. Sie sah erstaunt auf, als Evie mit Jacques das Zimmer betrat.

„Hallo!"

Evie holte zitternd Luft, die ihr fast die Lungen zu verbrennen schien. „Würdest du Jacques gern behalten?"

Taryn starrte erst Evie mit aufgerissenen Augen an, dann den Hund. „Wie bitte? Sie meinen … für immer?"

Evie nickte. Dabei umklammerte sie die Leine so fest, dass sich die Fingernägel in ihr Fleisch gruben. „Obwohl er äußerst verständnisvoll ist und ich versuche, so oft wie möglich mit ihm spazieren zu gehen, ist es nicht wirklich fair, einen so großen Hund wie Jacques in einer kleinen Wohnung im zweiten Stock zu halten. Das sollte sowieso nie eine dauerhafte Lösung sein. Ich wollte mich nur so lange um ihn kümmern, bis ich ein gutes Zuhause für ihn gefunden habe. Und ich glaube, das habe ich jetzt."

Sie lächelte, obwohl ihr schier das Herz brach. Aber es stimmte. Sie hatte Jacques nur kurze Zeit bei sich behalten wollen, sich dann aber nach wenigen Tagen in diesen großen, freundlichen Kerl verliebt, und aus einer Übergangslösung waren Wochen und dann Monate geworden.

„Hier bei dir hat er genug Platz, um rumzulaufen und sich auszustrecken, außerdem kann er dir auch weiterhin bei der Therapie helfen."

„Oh." Taryn wirkte noch immer fassungslos und schien nicht zu wissen, was sie sagen sollte.

„Wenn du die Verantwortung nicht übernehmen willst, ist das in Ordnung. Dann vergessen wir die ganze Sache einfach. Aber wenn du und dein D…Dad ihn in eure Familie aufnehmen wollt, dann bin ich sicher, dass er hier sehr glücklich wird."

Ihre Stimme brach, und sie spürte selbst, wie ihr Kinn bebte.

„Ja! Ja! Sind Sie … sicher? Sie lieben … Jacques."

„Das tue ich. Aber du liebst ihn auch, und irgendwie habe ich das Gefühl, dass ihr zwei euch braucht."

Wie um ihre Worte zu unterstreichen, machte Jacques sich von ihr los und tapste auf Taryn zu, leckte ihr über die Wange und stupste sie mit der Schnauze an. Das Mädchen warf ihre

Arme um den Hund und drückte ihn fest an sich. Evie musste so schnell wie möglich hier raus, bevor sie tatsächlich noch in Tränen ausbrach.

„Danke. Tausend Dank."

„Gern geschehen." Mit größter Mühe zwang Evie sich zu einem Lächeln. „Dein Dad wird wahrscheinlich nicht besonders begeistert sein, aber wenn er etwas sagt, richte ihm von mir aus, dass du dir auch das hier verdient hast."

„Auch?"

„Er wird schon wissen, was ich meine. Damit wir uns richtig verstehen: Ich möchte dich in ein paar Wochen sehen, wie du mit Jacques ohne den Rollstuhl spazieren gehst."

Taryns Gesicht leuchtete, als sie den Hund erneut umarmte. Die meisten fünfzehnjährigen Mädchen würden sich vielleicht nicht dermaßen über einen Hund freuen, aber die letzten Wochen hatten Taryn und Jacques eng zusammengeschweißt. Vielleicht hatte Evie in ihrem tiefsten Innern bereits länger geahnt, wie die Sache letztlich ausgehen würde.

„Werden Sie ihn nicht vermissen?", fragte Taryn.

Mehr, als sie sagen konnte. Ihre Wohnung würde schrecklich leer sein, wenn er sie morgens nicht mit seiner feuchten Nase weckte oder sich nachts nicht eine Armlänge entfernt neben ihrem Bett einrollte. Vielleicht würde sie in jeder Zimmerecke seinen Geist sehen.

„Ich komme schon klar", sagte sie fest, mehr zu sich selbst als zu Taryn. „Hier gehört er hin."

Vor lauter Tränen konnte sie fast nichts mehr sehen, aber sie umarmte erst Jacques fest, dann Taryn. Der Hund sah sie ein paar Sekunden lang verwirrt an, dann ließ er sich zu Taryns Füßen auf den Boden plumpsen, als ob er tatsächlich genau dort hingehörte.

Nachdem sie irgendetwas gemurmelt hatte, eilte sie aus dem Zimmer und stürmte wortlos an einer erschrockenen Mrs Olafson vorbei.

Der Hoffnungsengel ist bestimmt höchst zufrieden mit mir, dachte sie, als sie ins Auto stieg. Vielleicht würde es ihm sogar imponieren – dass jemand seine eigenen Bedürfnisse zurückstellte, damit jemand anders genau das bekam, was er brauchte. Selbst wenn es wie verrückt wehtat.

Sie setzte sich hinters Steuer, rieb mit den Handballen energisch über die Augen, dann stieß sie ein tiefes Seufzen aus und ließ den Motor an.

„Bist du sicher, dass du nicht mitkommen willst? Zu unserem Mädchenabend in der Lodge? Es ist das erste Mal, dass Holly das Baby bei Jeff lässt“, verkündete Claire. „Wir schließen schon Wetten ab, wann sie aufhören wird, so zu tun, als ob sie sich amüsiert, und nach Hause fährt, weil sie Angst hat, dass er dem Baby die Windel falsch herum anziehen könnte oder so was.“

Evie schüttelte lachend den Kopf. Sie konnte einfach nicht begreifen, dass Claire tatsächlich darauf bestanden hatte, die neue Frau ihres Exmannes in ihren Freundeskreis aufzunehmen. Aber Claire fand nun einmal, dass Jeff und Holly und sie und Riley – sobald sie geheiratet hatten – gemeinsam für ihre Kinder verantwortlich waren. Und sie wollte eine gute Beziehung zu der Frau haben, bei der Owen und Macy die Hälfte der Zeit verbrachten.

Evie an ihrer Stelle hätte bestimmt immer wieder eine Möglichkeit gefunden, Holly unauffällig mit einer Schmuckzange zu kneifen – aber sie hatte auch nie behauptet, ein genauso guter Mensch wie Claire zu sein.

„Wir werden viel Spaß haben, das darfst du nicht verpassen.“ Alex McKnight grinste, ihre grünen Augen leuchteten. Alex war eigentlich immer lustig und aufgekratzt, doch manchmal hatte Evie das Gefühl, dass sich hinter dieser Fröhlichkeit eine andere Person verbarg.

„Ach bitte, Evie“, rief Mary Ella McKnight – Alex’ Mutter

und Claires Freundin und künftige Schwiegermutter. „Ohne dich ist es einfach nicht dasselbe!“

Sie schüttelte erneut den Kopf. „Lieber nicht. Ihr habt ja keine Ahnung, wie viel Arbeit in den letzten Wochen liegen geblieben ist. Ich muss noch mindestens fünf Schmuckstücke bis Mitte September fertigstellen. Das schaffe ich nicht, wenn ich mich nicht langsam mal dahinterklemme.“

Obwohl es durchaus verlockend war, mit ihren Freundinnen wegzugehen, mit ihnen zu lachen und zu reden und zu essen. Dunkle Wolken schienen über ihrem Leben aufgezogen zu sein, was nicht zuletzt daran lag, dass Jacques nicht mehr bei ihr war. Irgendwie fühlte sie sich ... verloren.

„Tja, das ist der Preis des Ruhms, schätze ich.“ Mary Ella lächelte ihr warm zu.

Eher der Preis, den sie dafür bezahlte, dass sie Katherines und Brodies Bitte nachgegeben und sich dann in einen gewissen Mann mit blauen Augen verliebt hatte, für den sogar das Lächeln eine ernste Angelegenheit war.

„Ja, so in etwa“, murmelte sie. Sosehr sie sich einen Moment lang auch gewünscht hatte, den Abend mit ihren Freundinnen verbringen zu können, so sehr sehnte sie sich nach dem friedlichen Gefühl, das sie immer überkam, wenn in ihren Händen etwas Wunderschönes entstand.

„Katherine und Ruthie treffen wir direkt dort“, sagte Alex. „Selbst Maura will nach Feierabend vielleicht noch vorbeikommen. Das hoffe ich wirklich sehr, ich glaube, sie fühlt sich ziemlich allein, seit Sage wieder auf dem College ist.“

„Ich wünsche euch allen einen tollen Abend. Und das nächste Mal bin ich dabei, versprochen. Ich werde einfach hierbleiben, weil meine Werkzeuge sowieso schon ausgepackt und auch alle Schmucksteine zur Hand sind.“

Claire runzelte die Stirn. „Bist du sicher? Nach dem Einbruch habe ich ein ungutes Gefühl, wenn du ganz allein im Laden bleibst, vor allem jetzt, wo nicht mal mehr Jacques ...“

Leicht errötend korrigierte sie sich. „Wo niemand dir Gesellschaft leistet."

Evie ignorierte den kleinen Stich, den vertrauten Schmerz, der sie immer durchfuhr, wenn sie an Jacques dachte. Sie hatte es immer so genossen, wenn er mit ihr im Laden gewesen war. Nicht, weil er sie beschützen musste, sondern weil seine Anwesenheit so beruhigend gewesen war.

„Schon gut, mach dir keine Sorgen. Jetzt haut schon ab und amüsiert euch. Ich verspreche, dass ich beim nächsten Mal wieder dabei bin."

Die Frauen sahen so aus, als ob sie noch weiter widersprechen wollten, doch zum Glück schien Mary Ella zu spüren, dass Evie sich nach Ruhe sehnte. Sie schob ihre Tochter und Claire zur Tür, und dann war es endlich herrlich still im Laden.

Evie verriegelte die Tür und schaltete die Alarmanlage ein. Dann stand sie einen Moment bewegungslos da, umgeben von all den Schmucksteinen und Perlen, die sie so liebte, und dem Duft einer von Claires Vanillekerzen.

Sie atmete ein paarmal tief ein. Dann ging sie ins Büro, stellte im Radio einen Sender mit klassischem Jazz ein – jener Musik, zu der sie am liebsten arbeitete – und kehrte an die Werkbank zurück.

Mit Miles Davis, Chet Baker und Bill Evans ging ihr die Arbeit leicht von der Hand, und nach nicht einmal einer Stunde hatte sie bereits das erste Schmuckstück fertiggestellt. Gerade als sie tief versunken über Nummer zwei saß, klopfte es an der Tür.

Evie verdrehte die Augen. Der Laden hatte geschlossen, das war doch offensichtlich. Es hing ein entsprechendes Schild in der Eingangstür, außerdem waren die Lichter im Verkaufsraum gelöscht. Wahrscheinlich konnte der Besucher sie im hinteren Teil arbeiten sehen und ging davon aus, dass sie nichts dagegen hatte, auf die Schnelle noch etwas zu verkaufen.

Sie beschloss, das Klopfen zu ignorieren und weiterzuarbeiten.

Was ungefähr dreißig Sekunden lang funktionicrtc, bis der Besucher nur noch eindringlicher klopfte. Mit einem lauten Seufzen legte Evie die kleine Drahtzange zur Seite und ging zur Tür, um dem unerwünschten Besucher klarzumachen, dass er gern am nächsten Morgen wiederkommen könne.

Doch als sie die Frau vor dem Laden erkannte, verließ sie der Mut zu einer rüden Bemerkung – es war Laura Beaumont, Charlies Mutter. Sie tippte nicht direkt ungeduldig mit der Schuhspitze auf den Boden, stand aber offenbar kurz davor. Zaghaft öffnete Evie die Tür, und die Frau war bereits an ihr vorbei in den Laden gestürmt, bevor sie auch nur ein Wort hatte sagen können.

„Ich muss mit Ihnen reden.“ Die Frau des Bürgermeisters wirkte äußerst aufgeregt. Ihre sonst mit Unmengen Haarspray fixierte Frisur, die höchstens ein Tornado hätte zerzausen können, war zerwühlt, und der Lippenstift sah aus, als ob sie ihn in höchster Eile aufgetragen hätte.

„Aber sicher. Kommen Sie doch herein“, murrte Evie, dann setzte sie ein gezwungenes Lächeln auf.

„Ich wollte gerade um den Laden gehen und an Ihrer Wohnungstür klingeln, als ich gesehen habe, dass Sie noch arbeiten.“

„Ich muss heute Abend noch einige Aufträge erledigen.“ Sie hoffte, dass Mrs Beaumont den dezenten Hinweis verstand, doch Charlies Mutter ging ungerührt weiter in den Laden und hinterließ dabei die Duftfahne eines teuren, blumigen Parfüms. Selbst in ihrem derangierten Zustand wirkte sie noch elegant und kontrolliert. Laura besorgte ihre gesamte Garderobe in sehr teuren Boutiquen in Denver und wäre lieber tot umgefallen, als in Hope's Crossing direkt einkaufen zu gehen, wie Evie wusste.

Laura steuerte auf die Werkbank zu, nahm das Schmuckstück in die Hand, das Evie zuvor beendet hatte – eine aufwändig gearbeitete Kette, für die sie eine alte Vier-Strang-Perlenkette umgearbeitet hatte.

„Gefällt mir. Ich habe das perfekte Kleid dazu. Wie viel?"

„Die ist nicht zu verkaufen. Es handelt sich um eine Auftragsarbeit."

„Können Sie nicht noch eine zweite machen?"

„Ich fürchte, diese ist ein Einzelstück. Ich habe sie aus einem alten Schmuckstück einer Kundin gefertigt. Ich könnte sie also nicht noch einmal machen, selbst wenn ich es wollte."

Laura zog ein Gesicht. „Aber etwas Ähnliches."

„Vielleicht." Vielleicht auch nicht. Wenn es nach Evie ging, konnte Laura es auch gern selbst versuchen. Sie beteuerte doch immer, wie sehr sie das Schmuckmachen liebte, auch wenn sie die schwierige Arbeit immer den anderen überließ. „Was kann ich für Sie tun, Laura?"

Laura nahm ein paar übrig gebliebene blaue Perlen in die Hand und ließ sie durch die Finger rinnen. Mit einem Mal war von ihrer sonst so hochmütigen Art nichts mehr zu bemerken, ihre Augen wirkten seltsam verletzlich. „Ich möchte Sie um etwas bitten. Es geht nicht um mich, verstehen Sie, denn meinetwegen würde ich so etwas nicht von Ihnen verlangen. Es geht um Charlie."

Evie versteifte sich. „Aha?"

„Er hat sich schuldig bekannt. Das wissen Sie, oder?"

„Ich habe davon gehört."

Laura sank auf den Klappstuhl gegenüber der Werkbank. „Er darf nicht ins Gefängnis gehen. Das darf er einfach nicht! Er ist doch noch ein Junge." Dann hielt sie inne. Offenbar erwartete sie eine Reaktion auf ihren dramatischen Ausbruch.

„Tut mir leid", sagte Evie schließlich. „Aber ich bin nicht sicher, was das mit mir zu tun hat."

„Ich brauche Ihre Hilfe. Ich möchte, dass Sie eine Aussage machen. Dass Sie dem Gericht sagen, wie sehr er Ihnen mit dem Thorne-Mädchen geholfen hat."

Ach Mist. Evie stieß den Atem aus. Ja, Charlie tat ihr leid. Egal, was er getan hatte, sie mochte den Jungen und fand es bemerkenswert, dass er sich hinstellte und gegen den Willen seiner Familie die Verantwortung übernehmen wollte. Aber deswegen musste sie nicht gleich vor Gericht Partei für ihn ergreifen. Sie konnte sich nur zu gut vorstellen, wie Brodie *darauf* reagieren würde.

„Ich ...", begann sie und brach ab.

„Sie *müssen* es einfach tun", beschwor Laura sie, doch in ihrer Bitte schwang gleichzeitig ein unüberhörbarer Unterton von Arroganz mit. „Er ist siebzehn Jahre alt. Und da er sich vor dem Erwachsenenstrafgericht schuldig bekannt hat, wird er in ein Erwachsenengefängnis kommen. Und das wird er nicht überleben! Wenn Sie sich für ihn einsetzen, wird das Gericht vielleicht mildernde Umstände anerkennen."

Mildernde Umstände. Waren die in diesem Fall wirklich angebracht? Layla Parker war tot, und trotz der Fortschritte würde Taryn bis ans Ende ihres Lebens mit den Folgen des Unfalls zu kämpfen haben.

„Das kann ich mir kaum vorstellen, Laura", entgegnete sie so sanft wie möglich. „Was Charlie getan hat, war ein großer Fehler. Finden Sie nicht, dass er Strafe verdient hat?"

Lauras Hände zitterten ein wenig. „Mein Sohn hat einen schrecklichen Fehler gemacht, ja. Aber er tut sein Bestes, das sehen Sie doch auch, oder nicht? Er hilft Ihnen mit diesem Mädchen, richtig?"

Mit *diesem Mädchen*, als ob es sich bei Taryn um irgendeine namenlose Unannehmlichkeit handelte. Als was würde sie wohl Layla bezeichnen? „Ja. Charlie war sehr geduldig mit Taryn, und sie hat sich immer gefreut, wenn er kam. Ich denke, seine Besuche waren hilfreich."

„Am Anfang war ich nicht gerade begeistert davon. Ich dachte, es wäre ein Fehler. Und in gewisser Weise denke ich das noch immer. Ohne diesen Kontakt mit ihr hätte er niemals die Schuld auf sich genommen. Schon gar nicht gegen den Willen seines Vaters und seiner Anwälte."

Da musste Evie ihr zustimmen. Zwar hatte sie Brodie gegenüber nichts dergleichen erwähnt, aber sie war davon überzeugt, dass Charlie durch seine Besuche erst richtig begriffen hatte, wie schwer verletzt Taryn war. Sie musste daran denken, was sie zu Charlie gesagt hatte, als er sie im Garten abgefangen und gefragt hatte, ob er Taryn besuchen dürfe.

Du kannst nicht länger weglaufen. Du wirst wissen, dass jede frustrierende Übung, die sie machen muss, jeder schmerzhafte Muskelkrampf, deine Schuld ist.

„Ich muss gestehen", fuhr Laura fort, „dass Charlie seit ein paar Wochen irgendwie … anders ist. Ich kann es nicht richtig erklären. Er ist nicht mehr so rastlos, nicht mehr so überspannt."

Evie dachte daran, wie verzweifelt er an jenem Morgen auf dem Woodrose Mountain gewesen war, und an ihre Angst, dass er sich etwas antun könnte. „Manchmal braucht man einfach nur ein Ziel. Vielleicht hat er erkannt, wie gut es einem selbst tut, wenn man anderen seine Hilfe anbietet."

Die Worte blieben ihr fast im Hals stecken, als die Wahrheit ihr ins Gesicht schlug wie die Hantel, die Taryn von sich geschleudert hatte.

Sie war die schlimmste Heuchlerin der Welt! Sie hatte sich vollkommen in sich zurückgezogen und sich geweigert, anderen zu helfen. Sie hatte entschieden, dass es wichtiger war, sich selbst zu schützen, als jemals wieder einen anderen Menschen wirklich nahe an sich heranzulassen.

Oh, natürlich hatte sie so oberflächliche Dinge getan wie am Giving-Hope-Day den Zaun einer alten Nachbarin zu streichen oder Geld für die Layla-Stiftung zu sammeln. Doch bei all dem hatte sie immer streng darauf geachtet, sich niemandem wirklich zu öffnen.

Seit Cassies Tod vor zwei Jahren hatte sie ignoriert, was im Leben wirklich zählte – nämlich, sich selbst zu vergessen, indem man anderen half.

Sie *selbst* könnte auch ein Ziel gebrauchen. Oh, natürlich liebte sie ihre Arbeit im Schmuckladen. Aber war es nicht viel wichtiger, anderen dabei zu helfen, ein erfülltes Leben führen zu können?

Laura spielte mit der Drahtzange herum. „Letztes Jahr wäre er noch beinahe von der Schule geflogen, und jetzt redet er davon, für seine Fehler einstehen zu wollen, den Schulabschluss zu machen und dann auf ein College zu gehen. Auf einmal möchte er Medizin studieren. Das hat er mir gesagt. Er möchte Arzt werden oder Physiotherapeut, so wie Sie."

Ich bin keine Physiotherapeutin mehr, wollte Evie automatisch beteuern, aber diese Worte kamen ihr auf einmal so schal vor. Sie arbeitete vielleicht nicht mehr als Physiotherapeutin, aber sie konnte nicht davor weglaufen, was ihr tief im Herzen wichtig war. Die Wochen mit Taryn hatten ihr doch aufgezeigt, wie sehr sie diese Arbeit noch immer liebte.

„Also, werden Sie es tun?", fragte Laura.

Sie hatte keine Ahnung, was sie darauf entgegnen sollte. Auf keinen Fall wollte sie Brodie hintergehen – wenn ihre Aussage vor Gericht für mildernde Umstände sorgte, würde er sie mit Sicherheit als illoyal betrachten. Auf der anderen Seite war sie einfach nicht sicher, dass eine harte Strafe wirklich das Beste für den Jungen war.

Schließlich seufzte sie. „Laura, ich werde vor Gericht nur von Charlies Besuchen erzählen und schildern, was genau er mit Taryn trainiert hat. Aber ich werde mich nicht dazu äußern, ob diese Tatsache seine Strafe beeinflussen sollte. Ich werde mich nicht für mildernde Umstände aussprechen, sondern nur die Fakten darlegen. Darüber müssen Sie sich im Klaren sein."

Laura presste die Lippen zu einer dünnen Linie zusammen. „Ich schätze, das muss dann wohl reichen. Ich gebe unseren Anwälten Bescheid. Wir brauchen Sie am Freitagnachmittag um dreizehn Uhr vor Gericht. Ich lasse Ihren Namen in die Zeugenliste aufnehmen", sagte sie und klang dabei so gönnerhaft, als ob sie gerade eine Einladung zu einem wichtigen gesellschaftlichen Ereignis ausgesprochen hätte.

Was habe ich mir da nur eingebrockt? fragte sich Evie, als sie Laura verabschiedet hatte und die Alarmanlage wieder einschaltete. Das war's dann wohl mit ihrem ruhigen, entspannten und produktiven Abend. Jetzt würde sie sich die ganze Nacht darüber Gedanken machen, ob Brodie ihr diesen Verrat jemals verzeihen würde.

13. KAPITEL

Er hätte sich am liebsten selbst geohrfeigt. Wie hatte er auch nur eine Sekunde glauben können, dass das hier eine gute Idee war?

Brodies Bauchmuskeln waren aufs Äußerste angespannt, als er den Rollstuhl aus dem Fahrstuhl schob. In diesem Stockwerk fand die Verhandlung gegen Charlie Beaumont statt. Am liebsten hätte er auf dem Absatz kehrtgemacht und wäre mit ihr wieder nach Hause gefahren. Diese dumme Idee konnte sich nur als komplettes Desaster herausstellen.

Seine Schritte hallten auf den Holzböden des alten Gerichtsgebäudes wider, in denen früher einmal Pferdediebe und Wegelagerer verurteilt worden waren. In seinem Kopf hämmerte der Schmerz dazu im selben Takt.

Im Gegensatz zu ihm war Taryn ruhig und gefasst. Sie saß mit ordentlich gefalteten Händen in ihrem Rollstuhl und betrachtete interessiert die hohen Decken und die altmodischen Verzierungen an den Türrahmen.

Sie sah sehr hübsch aus. Ihr Haar, inzwischen wieder etwas länger, wurde von einem perlenbesetzten Reif aus dem Gesicht gehalten. Sie hatte sich mit Stephanie Kramers Hilfe sogar selbst geschminkt.

Wäre dieser verdammte Rollstuhl nicht gewesen, dann hätte sie fast wie die Cheerleaderin ausgesehen, die sie einmal gewesen war.

Mit stolzgeschwellter Brust dachte er, dass seine Tochter hundertmal mehr Mumm hatte als die meisten Mädchen in ihrem Alter. Was aber noch lange nicht hieß, dass er mit ihrem Vorhaben einverstanden war.

„Du kannst es dir noch überlegen, Kleines."

„Nein, ich möchte es tun." Ihre Stimme war klar und fest, nicht das geringste Zögern war zu erkennen.

Trotzdem wollte er sie am liebsten irgendwo hinbringen,

wo sie in Sicherheit war. Wie konnte ein Vater zulassen, dass sein Mädchen so etwas durchmachte? Er blieb vor der Tür stehen. Rein rechtlich könnte er ein Machtwort sprechen und ihr diesen ganzen Unsinn verbieten. Immerhin war sie noch minderjährig.

Aber er musste Evie zustimmen. Taryn hatte sich das Recht verdient, ihre eigene Entscheidung zu treffen. Sie hatte einen langen, harten Weg hinter und einen noch längeren vor sich. Wenn sie das hier wirklich tun wollte – und das hatte sie ihm in der vergangenen Woche immer wieder versichert –, dann durfte er es ihr nicht verbieten.

Aber er musste es deswegen trotzdem nicht gut finden.

Schwer seufzend schob er sie in den Gerichtssaal, wo sofort das Gemurmel der Zuschauer abbrach. Natürlich – Taryns Erscheinen im Rollstuhl bewirkte genau den Wirbel, den er befürchtet hatte.

Der Gerichtssaal war voll besetzt. Da die Staatsanwaltschaft beschlossen hatte, wegen der Schwere des Falls nicht vor dem Jugendgericht, sondern dem normalen Strafgericht zu verhandeln, war die Vernehmung öffentlich. Und wie es schien, wollten viele Bewohner der Stadt den Ausgang höchstpersönlich miterleben. Einige Ladenbesitzer, bei denen in jener Nacht eingebrochen worden war, saßen auf den Zuhörerbänken. Maura McKnight-Parker und ihre Familie füllten eine komplette Reihe aus.

Und zu seiner Überraschung entdeckte er weiter hinten Evie. Sie saß in der Nähe des Gangs und warf ihm ein unsicheres Lächeln zu, dann rutschte sie einen Stuhl weiter, um ihm Platz zu machen.

Da sie nicht der voyeuristische Typ war wie viele andere hier, war sie wohl als moralische Unterstützung für Taryn gekommen. Sie zu sehen, so hübsch und für ihre Verhältnisse konservativ gekleidet – dunkelblauer Blazer, weiße Seidenbluse –, hatte sofort eine beruhigende Wirkung auf ihn.

Und obwohl er sich den Grund nicht so recht erklären konnte, war er zutiefst dankbar dafür. Denn mit Evie an seiner Seite konnte er vielleicht diese Verhandlung durchstehen, ohne Taryn mittendrin durch die Hintertür wieder aus dem Saal zu schaffen.

Nachdem er den Rollstuhl in dem breiten Gang geparkt hatte, setzte er sich neben Evie. Ihr Duft – süß und rein und undefinierbar – lag leicht in der Luft. Wie froh er war, sie zu sehen.

Das ergab natürlich überhaupt keinen Sinn. Es schien eine Ewigkeit her zu sein, dass sie sich so zärtlich geküsst hatten, unabhängig davon, wie oft er daran denken musste. Er hatte sie aus Kalifornien ein Dutzend Mal anrufen wollen, nur um ihre ruhige und vernünftige Stimme zu hören. Ein paarmal hatte er ihre Nummer sogar tatsächlich gewählt, doch dann wie ein verunsicherter Teenager hastig wieder aufgelegt.

Sie wollte nicht mit ihm zusammen sein, das hatte sie ihm mehr als deutlich gesagt, und das musste er wohl schweren Herzens respektieren. „Danke, dass du gekommen bist", begann er, nachdem sich das Schweigen zwischen ihnen zu lange ausgedehnt hatte.

Sie blickte auf ihre Hände hinab. „Du solltest mir besser noch nicht danken, Brodie."

„Wieso nicht?"

Bevor sie antworten konnte, verstummte das Gemurmel der Zuschauer erneut, denn nun betraten Laura und William Beaumont mit ihrem Sohn und einem Team von Anwälten den Raum.

Die Beaumonts wirkten wie eine Einheit, stabil und unverwüstlich. Charlie schien nicht begeistert von Taryns Anwesenheit zu sein, düster starrte er in ihre Richtung.

Brodie versuchte, seine eigene Reaktion zu analysieren, als die Familie den Gang entlang nach vorn ging. Mrs Beaumont blieb auf seiner Höhe stehen. Sie wirkte aristokratisch gelangweilt von dieser ganzen Geschichte, allerdings glaubte Brodie, ein nervöses Zucken ihrer Augenlider zu sehen.

„Ich war mir nicht sicher, ob Sie kommen würden“, sagte sie. Einen Moment lang dachte er, dass sie ihn meinte, doch dann begriff er, an wen sie sich gewandt hatte.

„Ich sagte doch, dass ich komme“, entgegnete Evie steif.

„Danke“, murmelte Laura, dann setzte sie sich weiter vorn neben ihren Mann und ihren Sohn.

Er runzelte die Stirn. „Warum bedankt sie sich bei dir?“, wollte er wissen. „Weshalb bist du hier?“

Ihre Blicke trafen sich. „Ich soll für Charlie aussagen.“

Einen Moment lang konnte er sie nur anstarren, in seinem Bauch breitete sich eine Mischung aus Wut und tiefer Verletzung aus. Er fühlte sich betrogen. Sie war also nicht gekommen, um ihn und Taryn zu unterstützen. Sie war hier, um sich für diesen verdammten Charlie Beaumont einzusetzen. Die Ruhe, die er bei ihrem Anblick empfunden hatte, verwandelte sich in einen Wirbelsturm aus Zorn. „Und du warst einverstanden?“

Sie schien mit seiner Wut gerechnet zu haben. Natürlich. Und trotzdem war sie bereit auszusagen – das verletzte ihn fast noch mehr als alles andere.

„Ja“, sagte sie nur.

„Du und dein verdammtes weiches Herz. Es ist schon schlimm genug, dass du mich überredet hast, Taryn heute aussagen zu lassen. Und jetzt willst du dem Gericht erzählen, wie leid es diesem armen, missverstandenen Goldjungen tut und dass er schon genug gelitten hat. Dabei hat dieser kleine Scheißkerl, den du offenbar für einen Engel hältst, die Zukunft meiner Tochter zerstört.“

„Falsch. Sie hat eine Zukunft“, widersprach Evie leise. „Und zwar eine strahlende Zukunft. Und nicht zuletzt, weil dieser *kleine Scheißkerl* ihr dabei geholfen hat.“

Er hätte sie am liebsten angebrüllt und laut geflucht, doch in diesem Moment trat der Gerichtsdiener nach vorn.

„Erheben Sie sich zu Ehren der Vorsitzenden Richterin Kawa."

Alle außer Taryn standen auf, und Ivy Kawa betrat den Gerichtssaal, schmal und klein und doch härter als jeder Wildwest-Richter, der jemals auf dieser Richterbank Platz genommen hatte.

Natürlich kannte er sie persönlich – Hope's Crossing war trotz der oftmals überwältigenden Touristenströme eine Kleinstadt –, aber nicht besonders gut. Wenn er sich recht erinnerte, spielte ihr Mann mit William Beaumont Golf. Allerdings war er davon überzeugt, dass Richterin Kawa sich davon in keiner Weise beeinflussen lassen würde.

In knappen Worten erklärte die Richterin den Zweck dieser Verhandlung. Nach Charlies Schuldbekenntnis sollte eine gerechte Strafe für ihn festgelegt werden. „Bitte keine Dramen und keine hysterischen Ausbrüche. Das hier ist ein Gerichtsverfahren."

Taryn zappelte ein wenig in ihrem Rollstuhl. „Wenn du es dir anders überlegt hast, brauchst du es nur zu sagen, Liebling", flüsterte Brodie ihr zu. „Wir müssen nicht bleiben."

„Doch, ich schon."

„Ich meine ja nur." Obwohl er sie keines Blickes mehr würdigte, spürte er Evies Anwesenheit neben sich überdeutlich. Ihr Verrat brannte wie Feuer in seinem Bauch.

Sie wollte ihn so gern berühren – eine Hand auf seinen Arm legen oder wenigstens ihre Schulter gegen seine drücken. Irgendetwas.

Aber sein ganzer Körper strahlte Wut aus, und deswegen ließ sie ihre Hände sorgsam gefaltet im Schoß liegen, während sie den Aussagen verschiedener Ladenbesitzer lauschte, die über die Einbrüche in dieser Nacht berichteten.

Mike Payson von *Mike's Bikes* erzählte von seinen finanziellen Verlusten, aber auch allgemein von dem Gefühl, überfallen worden zu sein, und der unterschwelligen Bedrohung, die ihn bis heute nicht mehr losließ.

Claire sprach über ihren Unfall und die daraus resultierenden Verletzungen und darüber, wie Macy und Owen sich jedes Mal versteiften, wenn sie aus irgendeinem Grund den Silver Strike Canyon hinauffahren mussten.

Und die ganze Zeit fragte Evie sich, ob es irgendeine Möglichkeit gab, ihren Namen von der Zeugenliste streichen zu lassen. Darüber grübelte sie sogar noch nach, als nach etwa einer Dreiviertelstunde der Gerichtsdiener ihren Namen rief.

Mit flatternden Nerven stand sie auf, um auf dem Podest vor der Richterbank Platz zu nehmen. Zumindest musste sie nicht in den Zeugenstand.

„Bitte nennen Sie für das Protokoll Ihren vollen Namen und Ihren Beruf", wies Richterin Kawa sie an.

Evie holte tief Luft. „Mein Name ist Evaline Marie Blanchard. Ich bin ..." Sie zögerte nur den Bruchteil einer Sekunde. „Ich bin ausgebildete Physiotherapeutin", fuhr sie dann mit fester Stimme fort. „In den vergangenen Wochen habe ich für Taryn Thorne ein intensives Rehaprogramm zusammengestellt und mit ihr direkt gearbeitet."

„Und Sie wollen eine Aussage zugunsten des Angeklagten machen?"

„Nein", sagte sie und war sich des überraschten Gemurmels in den Zuschauerreihen vage bewusst. „Als ich gebeten wurde, eine Aussage zu machen, habe ich ganz klar gesagt, dass ich nur sachlich über meine Zusammentreffen mit dem Angeklagten sprechen werde. Über eine in meinen Augen angemessene Strafe werde ich keine Aussage treffen."

„Fahren Sie fort", forderte die Richterin sie mit gerunzelter Stirn auf.

Evie umklammerte das Blatt mit den Aufzeichnungen, über die sie sich die letzten zwei Tage den Kopf zerbrochen hatte.

„Vor einigen Wochen habe ich Charlie Beaumont zufällig auf einem Wanderweg in den Bergen getroffen. Im Laufe des Gesprächs habe ich erwähnt, dass ich Taryn Thornes Physiotherapeutin war, und er hat nach ihrem Befinden gefragt. Weil ich dachte, dass es Taryn motivieren würde, Kontakt mit Jugendlichen in ihrem Alter zu haben – und weil ich wusste, dass Charlie und Taryn vor dem Unfall befreundet waren –, habe ich ihm erlaubt, sie zu besuchen. Und zwar ohne das Wissen und ohne die Zustimmung ihres Vaters, wie ich hinzufügen möchte. Taryn schien sich über seine Besuche zu freuen, und sie machte in der Therapie größere Fortschritte als davor. Als Charlie fragte, ob er wiederkommen könne, habe ich Ja gesagt, obwohl ich mir nicht sicher war, ob es wirklich förderlich für die Therapie wäre."

Sie hob den Kopf und sah, dass Maura sie mit ernstem Blick beobachtete. Brodie blickte knapp an ihr vorbei, und ihr Magen krampfte sich zusammen. Aber jetzt war es zu spät. Sie saß hier fest, ob es ihr passte oder nicht.

Evie räusperte sich, weil sie es auf einmal eilig hatte, die ganze Sache hinter sich zu bringen. „In den letzten drei Wochen hat Charlie sie dann regelmäßig während ihrer Therapiesitzungen besucht. Meistens viermal die Woche, immer für eine Stunde. Zu meiner größten Überraschung war er bemerkenswert geduldig und sanft mit ihr, und Taryn hat in dieser Zeit unglaubliche Fortschritte gemacht. Sie kann inzwischen wieder längere Zeit aufrecht stehen, sie kann einige Schritte ohne Hilfe gehen, und ganz allgemein hat ihre körperliche Kraft zugenommen. Ob das an Charlie liegt, kann und will ich nicht beurteilen. Vielen Dank."

Kurz und knapp, ohne Schnörkel oder Ausschmückungen. Ob die Richterin ihren Worten Bedeutung zumaß oder nicht, lag nicht in ihrer Hand.

Sie verließ das Podium. Am liebsten wäre sie schnurstracks aus dem Saal gelaufen, aber das wäre feige gewesen. Außerdem konnte sie nicht gehen, bevor sie gehört hatte, was Taryn so dringend loswerden wollte.

Zumindest hätte sie sich lieber woanders hingesetzt, doch jeder Stuhl war besetzt. Zaghaft ging sie zu ihrem Platz zurück und spürte, wie Brodies Missfallen brennend heiß auf sie abstrahlte.

Sie wollte ihm sagen, wie leid es ihr tue, aber dann ärgerte sie sich darüber. Sie hatte nichts ungeheuerlich Schlimmes getan, sondern einfach Tatsachen geschildert. Wenn er noch immer nicht begreifen wollte, wie sehr Charlie seiner Tochter geholfen hatte, dann war das sein Problem, nicht ihres.

Nachdem ein Sonntagsschullehrer erklärt hatte, was für ein guter Junge Charlie immer gewesen sei, und sein Fußballtrainer beteuert hatte, wie sehr er sich immer für sein Team eingesetzt habe, war Taryn an der Reihe.

Evie spürte, dass Brodie sich versteifte, und trotz allem wollte sie nichts anderes, als ihn zu berühren, um ihm ihre Unterstützung zu signalisieren. Doch ohne sie eines Blickes zu würdigen, erhob er sich, schob den Rollstuhl seiner Tochter nach vorn und stellte die Bremse fest.

Umständlich richtete Taryn sich auf.

Richterin Kawa beobachtete sie zunächst verwirrt, dann mit zunehmender Überraschung. „Junge Dame, Sie müssen nicht aufstehen. Bleiben Sie ruhig sitzen."

Taryn schüttelte den Kopf und klammerte sich an der Tischkante fest. „Nein. Ich möchte … stehen."

„Wenn Sie sicher sind. Aber natürlich dürfen Sie sich jederzeit wieder setzen."

Taryn nickte, dann warf sie Brodie über die Schulter einen Blick zu. „Dad. Setz dich hin", sagte sie, und jemand kicherte.

Brodie schien während ihrer Aussage lieber bei ihr bleiben zu wollen, doch nach kurzem Zögern kehrte er zu seinem Platz zurück und ließ sich steif neben Evie nieder.

„Mein Name ist Taryn Thorne.“ Sie formulierte die Worte sehr deutlich, und Evie platzte fast vor Stolz. Unglaublich, welche Fortschritte Taryn seit ihrer Entlassung aus der Klinik gemacht hatte.

„Ich wurde bei dem Unfall verletzt. Ich kann noch immer nicht … besonders gut gehen und ich spreche etwas k…komisch. Aber es wird besser. Charlie ist mein Freund. Er hilft mir bei der Therapie, egal, wie langweilig sie ist.“

Sie schwieg einen Moment, lange genug, dass Evie Brodies angespannte Nervosität spüren konnte. Er schien kurz davor aufzuspringen, um wieder an die Seite seiner Tochter zu eilen.

„Und ich möchte aussagen“, fuhr Taryn schließlich fort, „dass Charlie nicht ins Gefängnis gehen sollte. Auf keinen Fall. Es wäre falsch. Nichts von all dem … ist seine Schuld.“

Charlie sprang auf. „Doch! Hören Sie nicht auf sie.“

„Junger Mann, Sie befinden sich in einem Gerichtssaal. Sie können nicht einfach drauflosreden. Bitte nehmen Sie wieder Platz“, sagte die Richterin streng.

„Sie weiß doch gar nicht, was sie redet. Sie kann sich nicht erinnern!“

„Doch. Doch … ich erinnere mich. An alles.“ Taryn umklammerte die Tischplatte noch fester. „Wir waren so dumm. Und Charlie kann nichts dafür. Das alles war … meine Idee. In die Läden einzubrechen, meine ich. Ich war sauer auf meinen Dad. Er wollte mir verbieten, weiterhin … Cheerleaderin zu sein, weil ich schlechte Noten hatte und oft zu spät nach Hause gekommen bin. Ich wollte ihm wehtun.“

Brodies Kiefermuskeln spannten sich an, er sog laut den Atem ein. Evie konnte nicht länger einfach nur neben ihm sitzen und nichts tun. Er hatte eine Hand zur Faust geballt, auf die sie jetzt sanft ihre eigene legte. Nach einem Moment konnte sie spüren, wie seine Anspannung etwas nachließ. Er öffnete die Finger und nahm ihre Hand, obwohl er sie noch immer nicht ansah.

„Layla, Charlie, Jason, Aimee und ich waren in dem Auto. Jason Hoyt und Aimee T…Taylor. Jason wusste … wie man Alarmanlagen ausschaltet und Türen aufbricht. Ich weiß nicht, woher. Jedenfalls war es viel zu … einfach. Nachdem wir ein paar Sachen aus dem Laden meines Dads geklaut haben, haben wir beschlossen, noch bei anderen einzubrechen. Nur aus S…spaß."

Taryn wirkte schuldbewusst und klein hinter dem Tisch. Ihre Lippen zitterten, aber sie stand noch immer aufrecht. „Es ging nicht ums Geld. Wir waren … dumm und … uns war langweilig, schätze ich. Jason und Aimee waren high. Ich nicht. Und Layla und Charlie auch nicht. Im *String Fever* haben wir aus Versehen eine Kiste mit Perlen umgeworfen … und Jason fand das total lustig. Er hat noch andere umgeworfen, und wir alle dann auch. Wir haben ein … totales Chaos angerichtet. Hinterher tat mir das wirklich leid, mir war ganz schlecht. Ich mag Claire. Aber dann habe ich alles nur noch schlimmer gemacht."

Evie richtete den Blick auf Charlie und entdeckte etwas, das ihr die ganze Zeit über verborgen geblieben war. Wie hatte sie das nur übersehen können? Taryn war bis über beide Ohren in den Jungen verliebt. Auch wenn sie immer betonte, dass sie und Charlie nur Freunde waren, gingen ihre Gefühle für ihn unübersehbar viel, viel tiefer.

„Ich habe … mir eine Schere geschnappt und das Hochzeitskleid seiner Schwester zerfetzt. Das war dumm. Ich weiß nicht, warum ich das gemacht habe. Aber Charlies Eltern ignorieren ihn immer. Das hat ihm wehgetan. Ihnen ging es ständig nur um diese bescheuerte Hochzeit. Er hatte die Nase voll davon … und ich wollte ihm helfen."

Inzwischen wirkte sie ziemlich wacklig auf den Beinen, und Evie war sich nicht sicher, ob Taryn noch lange würde stehen können. Sie wollte nach vorn gehen und sie festhalten, aber die Richterin hätte eine Unterbrechung sicher nicht gutgeheißen.

„Am nächsten Abend hat Jason erzählt, dass es da ein leer stehendes Ferienhaus gibt, wo wir abhängen und einen Film gucken könnten. Da wäre jede Menge … Bier im Kühlschrank. Charlie wollte keins. Er war der Fahrer.“ Eine Träne rollte über Taryns Wange, und Brodie stieß ein leises Knurren aus, das außer ihr vermutlich niemand hören konnte. „Wir … haben ihn überredet. Wir haben ihn so lange aufgezogen, bis er auch Bier getrunken hat.“

„Taryn, halt die Klappe.“ Wieder sprang Charlie auf, die Hände zu Fäusten geballt. „Das spielt doch jetzt gar keine Rolle. Das alles ist völlig unwichtig.“

„Junger Mann, ich muss Sie erneut bitten, still zu sein, oder ich lasse Sie aus dem Gerichtssaal entfernen. Haben Sie das verstanden?“

„Sie muss das nicht tun. Das alles ist meine Schuld. Ich habe getrunken. Und ich bin zu schnell gefahren. Es ist meine Schuld!“

„Mr Beaumont, setzen Sie sich! Und Sie, Ms Thorne, dürfen fortfahren.“

Taryn schluckte, und eine zweite Träne folgte der ersten. Nach langem Zögern sank Charlie wieder auf die Bank und vergrub das Gesicht in den Händen.

„Kann … ich mich jetzt … setzen?“, fragte Taryn leise.

„Natürlich“, sagte die Richterin. Bevor Brodie aufspringen konnte, hatte der Gerichtsdiener ihr bereits den Rollstuhl hingeschoben. Als Taryn saß, reichte er ihr das Mikrofon. Taryn hielt es im Schoß.

„Also … Layla wollte nicht in dem Ferienhaus bleiben. Sie wollte … nach Hause. Sie sagte, es sei f…falsch und wir sollten gehen. Charlie fand das auch. Er meinte, wir sollten mit all dem aufhören und dass wir sonst … echt in Schwierigkeiten geraten könnten. Jason nannte ihn einen … Schlappschwanz.“

Das letzte Wort schien ihr peinlich zu sein, und Evie wäre am liebsten nach vorn gestürzt, um sie in die Arme zu reißen und ihr zu sagen, dass sie damit aufhören solle. Brodie zerquetschte ihre Hand beinahe.

„Ch...Charlie meinte, dass er und Layla jetzt fahren würden, und wir könnten dann ja gern zu Fuß nach Hause gehen. Also sind wir alle bei ihm eingestiegen." Ihre Stimme zitterte, sie wischte sich mit einer Hand die Tränen von den Wangen.

„Genug", meinte Brodie. „Sie muss jetzt damit aufhören."

„Ms Thorne, möchten Sie eine Pause machen?", fragte Richterin Kawa sanft.

Taryn schüttelte den Kopf. „Nein. Ich ... möchte jetzt alles erzählen. Ist das okay?"

„Fahren Sie fort."

Sie sah unglücklich und verloren aus, wie sie da in ihrem Rollstuhl saß. Hatte sie diese Last die ganze Zeit mit sich herumgeschleppt? War dies der Grund, warum sie sich geweigert hatte, bei der Therapie mitzumachen?

„Ich habe mich nicht angeschnallt. Und Layla auch nicht. Ich weiß nicht, wieso. Wir haben es einfach nicht getan. Charlie sagte auf der Rückfahrt, dass er sich stellen und der Polizei erzählen würde, was er getan hat. Wir haben gestritten und durcheinandergeschrien, und dann haben wir ... hinter uns das Polizeilicht gesehen. Charlie hat geflucht. Er wollte anhalten." Sie schluchzte leise. „Ich sagte ihm, dass er weiterfahren soll. Ich habe ihn angebrüllt, immer wieder. *Fahr, los, fahr weiter!* Ich wusste, mein Dad ... würde mich umbringen."

„Sei einfach still, Taryn", schrie Charlie, aber sein bleicher Vater packte ihn am Arm.

„Nein!", schrie sie zurück. „Es war nicht dein ... F...Fehler. Du wolltest anhalten. Wir alle haben dir gesagt, dass du schneller fahren sollst. Sogar ... Layla. Sie sagte, dass ihr Onkel – er ist Polizist und saß an dem Abend mit im Streifenwagen – uns bestimmt nicht bei Schnee und Eis verfolgen würde. Und dass wir alle dann einfach nach Hause gehen könnten. Wir hätten dich anhalten lassen sollen. Es tut mir so leid. Es ist meine Sch…Schuld. Das alles war … meine Idee. Ich hätte … sterben sollen. Nicht Layla. Nicht Layla."

Jetzt schluchzte sie laut. Brodie sprang auf, eilte zu seiner Tochter und nahm sie in die Arme. Weinend drückte Taryn sich an seine Brust, und schweren Herzens betrachtete Evie diese beiden Menschen, die sie so sehr liebte.

Mit Tränen in den Augen sah sie Maura an, die wie erstarrt wirkte, verloren. Ihre Mutter Mary Ella zog sie fest in die Arme.

Selbst die Richterin wirkte erschüttert. Energisch schlug sie ein paarmal mit dem Hammer auf den Tisch. „Ruhe bitte. Ruhe! War das alles, was Sie sagen wollten, Ms Thorne?"

Noch immer an Brodies Brust geschmiegt, nickte Taryn.

„In diesem Fall denke ich, dass wir alle eine Pause benötigen. Die Verhandlung wird in einer Viertelstunde fortgesetzt."

Evie blieb einen Moment lang sitzen, nicht sicher, was sie tun sollte. Arme, arme Taryn. Sie glaubte wirklich, für die Katastrophe in dieser Nacht verantwortlich zu sein. Und wahrscheinlich dachte sie auch, dass sie ihre Verletzungen und Schmerzen mehr als verdient habe.

Immer und immer wieder hatte sie ihnen gesagt, dass Charlie keine Schuld traf, doch niemand hatte ihr zugehört.

Jetzt sah sie, dass Brodie versuchte, Taryn aus dem Gerichtssaal zu schieben. Doch wegen der Zuschauer, die für die Pause dem Ausgang zustrebten, kam er nicht durch die Gänge. Evie kannte dieses unerklärliche Phänomen, dass die meisten Menschen einen Rollstuhl selbst dann nicht wahrnahmen, wenn er sie praktisch überrollte. Sie sprang auf, um den Weg frei zu machen.

Kurz darauf hatten sie es geschafft. Evie stand mit den beiden auf dem Flur des Gerichtsgebäudes, als wären sie eine Einheit wie die Beaumonts. Aber dieser Eindruck täuschte.

„Es tut mir leid, Dad", sagte Taryn. „Es tut mir so leid. Ich weiß … dass du mich jetzt hasst."

„Ich hasse dich nicht. Ich könnte dich niemals hassen, Liebling."

Evie wollte diesen privaten Moment nicht stören. Doch als sie sich langsam entfernen wollte, hielt Taryn sie zu ihrer Überraschung am Arm fest. „Danke … Evie. Ich musste einfach die Wahrheit sagen. Niemand hat mir … zugehört."

Das war also der Grund, warum sie unbedingt vor Gericht hatte aussagen wollen – die Schuldgefühle hatten sie innerlich zerfressen. Evie konnte nur beten, dass ihr jetzt diese überschwere Last von den Schultern genommen war und Taryn sich ab sofort wirklich auf ihre Genesung konzentrieren konnte.

„Habe ich dir schon mal gesagt, dass du so ziemlich der mutigste Mensch bist, den ich je getroffen habe?", fragte Evie sanft. Dann zog sie Taryn in die Arme und schloss die Augen. Wie leer ihr Leben ohne Taryn und Brodie sein würde.

Als sie sich wieder aufgerichtet hatte, stellte sie fest, dass Brodie sie mit undurchschaubarem Blick betrachtete. Er öffnete den Mund, um etwas zu sagen, doch in diesem Moment kam Maura zu ihnen, das Gesicht kreidebleich. Evie hätte sich beinahe beschützend vor Taryn gestellt, so wie Jacques es wahrscheinlich getan hätte, aber das war natürlich albern. Maura würde dem Mädchen niemals etwas antun, egal, wie unerträglich ihr eigener Schmerz war.

„Taryn, es machen sich schon genug Leute Vorwürfe …" Ihre Stimme brach. „Layla hätte nicht gewollt, dass du diese Schuld mit dir herumschleppst, Liebes." Sie legte Taryn kurz eine Hand auf die Schulter, dann ging sie zurück in den Gerichtssaal.

Taryn blickte ihr nach, einen abwesenden Ausdruck in den Augen.

„Sie hat recht", bestätigte Evie. „Manchmal sind Tragödien genau das. Tragische Zufälle. Niemand hat Schuld daran.

Sicher, man hätte andere Entscheidungen treffen können. Du hättest verstehen können, dass dein Dad für dich immer nur das Beste wollte. Er liebt dich und wollte dich nicht einfach nur bestrafen. Du hättest dich entscheiden können, mit ihm zu sprechen. Jeder Einzelne von euch hätte die ganze Zeit verhindern können, was geschehen ist."

Taryn sagte noch immer nichts, und Evie runzelte die Stirn. Irgendetwas war nicht in Ordnung. „Taryn?"

Auf einmal fiel Taryns Kopf nach hinten, als hätte jemand die Fäden einer Marionette durchgeschnitten. Ihre Glieder begannen zu zucken. Evie sah, dass ihre Pupillen geweitet waren und die Augen sich unkontrolliert bewegten. Sie schnappte erschrocken nach Luft. „Taryn!"

„Was hat sie? Was geschieht da gerade?", fragte Brodie erschrocken.

„Ich glaube, sie hat einen Anfall."

„Einen Anfall? Aber der letzte ist schon Monate her! Ich dachte, das wäre ein für alle Mal vorbei."

„Offenbar nicht." Sie hatte jetzt nicht genug Zeit, ihm zu erklären, dass epileptische Anfälle eine häufige Nebenerscheinung von schweren Gehirnverletzungen waren – eine Art Kurzschluss in der komplizierten Verdrahtung des Hirns.

„Wir müssen sie sofort aus dem Stuhl herausheben und sie auf die Seite legen. Auf diese Weise können wir ihr das Atmen erleichtern."

Ohne Zögern nahm Brodie seine Tochter auf den Arm und legte sie auf den Boden. Dann rollte er sie auf die Seite, während Evie ihr Kinn an die Brust drückte, um zu verhindern, dass Taryn sich verschluckte.

„Soll ich einen Notarzt rufen?" Trotz der Hektik erkannte sie das überwältigende Vertrauen in seinem Blick.

„Wir sollten ihr ein paar Minuten Zeit geben, vielleicht schafft sie es allein. Ihr habt nicht zufällig ein Medikament gegen Krampfanfälle in Taryns Tasche?"

„Nein.“ Besorgt sah er sie an. „Ich glaube nicht. Wie gesagt, sie hatte seit der Klinik keine Anfälle mehr. Wir dachten, das wäre vorbei. Verdammt, ich hätte sie heute nicht aussagen lassen dürfen. Ich wusste, dass es zu viel für sie ist.“

Erinnerungen überwältigten sie, schmerzhaft und erdrückend. Sie konnte das nicht ertragen. Nicht schon wieder. Cassie war nach einem epileptischen Anfall im Schlaf gestorben, ihr Herz hatte aufgehört zu schlagen. Am nächsten Morgen hatte Evie sie gefunden und versucht, sie wiederzubeleben, während sie verzweifelt auf den Krankenwagen gewartet und ihre Tochter angefleht hatte, zu ihr zurückzukommen. Obwohl sie längst gewusst hatte, dass es zu spät war.

Nein. Das war die Vergangenheit. Das Heute zählte. Taryn brauchte sie.

„Gut, ruf den Krankenwagen“, sagte sie schließlich, als der Anfall nach ein, zwei Minuten nicht vorüber war.

Brodie wählte 911, während Evie Taryns Puls überprüfte, der zum Glück gleichmäßig war. In diesem Moment hasteten Mary Ella, Claire und Katherine auf sie zu.

„Wir haben gerade davon gehört.“ Katherine kniete sich neben ihre Enkeltochter. „Ach, Baby.“

„Was können wir tun?“, fragte Claire.

„Haltet uns einfach die Leute vom Hals“, bat Evie. „Taryn würde nicht wollen, dass jeder sie anstarrt.“

Kurz darauf stürzten die Rettungssanitäter mit einer Trage die Treppe hinauf. Wieder musste Evie gegen den Impuls ankämpfen, einfach wegzulaufen.

„Jemand hat gesagt, dass es Taryn nicht gut geht. Was ist passiert?“

Als sie sich umdrehte, sah sie Charlie, der sich durch die Zuschauermenge drängte, das Gesicht blass und angespannt. „Sie hat einen Anfall“, sagte Evie. „Das ist nicht ungewöhnlich bei Patienten mit Gehirnverletzungen.“

„Ist sie … sie wird doch wieder gesund?“

„Ganz bestimmt", versicherte Evie, obwohl sie Cassie vor sich sehen konnte, reglos und kalt.

Charlie stöhnte auf „Sie hätte heute nicht kommen dürfen."

Aus den Augenwinkeln warf sie Brodie einen Blick zu. Endlich waren die beiden einmal einer Meinung. Die Notärzte legten Taryn auf die Trage, und Brodie trat einen Schritt zur Seite, damit sie ihre Arbeit verrichten konnten. Evie wollte ihn berühren, ihn beruhigen, aber sie wusste nicht, wie er darauf regieren würde.

„Ich glaube, sie wollte einfach die Wahrheit sagen", meinte sie. „Es hat ihr die ganze Zeit zu schaffen gemacht, dass die Leute dir die Schuld gaben. Dabei hast du ja wohl versucht, die Sache noch rechtzeitig zu stoppen. Warum hast du das nie gesagt?"

Er ließ die Notärzte nicht aus den Augen. „Das spielt doch überhaupt keine Rolle. Ich bin gefahren. Ich war verantwortlich. Ich hätte einfach anhalten können, als Chief McKnight das Polizeilicht angeschaltet hat. Ich hätte auf die anderen nicht hören dürfen. Nichts von all dem wäre passiert, wenn ich meinen Mann gestanden und Nein gesagt hätte."

Brodie, der bisher ihrem Gespräch keine Beachtung geschenkt hatte, drehte sich um, zögerte einen Moment und legte dann eine Hand auf Charlies Schulter.

Erschrocken sah der Junge ihn an, als befürchtete er, dass Brodie ihn schlagen würde, dann stieß er erleichtert den Atem aus. Brodie richtete seine Aufmerksamkeit wieder auf die Notärzte, die sich jetzt bereit machten, Taryn zum Krankenwagen zu bringen.

Evie musste gegen die Tränen ankämpfen, als sie sah, wie er neben seiner Tochter herging. In diesem Moment liebte sie ihn so sehr, dass ihr die Luft wegblieb, es tat weh und war gleichzeitig unendlich schön.

Und da wurde ihr klar, dass sie auf einmal keine Angst mehr hatte. Taryn würde es gut gehen. Sie wusste es einfach.

Die ersten Maßnahmen der Notärzte wirkten bereits, das unkontrollierte Zucken hatte nachgelassen. Bei Cassie war es anders gewesen.

Sie stand neben Charlie und sah zu, wie die Notärzte und Brodie mit der Trage den Aufzug bestiegen. Brodie ließ die Hand seiner Tochter keine Sekunde lang los.

Sie liebte Brodie Thorne. Wenn Taryn in der Lage war, sich im Gerichtssaal hinzustellen und die ganze Schuld auf sich zu nehmen, und wenn Brodie seine Wut auf Charlie überwinden und ihm vergeben konnte, dann konnte sie mit Sicherheit den Mumm aufbringen, endlich ihr Herz zu öffnen.

14. KAPITEL

Er hasste Krankenhäuser.

Brodie hätte nach den letzten vier Monaten wirklich nichts dagegen gehabt, nie mehr eines von innen sehen zu müssen. Und doch war er wieder hier, in der Kinderklinik in Denver, und saß am Bett seiner schlafenden Tochter.

Der Anfall hatte insgesamt zwanzig Minuten gedauert. Als der Rettungsdienst Taryn in die Notaufnahme des kleinen Krankenhauses in Hope's Crossing gebracht hatte, war er schon vorbei gewesen. Doch um wegen ihrer Vorgeschichte kein Risiko einzugehen, hatten die Ärzte sie nach Denver bringen lassen, in das Krankenhaus, in dem sie beide nach dem Unfall so viele dunkle Stunden erlebt hatten.

Er kannte jeden Quadratzentimeter des Krankenhauses. So dankbar er den Ärzten war, die ihr Bestes taten, um Kindern zu helfen, repräsentierten diese Wände für ihn vor allem diese schreckliche Angst, die er damals gehabt hatte.

Der unbequeme Stuhl knarrte etwas, als er das Gewicht verlagerte, und Taryn öffnete die Augen. Zuerst war ihr Blick noch verschwommen, dann lächelte sie ihn an.

„Dad?"

„Ich bin hier, Liebling."

„Geh nach Hause. Mir ... geht es gut."

Taryn war schläfrig von den Medikamenten und den Nachwirkungen des langen Anfalls. Sie konnte kaum die Augen offen halten. Die Ärzte hatten einen Ausdruck für ihren Zustand. Postiktal – wenn der Körper seine Systeme herunterfuhr, damit das Gehirn sich wieder einrichten konnte. Er selbst würde es einfach ‚vollkommen erledigt' nennen.

„Ich gehe nirgendwohin, Liebling, höchstens mal einen Happen essen. Ruh dich einfach aus. Wenn du aufwachen solltest und ich nicht hier bin, dann bin ich unten in der Cafeteria, komme aber gleich zurück."

Sie schwieg so lange, dass er schon dachte, sie sei wieder eingeschlafen, doch dann öffnete sie die Augen erneut. „Bist du ... böse?"

Und wieder dachte er an ihre stockenden Worte in dem Gerichtssaal, wie schon den ganzen Nachmittag und Abend. *Mein Fehler ... meine Idee ... ich war sauer auf meinen Dad.*

Seine Brust schmerzte, er griff nach ihrer Hand und drückte sie sanft. „Nein, Liebling. Ich bin nicht böse auf dich. Wie könnte ich? Du hast für deine Fehler mehr als bezahlt. Wir alle haben Fehler gemacht. Ich verspreche, dass ich dir künftig besser zuhören werde, und ich hoffe, dass du das nächste Mal mit mir sprichst, wenn du mit mir nicht klarkommst."

„Das wird ... nicht wieder vorkommen."

„Das ist schön zu hören." Er drückte ihre Hand noch einmal, und sie schloss die Augen. Gerade als er die Hand zurückziehen wollte, sah sie ihn wieder an.

„Was ist mit Charlie?"

Eine merkwürdige Mischung aus Wut und Schuldgefühlen stieg in ihm auf, sobald er an Charlie Beaumont dachte. Seit April hatte er seinen Hass auf den Jungen genährt und ihm die Schuld für alles gegeben, was Taryn durchzustehen hatte. Noch immer wusste er nicht genau, wie er über diese Gefühle hinwegkommen sollte. Ein Teil von ihm gab Charlie nach wie vor die Schuld. Der Junge war gefahren, und selbst der geringe Alkoholwert in seinem Blut hatte seine Reaktionsfähigkeit eingeschränkt. Charlie hätte einfach Nein sagen können, egal, wie sehr die anderen ihn bedrängt hatten.

Aber seine Wut war nicht mehr so brennend wie noch an diesem Morgen, und nach Taryns Worten im Gerichtssaal wusste er nicht mehr genau, was er eigentlich denken sollte.

Evie würde bestimmt sagen, dass er verzeihen müsse, um weiterzumachen.

Immer wenn er daran dachte, wie ruhig und gelassen sie im Gerichtssaal neben ihm gesessen hatte, zog sich sein Magen merkwürdig zusammen. Ohne sie hätte er es kaum durchgestanden – nicht Taryns Zeugenaussage und auch nicht den epileptischen Anfall, auf den Evie mit professioneller Sicherheit reagiert hatte.

„Muss er … ins Gefängnis?“, fragte Taryn.

Er wusste nicht genau, was er antworten sollte. Richterin Kawa hatte vor etwa zwei Stunden das Urteil verkündet. Seine Mutter, die auf sein Bitten hin im Gericht geblieben war, hatte ihn angerufen und gesagt, dass Charlie zu einem Jahr Jugendgefängnis verurteilt worden sei, gefolgt von einer dreijährigen Bewährungszeit. Außerdem wurde ihm der Führerschein bis zu seinem 21. Lebensjahr abgenommen.

„Ein Jahr Jugendarrest“, erklärte er Taryn. „Die Richterin hat aber einen Spielraum gelassen. Er kann wegen guter Führung früher entlassen werden.“

„Ein Jahr“, flüsterte sie. „Ich werde ihn vermissen.“

Er konnte seine nächsten Worte selbst nicht fassen. „Wir können ihn ja besuchen, wenn du magst. Aber du musst mir versprechen, dass du ab sofort alles daransetzt, gesund zu werden.“

„Das möchte ich … jetzt“, sagte sie.

Wieder wurde ihm schwer ums Herz, als er sich vorstellte, welche Last Taryn die ganze Zeit mit sich herumgeschleppt hatte. „Das weiß ich.“

Sie schenkte ihm ein halbes Lächeln und schloss die Augen wieder. Als er sicher sein konnte, dass sie eingeschlafen war, ließ er ihre Hand los, lehnte sich zurück und lauschte dem leisen Brummen der Infusionspumpe und dem Summen der anderen Geräte im Raum.

Dann musste er weggedämmert sein, denn irgendwann wurde er davon wach, dass die Tür leise geöffnet wurde. Er ging davon aus, dass es sich um eine der Krankenschwestern handelte, deshalb ließ er die Augen geschlossen, bis der Duft von Wildblumen in sein Bewusstsein drang.

Als er die Augen öffnete, stand Evie vor ihm. Sie trug noch immer Rock, Bluse und Blazer wie vor Gericht, anscheinend war sie noch nicht zu Hause gewesen. In der Hand hielt sie ein paar Tüten.

Ihre Blicke trafen sich, und Brodie strich sich mit einer Hand durchs Haar. Sofort spürte er wieder, wie Ruhe ihn durchströmte. Tatsächlich war er überglücklich, dass sie da war.

„Entschuldige, ich habe dich geweckt", flüsterte sie und warf Taryn einen Blick zu. „Als ich dich schlafen sah, wollte ich einfach nur ein paar Sachen und eine kleine Notiz hierlassen. Deine Mutter hat mir Kleider zum Wechseln mitgegeben. Und außerdem habe ich mir von Dermot ein paar Sandwiches einpacken lassen, falls ihr hungrig seid."

Als sein Magen wie aufs Stichwort knurrte, fiel ihm wieder ein, dass er seit heute Morgen nichts gegessen hatte. Und jetzt war es schon nach neunzehn Uhr. Ja, er hatte Hunger, aber vor allem hatte er das Bedürfnis, die Arme um sie zu schlingen.

„Das klingt fantastisch. Ich könnte auf der Stelle ein halbes Dutzend von Dermots Sandwiches verdrücken."

„Ich glaube nicht, dass er so viele eingepackt hat", gab sie lächelnd zurück und streckte ihm eine Tüte hin. „Aber das sollte für den Anfang reichen. Es sind auch Pommes frites und ein Stück Kuchen dabei."

„Danke." Er wollte so vieles sagen, all die Worte, die seit letzter Woche in seinem Kopf herumspukten.

„Wie geht es ihr?", erkundigte sich Evie.

„Gut. Sie ist ziemlich erschöpft. Die Ärzte wollen auf Nummer sicher gehen und zunächst einmal abwarten, ob sie nicht noch einen Anfall bekommt. Doch so wie es bisher aussieht, können wir morgen nach Hause gehen."

„Das hoffe ich." Sie machte einen Schritt auf das Bett zu und betrachtete Taryn mit zärtlichem Blick.

Ihm wurde schon wieder ganz warm ums Herz. Sie liebte

seine Tochter, das konnte er deutlich an ihrem Gesicht ablesen. Obwohl sie so viel Schmerz und Trauer durchgemacht hatte, war Evie in der Lage, seinem Mädchen gegenüber das Herz zu öffnen. Sie hatte sogar ihren heiß geliebten Hund aufgegeben, nur um Taryn zu helfen.

War es denn ein Wunder, dass er diese Frau wie verrückt liebte?

Als diese Erkenntnis ihn traf, ließ er sich auf dem unbequemen Krankenhausstuhl zurücksinken.

Er liebte Evaline Blanchard. Dafür, dass sie seine Tochter liebte, und aus Tausend Gründen mehr.

Sie brachte ihn zum Lachen, wenn das Leben ihm mal wieder so furchtbar ernst erschien. Und erst jetzt begriff er, wie sehr er sich schon immer nach solchen leichten und hellen Momenten gesehnt hatte.

Außerdem brachte sie es fertig, in jedem Menschen das Gute zu sehen. So wie sie Charlie die Hand gereicht hatte, als alle anderen in der Stadt ihn am liebsten gesteinigt hätten.

Und das Wichtigste: Sie ließ ihn ruhig werden, was auf den ersten Blick überhaupt keinen Sinn ergab. Evie war kein stiller Mensch. Sie war lebhaft und leidenschaftlich. Sie liebte all diese bunten Schmucksteine. Doch wenn sie bei ihm war, schien sich das Chaos in seinem Kopf zu legen.

Er brauchte sie, so wie er die Berge brauchte, und er war verdammt noch mal nicht bereit, sie kampflos aufzugeben.

„Ich muss an die frischer Luft“, sagte er schroff. Zu schroff offenbar, denn sie warf ihm einen besorgten Blick zu.

„Soll ich vielleicht so lange bei Taryn bleiben?“

„Ich möchte, dass du mich begleitest.“ So nervös, wie er auf einmal war, würde er bestimmt alles vermasseln. „Das wäre schön“, fügte er hastig hinzu. „Hättest du Lust, mit mir einen kleinen Spaziergang durch den Meditationsgarten zu machen? Dort gibt es auch Tische, an denen wir diese köstlichen Sandwiches essen können.“

„Können wir Taryn denn allein lassen?"

„Ich glaube kaum, dass sie bald aufwacht. Sie ist ziemlich erschöpft. Und ich habe ihr gesagt, dass ich mir etwas zu essen holen werde. Wir lassen einfach die Tür offen, damit die Krankenschwestern sie hören können."

Nach einem kurzen Halt im Schwesternzimmer, wo sie Bescheid sagten, dass sie kurz in den Garten gehen wollten, nahmen sie den Fahrstuhl.

„Du hast bestimmt gehört, wie Charlies Verhandlung ausgegangen ist", begann sie.

Er wollte nicht über Charlie sprechen. Er wollte ihr sagen, wie verrückt er nach ihr war, und sie fragen, was er tun müsse, damit sie bei ihm blieb. „Katherine hat mich vorhin angerufen."

„Bist du wütend? Weil er nur ein Jahr Jugendstrafe bekommen hat? Das muss dir ziemlich wenig erscheinen."

Er schwieg so lange, bis der Lift das Erdgeschoss erreicht hatte. „Ich denke, Richterin Kawa hat richtig entschieden", sagte er und war selbst überrascht, dass er es auch so meinte. Inzwischen war er tatsächlich der Ansicht, dass Charlie in den Jugendstrafvollzug gehörte und nicht wie ein Erwachsener verurteilt werden sollte. Der Gerechtigkeit musste Genüge getan werden, keine Frage, aber man konnte einem Jungen gegenüber, der einen dummen Fehler gemacht hatte, ruhig etwas großzügig sein.

Evie stieg nicht aus, sondern sah ihn nur an, mit liebevollem Blick. Vielleicht waren die Hürden, die er nehmen wollte, doch nicht so hoch wie befürchtet. „Das finde ich auch."

Die Fahrstuhltüren begannen, sich wieder zu schließen. Schnell streckte Brodie den Arm vor die Lichtschranke, dann zog er Evie hinter sich ins Foyer des Krankenhauses.

Der Garten war wunderschön mit kleinen Wasserfällen, einem gurgelnden Bach, hohen Bäumen und bunten Herbstblumen. Tief atmete Evie die frische Luft ein.

„Okay, ich muss das jetzt loswerden, und danach können wir uns hinsetzen und du bekommst dein Essen“, sagte sie mit einem nervösen Unterton in der Stimme.

Hungrig war er sowieso nicht mehr. Am liebsten hätte er die Tüte mit den Sandwiches einfach auf den Boden plumpsen lassen, um Evie fest in die Arme zu schließen.

„Was musst du loswerden?“

Sie stopfte die Hände in ihre Jackentaschen. „Ich möchte mich bei dir entschuldigen. Oder es zumindest erklären.“

„Geht es um deine Aussage? Ich sollte mich wohl eher entschuldigen, dass ich deshalb so wütend war. Ich hätte wissen müssen, dass du so etwas tust. So bist du einfach, Evie.“

Und das ist einer der Gründe, warum ich dich von ganzem Herzen liebe.

„Nein, das meine ich nicht. Obwohl mir auch das leidtut. Es war nicht richtig, dich damit zu überraschen, du hättest zumindest eine kleine Vorwarnung verdient.“ Sie atmete tief durch, dann seufzte sie. „Was ich eigentlich meine, ist, dass ich während Taryns Anfall so ausgeflippt bin.“

„Ausgeflippt? Soweit ich mich erinnere, warst du die Einzige, die ruhig geblieben ist. Ich möchte mir gar nicht ausmalen, was ohne dich geschehen wäre, Evie.“

„Gut. Ich bin froh, dass es dir nicht aufgefallen ist. Wahrscheinlich bin ich nur innerlich ausgeflippt.“

„Aber wieso? Wie es scheint, hast du jede Menge Erfahrung mit epileptischen Anfällen.“

Sie blickte einen Moment hinauf zu den Sternen, dann sah sie ihn wieder an. „Die Situation hat einfach eine Menge Erinnerungen in mir wachgerufen. Cassie ist während eines epileptischen Anfalls gestorben. Und ich hatte solche Angst um Taryn.“

Brodie starrte sie an, überwältigt und ehrfürchtig und vor allem bis über beide Ohren verliebt. Obwohl sie vor Schreck wie gelähmt hätte sein müssen, hatte sie alles Notwendige für

Taryn getan. Sie hatte dafür gesorgt, dass seiner Tochter nichts Schlimmeres geschah.

Er konnte einfach nicht anders. Nachdem er die Tüte auf der Bank abgestellt hatte, zog er sie an sich. Seufzend schmiegte sie sich in seine Arme, als ob sie die ganze Zeit nur darauf gewartet hätte.

„Ich dachte, dass ich inzwischen gut damit zurechtkomme", murmelte sie, die Wange an seine Brust gepresst. „Und meistens ist es ja auch so, aber ab und zu zieht es mir noch immer den Boden unter den Füßen weg. Ich vermisse sie."

„Ich weiß. Ich weiß, Liebling." Er streichelte mit einer Hand über ihr Haar, dann strich er ihr eine Haarsträhne hinters Ohr. Sie weinte nicht, stieß nur ein zittriges Seufzen aus, die Arme fest um ihn geschlungen.

„Niemand hat dir deine Angst angemerkt, Evie. Und das nenne ich echten Mut, weißt du. Dass man die Angst zwar selbst spürt, aber trotzdem handelt. Du bist wirklich die Letzte, die sich entschuldigen muss. Aber ich, ich habe dir so viel zu verdanken. Alles. Nicht nur wegen heute, nicht nur, weil du so ruhig und stark bei dem ganzen Chaos geblieben bist. Nein, auch wegen der letzten Wochen. Du hast mir wieder Hoffnung gegeben, Evie. Hast du überhaupt eine Ahnung, was für ein Geschenk das für mich ist?"

Als sie schluckte und ihm ein zittriges Lächeln zuwarf, umschloss er ihr Gesicht mit beiden Händen und küsste Evie. Der Kuss war sanft und zart und erschütterte ihn bis ins Innerste.

Er liebte diese Frau von ganzem Herzen. Und so hielt er sie in dem stillen Garten in den Armen, während die Sterne über ihnen funkelten, und wollte sie nie mehr loslassen.

Brodies herrliche Lippen auf ihren, die zärtliche Berührung seiner Hände, all das raubte ihr fast den Verstand. Sie konnte nicht anders, als reglos dazustehen und diesen umwerfenden Moment auszukosten.

„Das habe ich gebraucht." Brodies Stimme klang heiser. „Von der Sekunde an, als du vorhin in Taryns Zimmer gekommen bist, konnte ich an nichts anderes denken, als dich endlich wieder in meinen Armen zu halten, und dass dann alles wieder gut werden würde."

Die Tränen, gegen die sie schon die ganze Zeit angekämpft hatte, begannen jetzt zu fließen. Etwas Schöneres hatte sie noch nie in ihrem Leben gehört. Sie schlang die Arme noch fester um ihn, das Herz randvoll mit Liebe für diesen Mann.

Sie liebte ihn. Nichts anderes war mehr wichtig, nicht die Unterschiede zwischen ihnen und auch nicht die Angst davor, wieder einen geliebten Menschen zu verlieren.

Das hier war wirklich, und es fühlte sich richtig an. Sie liebte ihn mit jeder Faser ihres Körpers. Sie konnte nicht mehr in ihr sicheres und ruhiges Leben zurückkehren. Zwar hatte sie geglaubt, ihren Frieden in Hope's Crossing gefunden zu haben, doch da hatte sie sich wohl nur etwas vorgemacht. Sie hatte sich in einen Kokon eingesponnen und alles von sich ferngehalten, das diesen falschen Frieden hätte gefährden können.

Und jetzt musste sie ihre um sich errichteten Mauern einreißen und sich wieder hinaus in die kalte und manchmal beängstigende Welt wagen.

„Eines noch", murmelte Brodie nach einem weiteren Kuss, der sein Herz höherschlagen ließ. „Du sagst zwar, dass du im Gerichtsgebäude ausgeflippt bist, aber für mich warst du eine Oase der Ruhe und des Friedens, Evie. Und das ist es, was ich am meisten an dir liebe."

Evie blinzelte, wahrscheinlich hatte sie sich verhört. Hatte er gerade wirklich das L-Wort ausgesprochen? Sowie sie die Augen aufriss, sah sie, dass er sie mit einer Zärtlichkeit anblickte, bei der ihr der Atem stockte und gleichzeitig die kältesten Stellen ihrer Seele wärmte.

„Ich weiß, dass du keine Beziehung mit mir willst." Seine Stimme klang rau. „Aber betrachte das jetzt als faire Vorwarnung. Ich bin ein Mann, der nicht aufgibt, wenn er etwas wirklich will. Vor allem, wenn es um die eine Frau auf der Welt geht, die mich glücklich macht, die das Chaos in meinem Kopf zum Stillstand bringt. Ich liebe dich, und ich brauche dein Lachen und … die Fröhlichkeit, die du in mein Leben bringst. Deswegen sage ich dir hier und jetzt, dass ich alles dafür tun werde, damit du deine Meinung änderst und uns beiden eine Chance gibst."

Er drückte sie noch fester an sich, als ob er befürchtete, dass sie sich von ihm losreißen und eine Diskussion beginnen könnte. Stattdessen lächelte sie ihn an, mit bebenden Lippen, und wieder spürte sie, wie Tränen über ihre Wangen liefen. „Okay."

Er sah sie an. „Okay was?"

„Okay. Du hast mich überzeugt."

Verwirrung lag in seinen blauen Augen. „Einfach so?"

Sie lachte und fragte sich, ob ihr Lachen tatsächlich so zittrig klang, wie sie es sich einbildete. Sie liebte diesen Mann. Er war gut und ehrlich, stark und anständig. Er arbeitete hart und liebte seine Tochter hingebungsvoll. Wie könnte sie ihn *nicht* lieben?

„Offen gestanden war ich sowieso schon überzeugt. Ich schätze, tief im Innern wusste ich es schon länger, aber mein Kopf hat noch eine Weile gebraucht, um es zu kapieren. Ich liebe dich, Brodie. Du bist … alles für mich. Du und Taryn. Ich kann mir nicht vorstellen, wieder in mein altes Leben zurückzukehren. Ich *möchte* nicht zurück."

Er starrte sie an, fassungslos zunächst, dann leuchtete sein Gesicht vor Glück auf.

„Evie", sagte er leise und küsste sie wieder. Sie schmiegte sich an ihn, das Herz leichter als jemals zuvor. Sie küssten sich lange in diesem Garten, wo der schrille Lärm eines großstädtischen Krankenhauses gedämpft und weit entfernt zu sein schien.

Sie konnte nicht fassen, wie glücklich sie nach einem solch turbulenten Tag war. Fast kam es ihr unwirklich vor. Alles war ihr so leer und schwarz erschienen, nachdem der Notarztwagen mit Taryn und Brodie davongebraust war – und jetzt stand sie hier, die Arme des geliebten Mannes um sich, und auf einmal war die Zukunft strahlender und schöner als die schönsten Schmucksteine im *String Fever*.

„Ich sollte besser wieder zu Taryn gehen“, sagte er schließlich, Bedauern in der Stimme.

„Jetzt hast du dein Sandwich nicht gegessen.“ Sie lachte leise.

„Komisch. Im Moment ist mir Essen ziemlich egal.“ Lächelnd küsste er sie auf die Stirn. In der letzten halben Stunde hatte er öfter gelächelt als im ganzen letzten Monat. *Ihretwegen*. Sie machte ihn glücklich – gab es ein größeres Geschenk auf der Welt?

„Ich esse oben in Taryns Zimmer.“

„Wenn du magst, kann ich noch etwas bleiben.“

Und wieder lächelte er. „Nichts wünsche ich mir mehr.“

„Meinst du, Taryn … ist einverstanden?“, fragte Evie. „Mit … uns?“

Er lachte. „Ich glaube, sie wird durchdrehen vor Glück. Stephanie ist toll und alles, und sie macht ihre Arbeit auch wirklich gut, aber Taryn hat dich furchtbar vermisst. Außerdem gibt es da so einen traurig dreinschauenden Hund, der überglücklich sein wird, wenn du wieder da bist.“

„Ich habe ihn auch vermisst.“

„Wo wir gerade davon sprechen – ich konnte es nicht fassen, als ich von meiner Geschäftsreise zurückkam und Jacques es sich in meinem Haus gemütlich gemacht hatte.“

Sie spürte, dass sie rot wurde. „Ja, wahrscheinlich hätte ich erst mit dir sprechen sollen. Aber irgendwie erschien es mir genau der richtige Moment zu sein.“

„Das meine ich nicht. Evie. Du liebst diesen Hund. Wie konntest du ihn einfach Taryn geben?“

Sie dachte an die ersten Nächte ohne Jacques in ihrer Wohnung und daran, wie sie sich am liebsten zusammengerollt und in den Schlaf geweint hätte. „Sie hat ihn mehr gebraucht als ich“, erwiderte sie nur.

Mit einem Blick voller Wärme und Zärtlichkeit sah er sie an. „Kein Wunder, dass ich vollkommen verrückt nach dir bin“, murmelte er.

Sie küsste ihn, die Arme fest um seinen Hals geschlungen. „Das klingt vielleicht bescheuert und nach New Age, aber ich habe festgestellt, dass man alles im Leben irgendwie zurückbekommt. Nenn es Karma oder Kismet oder was auch immer, aber es ist so.“

„Willst du damit sagen, dass dein Hund uns zusammengebracht hat?“, fragte er lachend.

Der Hund und ein mutiges Mädchen und diese schreckliche Tragödie, die so viele Leben auf unerwartete Weise verändert hatte. Ihres eingeschlossen.

„Es sind schon merkwürdigere Dinge passiert“, sagte sie.

„Nun, ich nenne es weder Karma noch Kismet oder Schicksal“, flüsterte er an ihren Lippen. „Ich nenne es einfach perfekt.“

Und sie war ganz seiner Meinung.

EPILOG

Zum zweiten Mal feierte der Ort nun seinen jährlichen Giving-Hope-Day, und er begann hell und sonnig.

Evie verstaute ihren Werkzeugkoffer und Unmengen von Pinseln und Farbwannen, die sie in den letzten Wochen gekauft hatte, im Kofferraum ihres Geländewagens. Dann hielt sie einen Augenblick inne, um in das klare Blau des frühen Junimorgens zu blicken. Ein paar hohe Wolken zogen über den Himmel – hoffentlich wurde die von der Wettervorhersage auf zwanzig Prozent eingeschätzte Regenwahrscheinlichkeit von der achtzigprozentigen Chance auf Sonnenschein weggefegt.

Nach der vielen Arbeit, die sie und die anderen Mitarbeiterinnen des Schmuckladens in den Nachbarschaftstag gesteckt hatten, damit er noch erfolgreicher wurde als im Jahr zuvor, wäre es zu schade, wenn ein Unwetter alles zunichtemachte. In einer Stunde würden Hunderte Einwohner von Hope's Crossing im Gemeindezentrum zusammenkommen, um sich die Aufgaben für diesen Tag zuteilen zu lassen. Sie würden im Canyon Müll sammeln, Picknicktische im Park streichen oder älteren Mitbürgern bei der Gartenarbeit helfen. Evie betete, dass die Wolken schön weit oben und vor allem trocken blieben.

Diesmal hatten sich doppelt so viele Freiwillige für den Giving-Hope-Tag angemeldet wie im Jahr zuvor, außerdem wurden noch immer Sachspenden für die Versteigerung anlässlich der abendlichen Tanzveranstaltung abgegeben.

Sie erschauerte vor Glück, als ihr Blick auf die Blautanne vor der Eingangstür des weitläufigen, aus Zedernholz und Glas gebauten Hauses fiel, das seit drei Monaten ihr Zuhause war.

Welchen Unterschied ein Jahr machen konnte!

Ihr Leben hatte sich in den vergangenen zwölf Monaten vollkommen verändert. Zwar hatte sie wirklich gern in ihrem kleinen, einsamen Apartment über dem *String Fever* gewohnt, und sie war dankbar für den Frieden und die Ruhe, die sie dort gefunden hatte. Doch als sie jetzt den gewundenen Weg hinaufging, der zum Haus führte, war sie einmal mehr erstaunt, wie schnell es zu ihrem liebsten Ort auf der ganzen Welt geworden war. Manchmal hatte sie den Eindruck, dass die Mauern und Wände kaum in der Lage waren, so viel Liebe und Glück in ihrem Inneren festzuhalten.

Bevor Evie die Haustür erreichte, wurde sie schon aufgestoßen, und Jacques tappte ins Freie. Er sah ziemlich zufrieden mit sich aus.

„Jetzt erzähl mir nicht, dass du Türen öffnen kannst", sagte sie und streichelte ihn liebevoll zwischen den Ohren.

„Noch nicht", rief Taryn von der Türschwelle aus. Sie trug das gelbe T-Shirt der freiwilligen Helfer, Jeansshorts und Tennisschuhe. Das bunte Blumenarmband, das sie und Charlie Beaumont vor so langer Zeit zusammen gebastelt hatten, funkelte an ihrem Handgelenk. „Gib ihm nur noch etwas Zeit, dann kriegt er das bestimmt hin."

Ihre Stieftochter trat aus der Tür und steuerte mit einem fast unmerklichen Schwanken auf den Geländewagen zu.

Manchmal hatte Evie das Gefühl, ihr Herz müsste platzen vor Stolz über Taryns Fortschritte in den letzten neun Monaten, vor allem, da sie selbst keine unwichtige Rolle dabei gespielt hatte.

Ein Fremder, der nichts von den letzten schwierigen Monaten wusste, würde vielleicht nur ein hübsches dunkelhaariges Mädchen mit großen blauen Augen sehen. Und dieses leicht schiefe, gewinnende Lächeln bemerken, das immer wirkte, als ob sie sich im Stillen über etwas amüsierte.

Evie hatte Brodie von Anfang an gesagt, dass Taryn wahrscheinlich nie wieder dieselbe sein würde wie vor dem Unfall. Von ihrem etwas unsicheren Gang abgesehen würde sie weiterhin ab und zu Schwierigkeiten mit ihrem Erinnerungsvermögen haben. Noch immer musste sie manchmal mitten im Gespräch nach dem richtigen Wort suchen, und es konnte sein, dass sie über gewisse Ausdrücke stolperte.

Doch sie hatte gerade ihr Junior Year in der Highschool abgeschlossen und war sogar vor einem Monat zur beliebtesten Schülerin des Jahrgangs gewählt worden – unter Strömen von Tränen und Umarmungen und stehenden Ovationen ihrer Klassenkameraden.

Jacques, ihr ergebener Gefährte, ließ sich mitten auf dem Weg auf den Boden plumpsen, als wollte er sie auffordern, sich etwas zu beeilen. Zwischen den beiden hatte sich eine tief gehende Freundschaft entwickelt, die mit jedem Tag noch inniger zu werden schien.

„Ist das dein Ernst?“, fragte Evie, als sie die Leine in Taryns Händen bemerkte. „Willst du Jacques wirklich mitnehmen? Meinst du nicht, dass er uns nur im Weg ist?“

„Wieso denn? Ich brauche ihn zur moralischen Unterstützung. Aber vorsichtshalber habe ich seine Therapiehund-Weste dabei, nur für den Fall, dass jemand was einzuwenden hat. Dann sage ich eben, er muss mir helfen.“

Katherine hatte diese kleine grüne Weste genäht und eigentlich als Scherz gemeint, aber Evie war der Ansicht, dass mehr als nur ein Körnchen Wahrheit in der Bezeichnung Therapiehund steckte. In den langen Monaten der Therapie hatte er Taryn mehr geholfen als Evie selbst. Deswegen hatte sie ihn in letzter Zeit auch bei der Behandlung einiger ihrer Patienten eingesetzt.

Denn auch das hatte sich im letzten Jahr verändert. Durch ihre Arbeit mit Taryn war ihr klar geworden, dass sie tief im Herzen immer Therapeutin bleiben würde, auch wenn ihr Verstand ständig neue Ausreden erfand, um diese Tatsache zu leugnen. Zwar arbeitete Evie nach wie vor stundenweise im *String Fever*, doch es bereitete ihr wieder große Freude, sich um einige wenige, sorgfältig ausgewählte Patienten zu kümmern.

„Ist dein Dad fertig?"

„Ich glaube, er ist direkt hinter mir."

„Bin schon da", ertönte eine etwas unkonzentrierte Stimme. Wie auf Knopfdruck kam Brodie aus der Tür, sein vom Duschen noch feuchtes Haar lockte sich in seinem Nacken. Er hatte einen Thermobecher mit dampfenden Kaffee in der Hand und las gerade eine Nachricht auf seinem Smartphone. Obwohl sie erst vor einer Dreiviertelstunde an ihn geschmiegt im Bett gelegen hatte, durchfuhr sie bei seinem Anblick ein glücklicher Schauer. So war es immer, wenn sie ihn sah, selbst nach drei Monaten Ehe.

Sie konnte nur hoffen, dass sie nach fünfzig Jahren noch genauso empfinden würde.

Er schob das Telefon in seine Jeanstasche. „Tut mir leid. Ich habe endlich eine Nachricht von dem Stadtplaner in Gunnison bekommen. So wie es aussieht, wurde der Bau unseres neuen Sportwarenladens genehmigt."

„Ach Brodie, das sind ja tolle Neuigkeiten!" Wochenlang hatte er mit der Stadtverwaltung um einen Standort für die Erweiterung seines Unternehmens gerungen.

Als sie die Arme um ihn legte, umschlang er sie fest und gab ihr einen langen und so wundervollen Kuss, dass sie wünschte, noch immer mit ihm im Bett zu liegen und die Decke über ihre beiden Köpfe ziehen zu können.

„Okay. Geht's dann mal langsam weiter?", grummelte Taryn. Evie löste sich von Brodie und sah, wie ihre Stieftochter die Augen verdrehte.

Aber das war bloßes Theater. Taryn hätte Evie begeistert in ihrer Familie aufgenommen – wie Katherine auch. Als Brodie und Evie nach Charlies Verhandlung im September ihre Beziehung öffentlich gemacht hatten, hätte Katherine nicht glücklicher sein können. Und bei ihrer Hochzeit im März – einer stillen Zeremonie in der kleinen Stadtkirche – hatte sie gelacht und geweint und Evie herzlich in ihrer kleinen Familie willkommen geheißen.

Brodie sah sie mit diesem Lächeln an, bei dem noch immer ihre Zehen zu kribbeln begannen. „Ja, ich schätze, du hast recht. Wir sollten uns besser beeilen. Wir können ja nicht die ganze Stadt warten lassen."

Er hielt Evie die Wagentür auf, dann half er Taryn – und Jacques – auf den Rücksitz.

„Das wird richtig toll", verkündete Taryn, als ihr Vater sich hinters Steuer setzte und die Auffahrt hinunterfuhr. „All meine Freunde reden noch immer davon, wie viel Spaß sie letztes Jahr hatten. Ich bin mit Hannah am Gemeindezentrum verabredet, wir wollen zusammen rauf in den Canyon zum Müllsammeln."

„Es ist fantastisch, dass du dieses Jahr dabei sein kannst", sagte Evie.

Und sie war sicher, dass die Einwohner von Hope's Crossing darüber genauso begeistert sein würden. Nicht wenige betrachteten Taryns Genesung als kleines Wunder. Das Mädchen war für sie zu einer Art Talisman geworden, ein Symbol der Hoffnung und Heilung nach dem tragischen Autounfall, der in so vielen Leben tiefe Wunden hinterlassen hatte. Obwohl Taryn bei Charlies Verhandlung einen Großteil der Verantwortung für den Unfall übernommen hatte, schien ihr niemand deswegen Vorwürfe zu machen.

Brodie drückte Evies Hand, und sie sah die Zärtlichkeit in seinem Blick. Wie hatte sie ihn jemals für kalt und herzlos halten können? Ja, er behielt seine Gefühle oft für sich, doch dadurch wurden die Momente, wenn er sich vollkommen öffnete, nur umso wertvoller.

Sie fuhren gerade durch das Tor von *Aspen Ridge*, als Evie einen Fahrradfahrer bemerkte, der ihnen entgegenkam. Merkwürdig, da doch alle anderen sich momentan auf den Weg zum Gemeindezentrum machten.

„Warte!“, schrie Taryn. „Dad, halt an!“

Brodie runzelte die Stirn. „T, wir sind bereits zu spät dran.“

„Ich weiß. Aber halt trotzdem an.“

Er hatte kaum abgebremst, als Taryn schon die Tür aufstieß und, dicht gefolgt von Jacques, auf den Fahrradfahrer zustürzte.

Der Junge riss den Fahrradhelm herunter und schleuderte ihn von sich, um Taryn aufzufangen, die ihn beinahe umgerannt hätte. Evie sog scharf die Luft ein, als sie ihn erkannte.

„Beaumont“, stieß Brodie hervor, und Evie warf ihm hastig einen Blick zu. Umklammerte er vielleicht gerade das Lenkrad etwas fester? Denn es war tatsächlich Charlie Beaumont, auch wenn er sein Haar etwas länger und wilder trug als bei seinem Haftantritt im Jugendgefängnis von Denver vor neun Monaten.

„Ich schätze, die Gerüchteküche hatte ausnahmsweise mal recht“, murrte Brodie. „Ich hatte schon gehört, dass er früher entlassen werden sollte.“

„Und das hast du uns nicht erzählt?“

„Du weißt doch, dass man Gerüchten nicht unbedingt glauben kann. Ich wollte erst sicher sein, bevor ich es Taryn gegenüber erwähne. Damit sie sich nicht umsonst Hoffnungen macht.“

Obwohl Taryn und Charlie sich E-Mails und Briefe geschrieben und ab und zu telefoniert hatten – Taryn durfte ihn sogar ein paarmal besuchen –, verhielt sich Brodie dem jungen Mann gegenüber noch immer sehr reserviert.

Als er den Motor abgestellt hatte und ausstieg, um Charlie zu begrüßen, hielt Evie es für besser, ihm zu folgen, auch wenn Brodie inzwischen nicht mehr ganz so wütend auf Charlie war wie noch vor einiger Zeit.

Doch zu ihrer Erleichterung streckte Brodie die Hand aus. Charlie, einen Arm noch immer um Taryns Schulter gelegt, schüttelte sie. Evie glaubte, eine neue Reife an ihm zu entdecken. Diese Rastlosigkeit, die ihn immer umgeben hatte, schien verschwunden.

„Du hättest anrufen sollen“, rief Taryn. Es tat fast weh, zu sehen, wie ihr Gesicht vor Glück leuchtete. „Warum hast du mir nicht gesagt, dass du nach Hause kommst?“

Charlie kraulte Jacques zwischen den Ohren, und der Hund sah mit fast genauso viel Hingabe zu ihm auf wie Taryn. „Ich wusste es ja selbst nicht genau. Die letzten Tage waren ziemlich verrückt, und ich wollte erst sicher sein, dass ich wirklich früher entlassen werde.“

„Du hast mir vor drei Tagen eine E-Mail geschickt und nicht mal erwähnt, dass das überhaupt passieren könnte!“

Er zuckte mit den Schultern. „Es hätte auch schiefgehen können. Deswegen wollte ich lieber noch warten.“ Geschickt wechselte er das Thema. „Du siehst toll aus, Taryn. Wirklich toll. Und super, wie du gehen kannst. Du brauchst ja nicht mal mehr einen Stock.“

Taryn warf Evie einen Seitenblick zu. „Evie ist eine Sklaventreiberin. Sie sagte, wenn ich ihre Brautjungfer werden wollte, dann müsste ich erst den Stock loswerden.“

„Das stimmt“, bestätigte Evie trocken. „Du kennst mich ja. Brautzilla. An meinem schönsten Tag musste einfach alles perfekt sein.“

„Und das war es bestimmt auch. Gratulation zur Hochzeit.“

Evie ergriff Brodies Hand. Auch nach drei Monaten perlte das Glück noch in ihr, und sie wusste nicht, wie sie es jemals in Schach halten sollte. „Vielen Dank. Wir haben uns sehr über dein Tablett gefreut und es gestern Abend erst wieder benutzt. Es muss ja ziemlich lange gedauert haben, das Holz so zu schleifen und zu polieren.“

Er wirkte verlegen. „In der Schreinerei zu arbeiten hat zu den angenehmeren Beschäftigungen gehört."

„Du musst bald mal zum Essen kommen, dann kannst du selbst sehen, wie gut es in unser Esszimmer passt."

„Vielleicht." Er blickte zu ihrem Auto. „Wahrscheinlich sind Sie gerade auf dem Weg in die Stadt zum Giving-Hope-Day. Lassen Sie sich bitte nicht aufhalten. Ich wollte nur schnell Hallo sagen und Taryn Bescheid geben, bevor sie es von den anderen erfährt."

„Warum kommst du nicht mit uns?", fragte Taryn plötzlich.

Charlies Lachen klang nicht mehr so rau wie noch vor neun Monaten. „Ich glaube nicht, dass die Leute das gut finden würden. Überleg mal, Taryn. Dieser Tag ist zum Gedenken an Layla. Heute ist schließlich ihr Geburtstag. Ich gehöre nicht dorthin."

„Aber natürlich", erklärte Taryn heftig. „Du gehörst genauso dahin wie ich. Warum solltest du nicht mithelfen? Layla war auch deine Freundin."

„Komm schon, Taryn. Du weißt genau, warum."

Ein kämpferisches Licht leuchtete in den Augen ihrer Stieftochter auf. Diesen eigensinnigen Blick kannte Evie sehr gut. Sie hatte ihn während der Therapiestunden oft genug gesehen, um zu wissen, wie unnachgiebig Taryn war, sobald sie sich etwas in den Kopf gesetzt hatte.

„Ich möchte aber, dass du mit uns kommst. Du musst einfach, Charlie. Schließ dein Fahrrad ab, dann kannst du mit uns fahren."

Brodie sprach zum ersten Mal, seit er aus dem Wagen gestiegen war. „Taryn, lass den Jungen selbst entscheiden."

Charlie zog die Augenbrauen hoch. „Siehst du? Dein Vater weiß auch, dass das ein Fehler wäre."

„So habe ich das nicht gemeint", widersprach Brodie vorsichtig. „Um genau zu sein, halte ich es sogar für eine sehr gute Idee. Ich schätze, dass inzwischen sowieso jeder von deiner

Entlassung weiß. Auf diese Weise könntest du das Gerede und die Blicke gleich auf einmal hinter dich bringen."

„Himmel, wenn Sie es so ausdrücken: Wie könnte ich da nur Nein sagen?"

Brodie überging seinen sarkastischen Ton. „Früher oder später wirst du dich den Leuten stellen müssen. Also stehst du am besten schon heute deinen Mann, dann kannst du zugleich Layla gedenken. Vielleicht gucken die Leute komisch, aber niemand wird etwas sagen – nicht, wenn du mit uns und Taryn kommst."

Evies Hals wurde eng, und sie fragte sich, ob sie diesen Mann tatsächlich jeden Tag noch ein bisschen mehr lieben konnte.

Charlie starrte ihn einen langen Moment an, unzählige Emotionen wanderten über sein Gesicht, dann schließlich seufzte er. „Sie haben wahrscheinlich recht. Das ist, als ob man seine Medizin mit einem einzigen großen Schluck runterwürgen würde, statt sie wochenlang jeden Tag zu nehmen."

Evie schluckte die Tränen hinunter, die sie in ihren Augen aufsteigen fühlte, und lächelte. „Wir können dein Fahrrad in die Garage stellen und dich dann mit in die Stadt nehmen."

„Yeah. Okay."

Als Charlie auf das Haus zusteuerte, stiegen sie wieder in den Wagen und folgten ihm.

„Bist du wirklich bereit dafür?", fragte Brodie sie leise, als sie vor dem Haus hielten und Taryn ausstieg, um Charlie zu helfen. „Es stimmt schließlich. Einige Leute werden gar nicht begeistert sein, ihn zu sehen. Manche können die Vergangenheit nicht ruhen lassen, auch nachdem die Wahrheit über diese Nacht ans Licht gekommen ist."

Sie nickte. „Charlie braucht das. Ich glaube sogar, die ganze Stadt braucht es. Ein Heilungsprozess ist fast immer chaotisch und schmerzhaft und nur selten angenehm. Das haben wir alle in den letzten Monaten schließlich gelernt."

Brodie zog ihre Hand an seine Lippen, es war eine seiner spontanen Gesten, die sie immer zutiefst rührten. „Ich liebe dich, Evie Thorne."

„Wenn mich das nicht zur glücklichsten Frau in ganz Hope's Crossing macht", murmelte sie lächelnd.

Als Taryn und Charlie auf dem Rücksitz saßen, Jacques zufrieden zwischen sie gequetscht, fuhr Brodie den Berg hinab in die Stadt, die unter ihnen ausgebreitet lag.

Auf der anderen Seite des Tals glitzerten die noch immer schneebedeckten Gipfel von Woodrose Mountain. Evie genoss die warmen Sonnenstrahlen und die Gewissheit, dass ihre Zukunft in Hope's Crossing – Regenwolken hin oder her – voller Licht und Glück und Frieden war. Etwas anderes würde sie gar nicht zulassen.

– ENDE

Lesen Sie auch von RaeAnne Thayne:

Deutsche Erstveröffentlichung

Band-Nr. 25689
7,99 € (D)
ISBN: 978-3-86278-752-4
eBook: 978-3-86278-794-4
320 Seiten

RaeAnne Thayne
Hope's Crossing:
Zauber der Hoffnung

Für die Liebe hat Claire keine Zeit. Ihr Glasperlenladen und ihre beiden Kinder halten die Single-Mom schon genug auf Trab. Energisch wehrt sie die Flirtversuche von Riley McKnight ab. Auch wenn ihr der kleine Bruder ihrer besten Freundin, der kürzlich als Polizeichef nach Hope‘s Crossing zurückgekehrt ist, überraschenderweise nicht mehr aus dem Kopf geht. Doch erst als ein schwerer Unfall Claire zum Innehalten zwingt, erkennt sie, dass sich die Dinge in ihrem Leben ändern müssen. Widerstrebend erlaubt sie Riley, sich um sie zu kümmern. Und bald kann auch sie das Knistern zwischen ihnen nicht mehr ignorieren …

Deutsche Erstveröffent-lichung
ROMAN
NEW YORK TIMES
BESTSELLER AUTOREN
ROMANCE
Susan
Wiggs
Für dich mein
Glück
DEUTSCHE ERSTVERÖFFENTLICHUNG

Deutsche Erstveröffent-lichung
ROMAN
MIRA STAR
BESTSELLER AUTOREN
ROMANCE
Danielle
Stevens
WO DIE
NELKENBÄUME
BLÜHEN
DEUTSCHE ERSTVERÖFFENTLICHUNG

„Ein bisschen Magie, sehr viel Romantik und wunderbar gezeichnete Charaktere machen dieses Buch für Romantic-Lover zu einem Muss."

Kirkus Review

Deutsche Erstveröffentlichung

Band-Nr. 25711
7,99 € (D)
ISBN: 978-3-86278-842-2
336 Seiten

Lisa Kleypas
Der gute Stern von Friday Harbor

Ich lasse mir meine Träume nicht nehmen, hat Zoë Hoffmann an jenem Tag beschlossen, als ihre Liebe zerbrach. Und zumindest beruflich läuft jetzt alles perfekt. Aber privat bringt der Bauunternehmer Alex Nolan sie an die Grenzen ihrer Geduld. Dass seine Ehe gescheitert ist, ist kein Grund, Frauen grundlos anzuschnauzen! Viel lieber würde Zoë mit ihm in dem Cottage, das er für sie umbaut, häufiger einen der seltenen magischen Momente teilen. Dann ist es, als ob ein guter Geist über sie wacht. Als ob am Dream Lake alles möglich wäre …